KB001118

오나라의 멸망 과정

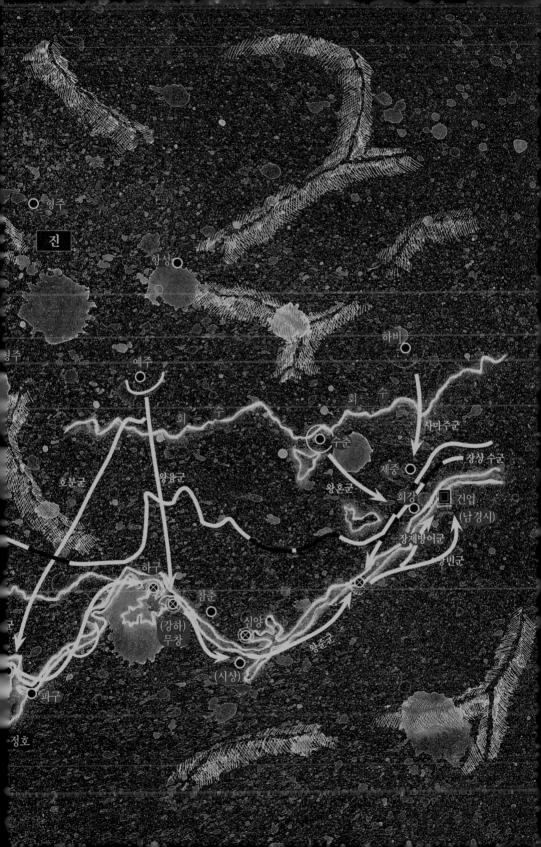

三國志

6

三國志

나관중 지음 · 정비석 옮김

6

영웅은 큰 뜻을 남긴다

은행나무

◉ 등장인물

사마염司馬炎 (236-290년)

진(晋)의 초대 황제. 재위 265-290년. 사마의의 손자이며 사마소의 맏아들이다. 사마씨(司馬氏)는 이미 3대에 걸쳐 위 왕조에서 확고한 기반을 쌓고 있었는데, 사마염은 그 기세를 몰아 위 황제인 조환에게 황제위를 물려받고 진 왕조를 일으켰다. 아버지인 사마소 시절에 이미 촉나라를 평정했기 때문에 사마염에게는 오나라를 멸하여 천하통일을 이루어야 하는 커다란 과제가 남아 있었다. 그리하여 그는 즉위 후 스스로 검약에 힘쓰는 한편 내부 결속을 도모했다. 267년, 드디어 중신인 양호를 총사령관으로 하여 오나라를 공격할 준비를 갖추고 왕준에게는 장강 상류의 익주에서 수군을 정비하게 했다. 그러나 오나라에서도 명장인 육항이 장강 일대에서 방어에 힘써 두 나라 군사는 일진일퇴를 거듭했다. 이 대치는 10년이나 계속되었다. 그러나 279년에 드디어 진의 수륙 20만의 대군이 일제히 남하하여 결국은 이듬해에 오를 멸망시키고 천하를 통일했다.

등애鄧艾 (?-264년)

위(魏)의 명장. 자는 사재(士載). 사마의에게 재능을 인정받아 농정(農政)·통운(通運)에 큰 업적을 이루어냈다. 또한 오나라에 대한 전략으로 둔전책(屯田策)을 실행해 성공적인 성과를 올렸다. 255년, 관구검·문흠 등의 반(反)사마씨 거병 때 연주 자사였던 그는 기동대를 이끌고 진압작전에 참가하여 승리의 계기를 만들었다. 263년에는 촉나라를 정벌하기 위해 서쪽 방면의 군사들을 지휘하여 산을 깎고 하천에 다리를 놓아 험한 길을 개척하여 대번에 성도에 육박했다. 그리하여 10월에는 사찬과 아들 등충을 격려하며 제갈첨·장준 등의 목을 베고 촉주 유선의 항복을 받아 드디어 성도 입성을 이루어냈다. 그러나 이듬해 반란의 기색이 보인다는 사찬·종회 등의 무고로 아들과 함께 처형되었다.

공손연公孫淵 (?-238년)

요동(遼東)의 호걸. 228년, 위나라 명제로부터 요동 태수에 임명되었으나 오나라의 손권과도 우호관계를 유지했다. 이에 위나라에서는 그에 대해 문책의 사신을 파견했다. 그러나 공손연은 무력으로 이를 물리쳐버리고 연왕(燕王)을 자칭하며 자립했다. 그리하여 위나라에서는 사마의를 총대장으로 삼아 토벌군을 파견했고 공손연도 요수를 따라 방위선을 구축했으나 사마의의 양동작전으로 패하고 본거지인 양평으로 물러갔다. 한때는 위의 포위공격을 막아냈으나 총공격을 받고 대패했다. 결국 그는 항복했으나 그것이 받아들여지지 않자 도망을 가다가 결국 목 베어 죽임을 당했다.

강유姜維 (202-264년)

촉(蜀)의 장수. 자는 백약(伯約). 원래 위나라 장수였으나 제갈공명에게 투항하여 크게 신임을 얻었다. 그는 제갈공명이 죽은 뒤 철수하는 중에 사마의의 추격군에게 쫓겼는데 '죽은 공명이 산 중달을 물리치는' 전법으로 전멸의 위기에 빠진 촉군을 구했다. 소극파인 비위가 죽은 뒤 위와 치열하게 싸웠으나 후주 유선이 투항하자 위의 장군 종회에게 항복했다. 그러나 264년, 종회를 부추겨 위나라를 배반하도록 했다가 결국 죽임을 당하고 말았다.

주이朱異

오(吳)의 장군. 253년, 제갈각의 대위(對魏) 작전에 종군했으나 제갈각의 작전을 비판하다 지휘권이 박탈되었다. 257년에 위나라의 제갈탄이 수춘에서 반란을 일으켜 오나라에 구원을 요청하자 대군을 이끌고 출전했으나 여장수(黎漿水)에서 위나라 군사에게 격퇴당해 군법에 따라 처형되었다.

하안何晏 (?-249년)

위(魏)의 학자. 자는 평숙(平叔). 어머니가 조조의 측실이었다. 문제 · 명제 시대에는 냉대를 받았으나 조상(曹爽)이 실권을 잡자 황제 비서가 되어 궁정 문화의 중심인물로서 현학(玄學)을 창조하고 청담(淸談)을 널리 폈다. 후에 사마의에게 죽임을 당했다.

이풍李豊 (?-254년)

위(魏)의 중신. 254년, 위나라 황제 조방의 명으로 장즙 등과 함께 사마사 타도를 모의했다. 그러나 이 모의가 사마사에게 발각이 되었다. 그는 다른 사람에게 누가 미칠 것이 두려워 일부러 악담을 퍼부어 사마사의 분노를 사서 죽음을 자초했다.

장익張翼

유비의 장수. 자는 백공(伯恭). 원래 유장의 수하에 있었으나 낙성에서 유비에게 항복해 그의 장수가 되었다. 제갈공명의 남만 정벌 때 부장(副將)으로 출전했고, 제갈공명이 죽은 뒤 대장군이 되어 강유와 함께 활약했다. 뒤에 종회가 성도 탈환을 위해 공격해 왔을 때 이를 맞아 싸우다 전사했다.

손소孫韶

손권의 대장. 자는 공례(公禮). 본시 유씨(兪氏)였으나 손책에게 총애를 받아 주인의 성을 따르게 되었다. 조비가 남침했을 때 수장 서성의 명령을 어기고 조비의 본진을 습격하여 공을 세웠다. 손권이 대위(大位)에 오르자 진북장군 유주목이 되었다.

제갈첨諸葛瞻 (227-263년)

제갈공명의 아들. 자는 사원(思遠). 촉나라의 위장군(衛將軍). 263년 위나라 군사가 대거 침공하여 성도에 이르렀을 때 면죽에서 방어선을 쳤으나 등애의 공격을 받아 전사했다.

진랑秦朗

위(魏)의 중신. 아명은 아소(阿蘇). 모친이 조조의 측실이 되었기 때문에 적자들과 마찬가지로 조조의 사랑을 받았다. 후에 명제(明帝)의 눈에 들어 효기장군 · 시종장 등을 지냈다.

가충賈充 (217-282년)

가규의 아들. 자는 공려(公閭). 위 · 진 교체기에 사마씨(司馬氏)의 심복으로 중요한 역할을 했다. 후에 오나라에 대한 대응책으로 화평을 주장했다. 딸은 혜제(惠帝)의 황후가 되었다.

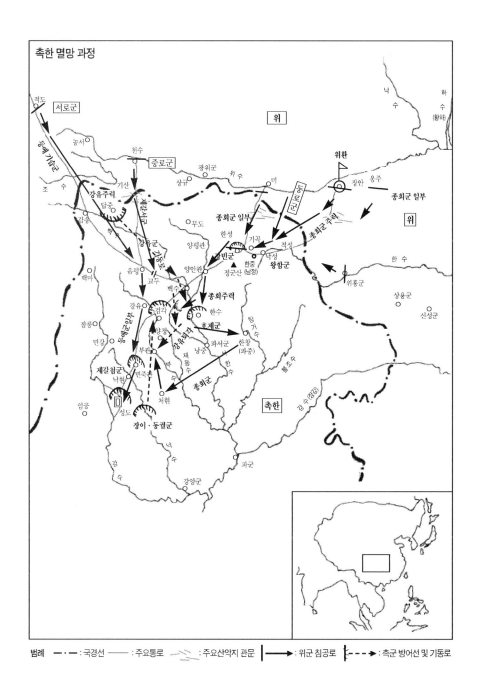

차례

참담한 실패

　　공명이 손례 군을 크게 물리친 뒤에 군사들에게 상을 후히 나눠주고 장중으로 돌아와 보니, 영안성(永安城)에서 군수(軍需)의 임무를 맡고 있는 이엄(李嚴)이 사람을 보내왔다. 공명은 그가 보내온 편지를 뜯어보고 크게 놀랐다.

　　오(吳)가 위(魏)와 결탁해 촉(蜀)을 치려는 기미가 엿보이니 십분 경계하소서.

　　만일 사실이라면 촉국으로서는 그저럼 중대한 일이 없었다. 촉이 지금까지 위국을 안심하고 공격할 수 있었던 것은 오와 맺은 군사 동맹에 대한 믿음 때문이었다. 만약 오가 군사 동맹을 파기하고 위국과 연화(連和)한다면 촉의 운명은 풍전등화의 위기에 직면하게 되는 것이나 다를 바 없었다.
　　'이것은 결코 경솔히 보아 넘길 일이 아니다.'

공명은 일대 영단을 내려 기산을 버리고 한중으로 총퇴각할 결심을 했다. 왕평, 장의, 오반, 오의에게 사람을 보낸 공명은 서서히 회군하라고 일렀다. 기산에 주둔 중인 군사들이 철수를 개시했다는 보고를 들은 공명은 마충과 양의를 불러 새로운 지시를 내렸다.

"너희들은 궁노수 일만 명을 거느리고 검각(劍閣)의 목문도(木門道) 양편에 매복해 있어라. 위군이 추격해 올 때 내가 포향(砲響)을 울릴 테니 그것을 신호로 산 위에서 목석(木石)을 굴려 내리며 일제히 궁노를 쏘라!'

그리고 위연과 관흥을 불러들여 만약 적이 나타나면 그들의 후방을 차단하라고 일렀다.

이때 위군 측에서는 촉병들이 물러간다는 소식을 듣고 장합이 사마의를 급히 찾아왔다.

"지금 촉병들이 까닭 없이 물러간다니 웬일인지 모르겠나이다."

사마의가 머리를 기울이며 말했다.

"공명이 무슨 궤계를 꾸미는지 모르겠구려. 또 계교에 빠지기 쉬우니, 경솔히 추격하지 마오."

대장 위평(魏平)이 앞으로 나오며 말했다.

"이런 좋은 기회에 적을 치지 않으면 언제 칩니까? 촉병을 너무 무서워하다가는 세인의 웃음을 사고 말 것입니다."

사마의가 장합을 대동하고 상규(上邽)로 나와 보니, 과연 적은 완전히 철수하고 한 사람도 남아 있지 않았다. 장합은 목문도로 와서 사마의에게 말했다.

"많은 군사가 철수하는 데는 시간이 상당히 걸릴 것입니다. 제가 수천 기를 이끌고 먼저 나가 행군을 방해할 테니 대도독께서는 뒤로 천천히 나오십시오."

"너무 서두르다가 무슨 실수를 저지를지 모르오. 공명이 무슨 궤계를 쓰고 있는지 신중히 검토해 봅시다."

"대도독께서는 공명을 왜 그다지도 두려워하십니까? 그러다가는 추격할 기회를 놓치게 됩니다."

"급히 서둘렀다가 실패하느니보다는 신중을 기하는 것이 낫지 않겠소?"

"국가를 위해 목숨을 잃어버리기로 두려울 것이 무엇입니까?"

"장군의 충성심은 나도 잘 알고 있소."

"이번 기회를 놓치면 다시는 공명을 격파할 수 없게 됩니다."

장합이 강경하게 주장했다.

"장군이 그처럼 자신이 있거든 오천 기를 거느리고 나가 공명의 군사를 추격해 보오. 내가 위평에게 따로 이만 명을 주어 뒤따르게 하겠소."

장합은 크게 기뻐하며 일선으로 달려 나왔다. 삼십여 리쯤 촉병을 추격했을 때였다. 어느 숲속을 통과하노라니, 문득 사방에서 군사들이 함성을 올리며 덤벼들었다. 촉군의 복병들이었다.

"장합아, 어디로 가느냐? 위연이 여기서 기다렸다!"

칼을 뽑아 들고 덤벼 오는 장수는 진작부터 명장으로 알려진 위연이었다. 장합은 위연을 보자 크게 노했다. 그리하여 칼을 높이 들고 말을 달려 나오며 큰소리로 외쳤다.

"이놈, 네가 바로 위연이냐! 잘 만났다. 어디 나하고 자웅을 겨루어보자!"

장합이 번개같이 덤벼 나오니, 위연은 두세 합 싸우다가 거짓으로 쫓기기 시작했다.

"이놈아, 비겁하게 어딜 달아나느냐!"

장합이 촉병들을 좌우로 갈라 헤치며 위연을 쫓아가기 시작한 지 삼십여 리쯤 되었을 때였다. 홀연 산속에서 나타난 관흥이 앞을 가로막았다.

"이놈 장합아, 어딜 가느냐? 관흥이 여기 있다."

"이놈, 잘 만났다. 네가 바로 관운장의 아들 관흥이냐! 너도 네 아비처럼 내 칼에 맞아 저승길을 가게 되리라."

두 장수는 한바탕 싸움을 계속했다. 그야말로 용호상박(龍虎相搏)의 대격전이었다.

관흥은 한참 싸우다가 문득 힘에 부친 듯 뒤로 쫓기기 시작했다. 장합은 정신없이 그를 추격했다. 그러자 이번에는 뒤에 숨어 있던 위연이 또다시 나타나 장합과 겨루었다. 위연이 역전 분투하다가 지치면 이번에는 관흥이 또다시 나타나는 것이었다.

장합은 두 장수를 상대로 번갈아 싸우며 자꾸만 뒤를 쫓았다.

결국 위연은 처음에 계획했던 대로 장합을 목문도(木門道)의 깊은 산골짜기까지 끌어들이는 데 성공했다. 그곳은 워낙 지형이 험준한 곳인지라 장합도 더는 쫓아올 생각을 아니하고 군사를 정돈하려 했다. 그러나 위연은 그럴 기회를 주지 않으려고 또 싸움을 걸었다.

"장합아, 네가 이제는 겁이 나서 비겁하게 도망을 가려느냐? 용기가 있거든 끝까지 싸우자."

위연이 그렇게 외치니, 장합은 노여움이 머리끝까지 치밀어 올랐다.

"이 빌어먹을 놈아, 누가 도망을 친단 말이냐? 도망을 치는 놈은 바로 네가 아니냐!"

"미친 소리 그만해라. 나는 한나라의 명장이요, 너는 역적의 충복이 아니냐? 칼이 더러워질까봐 너 같은 놈의 목을 안 베고 있을 뿐이다."

장합은 그 소리를 듣자 맹수같이 덤벼들었다.

위연은 또다시 급히 쫓겨 달아났다.

"이 비겁한 놈아! 큰소리칠 때는 언제고 달아나기만 하느냐? 내 너 같은 놈은 절대로 살려두지 않겠다."

장합이 번개처럼 달려 나오며 마상에서 창을 던졌다.

위연이 말 위에 납작 엎드리니, 창은 투구를 꿰뚫고 땅에 떨어져버렸다. 마침 그때 장합을 뒤따르던 십여 기의 부하들이 급히 쫓아오며 소리쳤다.

"장군은 너무 깊이 쫓아 들어가지 마십시오. 산 위에 이상한 불빛이 보입니다."

장합이 그제야 깨닫고 보니, 날은 이미 저물어 땅거미가 지는데 저 멀리 산 위에서 난데없는 봉화가 타오르고 있는 게 보였다.

"아차, 내가 너무 깊이 들어왔구나."

장합은 적이 놀라며 말머리를 돌리려 했다. 그러나 때는 이미 늦어 있었다. 별안간 산 위에서 천지를 진동하는 함성이 일어나더니 좌우 절벽 위에서 좁은 골짜기로 통나무와 바위가 폭포처럼 떨어져 내리고 있었다. 그러나 그뿐이랴, 전후좌우에서도 불길이 일어나 장합은 몸 둘 곳이 없을 지경이었다.

장합은 골짜기를 벗어나야겠다는 생각에 말에 채찍질을 가하며 애구(隘口)를 향해 달렸다. 그러나 출입구는 이미 통나무와 바위로 첩첩이 막혀 있을 뿐만 아니라, 수천 명의 매복 군사들이 일제히 들고 일어나더니 화살을 빗발처럼 쏘아 갈겼다.

천하의 용장 장합도 화살을 수없이 맞아서는 살아남을 수 없었다. 장합과 뒤따르던 부장들은 고슴도치 모양으로 전신에 수없이 화살을 맞고 마침내 목문도 산골짜기에서 돌아오지 못할 길손이 되고 말았다.

장합이 죽고 난 얼마 후, 위병들이 그의 소식을 알아보려고 목문도로 달려왔다. 그러나 길이 막혀 있어 다시 돌아가려는데, 문득 산 위에서 공명의 목소리가 들려왔다.

"보아라! 제갈공명이 여기 계시다."

모두들 깜짝 놀라 올려다보니, 화광이 훨훨 타오르는 한가운데에 공명이 홀로 서 있었다. 그는 팔을 들어 위병들을 가리키며 말했다.

"위병들은 들어라! 내 오늘 사냥에서 말(사마의를 지칭)을 잡으려다가 잘못되어 돼지(장합을 지칭) 한 마리를 잡았을 뿐이다. 너희들은 돌아가 중달에게 내 말을 똑똑히 전하라. 내 조만간 중달을 반드시 사로잡고 말 것이다."

위병들은 그 말을 듣고 크게 놀라 급히 돌아왔다.

사마의는 장합이 죽었다는 소식을 듣고 개탄을 마지않았다.

"그를 전사하게 만든 것은 내 잘못이었다. 공명의 계책을 알고 있었으면서도 그들을 추격하도록 허락해 그를 죽게 한 것이로다."

더구나 사마의는 공명이 자기 자신까지 사로잡으려 한다는 말을 듣고 의기가 크게 위축되었다. 그리하여 그때부터는 성을 지키기만 하고, 나가 싸우려고 하지 않았다.

한편 승리를 얻은 공명은 위오동맹(魏吳同盟)의 진상을 알아보기 위해, 군사를 거둬들여 일단 한중으로 돌아왔다. 위와 오의 관계를 정확하게 파악하기 전에는 새로운 작전계획을 세울 수 없었기 때문이다.

바로 그때 성도에서 상서 비위가 찾아와 공명에게 말했다.

"폐하께서는 승상이 무슨 연유로 군사를 한중으로 거둬들이셨는지 매우 의아스럽게 여기시나이다."

공명이 대답했다.

"이즈음 군량 보급이 여의치 않은 데다, 형주 태수 이엄의 말을 듣자하니 오와 위가 비밀리에 동맹을 맺었다고 했소. 우리가 위와 싸우고 있을 때 오가 불시에 국경을 침범해 오면 큰일이다 싶어 일단 기산을 포기하고 한중으로 돌아온 것이오."

그 소리에 비위는 어리둥절한 표정을 지었다.

"그것 참 이상한 일입니다. 얼마 전 이엄이 보고하기를, 자기는 군량을 보내려고 했는데 승상께서 까닭 없이 회군하셨다고 했으니 이게 어찌 된 일이옵니까?"

공명은 그 말을 듣고 크게 노했다.

"이엄이 폐하께 그런 보고를 올렸단 말이오? 위와 오가 비밀 동맹을 맺은 것 같다는 언질을 준 사람이 바로 이엄이었소. 그 사람이 거짓 보고를 올렸다면 이는 이만저만 중대사가 아니오. 지금 당장 진상을 알아봐야 하겠소."

"이엄이 왜 그런 보고를 올렸는지 짐작이 갑니다. 그는 군량 운수 작업이 여의치 않자 그 책임을 승상에게 전가시키려고 그랬나 봅니다."

"일신의 안정을 위해 국가대사를 그르치게 했다면 정녕 말이 되지 않는 소리요. 이는 절대로 용서 못할 일이오."

성도로 급히 돌아온 공명이 이엄을 붙잡아다 조사해 보니, 과연 그가 농간을 부린 것이 분명했다.

"당장 저놈의 목을 베어라."

그러자 옆에 있던 비위가 간하고 나섰다.

"이엄으로 말하면 선제(先帝)께서 탁고(託孤)하신 분이니, 노여움을 참으시고 너그럽게 처리하심이 좋을까 하나이다."

공명은 이에 분노를 참고, 이엄의 관직을 박탈하고 자동군(梓潼郡)으로 정배를 보내버렸다. 그리고 그의 아들 이풍(李豊)을 장사(長史)로 삼아, 그 자리에 눌러앉아 아버지의 임무를 맡아보게 했다.

이엄의 농락으로 기산을 포기하고 돌아온 공명은, 삼년 계획으로 우선 내정을 충실히 정돈해 놓고 나서 다시 군사를 일으킬 생각이었다. 성도를 오래도록 비우는 동안 군신(群臣)들이 권력과 이해를 다투느라 내정이 몹시 문란해졌기 때문이었다.

촉에는 공명 이외에는 이렇다 할 명신(名臣)이 없는 게 큰 약점이었다. 또한 유선이 그다지 영명하지 못하여 사리판단을 제대로 하지 못한다는 큰 약점이 있었다. 그러나 공명은 악조건 하에서도 중원 진출이라는 목표만은 결코 포기하지 않을 생각이었다. 공명은 온갖 정성과 노력을 오직 그 한 가지의 꿈에 기울이고 있었다.

공명이 삼 년 동안 내정에 힘을 기울인 결과, 촉은 산업이 크게 발달되고 인심이 많이 순화되었다. 이에 공명은 건흥 십삼년 이월에 후주를 뵙고 비장한 각오로 이렇게 상주했다.

"신이 군사를 쉬게 한 지 어언 삼 년이 지나매, 이제 양초는 풍족하고, 무기는 완비되고, 인마(人馬)는 웅장하여, 가히 위(魏)를 정벌할 수 있게 되었나이다. 신이 이제 정야(征野)에 나가면 중원을 회복하는 그날까지 폐하를 다시 뵙지 않을 각오이옵니다."

후주가 그 소리를 듣고 말했다.

"천하가 마땅히 정립지세(鼎立之勢)를 이루고 오ㆍ위가 또한 우리를 침범하지 않거늘, 상부(相父)는 무슨 까닭으로 부질없이 군사를 일으키려 하오?"

공명이 대답했다.

"신이 선제로부터 받은 지우지은(知遇之恩)을 어찌 꿈엔들 잊을 수 있으오리까. 폐하를 위하여 중원을 극복하고 한실을 부흥시키는 것은 신의 유일무이한 생애의 의무이옵니다."

그 말이 끝나자 옆에 있던 태사 초주가 나서면서 말했다.

"승상께서 군사를 일으키는 것은 옳지 못한 일인 줄 아옵니다."

"그 이유는 무엇이오?"

"근자에 남녘으로부터 수만 마리의 새가 날아와 한수(漢水)에 떨어져 죽었는데, 이는 흉조가 분명합니다. 게다가 신이 천문을 보온 즉, 규성(奎星)이 태백(太白)의 분야로 침범하여 성기(盛氣)가 북쪽에 있으니 위를 치면 반드시 불리할 것입니다."

그러나 공명은 그 말을 듣지 않았다.

"내 선제의 탁고하신 뜻을 받았는데 어찌 그런 요사스러운 일로 대사를 저버릴 수 있겠소. 여하한 일이 있어도 이번에는 반드시 군사를 일으켜야 하오."

그런 다음 후주에게 말했다.

"신이 몸은 비록 멀리 전야(戰野)에 나가 있어도 마음은 항상 폐하를 옆에서 모시고 있겠나이다. 그러므로 폐하께서는 신이 비록 측근에 없더라도 항상 성도를 지키고 있음을 잊지 말아주소서."

공명은 성도를 떠나기에 앞서 선제 현덕의 사당을 찾아 정중하게 제사를 지냈다. 그는 눈물을 흘리며 목숨을 걸고 유지(遺志)를 선양(宣揚)할 것을 굳게 명세했다.

공명이 제사를 끝내고 한중으로 막 출발하려는데, 뜻하지 않았던 슬픈 소식이 날아들었다. 관흥이 병으로 세상을 떠났다는 부음이었다. 먼저는 장포를 잃고 이제 관흥마저 잃어버린 공명의 슬픔은 이루 말할 수가 없을 지경이었다. 그로 인해 여섯 번째의 출사(出師)인 이번 출병은 더욱 비장감을 띠게 되었다.

이번에 출전하는 삼십사만의 군사가 오로(五路)로 나뉘어 진군하는데, 선봉을 서는 장수는 강유와 위연이었다. 이때에 위(魏)는 연호를 청룡(青龍)으로 바꾸었는데, 공명이 기산에 여섯 번째 진군해 온 것은 위의 연호로 따지면 청룡 이년 이월이었다.

공명이 삼 년 만에 기산으로 다시 출동했다는 소식을 듣고 사마의가 위주(魏主)에게 말했다.

"신이 간밤에 천상(天象)을 보온 즉, 왕기(王氣)가 타는 듯이 성했나이다. 공명 또한 그런 사실을 모를 리 없건만 군사를 일으켜 온 것을 보면 스스로 패망의 길을 취하는 것이 아닌가 하나이다. 이제 신은 적을 맞아 최후의 승리를 거두고자 하오니 네 사람만은 꼭 데리고 가게 해주소서."

"그 사람이 누구요?"

"하후연의 아들인 패(霸), 위(威), 혜(惠), 화(和)의 사 형제가 바로 그들입니다. 그들은 모두 무예에 능통한 데다 부친이 한중에서 전사했습니다. 그런 까닭에 그들은 촉병이라면 이를 갈며 싸울 것이옵니다."

위주는 사마의의 부탁을 즉석에서 허락했다.

"대도독의 소원이라면 짐이 어찌 허락지 아니하리오."

이리하여 사마의는 사십사만의 군사를 거느리고 위수(渭水)를 향하여 출동했다.

그로부터 며칠 후에 촉과 위는 각각 기산과 위수를 본거로 하고 대진을 했으니, 이번 싸움은 양국의 운명을 결정하는 중대한 승부처라고 볼 수 있었다.

이제 작전 면에서 양군의 차이점을 잠깐 살펴보기로 하자.

위군 총병력 사십사만 중에는 오만 명의 공병대(工兵隊)도 포함되어 있었다. 사마의는 공병대를 총동원하여 위수 상류에 아홉 개의 부교(浮橋)를 놓는 동시에 하후패와 하후위에게 강을 건너가 서쪽 강안에 진을 치게 했다. 그것은 전에는 볼 수 없었던 적극적인 공격 자세를 의미하는 것이었다.

사마의는 만일의 경우를 고려하여, 본부에서 멀리 떨어져 있는 후방에 성을 새로이 쌓아 올려 항구적인 기지를 구축했다. 그러나 그와 같은 항구적이고 적극적인 공격 태세는 촉진에서도 엿볼 수 있었다.

공명이 기산을 중심으로 다섯 개의 진을 구축한 것은 종전과 별로 다름이 없으나 사곡(斜谷), 검각(劍閣) 사이에 열네 개의 진영을 구축하여 강력한 군대를 배치함과 동시에 상호간의 연락을 긴밀히 만들어놓은 것은 전에는 볼 수 없었던 진형(陣形)이었다.

위를 완전히 정벌하기 전에는 성도에는 결단코 돌아가지 않겠다고 말한 공명의 결의가 그 진형에도 여실히 드러나 있었던 것이다.

어느 날 공명에게 새로운 적정(敵情)이 보고되었다.

"위의 대장 곽회와 손례가 농서에 있던 군마를 북원(北原)으로 이동시키고 있다 하옵니다."

공명은 곧 참모들을 불러서 말했다.

"위병들이 북원으로 이동하는 것은 지난번처럼 우리에게 농도(隴道)를 끊길까 걱정해서일 것이다. 우리가 이 기회에 북원을 칠 듯한 자세를 취하면 사마의는 군사들을 그곳으로 급거 이동시킬 것이다. 우리가 그 기회를 타서 위수의 본진을 급습하면 반드시 큰 전과를 거둘 수 있게 될 것이다."

북원은 위수의 상류에 있는 고장이었다. 공명은 뗏목 백 척에 건초(乾草)를 가득 싣게 했다. 적군이 움직이는 기색이 보이거든 뗏목에 불을 지른 다음 강물에 띄워 적의 부교(浮橋)를 모조리 태워버릴 생각이었다. 또한 정병 오천 명을 미리 대기시켜두었다가 적이 움직이기만 하면 위수 남안으로 상륙하여 적의 본진을 취할 생각이었다. 그러나 사마의 역시 가만히 앉아 있을 리 없었다.

'지금 공명이 위수 상류에 많은 뗏목을 준비하고 건초를 잔뜩 싣고 있는 것은 우리의 부교를 태워버리고 북원을 치려는 계획이 분명하다.'

그렇게 판단한 사마의는 하후패와 하후위 형제를 불러 비밀 명령을 내렸다. 그런 다음 곽회, 손례, 악림, 장호를 불러들여 그들에게도 비밀 명령을 내렸다.

이날 밤이었다. 위연과 마대가 군사를 거느리고 북원에 나타나니, 위장 손례는 싸울 생각은 아니하고 영채를 버린 채 그대로 달아나버렸다. 위연과 마대는 기회를 놓칠세라 급히 뒤쫓았다. 그러나 얼마를 쫓아가다 보니 문득 전후좌우에서 적의 복병들이 함성을 올리며 나타났다. 사마의 와 곽회의 군사였다. 위연과 마대는 최선을 다해 싸웠지만 창에 찔리고 물에 빠져 죽어 간신히 살아남은 군사는 절반도 못 되었다.

그 무렵, 오의와 오반은 뗏목을 이끌고 위수로 내려오고 있었다. 그러나 뗏목이 부교에 도달하기도 전에 장호와 악림이 강물에 동아줄을 건너 매어 뗏목을 모조리 붙잡아두고 화살을 빗발처럼 쏘아 갈겼다. 아무런 대비도 없었던 촉병들은 항전 한번 못해 보고 꼼짝없이 패하고 말았다.

대장 오반은 그 바람에 물에 빠져 죽고, 촉군은 형편없이 참패했다. 그같은 실패가 다른 부대에도 커다란 영향을 미친 것은 두말할 것도 없었다. 왕평과 장의는 적의 부교가 불타는 것을 기다렸다가 위수의 적진을 기습할 계획이었으나 군사를 대기시켜놓고 아무리 기다려도 불길이 보이지 않았다.

"웬일까? 어떻게 된 일인가?"

"어차피 여기까지 왔는데 불길이 보이지 않더라도 그대로 습격해 버리는 것이 어떻소?"

"우리만 단독으로 싸울 수는 없으니 좀더 기다려봅시다."

왕평과 장의가 그와 같은 말을 주고받는데, 문득 급사가 달려와서 말했다.

"승상께서 급히 회군하라는 명령이시오."

"회군이라니? 무슨 이유요?"

"우리는 북원에서도 대패했고, 부교를 태우려던 계획도 실패하고 말았소."

"뭐, 도처에서 참패라고?"

왕평과 장의는 크게 놀라며 곧 군사를 철수시키려 했다. 그러나 그때까지 바람소리밖에 들려오지 않던 갈밭 속에서 돌연 적병들이 무수히 일어나며 노도와 같이 밀려왔다.

왕평과 장의는 결사적으로 싸웠다. 그러나 원체 기습을 당했던 까닭에 그들도 형편없이 패하고 말았다. 이날 밤 촉군이 손실한 병력은 일만이 넘었다.

공명이 생애를 통해 이렇게도 비참하게 패해 보기는 처음이었다.

목우와 유마

공명이 싸움에 패하고 우수에 잠겨 있던 어느 날, 장사 양의가 조용히 찾아와 말했다.

"이즈음 위연이 승상의 뒷공론을 하고 다니는데, 그 원인이 어디 있나이까?"

공명은 눈살을 찌푸리며 대답했다.

"그의 불평은 오늘에 시작된 것이 아니오."

"그런 줄 아신다면 군율에 엄격하신 승상께서 그 사람을 어이 그대로 내버려두시나이까?"

"그 사람만큼 용감한 장수가 없는 것을 어떡하오. 그의 행실을 알고 있기는 하지만 어쩔 수 없는 일이오."

양의는 공명의 고충을 짐작하고 아무 말도 못했다.

위와 촉이 더불어 싸워온 지 수십 년이었다. 그간 용맹을 떨쳤던 장수들도 연이어 죽어버리고 이제 공명의 수하에 남아 있는 용장은 다섯 손가락으로 꼽을 정도였다. 위연은 그중에서도 단연 뛰어난 용장이고 보니, 군기를 다소 문란케 하더라도 그대로 버릴 수가 없었다. 공명이 위연을 처단하지 못하는 것은 그런 문제 때문이었다.

마침 그 무렵, 상서 비위가 성도로부터 기산에 왔다.

공명은 비위를 보고 말했다.

"내가 오의 손권에게 서신을 보내야겠는데 공이 그 임무를 맡아주었으면 하오."

비위가 대답했다.

"승상의 분부신데 무엇을 거역하오리까."

"내가 오와 힘을 합해 위를 도모하고 싶으니, 공은 내 편지를 가지고 가서 손권의 마음을 움직이도록 노력해 주기 바라오."

"성심성의를 다해 보겠나이다."

비위는 공명의 서신을 가지고 오로 떠났다.

손권에게 보내는 공명의 서신 내용은 대략 다음과 같았다.

본인은 선제 유현덕의 부탁을 받고 한실의 부흥을 위해 온갖 노력을 다해 오고 있는 중이옵니다. 그런데 이제 기산에 군사를 집합시켜서 위수에서 적을 마지막으로 무찔러버리고자 하오니, 폐하께서는 동맹지의(同盟之義)를 생각하사 군사를 함께 일으켜 중원을 취한 연후에 천하를 동분(同分)함이 어떠하겠나이까. 폐하께서는 본인의 뜻을 깊이 굽어 살펴주소서!

손권은 서신을 읽어보고 크게 기뻐하며 비위에게 말했다.

"짐인들 어찌 촉·위의 전국에 무관심할 수 있겠소. 지금까지는 군사를 기르며 때가 오기만 기다렸던 것이오. 이제 제갈 승상이 그처럼 말씀하시니, 짐이 몸소 대군을 거느리고 나아가 위를 치도록 하겠소."

비위는 크게 기뻐했다.

"위가 멸망할 날도 며칠 남지 않았는가 합니다. 그러면 언제 어떻게 출동하시겠나이까?"

"우선 삼십만 대군을 이끌고 장강을 거슬러 올라가 거소문(居巢門)으로 상륙하여 합비(合淝)와 신성(新城)을 먼저 취하고, 그 다음에는 육손과 제갈근으로 하여금 강하(江夏)와 면구(沔口)를 깨치고 양양(襄陽)으로 돌입하게 하고, 손소(孫昭)와 장승(張承)은 광릉 지방으로 진격하여 회양(淮陽)을 점령해 버리게 하겠소."

손권은 작전 계획까지 상세하게 말해 주었다.

이날 밤, 주연이 벌어졌을 때 손권이 비위를 보고 물었다.

"지금 촉국에서 항상 선봉장의 역할을 맡아보는 장수가 누구요?"

"위연이라는 장수이옵니다."

"음, 위연이라는 사람은 용력(勇力)은 있을지 모르나 마음이 곧지 못해 훗날에는 반드시 화근이 될 것 같은데, 공명은 어찌하여 그 사람을 중하게 쓰는지 모르겠구려."

손권이 웃으며 말했다.

"폐하의 말씀을 돌아가는 길에 승상께 고하겠나이다."

비위는 기산으로 돌아와 공명에게 손권의 작전 계획을 들은 대로 보고했다.

공명은 크게 기뻐하며 물었다.

"다른 말은 없었소?"

비위는 위연에 관한 손권의 말을 들려주었다.

공명은 탄복을 마지않으며 말했다.

"손권은 과연 총명한 인물이로다. 그가 위연의 인품을 그렇게도 정확하게 파악하고 있을 줄 몰랐구나!"

그로부터 며칠 후, 위의 편장(偏將) 정문(鄭文)이라는 장수가 항복을 자청해 왔다.

공명은 그를 불러들여 물었다.

"그대는 무슨 이유로 위를 배반하고 우리에게 항복해 왔는가?"

정문이 대답했다.

"저는 진랑(秦朗)이라는 사람과 함께 군문에 들어온 장수입니다. 그런데 사마의는 진랑만 중하게 쓰고 저는 항상 푸대접을 하더이다. 급기야 요즈음에는 진랑과 사이가 나쁘다는 핑계로 저를 죽이려고 해 승상의 높은 덕을 믿고 투항해 왔나이다. 부디 본인을 거두어주소서."

마침 그때 군사가 들어오더니 말했다.

"지금 위군 장수 하나가 정문이라는 장수를 돌려달라고 영문 앞에 와 있나이다."

"그 장수의 이름이 뭐라고 하더냐?"

"진랑이라고 합니다."

공명은 그 소리를 듣고, 정문을 바라보며 말했다.

"그대와는 원수나 다름없는 진랑이 영문 앞에 와 있다는구려."

"사마의가 그놈을 시켜 저를 잡으려는 모양입니다."

"그대와 진랑과는 어느 편의 무용이 위인가?"

"건방진 말씀 같습니다만 진랑 따위는 열 놈도 당해 낼 자신이 있사옵니다."

"그대의 무용이 그처럼 우수하다면 사마의가 푸대접을 했을 리 없는데 그게 정말인가?"

"만약 승상께서 제 말을 못 믿으시겠다면, 제가 지금 나아가 그놈의 목을 베어 오겠습니다."

"지금 곧 나가 그자의 목을 베어 오라. 그러면 내가 그대를 믿고 중히 쓰리라."

"그것은 어렵지 않은 일이옵니다."

정문이 말을 달려 영문 밖으로 나오니, 위군 장수가 큰소리로 욕설을 퍼부었다.

"이 배반자야! 네가 남의 말을 훔쳐 타고 촉진으로 도망을 왔으니, 그런 파렴치한 일이 어디 있느냐? 나는 사마 도독의 명령으로 네 목을 베러 왔다. 내 칼을 곱게 받아라!"

위군 장수가 그렇게 외치며 덤벼오자 정문도 곧 칼을 뽑아 들고 마주 덤벼들었다. 그리하여 삼 합도 미처 못 싸워 진랑이라는 장수의 목을 베어 공명에게로 돌아왔다.

"승상! 진랑의 머리를 베어 왔나이다."

공명은 정문이 내밀어 보이는 진랑의 수급을 물끄러미 바라보다가 물었다.

"몇 합이나 싸워 진랑의 목을 베었는가?"

"진랑의 머리를 대번에 베어 왔나이다."

공명은 그 소리를 듣더니, 좌우를 돌아보며 노기에 찬 어조로 명했다.

"여봐라! 저놈을 당장 끌어내어 목을 베어라."

정문은 깜짝 놀랐다.

"승상! 제게 무슨 잘못이 있다고 그러시나이까?"

"이놈! 내가 진랑의 얼굴을 알고 있다. 그 수급이 어찌 진랑이란 말이냐? 내가 그런 꼬임에 속아 넘어갈 줄 알았느냐? 너는 중달의 명령을 받고 나에게 위계(僞計)를 쓰고 있는 것이 분명하다."

정문은 추상같은 호령에 치를 벌벌 떨면서 위계였음을 즉석에서 고백했다.

"승상! 저는 사마 도독의 명령으로 왔을 뿐이옵니다. 제게는 조금도 죄가 없사오니 목숨만은 살려주소서."

"그러면 그렇지, 감히 누구를 속이려고 그러느냐? 여봐라, 저놈을 죽이지 말고 옥에 가두어라."

다음날 공명은 정문을 다시 불러내어 말했다.

"네가 내 말을 들으면 죽이지 않겠다. 내 말을 듣겠느냐?"

"목숨을 살려주신다면 무슨 말씀인들 안 듣겠나이까."

공명은 서랍 속에서 편지 초 잡은 것을 정문에게 내보이며 말했다.

"죽고 싶지 않거든 너의 친필로 사마의에게 이런 편지를 써라."

"네, 분부대로 쓰겠나이다."

정문은 즉석에서 붓을 들어, 공명의 편지를 그대로 베꼈다. 공명은 군사 한 명을 농사꾼으로 변장시켜 사마의에게 그 편지를 전달하게 했다.

옆에 있던 장수가 공명에게 물었다.

"승상께서는 진랑이라는 자를 전에 정말로 만나신 일이 있으시나이까?"

"그건 괜한 소리였다. 내가 진랑이라는 장수를 언제 만나보았겠느냐?"

"그럼 거짓 항복인 것을 어떻게 아셨나이까?"

"사마의는 결코 사람을 경솔하게 쓰는 성품이 아니다. 사마의가 진랑을 중하게 쓸 정도라면 그 사람의 무예가 도저할 것이 분명한데, 그런 사람이 어찌 정문에게 그처럼 쉽게 목이 달아났겠느냐. 그러니까 진랑은 가짜인 것이 분명하다는 판단을 내린 것이다."

장수들은 그 말을 듣고 난 뒤 탄복을 마지않았다.

한편, 사마의는 정문의 편지를 받아보고, 자신의 위계가 성공했음을 알고 크게 기뻐했다. 그러면서도 어딘가 안심이 되지 않아 심부름꾼을 친히 불러 만나보았다.

"어떻게 해서 이 편지를 그대가 가지고 오게 되었는가?"

"정문과 저는 어릴 때부터 한 마을에서 같이 자란 어깨동무이옵니다. 정문이 저더러 이 편지를 부탁하면서, 나중에 보수를 후히 주겠노라 하기에 가져왔나이다."

"음, 그러면 내가 상을 줄 테니, 이 일을 일체 입 밖에 내지 말도록 하라!"

사마의는 돈을 주어 보내고, 편지를 다시 읽어보았다.

내일 밤 기산에서 횃불이 일어나거든 도독께서 친히 대군을 몰고 쳐들어오소서. 공명은 어리석게도 거짓 항복을 그대로 믿고 저를 중군(中軍)에 머무르게 하였나이다. 만약 도독께서 쳐들어오시면 신은 내부에서 호응하여 공명을 영락없이 사로잡겠나이다!

사마의는 회심의 미소를 지으며 전군에 출동령을 내렸다. 두 아들과 함께 사마의 자신도 몸소 출정하려는 것이었다.

맏아들 사마사가 간했다.

"부친은 어이하여 편지 조각 하나를 믿고 친히 일선에까지 나가시려 하시나이까? 우선 다른 장수들을 보내고 부친은 후방에서 지휘하심이 좋을까 하나이다."

"네 말을 들어보니 그렇기도 하구나."

사마의는 아들의 말을 옳게 여겨 진랑을 선봉장으로 삼아 일만 군을 거느리고 앞장서서 나가게 하고, 자기는 후방 부대와 함께 진군하기로 했다.

이날 밤 초저녁에는 바람이 멎고 달이 밝아 비밀 행군을 하기에는 좋지 않았다. 그러나 이경(二更)이 지날 무렵부터는 난데없는 검은 구름이 하늘을 뒤덮고 음산한 바람이 불기 시작했다.

"아아, 하늘이 나를 도와주시는구나!"

사마의는 그것을 크게 기뻐하며 촉군을 급습할 것을 지시했다. 진랑은 일만 군을 거느리고 촉진으로 쳐들어갔다. 그러나 정작 노도처럼 촉진을 엄습해 보니 적은 한 사람도 없고 영채는 텅 비어 있었다.

"앗, 우리가 적들의 계교에 빠졌구나!"

진랑은 사태가 심상치 않음을 깨닫고 곧 군사를 철수시키려 했다. 그러나 때는 이미 늦어 있었다. 별안간 사방에서 횃불이 일어나는 동시에 적병들이 하늘을 뒤엎을 듯한 함성을 올리며 동서남북으로 몰려들고 있었다.

진랑은 죽기를 각오하고 싸우며 적진을 뚫고 나가려 했으나 워낙 포위망이 철통같은 데다 공격이 거세어 빠져나갈 틈이라고는 없었다. 좌충우돌하며 용감하게 싸우던 진랑은 결국 만신창이가 되어 그 자리에서 죽고 말았다.

이때, 사마의는 후방에 있었는데, 전방에서 화광(火光)이 충천하는 것을 보고 크게 궁금해 했다.

'이 밤중에 난데없는 불이 웬일일까? 암만해도 사태가 심상치 않구나!'

사마의는 그렇게 생각하고, 우군을 구하려고 군사를 급히 출동시켰다. 그러나 그 역시 얼마를 전진하다가 위연과 강유가 좌우에서 협공을 해오는 바람에 별로 싸워보지도 못하고 참패했다. 사마의는 하는 수 없이 밀머리를 돌려 급히 쫓겼다. 사마의가 무참하게 쫓길 지경이었으니 다른 장수들은 더 말할 것도 없었다.

사마의는 자신이 쓴 계교를 공명이 역이용했다는 것을 그제야 깨닫고 혼자 개탄해 마지않았다. 그런데 싸움이 막 끝나자 이상하게도 지금까지 하늘을 뒤덮고 있던 검은 구름이 깨끗이 걷히고 하늘이 다시 맑아졌다.

그것을 본 위군 패잔병들은 저마다 입을 모아 떠들어댔다.

"공명이 요술을 부려 구름을 일으켰던 것이야."

"공명은 둔갑술에다 팔진비법(八陣秘法)까지 쓰기 때문에 사마 도독은 그를 도저히 당해 내지 못할 거야."

위군의 사기가 그처럼 저하되었으니 그들이 촉군을 당해 내지 못할 것은 정한 이치였다. 사마의는 그런 사실을 알고 있는 까닭에, 그날부터는 공격을 단념하고 오로지 방어에만 주력했다.

한편 공명은 승리를 크게 거두고 돌아오자 정문을 참형에 처해 버렸다. 그러고 나서 위수를 완전히 점령할 새로운 계획을 세우기에 바빴다. 그로부터 공명은 군사를 보내어 매일같이 싸움을 걸었다. 그러나 이미 겁에 질린 위병은 암만해도 싸움에 응하지 않았다. 사마의가 싸우기를 단념하고 방위만으로 지구전을 전개한 것은 촉군의 식량 운반 사정이 매우 나쁘다는 것을 잘 알고 있기 때문이었다.

장사 양의가 그 점을 염려하여 공명에게 물었다.

"지금 검각에 식량을 잔뜩 쌓아놓고 있지만, 기산까지는 산길이 너무도 험하여 운반이 뜻대로 안 되니, 이를 어찌했으면 좋겠나이까?"

"그 일은 불일 중에 해결하도록 할 테니 너무 걱정 마오."

그로부터 며칠 후, 공명은 목공(木工)에 재주가 있는 군사 일천여 명을 징발했다. 그들을 호로곡(胡虜谷)이라는 산속으로 데리고 들어간 공명은 나무를 깎아 무엇인지 이름조차 모르는 기계를 만들게 했다. 공명은 그 공사를 마대더러 감독하게 하면서 한마디 주의를 주었다.

"여기서 일하는 장인(匠人)들은 절대 밖으로 나가지 못하게 하고 외부의 사람들은 누구를 막론하고 일체 출입을 못하게 하라. 사마의를 사로잡을 계교가 오직 이번 일에 달렸으니, 비밀이 누설되지 않도록 엄격히 단속하라."

이리하여 인적조차 없던 깊은 산속에 일대 공장이 생겨났다.

그로부터 한 달쯤 후에 공명은 장사 양의를 비롯하여 많은 장수들을 대동하고 호로곡을 방문했다. 그때 호로곡에는 전차(戰車) 같기도 하고 이상한 짐승 같기도 한 기계가 여러 대 생산되어 있었다.

공명은 그 기계를 장수들에게 보여주며 물었다.

"그대들은 이 기계가 무엇인지 아시오?"

"모르겠나이다. 도대체 이 기계는 무엇에 쓰시려는 것입니까? 일찍이 남만을 정벌했을 때에도 괴수(怪獸) 모양의 기계를 써서 목록대왕의 맹수 떼를 물리친 것은 알고 있지만, 이 기계는 그것과도 많이 다른 듯합니다."

"옳게 보았소. 그것과는 많이 다르오. 이것은 산간벽지에서 곡식을 운반하기 위해 새로 고안해 낸 기계요. 이 기계에는 두 종류가 있으니, 하나는 목우(木牛)라 부르고, 하나는 유마(流馬)라 부르오. 산길은 물론이고 산도 기어 넘을 수 있고, 물도 맘대로 건널 수 있도록 고안되었소. 내가 시운전을 한번 해보일 테니 구경하오."

공명은 기계를 조작하는 군사에게 '목우'와 '유마'를 움직여보라고 명했다. 과연 그 괴상한 기계는 짐을 많이 싣고도 산도 맘대로 기어오르고, 물도 어렵지 않게 건너는 것이었다.

모든 장수들이 탄복해 마지않으니 공명이 웃으며 말했다.

"군수물자를 우마차로 운반하려면 마소의 식량도 공급해야 하고, 도중에 병으로 쓰러지기도 하기 때문에 능률이 매우 나쁘오. 그러나 목우와 유마는 먹이가 필요치 않을 뿐만 아니라 쉬지 않고도 한꺼번에 많은 물자를 나를 수도 있소. 이제 우리는 이 기계로 군량 운반 문제를 완전히 해결하게 되었소."

공명은 수송부대를 그 자리에서 편성하고 우장군 고상(高翔)을 부대장으로 명했다. 그리하여 그날부터 검각에서 기산으로 군량을 많이 날라 오니, 촉군들은 그것만 보고도 용기백배했다.

　그것으로 사마의가 노렸던 지구전도 그 의의를 완전히 상실하게 되었다.

일진일퇴의 전세

사마의는 촉군들이 '목우'와 '유마'라는 신발명 수송기로 군량을 검각에서 날라 온다는 정보를 듣고 크게 놀랐다.

그는 장호, 악림을 불러 물었다.

"촉군이 지금 목우, 유마라는 신무기로 군량을 대량수송하고 있다는 소리를 들었다. 그대들은 그 무기를 본 일이 있는가?"

"소문은 들었지만 아직 구경은 못했습니다."

"만약 그 무기의 구조만 알면 우리도 못 만들 것이 없다. 그대들은 군사를 이끌고 사곡(斜谷)에 매복해 있다가 적의 수송부대를 습격하여 문제의 기계를 서너 대만 탈취해 오라."

"곧 분부대로 하겠습니다."

"다른 전과는 생각지 말고 기계만 빼앗아 오라."

"알겠습니다."

장호와 악림은 곧 군사 일천을 거느리고 나아가 사곡에 매복했다.

그리하여 사흘 후에 문제의 신무기를 두 대씩 빼앗아가지고 돌아왔다.

사마의는 기술자를 총동원하여 목우와 유마를 해체해 보았다. 그리하여 사마의는 그날부터 그와 똑같은 기계를 만드는 데 착수했다. 그는 한꺼번에 목우와 유마를 수천 대나 만들게 했다.

공명은 그 정보를 듣고 웃으며 기뻐했다.

"실상인즉 나는 사마중달이 그렇게 해주기를 은근히 기다리고 있었다. 이번에 빼앗긴 물건을 미끼로 우리는 머지않아 적에게서 허다한 물자를 얻어올 테니 두고 봐라."

옆에 있던 장수들은 그 말이 무슨 뜻인지 몰랐다.

그로부터 칠팔 일이 지난 뒤에 탐마가 달려와 공명에게 말했다.

"위군이 지금 천여 대의 목우와 유마로 농서에서 막대한 군량을 운반해 오고 있는 중입니다."

"음, 내 추측이 틀림없었구나!"

공명은 고개를 끄덕이며 곧 왕평을 불러 명했다.

"그대는 군사 일천 명을 위병으로 변장시켜 곧 북원으로 떠나라. 지금 떠나면 한밤중에 북원에 도착하게 될 것이다. 북원을 통과하여 농서로 가는 길에 이르려면 반드시 위군 검문소에 걸릴 것이다. 그때 위군 수송부대라고 대답하면 말없이 통과시켜줄 것이다. 그런 다음 농서 길목을 지키고 있다가 적의 수송부대가 나타나거든 군사를 깨끗이 섬멸시키고 목우, 유마만 끌고 북원으로 다시 오라. 북원에는 적장 곽회가 있어 그대들을 반드시 공격해 올 것이나 거기에 대한 대비책은 이미 서 있다."

"곽회가 공격해 오면 어찌합니까?"

"적군이 습격해 오거든 모두들 목우와 유마의 혓바닥을 비틀어 돌려놓아 움직이지 못하게 하고 도망쳐 오라. 그러면 그 후의 계책은 달리 쓰기로 하겠다."

왕평은 명을 받고 곧 출발했다.

공명은 이번에는 장의를 불러 명했다.

"그대는 군사 오백 명을 추려 모두 귀신병으로 변장을 시키라. 머리는 귀두(鬼頭)로 만들고, 얼굴을 울긋불긋하게 색깔을 칠하고, 몸에는 검은 칠을 하여 누가 보더라도 무시무시하게 차리고 북원 산중에 매복해 있으라. 그러다가 곽회의 부하들이 왕평의 군사를 쫓아버리고 목우와 유마를 끌어가려 하거든 괴상한 소리를 지르며 그들을 습격하라. 그러면 그들은 크게 당황하여 목우와 유마를 버리고 달아날 것이니, 너희들은 비틀린 혓바닥을 다시 원위치시키고 목우와 유마를 몰고 오라."

다음에는 강유와 위연을 따로 부르고, 마대와 마충을 또 따로 불러 각각 비밀 지령을 내렸다.

이날 밤, 위장 잠위(岑威)는 천 대가 넘는 목우와 유마를 이끌고 농서에서 산길을 거쳐 북원으로 다가오고 있었다. 그런데 얼마를 오다 보니 위병 일천여 명이 나타나 길을 가로막았다.

잠위가 그들에게 물었다.

"너희들은 어디서 오는 군대냐?"

그들이 천연스럽게 대답했다.

"저희들은 수송부대입니다."

"어디에 소속돼 있는 수송대란 말이냐?"

"우리는 제갈공명이 보내온 촉군의 수송부대요."

"뭐, 촉군?"

위병들이 기겁을 하고 놀라는 순간 촉군들이 번개같이 달려들어 위군을 무찔렀다. 왕평은 잠위의 목을 한칼에 베고 나서 소리쳤다.

"나는 촉장 왕평이다. 잠위는 내 칼에 죽었다!"

대장이 죽고 나자 위병들은 혼비백산하여 뿔뿔이 달아나버렸다.

왕평은 천여 대의 목우와 유마를 이끌고 북원까지 무사히 도착했다. 그러나 북원을 통과하려고 하자 곽회의 군사들이 어둠 속에서 노도와 같이 휘몰아쳐 왔다. 곽회가 패잔병들에게서 자세한 정보를 듣고 군사를 몰고 온 것이었다.

"모두들 목우와 유마의 혓바닥을 돌려놓고 도망하라."

왕평은 적군이 나타나자 즉시 명령을 내렸다.

위병들은 촉병을 순식간에 격퇴시키고 천여 대의 목우와 유마를 어렵지 않게 탈환했다. 그러나 그들이 목우와 유마를 아무리 운전하려고 해도 끄떡도 하지 않았다. 목우와 유마가 움직이지 않는 것은 혓바닥을 돌려놓았기 때문이었지만 아무도 그 원인을 알지 못했다.

모두들 어쩔 줄을 몰라 쩔쩔매고 있는데 때마침 산중에서 괴상한 호각소리가 요란스럽게 들려오더니 난데없는 귀신부대가 흉측한 고함을 지르며 쳐들어왔다.

"저게 뭐냐? 귀신!"

"공명이 보낸 귀신부대다!"

위병들은 잔뜩 겁을 집어먹고 앞을 다투어 도망했다. 말할 것도 없이 그들은 공명이 보낸 촉군의 위장병들이었다. 위병들이 혼비백산하여 달아나자 그들은 미리 지시받은 대로 목우와 유마의 혓바닥을 원위치 시켜 기산으로 유유히 돌아왔다.

위수에 있던 사마의가 그 사실을 알고 몸소 군사를 몰아 급히 달려왔다. 그러나 그가 오는 도중에는 요화와 장익의 군사가 매복해 있었다. 급히 달려오던 위군은 도중에서 기습을 받아 지리멸렬하게 흩어졌다. 그 싸움에서 위군의 부장급 장수들 여러 명이 전사했다.

사마의는 가까스로 말을 달려 필마단기로 도망쳤다. 그러나 얼마나 혼이 났는지 방향조차 제대로 분간치 못해 우왕좌왕하다가 요화와 마주쳤다.

"이놈! 네가 바로 사마의로구나. 잘 만났다. 내 칼을 받아라!"

요화는 크게 소리치며 무섭게 추격했다. 사마의는 결사적으로 쫓기다 못해 큰 나무를 안고 돌았다. 열 아름이 넘는 큰 나무였다.

요화는 쫓고 쫓다 못해 칼을 들어 사마의의 등을 겨누고 후려쳤다. 그러나 칼은 나무에 깊숙이 꽂히고 말았다. 사마의는 그 틈을 타서 다시 달아나기 시작했다. 요화는 나무에 꽂힌 칼을 뽑아 들고 다시 쫓아갔다. 그러나 멀리 달아난 사마의의 모습은 보이지 않았다. 얼마를 급히 쫓아가다 보니 길이 두 갈래로 갈라져 있었다.

어느 편으로 갔을까 잠깐 망설이다 보니 동쪽 길가에 황금 투구가 떨어져 있었다. 말할 것도 없이 사마의의 투구였다. 요화는 황금 투구를 집어 들고 동쪽 길로 급히 쫓아갔다. 그러나 사마의는 끝내 보이지 않았다. 그도 그럴 것이 사마의는 추격을 피하려고 투구를 일부러 동쪽 길에 집어 던지고 서쪽 길로 달아났던 것이다.

만약 요화가 사마의의 기지(機智)를 간파해 서쪽 길로 쫓아갔다면 그는 꼼짝 못하고 죽었을 것이다. 그리고 그로 인해 위국과 촉국의 운명은 크게 달라졌을 것이다. 요화는 사람은 놓치고 사마의의 황금 투구와 목우, 유마 천여 대만 탈취해 본진으로 돌아왔다.

이때에 촉군이 위군에게서 빼앗은 군량은 자그마치 만여 석이나 되었나.

"모두들 수고가 많았소. 그대들의 공로를 크게 치하하는 바이오."

공명은 강유, 위연, 요화에게 각각 상을 후하게 주면서도 속으로는 씁쓸한 생각을 금할 길이 없었다.

"독 안에 든 사마의를 그냥 살려 보내다니……. 관운장이나 장비가 살아 있었으면 절대로 이런 일은 없지 않았겠는가?"

공명은 촉국에 인재가 부족한 것을 한없이 개탄했다.

사마의가 공명에게 크게 패할 무렵, 위국의 수도인 낙양에서는 매우 중대한 사건이 발생했다. 오의 손권이 수륙 양면으로 대군을 이끌고 위나라로 쳐들어온다는 소문이 떠돌기 시작한 것이다.

위제 조예가 크게 걱정하여, 곧 사마의에게 조서를 보냈다.

오가 삼로(三路)로 침공한다는 정보가 있어 낙양에서는 군사들을 총동원하여 수비 태세를 갖추고 있으니 위수에서는 공격을 삼가고 방어에만 힘쓰라.

이상과 같은 내용이었다.

과연 그로부터 얼마 후에 손권은 군사를 친히 거느리고 삼로로 나누어 쳐들어오고 있었다. 사태가 그쯤 위급해지고 보니, 조예도 이제는 가만히 있을 수가 없었다. 그는 군사를 세 군데로 나누어 적을 막는데, 유소(劉邵)로 강하를 지키게 하고, 전예(田豫)로 양양을 지키게 하고, 자신은 만총(滿寵)과 함께 대군을 거느리고 합비로 진군했다.

선봉장 만총이 소호(巢湖)에 도달하여 동쪽 강안을 바라보니, 오의 병선은 헤아릴 수가 없도록 많은데도 대오가 정연했다. 만총은 오의 기세에 불안을 느끼며 조예에게 말했다.

"우리가 촉과 전쟁을 계속하는 동안에 오나라는 군비만 확장시키고 있었나 봅니다. 우리가 기선을 제압하여 적의 허를 찔러 일거에 승리를 거두는 것이 좋을까 하나이다."

"경의 생각과 짐의 생각이 어쩌면 그리도 꼭 같으오."

이날 밤 조예는 만총과 효장(驍將) 장구(張球)에게 각기 군사 오천을 주어 오군 선단에 화공을 퍼붓게 했다. 밤 이경에 위군은 양로(兩路)로 함성을 올리며 오군을 기습했다.

"앗, 적의 기습이다."

"위군이 쳐들어왔다!"

오군은 크게 당황했다. 자신들의 위력을 믿고 경계를 게을리 했던 오군은 위군이 급습하여 배에 불을 지르는 바람에 저마다 아우성을 치며 물로 뛰어들었다. 오군은 적벽대전 이래로 화공법을 많이 써오고 있었건만 오군 대장 제갈근은 방비를 소홀히 해 크게 패하고 말았다. 제갈근은 남은 병력을 이끌고 면구까지 급히 쫓겨 달아났다.

육손이 패전보를 듣고 급히 달려왔다. 그는 제갈근을 보고 말했다.

"다년간 전쟁을 계속해 온 위군이 아직도 그렇게 강한 줄은 몰랐소이다. 이번에 우리가 패한 것은 적을 올바로 인식하는 데 좋은 경험이 되었소."

육손은 초전에서 패한 것에 별로 의미 부여를 하지 않으며, 신성(新城)에 가 있는 군사를 위군 후방으로 돌리게 했다. 말하자면 적을 멀리서 포위하려는 작전이었다. 그런데 적은 무슨 수단을 썼는지 모르나 오의 새로운 작전을 이미 알고 있었다.

제갈근은 또다시 겁을 집어먹고 육손에게 편지를 보냈다.

지금 우리 군사는 사기가 매우 약화되었고, 적의 기세는 매우 강하오. 이런 정세 하에서 무리하게 싸우면 대세를 그르치기 쉬우니, 일단 본국으로 철수했다가 나음 기회를 엿보는 것이 어떨는지요?

사자가 심부름을 다녀와서 제갈근에게 전했다.

"육 장군께서는 나름대로 계책이 있으니 너무 염려 마시라 하더이다."

"육 장군은 무엇을 하고 계시던가?"

"한가롭게 영외에서 장군들과 활쏘기 내기를 하고 계시더이다."

"뭐, 이 판국에 그런 한가한 놀음만 하고 계신단 말인가?"

제갈근은 불안스럽기 짝이 없어 부랴부랴 형주로 육손을 찾아가보았다. 과연 육손은 한가롭게도 나무 그늘에 앉아 바둑만 두고 있었다.

제갈근은 적이 불평을 품으며 육손에게 회군의 필요성을 강조했다.

육손이 대답했다.

"나도 회군의 필요성을 느끼고 있소. 그러나 우리가 급히 회군하면 위군이 반드시 추격해 오겠기에 천천히 이동하려는 것이오. 장군은 지금이라도 병선을 갖추어 적을 칠 듯이 보이시오. 나는 양양으로 나아가 적을 속이며 그 사이에 군사를 강동으로 돌아가게 하려오."

제갈근이 그제야 육손의 계교를 알고, 면구로 돌아와 군사를 움직여 양양을 칠 듯이 보였다.

위군 장수들은 그 소식을 듣고 출전 준비를 갖추었다. 그러나 위주 조예는 이미 육손의 재주를 익히 아는지라 모든 장수들을 타일렀다.

"육손이 지금 우리를 유인하려고 모략을 쓰고 있으니 가벼이 싸울 생각은 말라!"

그런데 며칠 후에 알고 보니, 오군은 그 사이에 본국으로 깨끗이 철수했다는 것이었다. 조예는 그 소리를 듣고 혀를 떨며 감탄했다.

"과연 육손의 병법은 손오(孫吳)에 뒤지지 않는구나. 육손이 회군을 하려고 그 같은 수단을 쓰고 있는 줄 누가 알았겠소."

조예는 절호의 기회를 놓친 것을 애석하게 생각하면서도 내심 찬탄을 마지않았다.

'육손이 있는 한 오를 전멸시키기는 불가능하리라.'

한편 공명은 기산을 점령한 뒤에 그곳에 오래 머물러 있을 계획을 세웠다. 왜냐하면 기산이야말로 촉의 존망을 좌우하는 절대적인 요지였기 때문이었다.

공명은 장기 계획의 하나로 둔전병제도(屯田兵制度)를 창안했다. 군사들을 풀어 일반 백성들과 함께 밭을 갈고, 씨를 뿌리고, 목축에 종사하게 하는 제도였다. 군사들로 하여금 함께 농사를 짓게 하되 곡식을 거두면 삼분의 일만 차지하고, 삼분의 이는 백성들이 갖게 했다. 그러자 그곳 백성들은 모두 공명을 따르고 고마워했다.

공명은 그와 같은 제도를 엄격히 지켜 추호의 그릇됨이 없도록 하기 위해 다음과 같은 삼장(三章)의 법규도 제정했다.

1. 욕심을 내어 백성들에게 피해를 주는 자는 참한다.
2. 권세를 부리거나 백성들에게 원성을 사거나 농사를 게을리 하는 자는 참한다.
3. 백성들과 군사 간에 불화를 일으키는 자는 참한다.

백성 위주로 군사들을 엄격히 다스리니, 농민들 간에는 날이 갈수록 기쁨이 충만하고 평화가 넘쳐흘렀다. 그 소문은 자꾸만 널리 퍼져 멀리서부터 인심 좋고 살기 좋은 기산 땅으로 찾아오는 사람이 날마다 꼬리를 잇게 되었다.

위군 총대장인 사마의는 그와 같은 소문을 듣고 내심 매우 걱정스러웠다. 민심(民心)은 천심(天心)이어서 공명이 인심을 얻을수록 위의 입장에서는 불리하기 때문이었다.

사마의가 그 문제로 은근히 속을 썩이고 있는데 하루는 맏아들 사마사가 찾아와 말했다.

"아버님, 촉군은 우리 군량을 허다하게 약탈해 가고도 지금은 백성들과 어울려 인심을 써가며 농사를 짓고 있나이다. 이는 그들이 구원지계(久遠之計)를 세운 증거가 분명합니다. 진정 그렇다면 우리로서는 대환(大

患)이 아닐 수 없는데 부친께서는 어이하여 이 기회에 공명과 한바탕 싸워 자웅을 결하려고 하지 않으시나이까?'

사마의가 대답했다.

"난들 어찌 생각이 없겠느냐만 싸우지 말고 굳게 지키기만 하라는 황제의 명이 내려졌으니 어찌하겠느냐?'

"부친께서는 그리 말씀하시지만 세상 사람들은 결코 그렇게 생각지 아니합니다."

"그럼 세상 사람들은 어떻게 생각한다는 말이냐?'

"우리가 싸우기를 꺼려하고 지키기만 하는 것은 부친께서 공명에게 압도되어 그를 두려워하고 있는 까닭으로 알고 있습니다."

"그것은 사실이다. 나의 지략은 공명을 도저히 따를 수 없는 것을 어떡하겠느냐."

사마의는 모든 것을 솔직히 고백했다.

마침 그때, 군사 하나가 급히 달려와 사마의에게 알렸다.

"촉군 대장 위연이 지난날 우리에게서 빼앗아간 사마 도독의 황금 투구를 쓰고 나타나 갖은 욕설을 퍼붓고 있나이다."

사마사가 그 소리를 듣고 크게 노하여 자리를 박차고 일어나는데 때마침 오륙 명의 장수들이 몰려 들어와 분개하는 어조로 사마의에게 고했다.

"적장 위연이란 놈이 도독의 황금 투구를 쓰고 나와 우리에게 갖은 욕설을 퍼붓고 있습니다. 그런 놈을 그냥 살려두어서는 안 되겠나이다. 도독께서는 그놈을 토벌하도록 허락을 내려주십시오."

장수들로서는 분개하는 것도 무리는 아니었다. 그러나 사마의는 웃으면서 그들의 분노를 만류했다.

"이 사람들아, 그런 사소한 일을 가지고 무얼 그리 야단인가? 성인의 말씀에 작은 일을 참지 못하면 큰일을 그르친다고 하지 않았는가? 쓸데없는 객기는 그만 부리고 그저 굳게 지키기만 하게."

그 모양으로 철두철미하게 수비만 하고 있으니 공명은 손을 써볼 재주가 없었다. 그리하여 공명은 어느 날 마대를 불러 다음과 같은 명령을 내렸다.

"그대는 군사를 이끌고 호로곡에 잠입하여 목책(木柵)을 만들고 영중(營中)에 구멍을 깊이 파고, 그 구멍 안에 인화물(引火物)을 가득 넣어두라. 그리고 부근 일대에도 곳곳에 유황 염초와 지뢰를 많이 묻어 한 곳에서 불을 지르면 모든 지뢰가 일시에 터지도록 만들어놓으라."

마대는 곧 호로곡으로 달려가 모든 것을 명령대로 꾸며놓았다.

마대가 공사 완료를 보고하니 공명이 다시 명했다.

"그러면 이제부터 사마의를 호로곡으로 몰아넣도록 할 터이니 그대는 호로곡 뒷길에 잠복해 있다가 사마의가 산속으로 들어오거든 화승(火繩)에 불을 질러 모든 지뢰가 일시에 폭발하게 하라."

마대가 물러나가자 이번에는 위연과 고상을 각각 따로 불러 비밀 지령을 내렸다. 그리고 최후로 자기 자신도 일군을 거느리고 호로곡으로 향했다.

그 무렵, 위군 측의 하후혜, 하후화 두 형제가 사마의에게 말했다.

"촉군이 지금 장구한 계획을 세우니 만일 지금 깨치지 않으면 후일에 큰 우환이 되오리다."

그러나 사마의는 여전히 고개를 가로흔들었다.

"지금은 싸울 때가 아니야."

"저희들 형제를 보내주시면 적을 반드시 쳐부수고 오겠나이다."

"어디에다 근거를 두고 그런 말을 하는가?"

"적이 아무리 싸움을 걸어 와도 우리가 응해 주지 않으니까 지금은 지루해져서 병력을 쓸데없이 이동시키고 있는 중이기 때문입니다."

"하하하, 그것은 공명의 계교가 분명하다."

"도독께서는 공명을 지나치게 두려워하고 계십니다."

"두려워할 만한 사람을 두려워하는 것은 실로 당연한 일이다."

"모든 일에는 기회가 있는 법입니다. 그 기회를 놓쳐서는 안 될 것입니다."

"지금이 바로 그 기회란 말인가?"

"그렇습니다. 촉군은 지금 호로곡에 난공불락의 기지를 구축하고 있습니다. 그 기지를 그냥 내버려두면 나중에는 절대로 깨뜨리지 못할 것입니다."

"정 그렇다면 그대들 형제가 각기 오천 군을 거느리고 나아가 적을 한번 쳐부수어보라."

사마의는 드디어 그들의 간청을 받아들여 싸우기를 허락했다.

비장한 북두제

하후혜와 하후화는 촉진을 공격하여 목우와 유마를 비롯하여 많은 양곡과 무기를 노획했다. 그들은 그 노획물을 모두 다 사마의에게 보냈다.

다음날도 위군은 촉군을 공격하여 큰 전과를 올렸다. 그 전과 중에는 촉군 포로들도 적지 않았다.

사마의는 포로들을 그 자리에서 돌려보내라는 명령을 내렸다.

"포로들을 죽이지 아니하고 무슨 까닭으로 돌려보내십니까?"

"그까짓 조무래기들을 죽여서 무슨 이득이 있겠느냐? 차라리 살려주어서 관후 인자한 덕을 베푸는 것이 우리에게 훨씬 유리하다."

사마의는 그렇게 대답하며, 날마다 잡아오는 포로들을 모조리 놓아주라고 했다.

하후혜 형제가 전공을 크게 세우는 바람에 다른 장수들도 앞을 다투어 출전했다. 그들 역시 날마다 크고 작은 승리를 거두었다. 연전연승이 계속되기를 이십여 일, 이제 위군 장수들 사이에서는 촉병을 얕잡아보는 생각이 뿌리깊이 박히게 되었다.

"촉병은 문제가 아니다. 우리는 싸우기만 하면 반드시 이긴다!"

사마의는 그 문제를 신중히 검토해 보기 위해 모든 장수들을 한자리에 불러 모았다. 그리고 이렇게 물었다.

"여러분은 촉군이 정말로 약해졌다고 보는가?"

"그렇습니다. 저희들이 싸워본 경험으로는 작년보다 형편없이 약해졌습니다."

모든 장수들이 입을 모아 한가지로 대답했다.

"그러면 촉군이 별안간 그처럼 약해진 원인이 어디 있다고 생각하는가?"

장수들이 대답했다.

"공명이 군사들에게 훈련을 시키는 대신에 농사를 짓게 하고 있으니 전투력이 약화되는 것은 정한 이치가 아닙니까? 농사짓는 군사가 무슨 싸움을 잘하겠나이까?"

듣고 보니 과연 옳은 말이었다.

자신감을 얻은 사마의는 이번 기회에 촉을 깨칠 새로운 계획을 세웠다.

그 무렵, 촉군 부장 하나가 포로로 잡혔다. 사마의가 포로 장수에게 물었다.

"공명은 지금 어디 있느냐?"

"얼마 전까지는 기산 본진에 계셨는데, 이즈음은 진지를 구축하는 현장을 보살피기 위해 줄곧 호로곡에 나가 계십니다."

사마의는 그 대답을 듣고는 기산 총공격 태세를 급히 갖추었다.

맏아들 사마사가 달려와 아버지에게 물었다.

"아버님께서는 어찌하여 공명이 있는 호로곡을 공격하지 않으시고 기산을 공격하려 하시나이까?"

"기산은 촉군의 본거이다. 우리가 기산으로 진격하면 촉군은 그리로 병력을 집중시킬 것이 아니냐. 기산 공격은 적의 병력을 그리로 집중시키려는 위계에 불과하고, 실상의 공격 목표는 호로곡이다."

사마사는 그 대답을 듣고 부친의 탁월한 계략에 감탄을 마지않았다. 이리하여 사마의는 즉시 군사를 거느리고 출진하며 장호, 악림에게 각기 군사 오천을 데리고 뒤따르게 했다.

그 무렵, 공명은 호로곡의 앞 고지에 머무르면서 산 위에서 위군이 공격해 오는 양상을 일일이 바라보고 있었다. 날마다 위군에게 조금씩 패하도록 만든 것도 계획적인 일이었음은 말할 것도 없었다.

그와 같이 계획적인 패전을 반복하기를 이십여 일, 어느 날 산상에서 굽어보니 이날도 위군이 대량으로 진군해 오는데 그 위세와 진형이 전과는 전혀 달라보였다.

'아, 사마중달이 이제야 몸소 출동해 오는구나!

혼잣말로 중얼거리는 공명의 얼굴에는 회심의 미소가 떠올라 있었다. 그도 그럴 것이 공명은 사마의를 끌어내기 위해 오늘날까지 무수한 희생을 감수해 왔기 때문이었다. 공명은 즉시 각지에 파견해 놓은 여러 장수들에게 전투태세를 갖추라는 급보를 전달했다.

이때, 위군은 아우성을 치며 기산으로 쳐들어갔다. 사마의는 촉군이 모두 다 기산으로 몰려온 줄 알고 몇몇 장수들을 시켜 싸움을 계속하라 일렀다. 그리하여 촉군을 기산에 붙들어 맨 다음 자기 자신은 두 아들과 함께 호로곡을 향하여 쳐들어갔다. 그의 목표는 처음부터 호로곡이었다.

그때 촉군의 위연은 호로곡 어귀에서 사마의가 나타나기를 기다리고 있었다. 위연이 기다리기에 지쳐갈 무렵, 홀연 위군이 노도와 같이 쇄도해 오는데 그 대장은 사마의였다.

위연은 앞으로 달려 나오며 큰소리로 외쳤다.

"이놈 사마의야, 어디로 가느냐!"

사마의는 적의 반격을 이미 각오하고 있었다는 듯이 즉시 허리에서 칼을 뽑아 들고 싸움을 맞았다.

위연은 사오 합 싸우다가 급히 쫓겨 달아나기 시작했다. 말할 것도 없이 사마의를 유인하려는 술책이었다.

사마의는 급히 위연을 뒤쫓았다. 아들 형제가 좌우에서 그를 뒤따랐다. 산 위에는 칠성기(七星旗)가 휘날리고 있었다. 위연은 그 깃발을 향하여 쫓기는 것이었다.

사마의는 호로곡 어귀로 맹렬히 추격해 가다가 문득 말을 멈추고 사방을 살펴보았다.

"암만해도 이 부근은 지형이 좀 이상한 것 같다. 누가 나가 복병이 있는지 살펴보고 오너라."

두세 명의 부장들이 한참 만에 돌아와 사마의에게 고했다.

"적은 모두들 남산으로 쫓겨가고 산속에는 목책(木柵)만이 있을 뿐입니다. 그리고 산골짜기마다 군량이 산처럼 쌓여 있습니다."

"그러면 적의 군량을 태워버릴 때는 바로 지금이다. 십여 명의 군사가 나는 듯이 달려가 노적더미에 불을 질러놓고 급히 돌아오라!"

그러나 사마사, 사마소 형제가 군사를 몰고 나가 군량에 불을 지르려는 순간 산중에서 난데없는 함성이 일어나며 불길이 솟아올랐다.

"위험하다, 후퇴하라!"

사마의의 입에서 후퇴 명령이 떨어졌다. 그러나 무사하게 후퇴하기에는 때가 이미 늦었다. 산에서는 화전(火箭)이 쏟아져 내려왔고, 여기저기에서 지뢰가 터졌고, 사방에서 불길이 타올랐다. 산골짜기는 삽시간에 불바다가 되어버렸다. 그것만으로는 부족하여 산 위에서는 집채 같은 바위가 연신 굴러 떨어졌다. 빠져나가고 싶었지만 나갈 데도 물러설 데도 없었다.

사마의는 크게 당황하여 땅에 쓰러질 뻔하다가 두 아들의 부축을 받았다. 사마의는 아들 형제를 부둥켜안고 비장하게 외쳤다.

"아아, 우리 삼부자가 여기서 몰살당하는가 보구나!"

불길 속에 휩싸여 울부짖는 사마의의 모양은 처참하기 짝이 없었다.

바로 그때였다. 멀쩡하던 날씨가 갑자기 흐려지며 일진광풍과 함께 검은 구름이 하늘을 뒤덮는가 싶더니 소나기가 억수처럼 쏟아지기 시작했다. 그 순간 골짜기에 가득 차 있던 불길이 순식간에 꺼져버렸다. 아무리 봐도 그것은 일종의 기적이었다.

사마의 삼부자는 이것이 꿈인가 생시인가 했다.

"어쨌든 천우신조(天佑神助)로 길이 열렸으니 급히 달아나자!"

삼부자는 용기를 회복하여 본진으로 돌아왔다. 그러나 어느새 본진은 촉군에게 넘어간 후였다.

"아아, 암만해도 공명의 지략은 못 당해 내겠구나!"

사마의는 거듭 손을 들며 위수 북쪽에 영채를 다시 세우는 수밖에 없었다.

한편, 공명은 산 위에서 골짜기가 불바다에 싸여 있음을 보고, 사마의가 이번에는 죽게 되나보다 싶었는데 난데없는 폭우가 쏟아져 그가 달아나게 되자 혼자 개탄을 마지않았다.

"아, 모사(謀事)는 사람에게 있으나 성사(成事)는 하늘에 달렸구나."

사마의는 한 번 패하고 나서부터는 오로지 지키기만을 일삼고 공격은 일체 하지 않았다.

어느 날 곽회가 사마의를 찾아와 말했다.

"제가 염탐해 본즉, 공명이 이즈음 군대를 다른 곳으로 이동하려는 움직임을 보이고 있더이다."

사마의는 그 말을 듣고 한동안 침묵에 잠겨 있다가 입을 열어 말했다.

"만약 공명이 군사를 무공산(武功山)으로 이동하면 우리에게 매우 큰 위협이 될 것이오. 그러나 오장원(五丈原)으로 이동하면 염려할 것이 없소."

그로부터 며칠 후에 알아보니 공명은 오장원으로 군사를 이동시켰다는 것이었다. 사마의는 그 소식을 듣고 크게 기뻐하며 새삼스러이 군령을 내렸다.

"공명이 군사를 오장원으로 이동했다는 것은 우리에게는 큰 다행이로다. 앞으로 얼마 안 있으면 공명이 제풀로 넘어갈 테니, 모든 장수들은 싸울 생각을 말고 더욱 굳게 지키기만 하라."

공명은 오장원으로 이동한 뒤에도 군사를 보내 자주 싸움을 걸었다. 그러나 아무리 비위를 상하게 해도 위군은 일체 응하지 않았다.

공명은 참다못해 한 통의 서신과 함께 사마의에게 괴상한 선물 상자를 보냈다.

사마의가 서신과 선물 상자를 풀어보니 족두리와 여자 치마저고리가 들어 있었다. 말할 것도 없이 그것은 사마의를 부녀자에 견주어 비겁함을 조롱하는 뜻이었다.

공명의 서신에는 다음과 같은 사연이 씌어 있었다.

그대는 위군 총대장으로 나와 더불어 자웅을 결할 생각은 아니하고 오로지 토굴 속에 틀어박혀서 지키기만 하고 있으니 이는 비겁한 부녀자와 무엇이 다르랴. 이제 사람을 시켜 족두리와 치마저고리를 보내노니 싸우지 않을 바에는 두 번 절하고 받을 것이며, 만약 용기가 있어 싸우려거든 날을 받아서 결단하라.

사마의는 공명의 서신을 읽는 동안 노기가 불길처럼 치밀어 올랐다. 그러나 읽기를 끝내자 태연히 웃으며 사자에게 말했다.

"돌아가거든 선물을 고맙게 받았노라고 일러라. 그래, 요즘 승상은 어떻게 지내시느냐?"

사자가 머리를 조아리며 대답했다.

"승상께서는 아침에 일찍 일어나시고, 저녁에는 늦게야 주무십니다. 그리고 승상께서는 군율이 매우 엄하시어 벌 이십(罰 二十)이 넘는 일은 친히 결재하십니다."

"아침저녁의 식사는 어떠하시냐?"

"진지는 극히 적게 잡수시옵니다. 아마 하루 세 끼에 밥을 한 그릇밖에 안 잡수실 것입니다."

"허어, 공명이 그처럼 고된 군무에 종사하면서 식사를 그리도 적게 들고 오래 지탱할 수 있을까?"

사마의는 사자를 돌려보내고 좌우를 돌아보며 말했다.

"공명의 목숨이 앞으로 얼마 남지 않았나 보오. 격무에 시달리는 사람이 밥을 그처럼 적게 먹고 어찌 오래 견딜 수 있겠소."

한편, 사자가 오장원으로 돌아와 공명에게 자초지종을 보고했다.

공명은 탄복을 마지않으며 말했다.

"사마중달은 누구보다도 나를 잘 알고 있구나."

주부(主簿) 양옹(楊顒)이 공명에게 간했다.

"매우 외람된 말씀이오나 승상을 위해 간언할 게 있습니다."

"나를 위하는 말이라면 무엇이든 듣겠노라. 무슨 일인지 어서 말해 보라."

"사람에게는 각기 직분이 따로 있는 것으로 알고 있습니다. 사내 종은 밖에 나가 밭을 가는 것이 직분이고, 여자 종은 집 안에서 밥 짓고 빨래하는 것이 직분이고, 닭은 새벽을 알리고, 개는 도적을 지키고, 소는 무거운 짐을 실어 나르고, 말은 사람을 태우고 멀리 가는 것이 각자의 직분입니다. 한 집안으로 보더라도 역시 마찬가지입니다. 주인은 밖에 나가 밭을 갈고, 아내는 안에서 살림살이를 맡아봐야 그 집이 화목하고 잘돼갈 것입니다. 그런데 만약 그 집의 가장 되는 사람이 아내의 일도 맡아보고, 종놈과 종년이 할 일까지 맡아보려고 한다면 그 결과가 어찌 되겠나이까? 몸이 피로해지고 건강을 지탱할 수가 없어 결국은 집안이 망하게 될 것입니다."

"음."

"옛사람들은 집안에 가만히 있으면서 도(道)를 말하는 사람을 삼공(三公)이라 하였고, 일어나 행하는 사람을 사대부(士大夫)라 일렀습니다. 그런데 승상께서는 제반사를 대소 간에 친히 결재하시느라 한 날 한시도 편히 쉴 시간이 없으니 그러고서야 어찌 당해 내실 수 있겠나이까? 이 더운 날씨에 편히 쉬신다 하기로 어느 누구도 승상이 정무에 게으르다고 평하지 않을 것입니다."

"양 주부! 고마운 말이오. 난들 어찌 편히 쉬고 싶지 않겠소. 그러나 일찍이 선제로부터 탁고의 중임을 맡은 이래로 다른 사람들이 혹시라도 나의 뜻을 모르고 잘못하는 일이 있을까 두려워 일일이 간섭할 뿐이오. 양공이 내 건강을 그처럼 염려해 주니 나도 이제부터는 편히 쉬는 시간을 자주 가지도록 하겠소."

그러나 이때 공명의 건강은 이미 극도로 쇠약해져 있었다.

한편, 위군에서는 공명이 족두리와 치마저고리를 선물로 보낸 모욕적인 사건이 알려지자 모든 장수들이 사마의를 찾아와 울분을 토로했다.

"대국의 대도독께서 어찌 이런 모욕을 당하고 가만히 있을 수 있겠나이까? 이제 모두들 일어나 촉군을 무찔러버려야 합니다."

사마의가 대답했다.

"내가 아무리 싸우고 싶어도 천자께서 지키기만 하라는 명령을 내리신 것을 어떡하오. 여러 장수들이 싸우기를 그처럼 원한다면 내가 천자께 그 뜻을 상주하여 허락을 받아내도록 하리다."

사마의는 곧 위주 조예에게 그 뜻으로 표를 올렸다.

조예가 사마의의 표문을 받아보고 위위(衛尉) 신비에게 물었다.

"사마 도독이 여태까지 방위만을 고집하더니 갑자기 싸우기를 원하는 것은 무슨 까닭인가?"

신비가 대답했다.

"도독은 본래 싸울 마음이 없으나 장수들이 족두리 모욕사건에 격분하여 싸우기를 주장하니 이런 표문을 올린 것입니다. 주상께서는 다시 한번 싸우지 말고 지키라는 조칙을 내리소서."

위주가 다시 한번 조서를 보내어 지키기를 명하니 사마의는 그 뜻을 여러 장수들에게 널리 알려 분노를 무마했다.

그 소문은 마침내 촉군에게도 알려졌다.

공명은 그 소식을 전해 듣고 강유에게 탄복하며 말했다.

"사마중달은 과연 지략이 능수능란한 명장이로다. 사마의는 싸울 생각이 전혀 없으면서도 장수들의 노여움을 풀 길이 없어 일부러 조예의 뜻을 빌려 어려움을 진압하였으니, 그 얼마나 수단이 능한가. 그와 같은 소문을 퍼뜨린 데는 우리 군사들의 군심을 해이하게 만들려는 음모도 포함되어 있으니 그야말로 일석이조의 수단이 아닌가."

공명이 그런 말을 하고 있는데 성도에서 상서 비위가 왔다.

"기별도 없이 어찌 오셨소?"

"오와 위의 관계를 알리러 왔나이다."

"이즈음 오의 동태는 어떠하오?"

"지난 오월 손권은 삼십만 군사를 동원하여 삼로로 위군을 위협하였던 일이 있습니다. 그때 위주 조예가 합비까지 출진하여 만총, 전예, 유소 등의 장수들과 더불어 소호에서 오군을 크게 격파하여 병선과 군량에 막대한 손실을 주었습니다. 육손이 손권에게 표를 올려 위군을 전후에서 협공할 계획이었던 모양입니다. 그러나 그 표를 가지고 가던 자가 도중에 붙잡혀 기밀이 누설되는 바람에 오군은 부질없는 손해만 보고 그냥 물러가고 말았답니다."

비위의 말이 절반쯤 끝났을 때부터 공명의 안색은 별안간 창백해지기 시작했다. 그러다가 비위의 말이 끝나는 순간, 공명은 갑자기 방바닥에 쓰러져버렸다.

"승상, 웬일이십니까?"

비위와 근시들이 크게 놀라 공명을 잡아 일으켜 백방으로 다스리니 한참 후에야 겨우 정신을 차렸다.

공명은 자리에 누운 채 근심에 잠겨 있는 장수들의 얼굴을 일일이 둘러보며 맥없이 중얼거렸다.

"내 심신이 몹시 피로하여 아마 오래 살 것 같지 못하오."

이날 저녁 공명은 시종들에게 부축을 받아 누대(樓臺)에서 바람을 쏘이며 밤하늘을 바라보고 있었다.

"아아, 밤하늘의 별들이 아름답기도 하구나!"

공명은 하늘을 우러러보며 혼잣말로 중얼거리다가 별안간 비명에 가까운 소리를 토했다.

"앗!"

공명이 갑자기 몸을 후들후들 떨기 시작했다. 근시들이 소스라치게 놀라 부랴부랴 방안으로 옮기니 공명은 몸을 떨며 강유를 불렀다.

"승상! 갑자기 웬일이십니까?"

강유가 부리나케 달려와 물으니, 공명은 강유의 손을 꼭 붙잡고 말했다.

"오늘 밤 천문을 보니 내 명(命)이 조석에 달려 있는 것 같다. 죽음이란 본시 인간 본연의 자세이니 별로 두려울 것이 없으나, 죽기 전에 그대에게 전해야 할 말이 있어 불렀다."

"승상은 무슨 말씀을 그리하시옵니까?"

강유는 슬픔에 떨리는 음성으로 말했다.

그러나 공명은 머리를 저으며 말했다.

"너무 슬퍼할 것 없느니라. 오늘 밤 천문을 보니 삼태성(三台星) 중에 객성(客星)이 갑절이나 밝고 주성(主星)이 반짝이기는 하나 이미 빛이 흐리고 어두워졌다. 천상(天象)이 이러하니 내 명이 결코 오래지 못할 것이로다."

"그러하면 승상께서는 어찌하여 기도로 천상을 돌이키지 않으시나이까?"

"내 기도법을 모르는 바는 아니나 하늘의 뜻이 어떠한지를 모르겠구나!"

"그러면 그 법을 저에게 가르쳐주소서. 제가 기도를 드려보겠나이다."

"그러면 기도를 드려보기로 하자. 너는 밖으로 나가 갑사(甲士) 사십구 명에게 검은 옷을 입히고 검은 깃발을 들게 하여 장막(帳幕)을 지키게 하라. 나는 안에서 촉등(燭燈)을 밝혀놓고 북두(北斗)에 기도를 올릴 터인데, 만약 주등(主燈)이 칠 일간 꺼지지 않으면 나의 수명은 앞으로 십이 년은 더 되리라. 만약 기도하는 도중에 등불이 꺼지면 나는 그대로 죽고 말 것이니 잡인(雜人)을 일체 들이지 말라."

공명은 그렇게 말하고 기도를 올리는 동안에는 오직 두 명의 동자만으로 시중을 들게 했다.

이날 밤 공명은 목욕재계하고 옥외(屋外)에 검은 장막을 둘러친 뒤에 밀실에 단을 모으고 북두에 기도를 올리기 시작했다.

강유가 사십구 명의 검은 옷을 입은 갑사들로서 검은 기를 들고 밖에서 기도실을 엄중히 지키고 있게 한 것은 말할 것도 없었다. 그런 다음 장외(帳外)에는 칠잔대등(七盞大燈)을 비롯하여 마흔아홉 개의 소등(小燈)을 밝혀놓았고, 안에는 본명등(本命燈) 일잔(一盞)을 안치해 놓았다.

공명이 기도를 시작한 지 하루가 지나고 이틀이 지나고 사흘이 지났다. 공명은 제단에 단정히 꿇어앉아 축문을 올렸다.

양(亮)은 난세에 태어나 전야(田野)에 파묻혀 살아오던 바 소열황제(昭烈皇帝)의 삼고지은(三顧之恩)과 탁고지중(託孤之重)을 입어 이날에 이르도록 견마지로를 다하여 국적(國賊)을 치옵더니 뜻밖에 양수(陽壽)가 다하려 하므로 이제 삼가 짧은 글을 적어 궁창(穹蒼)에 아뢰옵니다. 엎드려 비옵건대 자비하신 하느님은 굽어 살피시사 신(臣)의 수명을 늘리시어 위로는 군은(君恩)에 보답하고, 아래로는 백성들을 구하여 한나라의 제사를 길이 받들게 하소서.

축원을 마치자 공명은 제단 앞에 엎드려 날이 밝기를 기다렸다.

죽은 공명이 산 중달을 쫓다

사마의는 어느 날 밤 하후패를 대동하고 진중을 순찰하고 있었다. 마침 맑게 갠 밤이어서 밤하늘의 별들을 우러러보며 무심히 거닐다가 어느 순간 발길을 딱 멈추며 깜짝 놀라고 말았다.

"앗, 저게 웬일이냐!"

하후패도 깜짝 놀라며 물었다.

"도독, 왜 그러십니까?"

"저것 보아라! 장성(將星)이 자리를 옮기고 빛을 잃었다. 아마 공명이 머지않아 죽게 되나 보다."

그렇게 대꾸하는 사마의의 얼굴에는 희열이 충만해 있었다.

"지금 곧 탐마를 보내 알아보도록 하오리까?"

"알아볼 것도 없다. 공명이 자칫하면 금명간 죽게 될 것 같구나. 지금 곧 그대는 일천 기를 거느리고 오장원으로 나가보라. 만약 촉병들이 분연히 공격해 나온다면 공명의 병이 대단치 않은 증거이니, 그때에는 싸우지 말고 즉시 돌아오라."

명령을 받은 하후패는 이날 밤으로 군사를 이끌고 오장원으로 진발했다.

이날은 공명이 칠성 기도를 올리기 시작한 지 엿새째 되는 날이었다. 그때까지도 명수(命數)를 상징하는 주등(主燈)의 불은 여전히 빛을 잃지 않고 밝게 타오르고 있었다.

이제 하룻밤만 더 지나면 염원이 성취될 것이므로, 공명은 최후의 기도를 정성들여 계속하고 있었다.

장외(帳外)에서 기도실을 지키고 있는 강유의 심정도 공명과 조금도 다를 것이 없었다. 강유가 발소리를 죽여가며 장막 안으로 조심스럽게 들어와 보니 공명은 머리를 풀고 손에 칼을 잡고, 제단을 향하여 주문을 열심히 외우고 있었다.

이때에 멀리 진중에서 난데없는 함성이 들려왔다. 강유는 얼른 밖으로 뛰어나와 부하더러 무슨 일인지 급히 알아보고 오라고 일렀다.

바로 그때였다. 위연이 허둥지둥 달려 들어오며 소리쳤다.

"승상, 위군이 나타났습니다. 우리가 그렇게 기다렸던 적이 이제야 나타났습니다."

그러다가 그만 제상이 발길에 채여 제단 위에 있던 등불이 땅에 떨어지며 불이 꺼지고 말았다.

"억!"

기도에 열중하고 있던 공명은 주등이 땅에 떨어져 불이 꺼지는 것을 보고는 비명을 토하며 손에 들고 있던 칼을 땅에 떨어뜨렸다.

"아! 생사(生死)의 명(命)은 빌어서는 안 될 일이로구나."

"황공하옵니다."

위연이 땅에 엎드려 죄를 청했다.

강유가 크게 노하여 칼을 뽑아 위연을 치려했다.

공명이 손을 들어 강유를 막았다.

"만사가 천운인지라 누구를 탓할 일이 아니니라."

그리고 나서 공명은 피를 토하며 자리에 쓰러졌다. 밖에서 함성이 점점 요란스럽게 들려왔다.

공명이 위연을 불러 말했다.

"사마의는 지금 내가 병든 것을 알고 허실(虛實)을 염탐하려고 군사를 보낸 것이 분명하다. 위 장군은 어서 나가 적을 맞아 싸우라!"

위연은 명을 받자 곧 군사를 휘몰아나갔다.

하후패는 위연이 나타난 것을 보자 황망히 군사를 돌이켜 달아났다.

공명은 위연을 내보내고 강유를 불러들여 말했다.

"위연이 나갔으니 위군은 문제없이 쫓겨가게 될 것이다. 그러나 내가 죽은 뒤의 일이 큰 걱정이로다."

"승상은 어찌 그리 약한 말씀만 하시나이까?"

"아니다. 내가 내 명수를 어찌 모르겠느냐? 내가 충성과 힘을 다해 한실을 다시 일으키려 했으나 하늘이 돕지 아니하고 내 목숨이 다하게 되었으니 어찌하겠느냐. 내가 평소에 배운 바를 책으로 저술한 것이 이십사 편이 있다. 나의 사상과 병법, 지략이 모두 그 속에 들어 있다. 이것을 그대에게 전하겠으니, 이를 받아 경솔히 행동하지 말라."

공명은 책상 서랍에서 책을 꺼내 강유에게 내주었다. 강유는 아무런 대꾸도 못하고 두 손으로 받으며 흐느껴 울기만 했다.

공명이 책자를 주고 나서 다시 말했다.

"그대는 나의 뒤를 이어 촉에 충성을 다하기 바란다. 촉국은 워낙 지세가 험난하여 지키기만 하려면 그다지 어렵지 않으나 음평(陰平) 땅만은 언젠가 잃어버리는 날이 있게 될 것이다."

이번에는 마대를 불러들여 무엇인가 밀계를 자세히 일러주고 나서 마지막으로 당부의 말을 했다.

"내가 죽더라도 부디 내 계교대로 행하여다오."

그런 다음 이번에는 양의를 불러들여, 이불 밑에서 금낭(錦囊) 하나를 꺼내주면서 당부했다.

"내가 죽고 나면 위연이 반드시 배반을 하게 되리라. 그때에는 이 주머니를 끌러보도록 하라."

공명의 병세가 위독하다는 소식이 성도에 알려지자, 후주가 상서 이복(李福)을 오장원으로 급히 보내 위문케 했다.

공명은 이복의 위문을 받고 눈물을 흘리며 말했다.

"내 선제의 탁고를 받아 갈충보국(竭忠報國)으로 큰 뜻을 펴오던 바, 불행하게도 천명을 다하여 중도에서 세상을 떠나게 되었소. 후주는 이미 성년이 다 되셨으나 고생을 모르시고 민심을 제대로 붙잡지 못하여서 걱정이오. 내가 죽은 뒤에도 부디 제도를 고치지 말고, 사람들도 그대로 눌러 쓰도록 하오. 병법은 이미 강유에게 모두 전해 놓았으니, 그가 국가를 위해 충성을 다하리다."

이복은 공명의 유언을 눈물로 받들어 듣고 성도로 총총히 돌아갔다.

그로부터 공명의 병세는 하루가 다르게 악화되어갔다. 어느 날 아침 공명은 새 옷을 깨끗이 갈아입더니 말했다.

"사륜거를 대령하라!"

주위 사람들은 그 소리를 듣고 깜짝 놀랐다.

"승상께서 이 병중에 어디를 가시려고 그러시나이까?"

"진중(陣中)을 순회하려고 그러오."

시의(侍醫)와 제신(諸臣)들이 간곡히 만류했다.

그러나 공명은 말을 듣지 않았다.

"목숨이 붙어 있는 순간까지는 나의 직책에 최선을 다해야 하오. 마지막으로 진중을 몸소 돌아보고 싶기도 하구려!"

그 소리를 듣고는 아무도 만류하지 못했다.

공명은 윤건(綸巾)을 쓰고, 손에 학우선(鶴羽扇)을 들고 사륜거에 올랐다. 천군만마의 적진 속을 자유자재로 왕래하던 사륜거가 진중으로 굴러 나갔다. 많은 장수들과 시의가 그 뒤를 따랐다.

길에는 하얀 서리가 깔리고, 늦가을의 찬바람이 옷깃에 스며드는 이른 아침이었다. 공명은 수레 위에 단정히 앉아, 말없이 영사(營舍)들을 둘러보았다.

마침내 그는 혼잣말로 이렇게 중얼거렸다.

"아아, 정기(旌旗)가 입립하고 생기(生氣)가 약동하니, 내가 없어도 쉽게 멸망하지는 않으리라."

이윽고 그는 귀로에 푸른 하늘을 우러러 혼자 탄식을 마지않았다.

"유유한 청천이여, 인명은 왜 이다지도 짧으나이까?"

병실로 돌아오자 그는 양의를 불러 분부했다.

"마대, 왕평, 요화, 장의, 장익 등은 모두가 충의지사(忠義之士)이니, 내가 죽거든 모든 군사를 그들에게 맡겨 회군시키되 급히 철수하는 일이 없도록 하오."

그로부터 며칠 동안 공명은 병석에 누운 채 일어나지를 못했다.

그러다가 하루는 목욕재계하고 책상 앞에 앉더니 천자에게 올리는 유표(遺表)를 쓰기 시작했다.

신 양(亮)은 죽기를 지척에 두고, 최후의 충성을 다하고자 이 붓을 들었나이다. 신은 선제의 삼고지은을 입은 이후로 탁고지명(託孤之命)을 다하고자 군사를 일으켜 북을 치다가 이제 병들어 끝끝내 폐하를 섬기지 못하게 되었으니,

이는 인력으로 어찌할 수 없는 천운이 아닌가 하나이다. 엎드려 바라옵건대 폐하께서는 항상 청심과욕(淸心寡慾)하시고 항상 겸허하면서, 간사를 물리치고 현량(賢良)을 아끼옵소서.

공명은 땀을 흘리며 표문을 쓰고 나서, 다시 양의에게 부탁했다.

"내가 죽어도 발상(發喪)을 하지 말라. 내가 목수에게 부탁하여 나무로 나의 목상(木象)을 깎아놓게 한 것이 있으니, 만약 위군과 싸울 때에는 그 것을 사륜거에 태워가지고 나가라. 그리고 회군을 할 때에도 그 목상을 앞장세우고 질서정연하게 행군하라. 그러면 위군이 감히 범접하지 못할 것이다."

그리고 회군할 때의 자세한 방도까지 일일이 일러주었다.

이윽고 공명은 자리에 눕더니 창문을 활짝 열게 했다. 그러고 나서 밤하늘의 별들을 오랫동안 바라보더니 말했다.

"아아, 저기 보이는 장성(將星)이 바로 나의 숙성(宿星)이다. 지금은 찬연히 빛나고 있으나 머지않아 땅에 떨어지리라. 나의 목숨도 그 순간에 다하게 되는 것이다."

그러자 그때 밤하늘에 찬연히 빛나던 별이 별안간 꼬리를 끌며 달리더니 쏜살같이 땅으로 떨어졌다. 그 순간 공명의 얼굴이 백납처럼 하얗게 질리며, 마지막 숨을 거두었다.

모든 장수들이 시신 곁으로 몰려들며 소리 내어 흐느껴 울었다. 그러나 한번 눈감은 공명은 그린 듯이 조용할 뿐 말이 없었다.

때는 건흥 십이년 팔월 이십삼일, 공명의 수(壽)는 오십사 세였다.

강유와 양의는 공명의 유언을 따라 상(喪)을 비밀에 부치고, 회군할 준비를 내밀히 진행시켰다.

사마의는 밤에 천문을 보다가 별안간 기쁜 소리로 외쳤다.

"앗! 공명이 죽는구나!"

밤하늘에 커다란 별 하나가 붉게 타오르며 촉영(蜀營) 안으로 떨어지는 것을 보았기 때문이었다.

사마의는 곧 하후패를 불렀다.

"내 지금 천문을 보니 장성 하나가 불타오르며 촉영으로 떨어졌다. 이는 필시 공명이 죽었다는 증거이다. 그대는 수십 기를 거느리고 오장원에 나가 공명의 생사를 정탐해 보고 오라."

하후패는 정병 이십 기를 거느리고 오장원으로 갔다.

촉진의 외곽을 지키는 대장은 위연이었다. 위연은 어젯밤에 괴상한 꿈을 꾸었기 때문에 오늘은 기분이 매우 우울했다. 꿈에 자기 머리 위에 난데없는 뿔 두 개가 생겼던 것이다.

"길몽일까? 흉몽일까?"

길흉을 판단할 길이 없어 신경을 쓰고 있는데, 마침 행군사마(行軍司馬) 조직(趙直)이 찾아왔다. 조직은 꿈 이야기를 듣더니, 대뜸 이렇게 대답했다.

"그것은 틀림없는 대길몽(大吉夢)이오. 기린의 머리에도 뿔이 있고, 창룡(蒼龍)의 머리에도 뿔이 있으니, 그 꿈은 높이 뛰어오를 꿈이 분명하오."

위연은 그 말을 듣자 조직의 손을 덥석 움켜집으며 크게 기뻐했다.

"고맙소. 만약 당신의 해몽이 들어맞으면 내가 후히 사례하리다."

조직이 위연과 작별하고 집으로 돌아가는 길에 상서 비위를 만났다.

"어디서 오는 길이오?"

"지금 위연 장군한테 꿈 해몽을 해주고 오는 길이외다."

"위연이 어떤 꿈을 꾸었답니까?"

"머리에 뿔 두 개가 돋아난 꿈을 꾸었다고 합니다. 내가 보기에는 흉몽 (凶夢)이 분명했으나 바른대로 말하면 섭섭해 할 것 같아 기린과 창룡을 인용해 가면서 길몽이라고 말해 주었지요."

"머리에 뿔이 생긴 꿈은 어째서 나쁘오?"

"뿔 각(角) 자는 '칼 도(刀)' 아래 '쓸 용(用)' 자를 쓰오. 머리 위에 칼을 썼으니 그 이상 불길한 꿈이 어디 있겠소."

비위는 그 말을 듣고 당부했다.

"이 일은 심상치 않으니 아무한테도 말하지 마오."

"염려 마오. 그런 말을 내가 누구에게 퍼뜨리겠소."

비위는 그 길로 아무것도 모르는 척하고 위연에게 들렀다.

"어젯밤 삼경에 승상이 세상을 떠나셨소."

"아니, 그게 정말이오?"

위연은 깜짝 놀랐지만 별로 슬퍼하는 기색은 보이지 않았다.

비위가 다시 말했다.

"승상께서 임종시에 장군으로 뒤를 끊어 사마의를 당해 내게 하라고 유언하셨소. 그리고 발상(發喪)을 하지 말고, 서서히 회군하라고 하셨소. 그래서 병부(兵符)를 가지고 왔으니 장군은 곧 기병(起兵)하시오."

그러자 위연은 이렇게 물었다.

"그러면 누가 승상의 직을 맡아보게 되오?"

"모든 대사는 양의에게 부탁하셨소, 병무(兵務)는 강유에게 맡기셨소."

그 말을 듣자 위연은 언성을 높여 나무랐다.

"무슨 일들을 그렇게 하오? 비록 승상이 없다 해도 위연이 여기 있지 않소? 양의로 말하면 한낱 장사(長史)에 불과한데 그가 어찌 그런 대사를 감당할 수 있단 말이오? 오장원의 촉군은 내가 통솔하고, 위군을 깨칠 테니 양의는 시신을 모시고 성도로 돌아가 장례나 지내게 하오. 공명이 죽었기로 국가 대사를 어찌 일시나마 소홀히 할 수 있단 말이오."

불평이라기보다는 호통이요, 명령이었다.

비위는 좋은 말로 달랬다.

"그것은 승상의 유언을 배반하는 결과가 될 것이오."

위연이 소리를 버럭 질렀다.

"그대는 나를 무엇으로 알고 그런 소리를 하오. 공명이 내 말만 들었다면 우리는 오래 전에 위를 물리치고 최후의 승리를 거두었을 것이오. 공명은 나를 두려워했기 때문에, 내 말을 의식적으로 안 들어서 지금 이 꼴이 된 거요. 나는 구태여 죽은 사람을 원망하지 않겠소. 그러나 정서대장군(征西大將軍) 남정후(南鄭侯)의 작위를 가지고 있는 나더러 양의의 명령을 따르라니 그게 말이 되는 소리요?"

"옳은 말씀이오. 그러면 내가 곧 돌아가 양의를 만나 장군에게 병권(兵權)을 돌리도록 말해 볼 테니 잠깐만 기다리시오."

"내 기다릴 테니 빨리 다녀오시오."

비위가 본진으로 돌아와 양의에게 위연의 말을 전했다.

양의가 개탄을 마지않았다.

"승상께서 임종시에 위연이 배반할 것을 무척 염려하시더니 기어코 딴 뜻을 품는구려. 내가 그에게 병부를 보낸 것은 그의 마음을 떠보기 위함이었소. 그렇다면 후방을 강유에게 지키게 해야 하겠소."

양의는 공명의 관을 자기가 모시고 가고, 강유에게 뒤를 지키게 하며 서서히 회군할 계획을 세웠다.

한편, 위연은 비위가 좋은 소식을 가져오기를 눈이 빠지도록 기다리고 있었다. 그러나 비위는 며칠이 지나도록 오지 않았다. 참다못해 마대를 시켜서 알아보고 오라 했다.

마대가 다녀와 위연에게 말했다.

"전군(前軍)은 태반이 이미 회군하였고, 후군(後軍)은 강유가 거느리고 지금 회군을 시작했다 하오."

위연은 그 소리를 듣고 크게 노했다. 만약 자기가 솔선해서 알아보지 않았다면 자기만 오장원에 그대로 내버려졌을 것이기 때문이었다.

"비위란 놈, 어디 두고 보자. 네 놈들이 모두 나를 속였구나. 내 네 놈들을 반드시 몰살시키고야 말리라."

그리고 마대를 바라보며 물었다.

"어떻소? 공은 나를 도와주겠소?"

"나 역시 양의에게는 원한이 있소이다. 공을 도와드리오리다."

"고맙소. 대사를 이루는 날에는 그 공을 잊지 않으리다."

한편, 공명의 생사를 확인하기 위해 오장원으로 떠났던 하후패가 급히 돌아와 사마의에게 고했다.

"촉병은 오장원에서 깨끗이 물러나 한 명도 남아 있지 않습니다."

그 말을 들은 사마의는 발을 구르며 통분해 했다.

"아차! 공명이 참으로 죽은 줄 내 몰랐구나. 그러면 이제라도 촉군을 추격해야 한다. 공명이 죽었으니 이제 승리의 기회가 눈앞에 전개되었다. 모든 군사를 총동원하여 맹렬히 추격하자."

사마의는 노골적으로 흥분하는 빛을 보였다.

북이 울리고 나팔이 울렸다. 모든 진문(陣門)을 활짝 열어놓고, 오랫동안 방위만 하고 있던 위군들은 노도와 같이 오장원으로 밀려갔다.

사마의 자신이 선두에 나선 것은 말할 것도 없었다.

"도독께서는 선두에 서실 게 아니라 뒤에서 천천히 오시는 것이 어떠하겠나이까?"

"아니다. 이번에야말로 내가 선두에 나서야 한다."

"항상 신중을 기하던 도독께서 어찌하여 이번에는 그처럼 서두르시나이까?"

"그럴 수밖에 없지 않느냐? 공명이 죽었으니, 촉군은 이제 내 마음대로 좌지우지할 수 있기 때문이다."

오장원으로 쳐들어가보니 과연 촉군은 한 명도 보이지 않았다.

사마의는 두 아들인 사마사와 사마소를 불러 명했다.

"너희들은 이곳을 지키고 있다가 천천히 뒤따라오라. 촉군이 아직 멀리 가지 못했을 것이니, 나는 먼저 나가 그들을 추살하겠다."

급히 추격을 해나가려니, 문득 산중에서 진고가 울리며 함성이 터져 나왔다. 그런데 이게 웬일일까. 이쪽으로 몰려나오는 촉군의 선두에는 '한승상(漢丞相) 무향후(武鄕侯) 제갈량(諸葛亮)'이라고 쓴 깃발이 펄럭이고 있었다.

어디 그뿐이랴. 깃발이 나부끼는 곳에 수십 명의 대장들이 사륜거 한 채를 옹위하고 다가오는데 수레 위에 단정히 앉아 있는 사람은 틀림없는 공명이었다.

"앗, 공명이?"

사마의는 소스라치게 놀라며 저도 모르게 말을 뒤로 물렀다. 죽은 줄만 알았던 공명이 사륜거 위에서 학우선을 들고 단정히 앉아 있었던 것이다.

"아차! 내가 공명의 계교에 또 속았구나. 전군은 급히 후퇴하라."

사마의가 말머리를 돌려 허둥지둥 달아나는데, 등 뒤에서 강유가 급히 추격해 왔다.

"적장은 어디를 가느냐? 내 칼을 받아라!"

총대장 사마의가 급히 뒤쫓기는 바람에 위병들은 어쩔 줄을 몰라 했다.

"공명이 살아 있다!"

"공명이 나타났다!"

저마다 겁을 집어먹으며 촉병들의 칼에 어이없이 쓰러져버렸다. 졸병들이야 죽거나 말거나 사마의는 있는 힘을 다해 달아났다. 사마의가 뒤도 돌아보지 못하고 오십여 리를 쫓겨 왔을 때 누군가가 앞을 막아섰다.

　　"촉병들은 이미 추격해 오지 않으니, 도독은 안심하십시오."

　　그렇게 말한 장수들은 하후패와 하후화였다.

　　"아, 너희들이었구나! 이게 내 머리냐? 머리가 그대로 붙어 있는지조차 모르겠구나."

　　사마의는 얼마나 혼이 났는지 자기 머리를 만져보며 그렇게 말했다. 사실 사마의는 죽은 줄 알았던 공명이 일선에 나타나는 바람에 완전히 얼이 빠졌던 것이다.

위연의 반역

그로부터 이틀이 지난 뒤였다. 사마의가 많은 염탐꾼을 통해 알아보니, 공명의 생사가 모호하기 짝이 없었다.

어떤 농사꾼은 이렇게 말했다.

"촉군이 곡중(谷中)으로 물러가는데, 군사들은 저마다 목을 놓아 울고 있었습니다. 그리고 군중에 백기를 단 것을 보면 공명이 죽은 것은 분명합니다."

사마의는 그 소리를 듣고 농군에게 다시 물었다.

"그러면 지난번 수레를 타고 일선에 나타났던 공명은 누구인가?"

"듣건대 나무로 깎은 공명이었다는 소문이 떠돌고 있습니다."

"뭐, 나무로 깎은 공명이라고? 아, 그것 역시 공명이 마지막으로 남겨 놓은 계교였는가 보구나. 모르면 모르되 공명과 같은 기재(奇才)가 이 세상에 다시는 나오지 못하리라."

사마의는 새삼스러이 감탄을 마지않았다.

사마의는 공명이 죽었음을 그제야 확신하고 또다시 군사를 몰아 추격을 개시했다. 그러나 위수 강변에까지 나가보았으나 촉병은 그 사이에 모두 강을 건너고 한 사람도 남아 있지 않았다.

촉군은 공명의 영구를 모시고 눈물을 뿌리며 위수를 무사히 건넜다. 모두가 공명의 덕택이었음은 말할 것도 없었다. 일행은 잔각도구(棧閣道口)에 이르러 정식으로 상(喪)을 발표하고 모든 군사가 상복으로 갈아입었다. 군사들은 땅을 치며 서러워 울었고, 머리를 땅에 부딪치며 흐느끼는 사람도 있었다.

그때, 문득 산중에서 연기가 일어나는 것이 보였다.

"이 산중에 웬 불인가?"

강유가 사람을 놓아 알아보니, 위연의 군사가 산중에서 우군의 길을 가로막고 있다는 것이었다. 강유와 양의는 근심스럽게 서로를 마주 보았다.

"강 장군! 이 일을 어찌했으면 좋겠소? 승상께서 예언하신 대로 위연이 모반을 계획하고 있음이 분명한가 보오."

강유가 오랫동안 침묵에 잠겨 있다가 대답했다.

"위연이 모반을 꿈꾸고 길을 가로막고 있으니 우리는 차산(槎山)으로 돌아갈 수밖에 없을 것 같소이다. 길이 험하고 사나우나 차산으로 나가면 잔도(棧道)의 뒤로 빠지게 됩니다."

차산으로 돌아가기로 결정한 일행은 그런 사실을 성도에 있는 촉제(蜀帝)에게도 표를 올려 알려주었다. 그런데 모반을 꿈꾸고 있던 위연 역시 그보다도 먼저 후주에게 자기대로의 표를 올렸다.

후주 유선이 공명의 부음을 듣고 침식을 전폐하다시피 하며 애통에 잠겨 있는데, 천만뜻밖에도 위연에게서 표문이 올라왔다. 위연의 표문 내용은 이러했다.

정서대장군 남정후 위연은 진실로 황송함을 무릅쓰고 머리를 조아려 아뢰옵니다. 승상이 세상을 떠나시자 양의와 강유의 무리가 반기를 들 생각에 승상의 영구를 빼앗아 입경(入京)하려 하기로, 신이 우선 잔도에서 그들의 진로를 막고 삼가 표를 올리옵니다.

그런데 그로부터 잠시 후 양의와 강유의 표문이 또다시 올라왔다. 그 내용은 위연의 표문과는 정반대였다.

"두 대장이 정반대의 표문을 보내왔으니, 어느 편이 진실이고, 어느 편이 거짓이겠소?"

후주가 판단을 못 내리고 있으려니 장완이 말했다.

"승상께서는 위연에게 반골 기질이 있음을 알고 진작부터 경계하고 계셨습니다. 신이 짐작컨대 승상께서는 사후의 처리를 염려하시어 모든 권한을 양의에게 의탁하셨을 것이 분명합니다. 자세한 정세 판단은 좀 더 기다려보고 하시는 게 좋을까 하나이다."

이 무렵, 위연은 잔각도구를 지키며 양의와 강유가 나타나기만 하면 일거에 물리치고 전체 병권을 단숨에 장악해 버릴 작정이었다. 그러나 양의와 강유의 군사는 차산으로 감쪽같이 빠져 위연의 반란군을 후방에서 무찔러버릴 계획을 세웠다.

양의의 선봉장 하평(何平)이 위연의 진영으로 가까이 다가가 소리쳤다.

"반적 위연은 어디 있느냐? 썩 나와 내 칼을 받아라!"

그 말을 들은 위연이 칼을 꼬나 잡고 마주 달려 나오며 소리쳤다.

"네 이놈! 너야말로 양의와 강유를 돕는 반적이 아니고 무엇이냐?"

기어코 양군은 싸움이 붙고 말았다.

하평은 위연과 한바탕 싸우다가 거짓으로 쫓기기 시작했다. 위연이 기세를 크게 올리며 쫓아오는데, 산중에 매복해 있던 군사들이 그에게 궁노를 빗발처럼 쏘아 갈겼다. 이에 위연은 팔에 화살을 맞고 쫓겼고, 그 바람에 그의 군사들은 여지없이 참살되었다.

위연이 이제 의지할 수 있는 사람은 마대뿐이었다. 그가 마대를 보고 말했다.

"우리가 이미 이 꼴이 되었으니 이제는 위국에 투항하는 것이 어떻겠소?"

마대가 펄쩍 뛰며 대답했다.

"공명이 세상을 떠난 지금 위연 장군께서는 어찌 패업(霸業)을 도모하지 않고 남에게 머리를 숙인단 말씀이오."

"하긴 그렇기도 하오. 하지만……."

"내 맹세코 장군을 도와줄 테니, 우선 한중을 취하고, 서천을 도모하시오."

위연은 용기를 크게 내어 남정(南鄭)을 들이쳤다. 이때 남정은 강유가 지키고 있었다.

"강유는 성문을 열고 곱게 항복하라!"

위연과 마대가 성 밖에서 소리를 같이하여 외쳤다. 강유가 양의에게 말했다.

"위연이 마대와 합세하여 왔으니 이 일을 어찌했으면 좋겠소."

그러자 양의가 대답했다.

"승상께서 위연이 배반했을 때에 열어보라고 하시면서 나에게 비단주머니 한 개를 주셨소. 지금 그것을 펴보기로 합시다."

두 사람이 비단주머니를 열어보니 봉투 하나가 들어 있는데, 그 피봉에 글귀가 씌어 있었다.

위연이 모반하거든 그와 대적하는 마상에서 열어보라!

강유는 그 글귀를 보고 크게 기뻐했다.

"이것만 있으면 염려 없소. 그러면 내가 성문을 열고 먼저 나갈 테니 양 장사께서는 뒤로 나오시오."

강유가 말을 타고 성문을 나오며 위연을 꾸짖었다.

"승상이 세상을 떠나기 무섭게 반란을 일으키니, 어찌 이럴 수가 있단 말이냐? 네가 부끄러움을 알거든 지금이라도 스스로 목숨을 끊어 승상의 영전에 바쳐라!"

"하하하, 젖비린내 나는 네가 웬 큰소리냐! 너 같은 놈은 상대도 안 되니, 양의란 놈을 불러내라!"

양의가 말을 타고 나타나 위연을 꾸짖었다.

"위연아, 네가 기어코 배반을 하는구나. 승상께서 너의 배반을 항상 걱정하시더니 과연 그 말씀이 옳았구나."

"이놈, 양의는 들어라! 용기가 있거든 대장부답게 싸워 승부를 겨룰 일이지 무슨 잔소리가 그리 많은가!"

위연이 화를 내며 소리쳤다.

이때, 양의가 마상에서 공명이 남겨준 봉투를 열어보니, 거기에는 이런 글귀가 씌어 있었다.

위연으로 하여금 마상에서 '나를 죽일 자가 누구냐!' 하는 말을 세 번 외어보게 하라. 그러면 만사는 해결되리라.

양의는 그 지시문을 보고, 다시 위연에게 말했다.

"네가 싸워서 이길 자신이 있거든, 말을 탄 채로 '나를 죽일 자가 누구냐! 고 세 번만 외쳐보라. 그러면 나는 싸우지도 아니하고, 너에게 한중을 고스란히 내주리라."

"그 무슨 어린애 같은 수작을 하느냐? 그 말이 뭐가 무서워서 못한단 말이냐! 공명이 죽은 오늘날 과연 나를 죽일 자가 누구더란 말이냐!"

위연은 기세를 올리며 기염을 토했다.

"그러니까 네 입으로 그 말을 해보란 말이다."

"정말 그렇다면 말해 보리라. 나를 죽일 자가 누구더냐!"

위연은 크게 한마디 외쳤다.

"또 한 번!"

"나를 죽일 자가 누구더냐!"

"마지막으로 한 번만 더!"

"나를 죽일 자가 누구더냐!"

마지막 외침이 막 끝나는 순간이었다. 지금까지 한패로 가장하고 있던 마대가 별안간 비호같이 달려 나오며 위연의 목을 단칼에 날려버렸다. 공명은 사후에 위연이 배반할 것을 염려하여 마대에게만은 이미 그 대책을 일러두고 있었던 것이다.

이리하여 공명의 영구가 성도에 무사히 도착하니 후주를 비롯하여 만조백관들이 상복을 입고 눈물을 뿌리며 영접했다.

그로부터 며칠 후, 공명의 유해를 한중에 있는 정군산(定軍山)에 장사 지내고 시호(諡號)를 충무후(忠武侯)라고 봉했다. 그리고 고인의 유언에 의하여 석조물은 만들지 아니했다. 다만 그가 평소 즐겨 연주했던 칠현금 모양을 본뜬 석조물 한 가지로 그의 무덤을 장식했다. 청아하고도 간소한 그의 무덤은 고인의 고매하고도 담백한 성품을 그대로 엿보게 했다.

후주 유선이 제갈량의 장례를 마치고 성도에 돌아오자 근신들이 급한 보고를 아뢰었다.

"오나라 장수 전종(全綜)이 수만 군사를 이끌고 파구(巴口) 접경에 주둔했다는데, 무슨 의도로 그러한지 알 수 없다 하옵니다."

후주는 깜짝 놀랐다.

"제갈 승상이 세상을 떠나자마자 오나라가 동맹을 어기고 국경을 침범한 모양이로구나! 장차 이 일을 어찌할꼬?"

장완이 아뢰었다.

"신이 생각하옵건대 만약을 대비해 왕평과 장익에게 수만 군사를 주어 영안(永安)에 주둔시키고, 따로 승상의 상(喪)을 알린다는 명분으로 사신 한 사람을 오나라에 보내어 그들의 동정을 탐색해 보는 것이 어떠하겠나이까?"

"언변이 좋은 사람을 구해 보내야 할 텐데 어디 있소?"

그러자 한 사람이 나섰다.

"소신을 보내주소서!"

후주가 돌아보니 참군 중랑장 종예(宗預)였다. 후주는 크게 기뻐 종예를 사신으로 삼아 오나라로 떠나보냈다.

종예는 사행(使行)길을 재촉하여 금릉(金陵)으로 들어갔다. 오나라 군주 손권을 뵙는 자리에서 보니, 좌우에 시립한 뭇 신하들이 모두 하얀 소복으로 길아입고 있었다.

손권이 먼저 굳은 표정을 짓고 엄한 목소리로 촉나라 사신을 꾸짖었다.

"우리 오나라는 촉한과 이미 한집안을 이루었는데, 촉주(蜀主)는 무슨 까닭으로 백제성(白帝城)에 수비군을 증강시켰소?"

종예가 능청스레 대꾸했다.

"오나라에서 파구 접경에 군사를 증강시켰으니, 우리 또한 백제성의 수비군을 증강시키는 것은 이치로 보아 당연한 일입니다. 피차 따질 일이 못 된다고 생각하나이다."

손권이 빙그레 웃었다.

"경의 말대꾸하는 솜씨가 지난날 사신으로 왔던 등지(鄧芝)에 못지않 구려! 이제 말이지만 짐은 제갈 승상이 귀천하셨다는 소식을 전해 듣고부 터 날마다 눈물로 옷깃을 적셨소. 또 경이 보다시피 우리나라 대소 관원 들도 모두 상복을 입고 애도의 뜻을 표하고 있는 중이오."

"하오면 파구에 군사를 내보내신 뜻은 어디 있나이까?"

"위나라가 국상(國喪)을 틈타 촉나라를 침공할까 걱정되어, 짐이 만약 의 사태에 대비하여 구원병으로 출동시키고자 파구의 병력을 만여 명 늘 렸을 뿐 다른 뜻은 전혀 없소."

"감사하나이다!"

종예는 머리 조아려 깊이 사례를 올렸다.

손권이 다시 말했다.

"짐이 촉한과 동맹을 수락한 이상 어찌 의리를 저버릴 수 있겠소?"

"천자께서 오나라에 소신을 보낸 것도 제갈 승상이 세상을 떠난 일을 알려드리기 위한 것일 뿐 다른 뜻은 없나이다."

그러자 손권은 금비전(金鈚箭) 한 대를 가져오게 하여 그 자리에서 꺾 어 보이며 맹세를 했다.

"짐이 만약 촉한과의 동맹을 저버린다면 자손이 끊길 것이오!"

그리고 오나라의 조문 사신을 가려 뽑아 종예와 함께 촉나라로 보냈다.

종예는 귀국하여 후주 유선에게 아뢰었다.

"오나라 군주는 제갈 승상이 서거하셨다는 소식을 먼저 전해 듣고 날 마다 눈물 흘리고 있고, 신하들 또한 모두 상복으로 갈아입고 애도의 뜻 을 표하고 있사옵니다. 파구에 병력을 증원한 것도, 위나라가 우리 국상을 틈타 침공해 올까 우려되어 구원병을 배치한 것일 뿐, 다른 뜻은 없다 하옵니다. 게다가 금비전을 꺾어 보이며 결코 배신할 생각이 없노라 맹세까지 했나이다."

후주는 크게 기뻐하면서 종예에게 큰 상을 내리고, 오나라 사신을 후히 대접하여 돌려보냈다. 큰일이 끝나자 후주는 제갈량의 유언에 따라 조정의 인사를 개편하고 변방 수비장을 새로 임명했다.

이리하여 장완이 제갈량의 후임으로 승상(丞相) 대장군(大將軍) 녹상서사(錄尙書事)가 되었고, 비위는 상서령(尙書令)이 되어 승상부의 일을 맡게 되었다. 오의는 거기장군(車騎將軍)이 되어 한중 방면군을 통솔하게 되었고, 강유는 보한장군(輔漢將軍) 평양후(平襄侯)가 되어 각 방면의 병마를 통솔하면서 오의와 함께 한중으로 나아가 위나라의 침공에 대비하게 되었다.

반작용도 없지는 않았다. 양의는 실상 장완보다 벼슬길에도 먼저 올랐고, 제갈공명의 운구를 무사히 옮겨오는 데도 큰 몫을 한 터라 자신의 공로가 큰 만큼 벼슬과 포상도 무겁게 내려줄 것이라 생각하고 있었다. 그런데 뜻밖에도 연배가 낮은 장완이 승상의 후계자로 임명되자 원망을 품지 않을 수 없었다.

양의는 상서령 비위를 보고 이런 말을 했다.

"승상이 돌아가셨을 때, 만약 내가 전군을 이끌고 위나라에 투항해 갔더라면 이렇게 적막하지는 않았을 것이오!"

비위는 그 말을 낱낱이 써서 후주 유선에게 은밀히 올렸다. 후주는 노발대발하여 양의를 붙잡아 옥에 가두고 참수형에 처하려 했다. 그러나 승상 장완이 극형을 만류했다.

"폐하, 양의가 비록 죄를 지었사오나, 지난날 제갈 승상을 따라서 여러 차례 공로를 세웠은즉, 참형만큼은 면해 주시고 서민으로 폐하심이 옳을 듯하나이다."

후주는 그 말대로 양의의 벼슬을 삭탈하여 서민으로 강등시키고 한중 가군(嘉郡)으로 내쫓았다. 양의는 부끄러움을 견디다 못해 스스로 칼을 물고 자결하고 말았다.

요동 정벌

한편 위나라 천자 조예는 제갈공명과의 싸움에서 결정적으로 승리한 사마의를 태위(太尉)로 봉하여, 전국 병마를 총독하면서 변방 제진(諸鎭) 을 안무하게 했다.

조예는 삼국의 전쟁이 소강상태를 이루자 수도 허창에 거대한 토목공 사를 일으켜 화려한 궁궐과 전각을 세우기 시작했다. 그리고 천하의 미녀 와 악공들을 불러 모아 태평세월을 즐겼다. 조예에게는 원래 평원왕(平原 王) 시절부터 사랑하던 황후 모씨(毛氏)가 있었으나, 후에 얻은 곽(郭) 부 인을 총애하기 시작했다. 곽 부인은 젊고 아름답기도 하려니와 총명하기 이를 데 없어, 조예의 사랑을 독차지하게 되었다. 조예는 곽 부인의 침궁 에서 즐기느라 달포가 지나도록 황후의 근처에는 얼씬도 하지 않았다.

어느 춘삼월 화창한 날, 조예는 곽 부인을 데리고 방림원(芳林園)에 행 차하여 술잔치를 벌였다. 그 자리에서 곽 부인이 조예에게 물었다.

"꽃이 아름답게 피었는데, 황후마마도 모셔다 즐김이 어떠하오리까?"

그러자 조예는 도리질을 했다.

"그 사람이 곁에 있으면 짐은 술이 한 방울도 목으로 넘어가지 않을 게다."

그리고 궁녀들더러 황후 모씨에게는 절대로 알리지 말라고 엄명을 내렸다.

황후 모씨는 조예가 달포 남짓이나 정궁(正宮)에 들어오지 않자 이날따라 울적한 심사를 달래느라 내관 십여 명을 거느리고 취화루(翠花樓)에 올라 바람을 쐬고 있었다. 하필이면 그곳은 방림원에서 그리 멀지 않은 누각이라 바람결에 풍악 울리는 소리가 질탕하게 들려왔다.

"어디서 풍악을 울리는 것이냐?"

황후가 묻자 궁녀 한 명이 냉큼 달려가 살펴보고 돌아와 아뢰었다.

"성상 폐하께서 곽 부인을 데리고 방림원에 납시어 술잔치를 즐기고 계시다 하더이다."

황후 모씨는 그 말을 듣고 심기가 사나워 곧바로 정궁으로 돌아갔다. 이튿날 황후는 작은 수레를 타고 궁 밖으로 유람을 나가다가 우연히 조예의 행차와 마주쳤다. 모씨는 웃음을 섞어 문안 인사를 올렸다.

"폐하, 어제 꽃놀이 재미가 흐뭇하셨겠습니다."

"황후는 그 얘기를 어디서 들었소?"

"소문이야 나도는 게 아니오리까?"

조예는 즉시 행차를 돌렸다. 그리고 곽 부인 처소로 달려가 어제 꽃놀이 잔치에 시중을 들었던 궁녀들을 모조리 무릎을 꿇려놓고 무섭게 꾸짖었다.

"어제 북원 꽃잔치 자리에서 짐이 너희더러 모 황후에게 알리지 말라 하였거늘 어째서 소문을 퍼뜨렸는가!"

화가 난 조예는 궁궐 무사들에게 궁녀들을 모조리 끌어내다 목을 베어

죽이게 했다. 황후 모씨가 그 소식을 듣고 기절초풍하여 정궁으로 돌아가
니, 조예는 칙명으로 사약을 내렸다. 모 황후를 죽인 조예는 곽 부인을 황
후로 내세웠다.

조정이 그 일로 뒤숭숭해진 터에 어느 날 유주 자사 관구검(毌丘儉)의
표문이 올라왔다. 내용인즉 요동 태수 공손연(公孫淵)이 반란을 일으켜
스스로 연왕(燕王)이라 참칭하고 북방 일대를 뒤흔들어놓고 있다는 소식
이었다.

뜻밖의 급보를 받고 크게 놀란 조예는 즉시 문무백관을 불러들여 공손
연의 반란군을 물리칠 계략을 의논했다.

공손연은 요동 지방의 군벌 공손강(公孫康)의 아들이었다. 건안 십이
년, 조조가 원상의 잔여세력을 뒤쫓아 요동으로 진격했을 때였다. 공손강
은 원상을 잡아 죽이고 그 수급을 조조에게 바쳤다. 조조는 그 공로를 가
상히 여겨 공손강에게 양평후(襄平侯)의 작위를 내렸는데, 당시 공손강에
게는 맏아들 공손황(公孫晃)과 둘째 아들 공손연이 있었다.

공손강이 세상을 떠날 무렵, 이 두 아들은 모두 어린 나이였기 때문에
양평후의 작위는 공손강의 아우 공손공(公孫恭)이 이어받았다. 위(魏) 문
제(文帝) 태화(太和) 이년, 성장한 공손연은 숙부에게서 양평후의 작위를
도로 빼앗았다. 조예는 성격이 거친 공손연을 무마하는 뜻으로 양열장군
(揚烈將軍)의 직함을 주고 요동 태수에 봉했다. 그런데 오나라 손권이 위
나라를 견제할 생각으로 공손연에게 사신을 보내 금은보화와 함께 연왕
(燕王)으로 책봉한다는 조칙을 전했다. 공손연은 위나라의 세력을 두려워
한 나머지, 오나라 사신 장미(張彌), 허연(許宴) 두 사람의 목을 베어 조예
에게 보냈다. 조예는 공손연을 대사마(大司馬) 낙랑공(樂浪公)으로 봉했
다. 그런데 공손연은 그 벼슬이 마음에 차지 않았던지, 가신들과 상의한

끝에 스스로 연왕의 지위에 오르기로 결정해 버렸다.

이때, 부장 가범(賈範)과 참군(參軍) 윤직(倫直)은 공손연의 결정을 극구 만류했다.

"위나라가 주공에게 공작(公爵)의 작위를 내렸습니다. 그것만으로도 고귀해지셨는데 이제 위나라를 배반한다는 것은 옳지 못한 일입니다. 더구나 사마의는 용병술이 뛰어나 촉나라의 제갈공명조차도 당해 내지 못하고 죽었다는데, 주공께서 그런 인물을 어찌 상대할 수 있단 말입니까?"

그러나 공손연은 크게 노하여 가범과 윤직을 장터로 끌어내다 목을 베어버리고, 마침내 대장군 비연(卑衍)을 원수(元帥)로, 양조(楊祚)를 선봉장으로 삼아 요동군 십오만 명을 이끌고 중원으로 쳐들어갔던 것이다.

조예는 급히 사마의를 입조시켜 계책을 물었다.

사마의는 한마디로 자신 있게 응답했다.

"소신에게 보기병(步騎兵) 사만 명을 주시면 요동 군쯤은 넉넉히 격파하오리다."

그러나 조예는 불안한 마음에 선뜻 결정을 내리지 못했다.

"사마 경의 뜻은 장하오. 그러나 그 정도의 적은 군사로 반란군을 진압하는 것은 무리가 아니겠소."

"병력이 많다고 싸움에서 이기는 것은 아니옵니다. 싸움이란 기계(奇計)와 모략이 있어야 승리할 수 있습니다. 신은 폐하의 홍복에 힘입어 반드시 공손연을 붙잡아 대령시키겠나이다."

"경은 공손연이 장차 어떻게 나오리라 생각하오?"

"공손연이 미리 성채를 버리고 달아난다면 상책이 될 것입니다. 요동을 지키면서 토벌군에 저항하는 것은 중책이 될 것입니다. 양평(襄平)에 버티고 있다면 하책을 택하는 셈입니다. 그때는 필경 신에게 사로잡히게 될 것입니다."

조예가 다시 물었다.

"이번 원정길은 왕복에 얼마나 걸리겠소?"

"사천 리의 땅이니, 가는 데 백 일, 공격하는 데 백 일, 돌아오는 길에 백 일, 장병들을 휴식시키는 데 육십 일, 대략 일 년이면 족할 것입니다."

"만약 그 동안에 오나라나 촉나라가 쳐들어오면 어쩌겠소?"

"신이 그 방비책을 이미 세워놓았으니, 폐하께서는 너무 우려하지 마소서."

조예는 크게 만족하여, 드디어 사마의에게 공손연을 토벌하라는 명령을 내렸다. 사마의는 군사를 이끌고 도성을 나서자 선봉을 맡은 장수 호준(胡遵)에게 전군(前軍) 부대를 거느리고 한발 앞서 요동으로 진격하여 영채를 세우게 했다.

위나라 군이 출동하자 초탐마(哨探馬)가 날듯이 달려가 공손연에게 급보를 전했다. 공손연은 원수 비연과 선봉장 양조에게 팔만 군사를 주어 요동에 주둔시키고, 성 둘레 이십여 리 지역에 녹각(鹿角) 장애물을 둘러쳐서 자못 엄밀한 방어진을 쌓았다. 위군 선봉 호준이 그 사실을 보고하자 사마의는 껄껄 웃었다.

"놈들이 나하고 싸울 생각은 않고, 우리 군사를 야전(野戰)에서 지치게 만들 작정이로구나. 공손연의 군사 절반이 여기에 몰려 있다면, 그 소굴은 텅 비었을 것이다. 차라리 이곳은 그냥 내버려두고 샛길로 양평까지 진격하기로 하자. 놈들은 반드시 양평을 구하러 달려올 터인즉, 중도에서 요격하면 우리가 완승을 거둘 수 있을 것이다."

이리하여 사마의는 호준의 선봉부대만 남겨둔 채 중도에서 본대를 이끌고 샛길로 접어들어 양평을 향해 진격했다.

한편, 요동성의 비연과 양조는 사마의의 본대가 진격해 온다는 소식을 듣고 대책을 상의했다.

"위군이 공격해 오더라도 나가 싸우지는 맙시다. 저들은 수천 리 길을 강행군해 오느라 식량 운반이 원활하지 못할 것이니, 오래 버틸 재간은 없을 것이오. 군량이 바닥나면 필경 퇴각할 터인즉, 그때 가서 경기병대로 추격 엄습하면 사마의를 사로잡기야 뭐 그리 어렵겠소."

"옳은 말씀이오. 지난번에도 사마의가 촉군과 싸울 때, 위수 남쪽을 군게 지키기만 하고 제갈공명이 진중에서 죽을 때까지 마냥 지구전으로 버텼기 때문에 이긴 것이 아니겠소. 오늘의 우리도 그때와 다를 바 없소이다."

두 장수가 한창 대책을 의논하고 있을 때 엉뚱한 급보가 날아들었다.

"사마의가 이곳을 지나쳐 남쪽으로 갔습니다."

비연은 깜짝 놀랐다.

"아뿔싸 큰일이로다! 사마의란 놈이 양평에 군사가 얼마 안 되는 것을 알고 본영을 기습하러 갔구나. 양평 본영을 잃게 되면 이곳을 지켜봐야 아무런 소용이 없을 거요."

비연과 양조는 부랴부랴 영채를 뽑고 뒤따라 양평으로 진발했다.

비연 군을 정탐하던 초마(哨馬)가 득달같이 사마의에게 가서 그 사실을 알렸다. 사마의는 껄껄 웃음을 터뜨렸다.

"저들이 드디어 내 꾀에 빠졌구나!"

그는 하후패, 하후위 형제에게 각각 일군씩을 주고, 제수(濟水) 강변에 매복했다가 요동 군이 다다르거든 좌우 양면에서 지체 없이 엄습하라고 일렀다.

명령을 받은 하후패, 하후위의 부대가 제수 강변에 매복을 마쳤을 때, 짐작한 대로 비연과 양조의 추격군이 허겁지겁 달려오고 있었다. 일성 포향(砲響)이 울리고 북소리 꽹과리 소리에 깃발이 어지러이 휘날리는 가운데, 왼쪽으로부터는 하후패의 군사가, 오른쪽으로부터는 하후위의 매복대가 일제히 쏟아져 나왔다. 복병의 기습을 받게 된 비연과 양조는 싸우고 싶은 마음이 없어 길을 뚫고 치달렸다. 그들은 마침내 수산(首山)에서 공손연의 본대와 합세한 후에야 비로소 말머리를 돌리고 추격해 온 위군을 맞아 싸우기 시작했다.

비연이 먼저 앞으로 나서며 욕설을 퍼부었다.

"적장은 간계를 부릴 생각은 말고 내 앞으로 썩 나서라! 어디 나하고 한번 싸워볼 배짱은 없느냐?"

하후패가 아무 소리 없이 칼을 휘두르며 말을 몰아 달려 나왔다. 두 장수가 어우러져 싸운 지 불과 몇 합도 안 되어, 하후패가 단칼에 비연을 베어 말 아래로 거꾸러뜨리자 요동 군 진영에서는 일대 혼란이 일어났다. 하후패는 군사를 휘몰아 사정없이 요동 군의 본진을 들이쳤다.

첫 싸움에 참패한 공손연은 패잔병을 수습해 양평성으로 달려 들어가 성문을 굳게 닫고 출전하지 않았다. 위군은 양평성을 사면으로 에워쌌다. 때마침 가을 장마철에 접어들어, 질척질척 내리는 비가 한 달이 넘도록 그치지 않아 평지에도 빗물이 삼 척이나 고였다. 군량을 운반하는 수송선도 요하(遼河) 어구에서 곧바로 양평성 아래까지 다다를 만큼 천지가 온통 물바다였다. 농성군도 어려웠으나 성을 포위한 위군 영채도 모조리 물에 잠겨, 장병들이 눕기는커녕 앉거나 걸어 다니기조차 힘들었다. 위군 진영의 분위기는 차츰 불안감으로 들뜨기 시작했다.

좌도독 배경(裵景)이 보다 못해 사마의를 찾아갔다.

"장마가 그치지 않으니, 영채 안이 온통 수렁에 빠졌습니다. 여기서 머물지 마시고 높은 산 위로 영채를 옮기도록 하시지요."

그 말을 듣고, 사마의가 벌컥 화를 냈다.

"오늘내일이면 공손연을 잡을 수 있는 판국인데, 어찌 영채를 옮긴단

말인가? 또 한번 영채를 이동시키자는 말을 하면 참수형에 처할 것이다!'

엄한 꾸지람에 배경은 자라목을 움츠리고 물러났다. 얼마 안 있어, 이 번에는 우도독 구련(仇連)이 들어와 아뢰었다.

"태위 어르신, 군사들이 진흙탕 때문에 몹시 고생하고 있사오니 높은 곳으로 영채를 옮기면 어떠하오리까?"

사마의는 노발대발하며 호통을 쳤다.

"내가 군령을 이미 내렸는데도 네 놈이 감히 거역한단 말이냐! 여봐라, 이놈을 당장 끌어내다 목을 쳐라!"

얼마 후, 구련의 머리통이 영채 남문에 높이 걸렸다. 이리하여 위군 장병들은 공포심에 사로잡혀 두 번 다시 불만을 털어놓지 못했다.

강직한 성품의 사마의도 구련을 죽이고는 후회가 되었는지, 좌우 영채의 인마를 잠정적으로 이십 리가량 후퇴시키라는 명령을 내렸다. 이렇게 되니 양평성의 공손연 군은 성 밖으로 나와 땔감을 마련하고, 백성들도 소와 말을 몰고 나와 들판에 놓아먹일 수 있게 되었다. 그럼에도 사마의는 이들을 막지 않았다. 사마(司馬) 진군(陳群)이 물었다.

"전에 태위께서 상용(上庸)을 치셨을 때에는 군사를 여덟 갈래로 나누어 불과 여드레 만에 성 아래에 도착하여 반적 맹달을 사로잡으시고 큰 공을 이루지 않으셨습니까? 한데 지금은 중무장군 사만 명을 거느리고 수천 리 길을 달려오셔서 공격하라는 명령도 안 내리시고, 영채를 수렁 속에 빠뜨리신 데다 적들이 성 밖으로 나와 나무를 베게 하시고 가축마저 방목하게 하시니, 도무지 어떤 생각을 품고 계신지 모르겠습니다."

사마의는 웃어가며 핀잔을 주었다.

"공은 병법도 모르시오? 옛날 맹달은 식량은 많았으나 군사는 적었고, 그 대신 내게는 군사는 많았으나 먹을 것이 부족했소. 그렇기 때문에 속 전속결로 기습할 수밖에 없었던 것이오. 이제 요동 군은 병력이 많고 아군은 병력이 적소. 그 대신 요동 군은 굶주린 상태요. 아군은 배부르게 먹고 있소. 이런 판국에 힘들여 공격할 필요가 어디 있겠소. 저들이 굶주림에 견디다 못하면 스스로 흩어져 도망칠 테고, 그때 가서 뒤쫓아 치면 어렵지 않게 이길 수 있을 것이오. 병법에도 포위를 하되 한쪽은 터놓아주라고 했소. 살길이 열린 군사는 죽기로 싸우지 않는 법이오. 그래서 나도 저들에게 한쪽 길을 터주고, 나무를 하든 가축을 먹이든 내버려두는 것이오. 이제 보시오. 놈들은 공격하지 않아도 제풀로 궤멸될 것이오."

"태위 말씀에 실로 감복했나이다."

사마의는 낙양으로 전령을 딸려 보내어 조예에게 군량 보급을 독촉했다. 조예는 뭇 신하들을 모아놓고 장마철에 군량을 조달할 좋은 방도를 물었다. 그러나 군신들의 여론은 철병 쪽으로 기울고 있었다.

"근자에 가을장마가 달포가 지나도록 그칠 줄 모르오니, 인마가 지치고 전염병이 나돌 우려가 있사옵니다. 사마 태위에게 잠시 토벌전을 중단하고 돌아오라 하심이 옳을 듯하나이다."

그러나 조예는 생각이 달랐다.

"사마 태위는 용병술에 능통한 인물이오. 짐은 그가 어떤 위험에 처하여서도 뛰어난 임기응변으로 충분히 대처할 수 있으리라 생각하오. 이제 반적 공손연을 생포할 날도 머지않을 텐데, 경들은 무슨 걱정이 그리 많소?"

조예는 군신들의 간언을 듣지 않고 서둘러 군량을 마련하여 사마의의 진영으로 떠나보냈다.

다시 며칠이 지나자 지루하게 퍼붓던 장마비가 그치고 날이 맑아졌다. 그날 밤, 사마의가 장막을 나와 하늘을 우러러 천문을 관찰하고 있는데, 수산(首山) 동북방으로부터 말(斗)만한 별똥별 하나가 꼬리를 수십 척이나 끌면서 양평 동남쪽으로 흘러 떨어져갔다. 그것을 본 장병들은 모두 놀랍고 두려워 소동을 벌였으나, 사마의는 크게 기뻐하면서 제장들에게 말했다.

"두고 보라, 닷새 후 저 별이 떨어진 곳에서 공손연의 목을 벨 것이다! 내일은 총공격을 할 테니 모두 힘써 싸우도록 하라."

다음날 새벽 동틀 무렵, 위군 장수들은 군사들을 이끌고 다시 양평성으로 진격하여 사면팔방 적들을 에워싸고 총공격을 개시했다. 장병들은 힘을 합쳐 성벽 가까이 토산을 쌓아 올리고, 지하에 땅굴을 파고 들어가는가 하면 포가(砲架)를 세워 바위를 날려 보내고 성벽에 사다리를 걸쳐 놓고 기어오르기 시작했다. 공격은 하루 낮밤 동안 쉴새없이 계속되었다. 화살비가 하늘을 가리고 메뚜기 떼처럼 성안으로 쏟아져 들어갔다.

공손연은 군량이 바닥난 지 오래였다. 장병들은 소를 잡아먹고 전마까지 잡아먹는 참담한 실정이라 모두들 공손연에게 원망을 품고 성을 지킬 마음조차 없었다. 심지어는 공손연의 목을 베어다 바치고 위군에게 투항하자는 말이 공공연히 나돌 지경이었다.

공손연은 순찰 도중 그 소리를 엿듣고 당황한 나머지 상국(相國) 왕건(王建), 어사대부(御史大夫) 유보(柳甫)를 위군 진영으로 보내 조건부로 투항할 것을 결심했다. 항복 사절 두 사람은 밧줄에 매달려 성벽을 내려가 사마의의 본영을 찾았다.

"태위께서 포위를 풀고 이십 리만 뒤로 물려주신다면 저희 군신(君臣)들이 자진해 성을 나와 투항하겠나이다."

사마의는 크게 노하여 소리쳤다.

"이런 괘씸한 놈들! 공손연이 두 다리가 없다더냐? 어째서 자기는 못 오는 것이냐? 여봐라, 이놈들을 끌어내다 목을 쳐서 종자 편에 들려 보내라!"

종자가 주인들의 머리통을 감싸 안고 돌아가 공손연에게 보였다. 그러자 공손연은 기절초풍을 해서 또다시 시중(侍中) 위연(衛演)을 위군 진영으로 보냈다.

위연은 사마의가 앉아 있는 앞 흙바닥을 무릎으로 기어나가 머리를 조아렸다.

"태위께서는 노염을 그치시옵소서. 내일 아침에 먼저 세자 공손수(公孫修)를 인질로 보낸 연후에, 저희 군신들이 스스로 결박을 짓고 항복하러 나오겠나이다!"

그래도 사마의는 노여움을 풀지 않았다.

"군사를 거느린다는 작자가 병법도 못 읽어봤구나! 싸울 능력이 있으면 싸우고, 싸울 능력이 없으면 지키고, 지킬 능력이 없으면 도망치고, 도망칠 기력조차 없다면 항복해야 하고, 항복을 못하겠다면 의당 죽음이 있을 따름인데 제 아들놈을 인질로 잡혀서 어쩌겠다는 것이냐?"

한바탕 꾸지람을 듣고 난 위연은 머리통을 감싸 쥐고 성으로 돌아가 공손연에게 보고했다.

공손연은 아연실색하며 태자 공손수를 불러 은밀히 상의하더니, 그날 밤 정에 기마병 일천 명을 가려 뽑아 거느리고 남대문을 열고 뛰쳐나와 동남쪽을 향해 달아났다. 십여 리 길을 달리는 동안 사람의 그림자 하나 보이지 않으므로 공손연은 내심 은근히 기뻤다. 바로 그때 갑자기 산 위에서 일성 포향이 울리더니 뿔나팔, 북소리가 진동하는 가운데 한 떼의 군마가 앞길을 가로막았다.

깜짝 놀라 자세히 보니, 중앙에는 바로 사마의가 마상에 앉아 있고, 그 좌우에 두 아들 사마사, 사마소가 버티고 서서 고함을 쳤다.

"반적은 달아날 생각을 말아라!"

공손연은 크게 놀라 급히 다른 길을 찾아 도망쳤다. 그러나 가는 곳마다 천라지망(天羅地網)이라 정면으로 나가자니 호준(胡遵)의 군사가 있었고, 왼쪽으로 나가자니 하후패·하후위의 군사가 있었고, 오른쪽으로 나가자니 장호·악림의 군사가 철통같이 에워싸고 있었다. 공손연 부자는 할 수 없이 말에서 내려 투항했다.

사마의가 마상에서 제장들을 돌아보며 말했다.

"내가 뭐라고 했는가? 큰 별이 여기에 떨어진다고 안 그랬는가?"

제장들은 허리 굽혀 탄복어린 찬사를 올렸다.

"태위님의 신산(神算)은 천하에 따를 사람이 없나이다."

공손연 부자는 서로 얼굴을 마주한 채 도부수의 칼을 받고 죽었다.

사마의는 여세를 몰아 양평성으로 쳐들어가 공손연의 일족을 모조리 잡아 죽이고 백성들을 무마시킨 다음, 창고의 재물을 풀어 삼군 장병들을 포상했다. 그리고 개선가를 부르며 낙양으로 말머리를 돌렸다.

사마중달의 속임수

한편, 위나라 궁중에서는 큰 변고가 일어나고 있었다. 어느 날 밤 위주(魏主) 조예가 침궁에 들었을 때였다. 야반삼경에 한바탕 음산한 바람이 불어 촛불이 모조리 꺼지더니, 희미한 달빛 아래 죽은 황후 모씨와 궁녀들의 귀신이 나타나 목을 놓아 울며 조예의 침상으로 달려들어 목숨을 살려내라고 아우성을 쳐댔다.

그날부터 조예는 병을 얻어, 날이 갈수록 병세가 침중해졌다. 조예는 시중 광록대부 유방(劉放), 손자(孫資)에게 추밀원의 일을 떠맡기고, 원로 내신이었던 조진의 아들 조상을 불러들여 대장군으로 삼아 대자 조방(曹芳)을 보좌하여 섭정하라는 명을 내리는 한편, 개선 중인 사마의에게 급사를 딸려 보내 주야로 입경하라는 특명을 내렸다.

사마의가 허창에 도착하니, 조예는 그를 침전으로 불러들여 눈물을 흘렸다.

"짐이 경을 못 보고 죽는가 걱정했소. 이제 만나게 되니, 짐은 죽어도 여한이 없겠구려."

사마의는 머리를 조아리며 통곡했다.

"귀국 도중 폐하의 성체가 편치 못하시다는 소식을 듣고, 신은 겨드랑이에 날개가 돋아 날아오지 못하는 것을 한탄했나이다. 이제 폐하의 용안을 우러러 뵈오니 천행이로소이다!'

조예는 대장군 조상, 시중 유방, 손자와 함께 태자를 탑전(榻前)에 불러세우고 사마의의 손을 맞잡아주며 당부했다.

"지난날, 촉주 유비는 백제성에서 병이 위독해지자 어린 아들 유선의 앞날을 제갈공명에게 맡겼고, 제갈공명은 그 유촉(遺囑)을 받들어 목숨이 다하는 날까지 충성을 바쳤소. 그토록 작은 나라도 그러할진대, 하물며 우리 같은 대국이야 더 말할 나위가 어디 있겠소. 이제 짐의 아들 조방은 나이 겨우 여덟 살로 사직을 감당하기에는 너무 어리오. 요행히 사마 태위와 종형 조상, 여러 원로 훈신들이 제갈공명처럼 어린 태자를 힘써 보필해 준다면 짐은 구천에 가서라도 눈을 편히 감을 수 있을 것이오. 경들은 부디 짐의 뜻을 저버리지 말아주기 바라오."

그리고 다시 태자 조방을 불러 사마의에게 안겨주었다.

"태위, 그 어린 것을 잊지 말아주오."

말을 마친 조예는 눈물을 철철 흘리다가 잠시 후 숨을 거두었다. 이때가 위나라 경초(景初) 삼년 춘정월 하순, 재위 십삼 년째였고, 그 수가 삼십육 세였다.

사마의와 조상은 즉시 태자 조방을 옹립하여 황제의 자리에 앉혔다. 그리고 선황 조예를 고평릉(高平陵)에 안장하고 명제(明帝)라는 시호를 올렸다. 이날부터 사마의는 조상과 더불어 새로운 황제를 보필하여 일체 정사를 다스렸다. 조상은 사마의를 깍듯이 섬겨 국정 대소사를 반드시 먼저 아뢰고 나서 일을 처리하곤 했다.

한데 조상의 문객 오백 명 가운데서도 유능한 모사 다섯이 있었다. 그들은 하안(何晏), 등양(鄧颺), 이승(李勝), 정밀(丁謐), 필범(畢範)으로서, 이들 다섯 사람은 조상의 신임을 받는 '지혜 주머니' 로 불리고 있었다.

어느 날, 하안이 조상을 보고 이런 충고를 했다.

"주공께서 대권을 쥐고도 매사 남에게 너무 맡기시면, 뒤탈이 나지 않을까 걱정됩니다."

조상이 의아스러워하며 물었다.

"남이라면 사마 태위를 가리키는 말인가? 걱정 말게. 사마 공은 나하고 선제(先帝)의 유명(遺命)을 받은 분이라네. 그분을 어찌 배신한단 말인가?"

"아니올시다. 옛날 주공의 선친께서 사마중달과 더불어 촉군을 격파하셨을 때를 기억하소서. 그분은 중달의 모략 때문에 울화병이 터져 돌아가셨사온데 어찌 그 일을 생각 못하십니까?"

조상은 정신이 번쩍 들었다. 아비 조진은 사마의의 꾐에 넘어가 대도독의 권력을 넘겨주었고, 나중에는 그가 꾸민 작전의 제물이 되어 패전하고, 마침내 화병이 도져 세상을 뜨지 않았던가.

조상은 그 일에 생각이 미치자 사마의를 그냥 내버려두어서는 안 되겠다고 결심했다. 이리하여 심복 가신들을 불러들여 한바탕 밀의를 한 다음, 궁궐로 들어가 위주(魏主) 조방을 뵙고 아뢰었다.

"사마의는 공로도 많이 세우고 덕망도 높으니, 벼슬을 태부(太傅)로 높여주심이 옳을까 하나이다."

어린 황제 조방은 아무 생각 없이 허락했다.

이때부터 위나라의 병권은 모조리 조상에게 돌아가고, 사마의는 허울 좋은 태부 자리로 물러앉게 되었다.

조상은 제 아우 조희(曹羲)를 중령군(中領軍)으로, 또 조훈(曹訓)을 무위

장군(武衛將軍)으로, 조언(曹彦)을 산기상시(散騎常侍)로 삼아, 각각 어림군 삼천 명씩을 거느리고 황궁을 지키면서 모든 사람들의 출입을 통제하게 만들었다. 그리고 모사 하안, 등양, 정밀을 상서(尙書)로, 필범을 사예교위(司隸校尉)로, 이승을 하남윤(河南尹)으로 삼아 조정의 모든 요직을 맡겼다. 이후 다섯 사람은 밤낮을 가리지 않고 조상과 만나 국가 대사를 의논했다.

이렇게 되니, 조상의 문하에는 날로 빈객이 성황을 이루게 되었다. 사마의는 신병을 칭탁하고 일체 바깥출입을 삼갔다. 두 아들 사마사와 사마소 역시 벼슬을 내놓고 은퇴했다.

조상은 날마다 심복 부하들과 술잔치를 열고 풍악을 울리면서 즐겼다. 비단옷과 금은 기명(器皿), 세간 살림과 화려한 누각은 황궁의 것이나 다를 바 없었고, 전국 각처에서 공물이 올라오면 제일 좋은 것을 먼저 골라 차지하고 나머지를 궁궐에 들였다. 뿐만 아니라, 선제 조예가 총애하던 시첩들을 빼돌려 함께 즐기고, 양가 자녀 중에 춤과 노래에 뛰어난 규수들을 뽑아 부중에 두고 풍악을 잡히기까지 했다.

어느 날, 하안과 등양은 관로(管輅)가 용한 점술가라는 소문을 듣고 불러다 물었다.

"그대가 점을 잘 친다니 묻겠는데, 우리가 삼공(三公)의 자리에 올라 부귀를 누릴 수 있겠소? 또 요 며칠 동안 파리 떼 수십 마리가 내 콧잔등에 몰려드는 꿈을 꾸었는데, 해몽을 해주시구려."

관로가 대답했다.

"삼공의 지위란 겸손으로 황제를 섬기고 덕망을 사모하여야 고귀한 복록을 누리는 자리올시다. 그런데 군후께서는 지위도 높고 세력도 무거우면서도 덕을 사모하지 않고 위엄을 마구 부리시니, 이는 복록을 구하는 도리가 아니올시다. 얼굴에서 코는 비유컨대 산악과 같습니다. 파리는 더러운 냄새를 따라서 몰려듭니다. 이제 꿈에 파리 떼가 몰려들었다 하시니, 고귀하신 몸이 넘어질까 두렵습니다. 그러므로 군후께서 위엄을 부리지 마시고 예법에 어긋난 길을 걷지 않으시면 삼공의 지위에 오르실 수도 있고, 또 꿈속의 파리 떼도 날려 보낼 수도 있을 것입니다."

그 말을 듣고 하안이 버럭 성을 냈다.

"이놈의 늙은이가 망령을 했구나. 그 따위 점괘가 어디 있단 말이냐!"

관로가 자리에서 일어서며 대꾸했다.

"산 사람은 죽은 귀신과 얘기하는 법이 아니올시다."

그리고 소맷자락을 떨치면서 가버렸다. 두 사람은 껄껄 웃고 말았다.

"그것 참 미치광이 늙은이로군!"

관로가 집에 가보니, 때마침 외숙이 와 있었다. 관로는 외숙을 보고 방금 겪은 얘기를 들려주었다. 외숙은 깜짝 놀라 조카를 꾸짖었다.

"네가 정신이 있느냐? 그 두 사람의 권세가 얼마나 큰데, 네가 함부로 지껄인단 말이냐?"

그러자 관로는 천연덕스레 대꾸했다.

"죽은 사람과 얘기를 했으니 아무 걱정할 것이 없습니다."

"죽은 사람이라니?"

"제가 두 사람을 살펴보니, 등양은 걸음걸이에 힘줄이 풀리고 맥이 제대로 뛰지 못하여, 앉거나 일어서는 데 마치 팔다리가 없는 사람처럼 보였습니다. 이는 귀신이 쫓아다니는 상입니다. 또 하안은 두 눈을 뜨는데 혼백이 주택(主宅)을 지키지 못하고 혈색도 화사하지 못하며, 정신이 들뜬 상태로 얼굴이 마른 장작 같으니, 이는 귀신이 갇힌 상입니다. 이로 보건대, 두 사람은 머지않아 살신지화(殺身之禍)를 면하기 어려울 텐데, 무엇이 두렵겠습니까?"

그 말을 듣고, 외숙은 기가 막혀 욕설만 한바탕 퍼붓고 돌아갔다.

대장군 조상은 늘 하안·등양의 무리를 데리고 사냥을 나가곤 했다. 이를 본 아우 조희가 형에게 충언을 올렸다.

"형님은 위엄과 권세가 중하신 분인데, 늘 바깥으로 사냥만 다니시다가 혹시 암습이라도 당하면 어쩌시겠습니까? 그때는 후회막급일 것입니다."

조상은 아우를 꾸짖었다.

"병권이 내 수중에 들었는데 두려울 게 뭐란 말이냐?"

대사농 환범도 간언을 올렸으나 조상은 듣지 않았다.

가평(嘉平) 원년, 위나라 황제 조방이 즉위한 지도 어언 십 년이 되었다. 그 동안, 조상은 일국의 권세를 마음대로 누리며 살아왔다. 그러나 마음 한구석에는 늘 사마의의 동태가 걱정스러웠다. 하루는 심복 이승(李勝)이 청주 자사로 부임을 받게 되었다. 조상은 이승더러 부임 인사차 방문한다는 핑계로 사마의를 찾아가 그 동태를 엿보라고 했다.

이승은 사마의의 부중으로 찾아갔다. 사마의는 뜻밖에 이승의 방문을 통고받고는, 곁에 있던 두 아들을 돌아보며 말했다.

"이승은 조상이 내 병의 진위를 염탐하러 보낸 자일 것이다."

사마의는 관(冠)을 벗고 머리를 풀어헤친 다음 이불을 뒤집어쓴 채 두 여종의 부축을 받아가며 침상에 걸터앉아 손님을 들여보내게 했다.

이승은 사마의를 뵙고 문안인사를 올렸다.

"오랫동안 태부 어른을 뵙지 못하였더니, 병환이 이토록 무거우신 줄 전혀 몰랐사옵니다. 이제 소인이 어명을 받고 청주 자사로 부임하게 되어 태부 어른께 인사차 들렀습니다."

"늙은이가 얼른 죽지도 못하는구려. 그래 병주(幷州)로 간다고 하였소? 병주는 국경에서 가까우니 잘 지켜야 할 거요."

사마의가 딴청을 부리니 이승은 얼른 말을 고쳐주었다.

"병주가 아니라, 청주 자사로 부임하게 되었습니다."

"흐흠, 병주에서 금방 왔다고 했소?"

"아니올시다, 산동에 있는 청주입니다."

"하하! 청주에서 왔구먼."

이쯤 되자 이승은 한숨이 절로 나왔다.

"어쩌자고 태부 어른의 병환이 이 지경에 이르렀을꼬?"

곁에 모시고 있던 시중꾼이 얼른 귀띔을 해주었다.

"태부 대감께선 귀머거리가 되셨습니다."

이승은 지필묵을 달라 해서 자기가 찾아온 용건을 적어 사마의에게 보여주었다. 그제야 사마의도 껄껄 웃었다.

"하하! 내 귀가 어두워서 그랬네. 새로 부임한다니 아무쪼록 편히 가서 보중하시게."

말을 마치자 사마의는 손가락으로 입을 가리켰다. 여종이 냉큼 약사발을 가져다 입에 대주니, 사마의는 약을 다 마시지도 못하고 거의 옷자락에 줄줄 흘렸다. 그러면서도 끙끙 앓는 소리로 이승에게 말했다.

"이 늙은이의 병이 이토록 위중하니, 죽을 날도 머지않았을 것이네. 돌아가서 대장군을 뵙거든 아무쪼록 내 불고한 두 아들을 잘 돌보아주십사 하고 말씀 전해 주시게. 그대도 이 녀석들을 잘 가르쳐주기를 부탁하네."

말을 마치자 사마의는 침상에 벌렁 누워 숨을 헐떡거리기 시작했다.

이승은 사마의의 작별하고 조상에게 돌이기 보고 들은 바를 그대로 전했다.

조상은 크게 기뻐했다.

"그 늙은이가 죽으면 내 걱정할 게 뭐 있겠느냐?"

한편, 이승이 떠나자 사마의는 언제 그랬느냐 싶게 벌떡 일어나더니 두 아들에게 말했다.

"이승이란 놈이 가서 보고했을 테니, 조상은 필시 날 거리끼지 않고 행동할 것이다. 그들이 마음 놓고 성 밖으로 사냥을 나가거든, 그때에 처치해 버리기로 하자꾸나!"

며칠 후, 조상은 황제 조방을 고평릉으로 초빙하여 선제 조예의 무덤에 제사를 올린 다음, 한바탕 사냥을 즐기기로 했다. 천자가 거동을 하니, 만조백관들도 어가를 모시고 성 밖으로 나갔다.

조상은 세 아우와 심복 하안·등양을 데리고 어림군의 호위를 받아가며 성문을 나섰다. 그것을 본 대사농 환범이 조상의 말고삐를 붙잡고 간했다.

"주공, 안 됩니다. 금위군을 모두 거느리고 아우님들까지 모두 나가셨다가 만약 그 사이 성안에서 변고라도 생기면 어쩌시렵니까?"

조상은 채찍으로 환범의 팔목을 후려쳤다.

"어떤 놈이 감히 변란을 일으킨단 말이냐? 허튼소리를 더 지껄였다가는 내 용서치 않겠다!"

그날 사마의는 조상이 아우와 심복들을 모조리 이끌고 성 밖으로 나갔다는 소식을 듣고 내심 크게 기뻐하며, 그 즉시 옛날 전쟁터에서 함께 용맹을 떨치던 심복 부하들과 가장(家將) 수십 명을 불러들였다. 그런 다음 두 아들과 함께 마상에 올랐다.

사마의는 우선 중서성으로 달려가 사도 고유(高柔)에게서 대장군의 절월(節鉞)을 빌려 조상의 텅 빈 군영부터 기습 점령했다. 그리고 태복(太僕) 왕관(王觀)을 시켜 조희와 조훈의 군영을 점령하게 했다. 사마의는 다시 옛날 동료 관원들을 이끌고 곽 태후(郭太后)를 찾아뵈었다.

"조상이 선제의 탁고(託孤)하신 은혜를 저버리고 간사한 무리들과 나라를 어지럽히고 있사오니, 그들의 죄를 다스리도록 윤허하소서."

곽 태후는 깜짝 놀라 물었다.

"천자께서 성 밖에 계신데, 이 노릇을 어쩌면 좋겠소?"

사마의가 대답했다.

"신이 천자께 상주하고 간신배를 주멸할 계략을 세워놓았으니, 태후께서는 너무 근심하지 마소서."

곽 태후는 사마의가 두려워 시키는 대로 따를 수밖에 없었다.

사마의는 급히 태위 장제(蔣濟)와 상서령 사마부(司馬孚)를 시켜 천자에게 올릴 표문(表文)을 짓게 하고, 그것을 내관에게 주어 천자께 올리라 명한 다음 어림군의 무기고를 점령해 버렸다.

이 사실은 곧바로 조상의 부중에 알려졌다. 조상의 처 유씨(劉氏)는 황급히 저택 수문장 반거(潘擧)를 불러들였다.

"주공은 성 밖에 계신데, 중달이 무슨 의도로 군사를 일으켰소?"

반거가 대답했다.

"놀라지 마십시오. 소장이 가서 알아보고 오겠습니다."

반거는 곧 수십 명의 궁노수를 이끌고 문루(門樓)에 올라 경계태세를 취했다. 잠시 후, 사마의가 군사들을 이끌고 대장군 저택 앞길을 지나치자 반거는 궁노대에 명령을 내려 활을 쏘게 했다.

사마의는 길이 막혀 더 이상 전진할 수가 없었다. 이때 편장(偏將) 손겸(孫謙)이 뒤에 있다가 큰소리로 외쳐 사격을 만류했다.

"활을 쏘지 말라! 태부 대감께서 국가 대사를 위해 출동하셨다!"

이렇듯 세 차례나 고함을 지르자 그제야 반거는 활쏘기를 중지시켰다.

사마소는 부친 사마의를 호위하며 조심스럽게 그곳을 지나쳐, 마침내 성 밖으로 나가 낙하(洛河) 강변에 군사를 주둔시키고 부교(浮橋)를 점령하여 굳게 지켰다.

한편, 조상의 부하인 사마(司馬) 노지(魯芝)는 성내에서 변란이 일어난 것을 보고 급히 참군(參軍) 신창(辛敞)을 만나 상의했다.

"중달이 변란을 일으켰으니 장차 어쩌하면 좋겠소?"

신창이 대답했다.

"본부 군사를 이끌고 성 밖으로 탈출하여 천자께 아룁시다."

"그럼 내가 군영으로 가서 준비하리다."

노지가 떠나자 신창은 누이 신헌영(辛憲英)을 만나러 후당으로 들어 갔다.

누이가 놀라 물었다.

"무슨 일이 났기에 이토록 수선을 떠느냐?"

"천자께서 성 밖에 나가셨는데, 태부 중달이 성문을 폐쇄한 걸 보니, 필시 역모를 꾀하고 있나 봅니다."

누이는 도리질을 했다.

"아니, 사마 공은 역모를 꾸미는 것이 아니라 조 대장군을 죽이려고 군 사를 일으켰을 것이다."

그 말을 듣고, 신창이 되물었다.

"결말이 어떻게 날지 누가 알겠소?"

"모르는 소리 말아라. 조 대장군은 사마 공의 적수가 되지 못한다. 두 고 봐라. 조 장군은 반드시 패할 것이다."

"사마 노지가 날더러 함께 탈출하자고 하는데 어떻게 할까요?"

누이는 이렇게 대답했다.

"직분을 지키는 것이 사람 된 도리이다. 평범한 사람도 그러하거늘, 장 수 된 자가 제 한 몸 편하기 위해 직분을 저버려서야 될 법이나 한 소리이 냐?"

신창은 누이의 말대로 그 즉시 노지와 함께 수십 기를 이끌고 달려 나 가 성문을 지키던 군사를 죽이고 성 밖으로 탈출했다.

사마의는 그 소식을 듣고, 대사농 환범(桓範)마저 도망칠까 두려워 급히 전령을 보내 소환했다. 그러나 환범은 아들과 의논한 다음 천자의 어가를 따르는 것이 옳다고 결심하고 평창문(平昌門)으로 달려갔다. 그러나 성문은 이미 굳게 닫혀 있었다. 환범이 수문장을 보니, 옛날 자기 부하였던 사번(司蕃)인지라 그는 소매춤에서 대나무쪽 한 개를 꺼내 들고 큰소리로 외쳤다.

"태후의 조칙이 여기 있으니, 속히 성문을 열라!"

"부절(符節)을 맞춰볼 테니 이리 주십시오."

사번이 손을 내밀자 환범은 호통을 쳐서 꾸짖었다.

"이놈, 상관에게 이럴 수가 있느냐!"

사번은 그 위세에 눌려 꼼짝없이 성문을 열어주고 말았다. 환범은 성문을 벗어나자 뒤돌아보며 사번에게 소리쳤다.

"태부가 반역을 일으켰으니, 너도 속히 날 따라오너라!"

사번도 그제야 속은 줄 깨닫고 뒤쫓으려 했으나, 환범은 벌써 사라지고 없었다.

환범이 탈출했다는 소식을 듣고, 사마의는 크게 놀랐다.

"꾀주머니가 새어나갔으니 이 노릇을 어찌할꼬?"

태위 장제가 사마의를 위로했다.

"노둔한 말이 먹다 남은 여물에 미련을 두었을 뿐이니, 그런 인물은 아무짝에도 쓸모가 없습니다."

사마의는 곧 허윤(許允), 진태(陳泰)를 불러들였다.

"너희들이 가서 조상에게 일러라. 이 사마의는 다른 뜻은 없고 오직 조씨 형제들의 병권만 삭탈하면 그뿐이라고 말이다."

두 사람을 보내놓고도 마음이 안 놓인 사마의는 다시 장제더러 편지 한 통을 쓰게 했다. 그런 다음 전중교위(殿中校尉) 윤대목(尹大目)을 불러들여 그 편지를 주면서 이렇게 일렀다.

"그대는 조상과 교분이 두터우니, 이 편지를 그자에게 전할 수 있을 것이다. 조상을 만나거든 내가 태위 장제와 낙수의 강물을 두고 맹세하건대 병권만 내주면 다른 일을 벌이지 않겠노라 다짐했다고 전하라."

윤대목은 명령을 받고 떠났다.

한편, 조상은 바야흐로 사냥개를 몰고 새매를 날리면서 한창 사냥을 즐기던 중, 도성에 변란이 일어났다는 급보를 받았다. 뒤미처 태부 사마의가 천자에게 표문을 올렸다는 소식마저 들려오자, 조상은 놀라 하마터면 안장에서 떨어질 뻔했다. 급히 천자가 계신 곳으로 달려가 보니, 내관이 표문을 바치고 있는지라 조상은 그것을 채뜨려 근신에게 건네주고 낭독하게 했다.

표문 내용은 대략 이러했다.

정서대도독(征西大都督) 태부(太傅) 신 사마의는 머리 조아려 삼가 표문을 올리나이다. 신이 요동 정벌에서 돌아온 후, 선제께서 어린 폐하를 부르시어 탑전에 세우시고 손목 잡아 후사를 당부하셨사온즉, 신은 선제의 탁고하신 뜻을 뼛속 깊이 새겨두어 왔나이다. 그러나 이제 대장군 조상은 선제 폐하의 탁고하신 고명(顧命)을 저버리고 나라의 전법(典法)을 문란케 하와, 안으로는 천자 폐하께 참월(僭越)하고 밖으로는 권세를 전단(專斷)하니, 천하 민심이 흉흉해지고 백성들이 두려움을 품고 있나이다. 태위 장제, 상서령 사마부도 우려하기를 대장군 조상은 이미 무군지심(無君之心)을 품었으니, 그들 형제에게 병권을 맡겨둘 수 없노라고 하였사옵니다. 이제 신 사마의는 황태후께 아뢰고 폐하께 상주하여 불칙한 신하를 다스리기를 청하오니 부디 조상, 조희, 조훈의 병권을 삭탈하시고 거처에 물러가 근신하라 명하옵소서. 아울러 조상이 폐하의 어가를 지체시키면 군령으로 다스리고자 하오니, 속히 환궁토록 하옵소서. 신은 군대를 낙수 부교에 주둔시켜 비상(非常)에 대비하고 있사오니 삼가 성

청(聖聽)하시기 바라나이다.

듣기를 마치자 천자 조방이 조상에게 물었다.

"태부의 말이 이러한데, 경은 어찌하시려오?"

조상은 몸 둘 바를 모르며, 등 뒤에 두 아우를 돌아보았다.

"어쩌면 좋겠느냐?"

둘째 아우 조희가 귓속말로 속삭였다.

"제가 앞서 형님께 충고했는데도 듣지 않으시더니 결국 이런 일이 터졌소. 사마의는 휼계(譎計)가 많아 제갈공명 같은 인재도 이기지 못했는데, 우리 형제가 무슨 수로 대적하겠소? 차라리 항복해서 죽음이나 면합시다."

이때, 성을 탈출한 참군 신창과 사마 노지가 달려와 말했다.

"도성 안은 태부 대감에게 철통같이 장악되었습니다. 더구나 태부 스스로 군사들을 이끌고 낙수 강변에 주둔하면서 부교를 점령하고 있으니, 그 기세로 보건대 다시 돌아갈 길은 없겠습니다. 속히 결단을 내리십시오."

말이 미처 끝나지도 않았는데, 또다시 대사농 환범이 말을 급히 휘몰아 들이닥쳤다.

"태부가 변란을 일으켰습니다. 대장군께서는 속히 천자 폐하를 모시고 허도로 피신하셔서 지방군을 동원하여 사마의를 토벌하도록 하십시오!"

조상은 버럭 화를 냈다.

"우리 일가족이 모두 성안에 남았는데 어딜 간단 말인가! 또 간들 누가 응원군을 내주겠나?"

"그게 무슨 말씀입니까? 필부도 환란을 당하면 살기를 바라는데, 제 발로 사지에 걸어 들어갈 수는 없습니다. 이제 주공은 천자 폐하를 모시고 천하에 호령을 내리시는 막중한 권세를 지니지 않으셨습니까? 어느 누가 감히 대장군의 명에 따르지 않는단 말입니까?'

그래도 조상은 결단을 못 내리고 눈물만 하염없이 흘렸다.

환범이 다시 재촉했다.

"여기에서 허도까지는 불과 반나절입니다. 성안에는 식량도 넉넉해서 반년쯤 버틸 수 있습니다. 더구나 주공의 별영병마(別營兵馬)가 관남(關南) 지척지간에 있으니, 곧 불러들이면 병력도 충분하게 됩니다. 어서 속히 떠나십시오. 더 지체했다가는 만사 끝장입니다."

독촉은 성화 같았으나 조상은 여전히 머뭇거렸다.

"너무 재촉하지 말아라. 나도 곰곰이 생각 좀 해봐야겠다."

얼마 안 있어, 이번에는 시중 허윤과 상서령 진태가 도착했다.

"조 장군, 어서 속히 성으로 돌아갑시다. 사마 태부는 장군의 권력이 너무 무겁다고 여겨 그저 병권만 깎으려 하실 뿐, 절대로 다른 뜻은 없노라 하셨소."

그 말을 듣고 조상은 묵묵부답이었다. 이어서 전중교위 윤대목이 달려왔다.

"태수가 낙수를 두고 다른 뜻은 전혀 없노라 맹세했소. 게다가 장 태위도 이렇게 다짐장까지 썼으니, 병권만 내놓고 어서 상부(相府)로 돌아가시지요."

그제야 조상은 믿는 눈치를 보였다. 환범은 애가 타서 재촉했다.

"주공, 일이 급합니다. 남의 말에 귀를 기울였다가는 죽고 못 삽니다."

밤중이 되도록 조상은 결심을 내리지 못했다. 그는 칼을 뽑아 든 채 탄식 속에서 곰곰이 생각했으나, 해질녘부터 이른 새벽이 되도록 눈물만 흘릴 뿐 마음을 정하지 못했다.

그때 환범이 장막으로 들어왔다.

"주공, 하루 낮밤을 생각하고서도 아직 결단을 내리지 못했습니까?"

조상은 칼을 내던지며 탄식했다.

"나는 군사를 일으키지 않을 생각이네. 벼슬을 내놓기만 하면 그 많은 재산으로 한평생 호강하면서 살 수 있지 않는가?"

그 말을 듣고 환범은 대성통곡하며 바깥으로 뛰쳐나갔다.

"아아, 옛날 조자단(曹子丹:曹眞)은 스스로 지략이 뛰어나다고 자부하였거늘, 그 아들 삼 형제는 참말 개돼지만도 못하구나!"

이리하여 시중 허윤과 상서령 진태는 조상에게서 대장군의 인수(印綬)를 넘겨받아 즉시 사마의에게 보냈다. 그 광경을 바라보면서, 주부(主簿) 양종(楊綜)은 눈물을 금치 못했다.

"주공, 이제 병권을 잃고 자승자박(自繩自縛)으로 항복하셨으니, 장터에 끌려나가 육시처참을 면치 못할 거요."

그러나 조상은 태연자약했다.

"사마 태부가 내게 신의를 잃지는 않을 걸세."

대장군의 인수가 없으니, 삼천 어림군과 문무백관들이 함께 남아 있을 리 없었다. 군사들은 사면팔방으로 뿔뿔이 흩어져 달아났고, 조상 형제 곁에는 겨우 네댓 기(騎)만 따라붙었다.

낙수 부교에 다다른 사마의는 조상 형제들을 우선 집으로 돌려보내고 나머지 심복 모사들은 옥에 가두었다. 마지막으로 환범이 다리 위에 나타났을 때 사마의는 채찍을 들이 가리기며 물었다.

"환 대부, 어찌 그럴 수 있소?"

환범은 고개를 숙인 채 아무 말 없이 성안으로 들어갔다.

사마의는 천자의 어가를 모시고 궁궐로 향했다.

조상 삼 형제가 부중에 도착한 후, 사마의는 대문에 커다란 자물쇠를 채우고 이웃 주민 팔백 명을 동원하여 저택을 에워싼 채 감시하게 했다.

어느 날 조상이 울적한 심사로 있는데 둘째 아우 조희가 찾아왔다.

"집안에 양식거리가 모자랍니다. 형님이 식량 좀 꿔달라고 편지 한 통을 써서 태부에게 보내면 어떻겠소? 만약 식량을 보내주면 우리를 해칠 마음이 없다는 증거가 아니겠소?"

조상은 당장 편지 한 통을 써서 사마의에게 보냈다. 사마의는 그날로 식량 일백 곡(斛)을 실어 보냈다. 식량이 부중에 도착하자 조상은 크게 기뻐했다.

"보거라, 사마 공이 우리를 해칠 마음이었다면 식량을 보냈겠느냐?"

그러나 그 무렵 사마의는 조씨 일문과 가까이 지냈던 내시 장당(張當)과 하안, 등양, 이승, 필범, 정밀 등 조상의 측근 심복들을 감옥에 가두어 놓고 차례로 문초하여 조상 형제가 역모를 꾸미고 삼월에 거사를 하려 했다는 자백을 받아냈다.

마침내 조상 형제와 그 일당은 모조리 성내 장터로 끌려나가 참수형을 당하고 삼족이 멸문지화를 당했을 뿐만 아니라 재산도 전부 몰수되어 국고로 환수되었다. 환범 역시 태부 사마의를 역모로 무고했다는 죄목을 쓰고 극형을 받았다.

태위 장제가 사마의에게 노지와 신창도 관문을 지키던 수비병을 죽이고 달아났으니, 놓아줄 수 없다고 말했으나 사마의는 제 주인을 위했으니 의로운 사람들이라며 용서하고 모두 옛 직분에 복귀시켰다.

조씨 일문의 빈객들도 모두 사면을 받았다. 벼슬에 있던 자들은 여전히 본래의 직분을 얻었다. 이리하여 군민은 제각기 생업을 지키고 내외가 평안을 되찾게 되었다. 하안과 등양은 결국 비명에 죽어 관로의 예언이 적중한 셈이 되었다.

강유의 첫 출정

위주 조방은 사마의를 승상으로 임명하고, 옛날 한나라 헌제가 조조에게 내린 사례를 본받아 구석(九錫)의 영예를 더하여 주었다. 그러나 사마의는 한사코 받지 않고 사양했다.

이때부터 사마의 부자 세 사람은 모두 국사에 함께 참여하게 되었다. 어느 날, 사마의는 조상 일문을 멸족시켰으나 아직 그 친족이 남아 있다는 사실을 깨달았다. 그중에서 옹주(雍州) 일대를 지키고 있는 정서장군(征西將軍) 하후패도 조상의 친족이라 만약 그가 변방에서 반란을 일으키는 날이면 적지 않은 두통거리가 될 것이 분명했다. 이에 사마의는 하후패를 불러 올려 처치해 버리기로 작정했다.

칙명을 받든 사자가 옹주에 도착하자 하후패는 깜짝 놀랐다. 그 역시 대장군 조상 일문이 멸족된 사실을 알고 전전긍긍하던 참이었기 때문에 상의할 일이 있으니 낙양으로 올라오라는 승상 사마의의 명령이 심상치 않다고 생각할 수밖에 없었던 것이다. 이리하여 하후패는 예하 군사 삼천 명을 이끌고 마침내 반란을 일으켰다.

옹주 자사 곽회는 하후패가 반란을 일으켰다는 소식을 듣자 그 즉시 본부 병마를 거느리고 출동했다. 곽회는 먼저 말을 몰아 진전에 나아가서 큰소리로 하후패를 꾸짖었다.

"너는 위나라 황족으로 천자께 후한 대우를 받아 온 몸인데, 어찌하여 반역을 도모하는 것이냐?"

하후패도 지지 않고 호통을 쳤다.

"내 조부는 나라에 큰 공을 여러 차례 세운 공신이거늘, 어찌 사마의 같은 자가 우리 조씨 일문을 멸족시킨단 말이냐. 지금 사마의는 나까지 유인하여 없애려 하니, 조만간에 천자의 보위마저 찬탈할 놈이로다. 그러니 내 어찌 반적을 토멸하지 않겠는가?"

곽회는 크게 노하여 장창을 비껴들고 달려 나와 곧바로 하후패를 겨누고 덤벼들었다. 하후패 역시 큰 칼을 휘둘러가며 달려나가 맞싸웠다. 그러나 십 합도 못 되어, 곽회가 패해 달아나기 시작했다. 하후패는 그 뒤를 따라 추격했다. 이때 후군 진영에서 함성이 울리더니, 진태(陳泰)가 군사를 휘몰아 쇄도해 왔다. 하후패는 추격군을 되돌리려 했으나, 달아나던 곽회 군이 다시 돌아서서 협공을 퍼붓는 바람에 참담한 패배를 당하고 쫓기게 되었다.

하후패가 겨우 추격을 따돌리고 한숨을 내쉬고 보니, 병력이 절반으로 줄어 있었다. 하후패는 곰곰이 생각한 끝에 갈 길이 없는지라, 마침내 한중 땅으로 들어가 촉나라에 투항하고 말았다.

강유는 위나라의 명장이요, 황족 출신인 하후패가 투항해 왔다는 소식을 듣고 믿어주지 않았다. 그래서 심복 부하를 하후패에게 보내 실상을 자세히 알아본 다음에야 성안으로 들어오게 했다.

하후패는 통곡하며 인사를 올리니, 강유는 그를 위로했다.

"옛날 미자(微子)는 주(周)나라를 떠나서야 만고불후의 명성을 이룩했소이다. 이제 하후 공은 불초한 나를 도와 한실을 다시 일으키게 되셨으니, 옛날 미자에 비해 부끄러움이 없으리다."

그리고 술잔치를 베풀어 은근히 대우해 주었다.

주석에서, 강유가 하후패에게 물었다.

"이제 사마의 부자가 국권을 손에 쥐었으니, 앞으로 우리 촉나라를 엿보지 않겠소?"

하후패가 대답했다.

"그 늙은 도적은 지금 대역을 도모하느라 나라 밖에 마음을 쏟을 만한 겨를이 없습니다. 하오나 지금 위나라에는 젊고 참신한 인재 두 사람이 있어, 만약 그들이 군사를 지휘하게 된다면 장차 오와 촉 두 나라에 큰 환란을 끼칠 것입니다."

"그 두 사람이라면 누구를 말하는 것이오?"

"한 사람은 선제 당시 태부(太傅)를 지낸 종요(鍾繇)의 아들로, 비서랑(秘書郎)을 지내고 있는 종회(鍾會)라는 인물입니다. 자(字)는 사계(士季)인데, 어려서부터 담략이 있고 지혜가 뛰어나 위 문제 조비에게 총애를 받으며 자랐습니다. 병서를 배우고 도략(韜略)에 조예가 깊어 사마의나 태위 장제가 모두 그 능력을 인정해 줄 만큼 뛰어납니다. 또 한 사람은 현재 연리(掾吏) 직을 맡고 있는 청년으로, 이름은 등애(鄧艾), 자는 사재(士載)라고 하는 이입니다. 등애는 이려서 고아가 되어 천하를 떠돌아다니며 독학으로 용병술을 익혔습니다. 그런 까닭에 산악과 소택지 등 지형에 매우 밝아 어디를 가든지 공격할 곳과 수비할 곳, 매복처를 기막히게 응용할 줄 압니다. 그 역시 사마의에게 인정을 받고 있어 머지않아 무겁게 쓰일 날이 올 것입니다."

강유는 피식 웃었다.

"하후 공 같은 명장이 어찌 그런 젖비린내 나는 자들을 입에 올리시오?"

이리하여, 강유는 하후패를 데리고 성도에 들어가 후주 유선을 뵙고 말했다.

"사마의가 조상 일문을 멸족시키고, 그 친척인 하후패마저 유인해 죽이려 하자 우리 촉나라에 투항해 왔나이다. 현재 사마의 부자는 정권을 완전히 장악하고 있사오며, 위주 조방은 어리고 나약하여 위나라는 장차 크게 위태롭게 될 것입니다. 신은 그동안 한중에서 여러 해 정예병을 양성하고 군량을 비축해 두었사옵니다. 이제 하후패를 향도관(嚮導官)으로 삼아 중원으로 진출하여 한실을 중흥시키고 폐하의 성은에 보답하고자 하오며, 제갈 승상의 유지(遺志)를 마무리할까 하나이다."

상서령 비위가 먼저 반대하고 나섰다.

"근자에 장완, 동윤 같은 중신이 잇따라 세상을 떠나 국내를 다스릴 인재가 없으니 강 백약(姜伯約)은 경솔히 군대를 움직일 때가 아니라고 생각하오."

강유가 항변했다.

"아니올시다. 인생은 눈 깜짝할 사이에 지나가버리는데, 마냥 때만 기다리다가는 어느 세월에 중원을 회복한단 말입니까?"

"손자병법에 '지피지기(知彼知己)면 백전불태(百戰不殆)'라 했소. 우리는 모두 제갈 승상보다 재능이 훨씬 뒤떨어지는 편이오. 한데 제갈 승상이 회복 못한 중원 땅을 우리가 어찌 회복할 수 있단 말이오?"

"나는 농상(隴上) 땅에서 오래 살아 강족(羌族)의 심리를 누구보다도 잘 알고 있소이다. 이제 만약 강족을 후원세력으로 맺어두면, 비록 중원을 쳐서 회복시키지는 못하더라도, 농서(隴西) 땅 만큼은 끊어내어 우리 소유로 할 수 있을 것입니다."

이에 후주가 결단을 내렸다.

"경이 위나라를 정벌하기로 작정한 이상, 마땅히 진충갈력(盡忠竭力)하여 우리 군사의 예기를 떨어뜨리지 말고 짐의 기대를 저버리지 말아주오."

이리하여 강유는 조칙을 받들고 물러나와 하후패를 데리고 한중으로 돌아갔다. 강유는 제장들을 불러모아 출동 계획을 의논했다.

"우선 강족에 사절을 보내 동맹을 맺은 다음, 평서(平西)로부터 진출하여 옹주에 접근토록 하겠소. 선발대가 먼저 국산(麴山) 아래 성을 두 군데 쌓아 수비군을 주둔시켜 서로 지원태세를 갖추어놓으면, 우리 본대는 군량과 마초를 모두 운반하여 천구(川口)에 옮겨다놓고 제갈 승상의 전법대로 진군하겠소."

그해 추팔월, 강유는 먼저 촉장 구안(旬安), 이흠(李歆)에게 일만오천 군사를 주고 국산으로 출동시켰다. 두 장수는 산 정면에 성을 두 군데 쌓아놓고 동쪽 성은 구안이, 서쪽 성은 이흠이 각각 지켰다.

위나라의 첩자가 촉군의 동태를 정탐하여 옹주 자사 곽회에게 보고했다. 곽회는 낙양에 급보를 올리는 한편 부장 진태에게 오만 군사를 주어 국산으로 나아가 촉병과 싸우게 했다. 위군이 내습하자 구안과 이흠도 각각 일군씩을 거느리고 나와 적을 맞아 싸웠다. 그러나 구안, 이흠은 워낙 병력이 적으므로 진태 군을 당해 내지 못하고 다시 성채 안으로 쫓겨 들어갔다.

진태는 두 성채를 사면으로 에워싸고 일제히 공격을 퍼붓는 한편, 한중으로 통하는 군량 수송로를 끊어버렸다. 이리하여 촉군 성채에서는 식량이 모자라게 되었다.

곽회도 본부 군사를 거느리고 도착하여 지형을 살펴보더니, 흐뭇한 기색으로 진태를 불러 계책을 상의했다.

"저 성채는 높은 고지에 세워졌으니 필경 물이 부족할 것일세. 결국 마실 물을 얻으려면 반드시 성채 밖으로 나와 길어가야만 할 것이야. 우리가 골짜기 상류의 물흐름을 끊어버리면 촉병들은 모두 목이 타서 죽을 것이네."

진태는 명을 받고 군사들을 부려 계곡 상류의 물을 막았다. 과연 촉군 성채에는 물이 떨어졌다. 이흠이 먼저 군사들을 이끌고 나와 물을 길으려 했으나, 곽회의 옹주병에게 포위를 당하고 말았다. 포위망이 좁혀들자 급박해진 이흠도 결사적으로 싸웠으나 포위망을 돌파하지 못하고 도로 성채로 쫓겨 들어가고 말았다.

서쪽 성채의 구안 역시 물이 떨어지기는 마찬가지였다. 두 장수는 양군 병력을 합처 또 한 차례 돌파를 시도했지만, 오랜 격전 끝에 성채로 다시 쫓겨 들어갔다. 군사들은 목이 타고 굶주려 견디지 못했다.

구안과 이흠은 강유의 본대가 오기만을 목이 빠지게 기다렸다.

"강 도독의 군사가 이때껏 도착하지 않으니, 무슨 연유인지 모르겠소."

이흠이 참다못해 벌떡 일어섰다.

"내가 목숨을 걸고 포위망을 뚫고 나가 구원병을 불러오리다."

이흠은 수십 기를 이끌고 성채 밖으로 돌진해 나갔다. 옹주병이 사면팔방으로 에워싸고 막았으나 이흠 역시 결사적으로 돌격을 감행하여 마침내 포위망을 뚫고 빠져나갈 수 있었다. 이흠은 홀로 만신창이로 중상을 입은 몸이었고, 나머지 군사들은 난군에 휩쓸려 전멸당한 뒤였다. 다행히도 이날 밤 북풍이 크게 불면서 폭설이 내려 성채 안의 촉군 병사들은 눈을 녹여 갈증을 풀고 밥을 지어 먹을 수 있었다.

한편 중포위망을 탈출한 이흠은 서산 샛길을 따라 이틀이나 헤맨 끝에 드디어 강유의 본대와 마주쳤다. 이흠은 안장에서 내려 땅바닥에 주저앉았다.

"국산 두 성채는 모두 위군에게 포위당해 물길마저 끊어진 상태입니다. 천행으로 큰 눈이 내려 하루하루 버티고 있사오나 형편이 매우 위급합니다."

강유가 한탄했다.

"내가 그대들을 구하지 않으려 한 게 아니라 강족 응원군이 아직 도착하지 않아 일을 그르쳤다네!"

강유는 만신창이가 된 이흠을 후방으로 보내 치료하게 하고, 하후패와 함께 상의했다.

"강병(羌兵)이 아직 도착하지도 않았는데, 위나라 군이 국산을 포위했다니 장군은 이 위급을 모면할 계책이 없겠소?"

하후패가 대답했다.

"강병이 오기를 기다리다가는 국산의 두 성채가 모두 함락되는 것을 지켜봐야 할 것입니다. 제가 보건대 옹주의 병사들이 총출동하여 국산을 공격하는 모양이니, 지금 옹주성은 텅 비어 있을 것입니다. 장군께서 군사를 이끌고 우두산(牛頭山)을 가로질러 옹주성 배후로 나가시면 곽회와 진태는 필경 옹주성을 구하러 돌아갈 터인즉, 국산의 포위는 저절로 풀리게 될 것입니다."

"그것 참 좋은 계책이오!"

강유는 크게 기뻐하며 군사를 이끌고 우두산을 향해 떠났다.

한편, 진태는 이흠이 포위망을 뚫고 탈출하자 곧바로 곽회를 만났다.

"이흠이 만약 강유에게 급변을 알린다면, 강유는 우리 군사가 모두 국산에 집중해 있다는 사실을 짐작하고 필경 우두산을 가로질러 우리 배후로 뚫고 나갈 것입니다. 그러니 장군께서 일군을 거느리고 나가서 조수(洮水) 일대를 점령하여 촉군의 군량 수송로를 끊어놓으십시오. 그 동안 소장은 군사 절반을 나누어 우두산으로 앞질러 나아가 강유 군을 요격하겠습니다. 촉군은 식량 수송로가 끊겼다는 사실을 알면 스스로 물러날 것입니다."

곽회는 그 계책을 받아들여, 일군을 거느리고 은밀히 출동하여 조수 방면으로 떠났다. 진태는 공격군의 절반을 나누어 이끌고 우두산으로 나아갔다.

강유 군이 우두산에 다다랐을 때였다. 갑자기 선두 부대에서 함성이 들리더니, 전령이 달려와 위군이 앞길을 가로막았다는 급보를 알렸다. 강유는 당황해서 몸소 선두부대까지 달려가 살펴보았다.

위군 부장 진태가 버럭 고함을 질렀다.

"네가 우리 옹주성을 습격하려느냐? 내 여기서 기다린 지 오래다!"

강유는 노발대발, 장창을 꼬나 잡고 말을 치달려 나아가 진태에게 공격을 퍼부었다. 진태도 칼을 휘두르며 맞아 싸웠다. 그러나 삼 합도 못 되어, 진태는 말머리를 돌리고 패주하기 시작했다. 강유는 군사들을 휘몰아 추격해 나갔다.

진태의 옹주병은 길 곁 산머리로 올라가 고지를 점령했다. 강유는 추격군을 거두어 우두산 아래 영채를 세웠다. 그리고 날마다 군사를 이끌고 나가서 도전했다. 진태도 사양치 않고 응전했다. 그러나 며칠이 지나도록 승부는 나지 않았다.

하후패가 강유에게 진언했다.

"이곳은 오래 머물 곳이 못 됩니다. 날을 거듭해 싸우고도 진태가 승부를 내지 않는 것은 우리 군사를 여기 붙잡아두려는 유병지계(誘兵之計)임이 분명하오니, 다른 모략에 걸려들기 전에 잠시 후퇴했다가 재차 기회를 노리는 것이 옳겠습니다."

강유가 미처 대답하기도 전에, 또 다른 급보가 날아들었다. 곽회의 일군이 조수(洮水) 지역으로 진출해 군량 수송로를 끊어버렸다는 보고였다. 강유는 깜짝 놀라 우선 하후패 군을 돌려 후퇴시키고 자신이 뒤를 맡아 위군의 추격을 끊으면서 천천히 퇴각하기 시작했다.

촉군이 퇴각하자 진태는 군사를 다섯 갈래로 나누어 뒤쫓아 나왔다. 강유는 혼자 다섯 갈래의 추격병을 한 군데로 끌어들여 막아 싸우면서 물러났다. 진태는 능선을 따라 군사를 옮겨가면서 산 아래 길로 바윗돌과 화살을 폭우처럼 쏟아부었다.

강유 군이 조수까지 급히 퇴각했을 때, 곽회도 군사를 이끌고 쳐나왔다. 강유는 돌격병을 이끌고 맞부딪쳐보았으나 퇴로를 차단한 옹주병의 방어가 철통같아 도저히 뚫고 나갈 수 없었다. 강유는 결사적으로 분전한 끝에 병력의 절반 이상을 잃고서야 겨우 빠져나왔다.

가까스로 빠져나온 촉군은 양평관(陽平關)을 향해 일제히 후퇴했다. 한참 강행군을 하는데 앞쪽에서 또다시 일군이 쇄도하더니, 대장 한 명이 칼을 비껴들고 앞으로 달려 나왔다. 둥근 얼굴, 큼지막한 귀에 입술이 두터운 그 장수는 사마중달의 맏아들 표기장군(驃騎將軍) 사마사였다.

"애송이 놈이 어디서 감히 내 앞길을 막는단 말이냐!'

강유는 크게 노하여 말의 배를 걷어차면서 창을 휘둘러 사마사를 찔러 들어갔다. 사마사도 칼을 휘두르며 마주 나와 싸웠으나, 겨우 삼 합 만에 패퇴하고 말았다.

강유는 한바탕 추살(追殺)한 나음, 그곳을 탈출하여 앙평관으로 지달렸다. 양평관 수비장은 관문을 활짝 열어 강유 군을 받아들였다.

사마사 역시 관문을 빼앗으려고 뒤쫓아 왔으나 양 측방에 매복해 있던 궁노대가 일제히 화살을 발사했다. 그 쇠뇌는 화살 열 대를 한꺼번에 발사할 수 있는 병기로 제갈공명이 세상을 떠나기 직전 완성하여 남겨준 연노법(連弩法)에 따라 만든 신병기였다. 그 신병기 백여 대가 독약 먹인 화살을 단번에 열 대씩 쏘아 날리니, 사마사 휘하의 군사들은 죽고 다친 숫자를 헤아릴 수 없었다.

사마사는 난군을 헤쳐가며 가까스로 목숨을 건져 달아났다.

한창 뒤쫓기는 강유를 사마사 군이 뜻밖에 나타나 가로막은 것은, 강유가 옹주로 진격할 무렵 곽회가 조정에 비보(飛報)를 날려 보냈기 때문이었다. 보고를 받은 사마의가 오만 군사를 주어 옹주 방어전을 지원하도록 급히 보낸 것이었다.

사마사는 곽회 군이 촉병을 물리쳤음을 알고 강유의 군세가 미약하다고 얕잡아보았다. 그리하여 중도에서 강유 군의 퇴로를 차단하고 양평관까지 뒤쫓아 왔던 것이다.

한편, 국산 성채에서 농성 중이던 촉장 구안은 구원병이 오지 않자 스스로 성채 문을 열고 위나라에 투항했다.

강유는 수만 군사를 잃어버리고 패잔병을 수습하여 한중으로 돌아왔다. 사마사도 남은 군사를 이끌고 돌아갔다.

장강에 이는 풍파

위나라 가평(嘉平) 삼년 추팔월, 사마의가 병이 들었다. 병세가 점차 무거워지자 사마의는 두 아들을 탑전(榻前)에 불러놓고 유언을 남겼다.

"내가 위나라를 섬긴 지 수십 년, 벼슬은 태부에 이르러 남의 신하로서 지극한 자리를 누려 왔다. 그 동안 사람들은 날더러 다른 뜻을 품었으리라 의심했으므로, 나는 항상 두렵고 황공한 마음을 지녔다. 내가 죽은 후에 너희 두 형제는 국정을 잘 다스리되, 늘 삼가고 신중하라."

이 말을 마치고 사마의는 세상을 떠났다. 사마의가 죽은 뒤, 맏아들 사마사는 내장군에 올라 상서 기밀대사(尚書機密大事)를 총감독했으며, 사마소는 표기상장군(驃騎上將軍)이 되었다.

그 무렵, 오나라 형세는 어떠했던가? 손권에게는 원래 태자 손등(孫登)이 있었으나 일찍이 죽고, 둘째 아들 손화(孫和) 역시 모함을 받아 병으로 죽었으며, 지금은 셋째 아들 손량(孫亮)이 태자로 책봉되어 있었다. 조정 대신도 육손과 제갈근이 모두 세상을 떠나고, 이때의 모든 정사는 제갈각(諸葛恪)에게 돌아가 있었다.

오나라 태화(太和) 원년 추팔월 초하루, 갑자기 장강(長江)에 큰 풍파가 일어나 물이 넘쳐나면서 평지의 수심이 팔 척이나 되고, 오주(吳主) 손권이 평생토록 심고 가꾸어 온 잣나무와 소나무가 돌개바람에 모조리 뽑혀 하늘로 날아오르더니, 건업성(建業城) 남문 밖 길거리에 거꾸로 처박히는 변괴가 일어났다.

손권은 이 천재지변에 놀라 병을 얻었다. 그리고 이듬해 팔월, 병세가 침중해지자 태부 제갈각과 대사마 여대(呂岱)를 탑전에 불러놓고 오나라의 앞날을 부탁한 다음 세상을 떠났다. 이때가 촉한 연희(延熙) 십오년, 수명은 칠십일 세, 재위한 지 이십사 년 만이었다.

손권이 세상을 떠나자, 태부 제갈각은 손량을 황제로 옹립하고 천하에 대사령을 내리는 한편, 손권의 시호(諡號)를 대황제(大皇帝)로 추존하여 장릉(蔣陵)에 안장했다.

첩자가 낙양으로 달려가 이 사실을 알리니, 사마사는 절호의 기회라 여겨 마침내 오나라 정벌군을 일으키기로 결심하고 군신들을 모아 상의했다.

그 자리에서, 상서 부하(傅嘏)는 정벌을 반대했다.

"오나라에는 장강(長江)의 험준함이 있어, 선제(先帝)께서도 누차 정벌을 시도하셨으나 끝내 뜻을 이루지 못했습니다. 그러하오니 각자 국경이나 단단히 지키는 것이 상책이겠습니다."

사마사가 말했다.

"천도(天道)란 삼십 년을 주기로 변하는 법인데, 세 나라에 모두 황제가 하나씩 있어서 정립(鼎立)한 형세를 언제까지 내버려두어야 하오? 나는 반드시 오나라를 정벌하겠소."

그 아우 사마소도 형의 뜻에 동조하고 나섰다.

"지금 손권이 죽고, 뒤를 이은 손량은 나이도 어린 데다 나약하니, 그 틈을 타서 침공하면 반드시 성공할 것이오."

이리하여 사마사는 드디어 정남대장군(征南大將軍) 왕창(王昶)에게 십만 군사를 주어 동흥(東興)을 공격하게 하고, 진남도독(鎭南都督) 관구검(毌丘儉)에게 십만 군사를 주어 무창(武昌)을 공격하게 했다. 그리고 자기 아우 사마소를 대도독으로 삼아 작전을 총지휘하게 했다.

그해 사월, 사마소의 침공군이 오나라 국경에 도착했다. 사마소는 왕창, 호준(胡遵), 관구검을 장막 안에 불러들여 작전계획을 상의했다.

"오나라에서 가장 중요한 요충지는 동흥군(東興郡)이 으뜸이오. 이제 오나라 측은 그곳에 거대한 제방을 쌓고, 그 좌우에 다시 성채 두 군데를 쌓아 소호(巢湖) 배후로부터 있을 공격에 대비하고 있으니, 제장들은 부디 유념하여 싸우도록 하시오."

왕창, 관구검은 각각 일만 군사를 거느리고 좌우 양면으로 포진한 채 출동 명령을 기다렸다. 동흥군을 공격함과 동시에 일제히 진격할 작정이었다. 사마소는 다시 호준을 선봉장으로 지명했다.

"그대는 삼로군(三路軍)을 모두 이끌고 앞서 나아가 먼저 부교(浮橋)를 가설해 놓고 동흥의 제방을 점령한 다음, 형편이 되는 대로 그 좌우의 성채를 빼앗도록 하시오. 만약 제방과 두 성채만 점령한다면, 그보다 더 큰 공로는 없을 거요."

호준은 군사를 이끌고 출동하여 부교를 설치하기 시작했다.

한편, 오나라 태부 제갈각은 위군이 세 갈래로 침공해 왔다는 소식을 듣고 군신들과 방어책을 의논했다.

평북장군(平北將軍) 정봉(丁奉)이 근심스럽게 말문을 열었다.

"동흥군은 오나라의 요충지인데, 만약 그곳을 빼앗긴다면 남군(南郡), 무창(武昌)까지 위태롭게 될 것입니다."

제갈각도 마찬가지 생각이었다.

"그렇소. 정 공은 이제 수군 삼천 명을 거느리고 강물을 따라서 진발하시오. 내가 뒤따라 여거(呂據), 당자(唐資), 유찬(劉纂)으로 하여금 각각 보기병(步騎兵) 일만 명씩을 이끌고 세 갈래로 출동하여 접응하도록 하리다. 제장들은 연주포(連珠砲)를 터뜨리는 소리가 나거든, 일제히 진격하시오. 그 뒤에 내가 대군을 거느리고 후속할 테니까."

노장 정봉은 함선 삼십 척에 삼천 수군을 나누어 태우고, 일제히 돛을 올려 동흥군을 향해 출동했다.

이 무렵, 호준은 부교를 건너 제방 위에 군사를 주둔시킨 다음, 비장(裨將) 환가(桓嘉)와 한종(韓綜)을 출동시켜 좌우 성채를 공격하게 하고 있었다. 당시 좌측 성채는 오나라 장수 전역(全懌)이 지키고 있었고, 우측 성채는 유략(劉略)이 지키고 있었다. 이 두 성채는 높고 가파른 언덕에 자리 잡은 데다, 성벽이 단단하고 깎아지른 암벽에 세워져 있어서, 아무리 급박하게 공격해도 좀처럼 쉽사리 함락시킬 수 없었다. 그러나 전역, 유략 두 수비장은 공격군이 엄청난 것을 보고 섣불리 나와 싸우지 못하고 성채만 죽도록 지켰다.

호준은 서주에 본영을 설치했다. 때마침 엄동설한이라, 하늘에는 폭설이 내리고 있었다. 호준이 제장들을 모아놓고 술잔치를 열고 있는데, 홀연 급보가 날아들었다.

"장강에 전함 삼십 척이 떠 오고 있습니다."

호준이 나가보니, 오군 전함은 이제 강기슭에 뱃머리를 대놓고 상륙 준비를 하고 있는데, 군사라고는 한 척에 겨우 백여 명씩이었다. 호준은 장막으로 다시 돌아와서 제장들에게 말했다.

"두려워할 것 없소. 기껏해야 삼천 명밖에 안 되니까."

그리고 부장(部將)을 시켜 그 동태만 살펴보라 이르고 술잔치를 계속했다.

정봉은 적병들이 보는 앞에서 타고 온 전함을 강물 위에 일자로 늘어세워놓고 갑판 위의 부하 장병들에게 다짐을 두었다.

"대장부가 공명을 세우는 날이 바야흐로 오늘이다!"

그는 전 장병에게 명령을 내려 모두 갑옷과 투구를 벗어버리게 한 다음, 장창(長槍) 대극(大戟)을 놓아두고 오직 단도 한 자루씩만 지니게 했다. 그것을 본 위군 장병들은 웃음보를 터뜨리면서 더욱 맞아 싸울 태세를 하지 않았다.

잠시 후 느닷없이 연주포가 세 차례 터지더니, 정봉이 단도를 번쩍 들고 앞장서서 강기슭으로 뛰어올랐다. 삼천 군사들도 제각기 단도 한 자루씩을 뽑아 들고 정봉의 뒤를 따라 상륙했다. 정봉 군은 곧바로 위군 영채에 돌입했다.

구경만 하던 위나라 장병들은 미처 손쓸 틈도 없이 당하고 말았다. 비장 한종은 급히 장막 앞에 꽂아두었던 대극을 뽑아 잡고 맞서 싸우려 했으나, 바람같이 품안으로 뛰어든 백전노장 정봉의 단도에 찍혀 거꾸러졌다. 동료 장수 환가가 왼쪽으로 돌아 나오면서 창끝으로 정봉을 찔렀으나, 창대가 옆구리에 끼여 옴짝달싹도 하지 않았다. 하는 수 없이 창 자루를 놓고 달아나려던 환가는 정봉이 던진 단도에 왼 팔뚝을 맞고 벌렁 나자빠지고 말았다. 정봉은 득달같이 뒤쫓아 와 빼앗은 창으로 환가를 찔러 죽였다.

오군 삼천 명은 위군 영채 안에서 좌충우돌, 선불 맞은 호랑이처럼 날뛰며 닥치는 대로 적을 도륙했다. 호준은 다급한 끝에 말 한 필을 집어타고 탈출로를 열어 도망쳤다. 그 뒤를 따라 위군 장병들도 일제히 부교에 뛰어올라 달아났다. 한꺼번에 많은 사람이 오르니, 임시로 가설한 부교가 중턱에서 끊겨 패주병의 절반수가 물 속에 떨어져 죽었을 뿐 아니라 뒤처졌다. 오군에게 맞아 죽은 낙오병의 시체가 눈 덮인 벌판을 가득 메워 그 숫자를 헤아리기 어려울 정도였다. 위군의 수레와 마필, 병기, 장비는 깡그리 오군에게 빼앗겼다.

사마소와 왕창, 관구검은 동흥군 방면이 패했다는 소식을 듣고, 그들 역시 군사를 거두어 하릴없이 퇴각하고 말았다. 제갈각은 동흥군에 이르러 군사들을 수습해 큰 상으로 그 노고를 위로한 다음, 제장들을 모아놓고 선언했다.

"사마소 군이 패전하고 돌아갔으니, 바야흐로 중원까지 쳐들어갈 좋은 기회로다!'

제갈각은 촉나라 강유에게 사신을 보내어 지원을 요청했다.

"군사를 출동시켜 위나라 북방으로 진격해 주시오. 협공이 성공하는 날, 오와 촉 양국은 천하를 공평하게 반분하리다."

그런 다음 제갈각은 이십만 대군을 일으켜 중원 정벌에 나섰다.

제갈각이 대군을 이끌고 떠날 무렵, 갑자기 땅 속에서 한 가닥 흰 기운이 솟구쳐 오르더니 전군의 앞길을 가로막아, 사람들끼리 얼굴을 마주해도 볼 수 없는 지경이 되었다. 그것을 본 장연(蔣延)이 제갈각에게 간언을 올렸다.

"저 기운은 흰 무지개올시다. 흰 무지개가 피어오르면 전쟁에서 패배할 조짐이오니 태부는 군사를 되돌리시고 위나라 정벌을 중지하소서."

"너는 어찌하여 상서롭지 못한 말로 우리 군심(軍心)을 어지럽히느냐!'

크게 노한 제갈각이 다시 무사들에게 호통을 쳤다.

"저놈을 당장 끌어내다 목을 베어라!'

제장들이 모두 나서 장연을 위해 용서를 빌었다.

"태부 어른, 장연의 죄는 죽어 마땅하오나 목숨만은 살려주소서."

이에 제갈각은 장연의 벼슬을 빼앗고 서민으로 폄하여 내쫓았다. 그러고는 다시 원정군을 이끌고 출동했다.

오군이 진격하는 도중 노장 정봉이 제갈각에게 말했다.

"위나라는 신성(新城)을 가장 중요한 방어 거점으로 삼고 있습니다. 만약 그 성을 쳐서 함락시킨다면 사마소의 간담이 뚝 떨어질 것입니다."

제갈각은 크게 기뻐하면서, 곧바로 신성 아래까지 진격했다.

신성 수비를 맡은 위나라 측 장수는 아문장군(牙門將軍) 장특(張特)이었다. 장특은 오나라 대군이 몰려오자 성문을 닫아걸고 굳게 지켰다. 제갈각은 신성을 사면팔방으로 에워싸고 공격 준비를 갖추기 시작했다.

변방의 유성마(流星馬)가 쏜살같이 달려가 낙양에 급보를 알리니, 사마사는 조정 대신들을 모아놓고 방어책을 논의했다.

주부(主簿) 우송(虞松)이 사마사에게 진언을 올렸다.

"제갈각 군이 신성을 포위했다고 해서, 아직은 맞아 싸워서는 안 됩니다. 오군은 먼 거리를 행군했으므로, 병력은 많으나 군량이 부족할 것입니다. 군량이 바닥나면 오군은 우리가 치지 않아도 스스로 붕괴되어 철수할 것이니, 저들이 퇴각할 때 뒤쫓아 공격하면 완승을 거둘 수 있을 것입니다. 그러나 촉군이 국경을 침범할지도 모르니, 그 역시 대비하지 않으면 안 됩니다."

사마사는 그 말을 옳게 여겨, 마침내 아우 사마소에게 명하여 일군을 거느리고 옹주로 나아가 곽회를 도와 강유의 침공을 막도록 지시했다. 그런 한편 관구검과 호준에게 오군을 방어하도록 지시했다.

한편, 제갈각은 달포가 지나도록 신성을 공격했으나 끝끝내 함락시킬 수 없었다. 제갈각은 장수들에게 전력을 다하여 공격하고, 태만한 자는 즉시 목을 베라는 엄명을 내렸다. 이리하여 제장들이 힘을 다 쏟아 공격하니, 신성 동북 모퉁이의 성벽이 무너질 지경에 처하고 말았다.

수비장 장특은 위기에 몰리자 꾀를 하나 내었다. 그는 언변이 좋은 사람을 하나 뽑아 신성의 호구(戶口) 장부(帳簿)를 들려서 오군 영채로 보냈다.

장특의 사절이 제갈각을 만나 말했다.

"위나라에는 적의 침공을 받고 포위된 성은 일백 일을 굳게 지키고, 그래도 구원병이 오지 않아야만 성문을 열고 항복하더라도 가족들이 그 죄에 연루되지 않는다는 국법이 있습니다. 이제 장군께서 우리 성을 포위하신 지 구십여 일이 되었으니 바라옵건대 며칠만 더 기다려주신다면 저희 주장이 군민을 모두 이끌고 출성하여 장군 앞에 항복할 것이옵니다. 그 증표로 여기 신성의 호구(戶口) 대장(臺帳)을 바치나이다."

제갈각은 그 말을 깊이 믿고 군마를 거둬들여 더 이상 공격하지 않았다. 그러나 장특은 완병지계(緩兵之計)로 오군을 속여 물러나게 한 다음, 성중의 민가를 모조리 뜯어다가 부서진 성곽을 수리하고, 싸울 태세를 가다듬었다. 준비가 다 갖추어지자 장특은 성벽 위에 올라 오군 진영을 향해 큰소리로 욕설을 퍼부었다.

"우리 성에는 아직도 반 년 정도는 먹을 수 있는 식량이 남았는데, 어찌 너희 오나라 놈들에게 항복할 리 있겠느냐? 칠 테면 마음대로 쳐봐라!"

그제야 속았다는 것을 깨달은 제갈각은 군사들을 재촉해 다시 맹렬한 공격을 퍼붓기 시작했다. 성벽 위에서는 난전(亂箭)이 빗발처럼 쏟아져 내렸다. 한창 정신없이 싸우던 중, 화살 한 대가 제갈각의 이마에 정통으로 꽂혔다. 제갈각은 뒤로 벌렁 나자빠지면서 낙마하고 말았다.

오나라 장수들이 황급히 구출하여 영채로 돌아왔으나 화살 맞은 부위가 덧나 상처가 좀처럼 아물지 않았다. 주장이 이렇게 되자 오군 장병들은 더 이상 싸울 마음이 없어졌다. 사기가 떨어진 판국에 날씨마저 무더워 오군 진영에는 병자가 속출하기 시작했다.

제갈각은 상처가 아물자 다시 군사들을 휘몰아 공격하려 했다. 이때, 영리(營吏)가 조심스럽게 말했다.

"장병들이 모두 병들었는데, 어떻게 싸울 수 있겠나이까?"

제갈각은 노발대발 호통을 쳤다.

"또다시 병들었다고 아뢰는 놈은 참수형에 처할 테다!"

그 소문을 듣고, 오군 진영에는 탈주병이 무수하게 생겨났다.

설상가상으로, 이번에는 도독 채림(蔡林)이 자기 부대 군사를 이끌고 위나라에 투항했다는 보고가 들어왔다. 제갈각은 깜짝 놀라 몸소 말을 타고 각 영채를 돌아보았다. 과연 병사들의 얼굴빛이 누렇게 들뜨고 병색이 완연했다. 그제야 제갈각은 사태가 심상치 않다는 것을 깨닫고 군사를 거두어 귀국하기로 결단을 내렸다.

오군이 황망히 철수하자 첩자가 재빨리 관구검에게 보고를 했다. 관구검은 추격병을 크게 일으켜 오군의 뒤를 따라가며 엄살(掩殺)했다. 오군은 대패하여 돌아갔다.

오나라에 돌아와서도 제갈각은 몹시 부끄러워 병을 칭탁하고 조정에 나가지 않았다. 오주(吳主) 손량(孫亮)은 몸소 제갈각의 부중으로 병문안을 갔다. 문무백관들도 모두 찾아가 위로의 인사를 올렸다. 이렇게 되니 제갈각은 패전 책임의 공론이 일까 두려워, 자기편에서 먼저 뭇 장병들의 허물을 찾아내어 죄상이 가벼운 자는 변방으로 귀양을 보내고, 죄가 무거운 자는 목을 베어 저잣거리에 내다 걸었다. 이리하여, 내외 관료들은 한결같이 공포에 질리고 말았다.

제갈각은 다시 심복 부하장수 장약(張約)과 주은(朱恩)을 앞세워 황궁의 어림군(御林軍)을 장악했다. 당초 어림군을 맡고 있던 장수는 손견의 아우 손정(孫靜)의 증손자인 손준(孫峻)이었다. 손준은 대황제 손권이 살아생전부터 총애를 받아 이날까지 어림군을 통솔해 왔는데, 이제 느닷없이 장약과 주은에게 지휘권을 빼앗기게 되자 내심 크게 분노했다.

이 무렵, 태상경(太常卿) 등윤(滕胤)은 평소 제갈각과 틈이 벌어져 있던 터라 그 기회를 틈타 손준을 충동질했다.

"제갈각이 권력을 마음대로 휘두르고 공경대부(公卿大夫)를 학살하니, 장차 남의 신하로 있을 마음이 아닌 듯싶소. 공은 오나라의 종실(宗室)인데, 어찌 그런 자를 처치하지 않으시오?"

손준이 대답했다.

"나 역시 그런 생각을 품은 지 오래요. 이제 천자께 아뢰어 제갈각을 주멸(誅滅)해야겠소"

이리하여 손준과 등윤은 함께 입궐하여 오주 손량을 뵙고 은밀히 아뢰었다.

"제갈각은 군신의 의리를 잃고 포학스럽게 생령을 죽였으며, 위나라 정벌에도 패전했으니, 마땅히 주멸하심이 옳을까 하나이다."

오주 손량이 대답했다.

"짐 또한 그 사람을 볼 때마다 두려워 몸 둘 바를 모르겠소. 마음 속으로는 늘 그자를 제거하고 싶었으나 아직 기회를 얻지 못하고 있었소. 이제 경들이 과연 충성심을 지녔으니 은밀히 거사를 도모하오."

등윤이 아뢰었다.

"폐하께서 연회석을 마련하시고 제갈각을 부르소서. 신들이 벽장에 무사들을 매복시켜두었다가 술잔을 던지는 것을 신호삼아 그 자리에서 제갈각을 죽여 후환이 없도록 하겠나이다."

오주 손량은 그 계책을 받아들였다.

한편, 패전지장 제갈각은 신병을 핑계 삼아 조회에 나가지도 않고 집에 처박혀 있으면서도 마음은 항상 불안했다. 어느 날, 우연히 대청에 나갔더니 갑자기 삼베로 짠 상복을 걸친 사람이 불쑥 들어오는 것이 보였다.

"웬 놈이냐!"

제갈각이 호통쳐 묻자, 그 남자는 크게 놀라 어쩔 바를 몰라 했다. 제갈각은 호위 군사를 시켜 그자를 붙잡아 꿇어앉혀놓고 혹독하게 문초했다.

"무슨 일로 내 집에 들어왔느냐? 바른대로 대라!"

그 남자는 고문에 못 이겨 대답했다.

"소인은 엊그제 아비 상(喪)을 당하여, 스님 한 분을 청해다가 천도재(薦度齋)를 지내려고 성내에 들어왔사옵니다. 그런데 이상하게도 당초에는 절간 문턱을 넘어섰는데, 어떻게 이 태부 대감 부중에 들어와 있는지 도무지 모르겠나이다."

제갈각은 크게 노하여, 대문을 지키던 군사들을 불러다 물었다. 그러나 군사들은 어리둥절한 표정으로 대꾸했다.

"저희들 수십 명이 모두 창검을 들고 잠시도 떠나지 않고 문을 지키고 있었으나, 여태껏 한 사람도 들어오는 것을 보지 못했습니다."

제갈각은 불같이 성이 나서, 그 상제와 문지기 군사들을 모조리 목을 베어 죽였다.

그날 밤, 제갈각은 잠을 청했으나 마음만 불안할 뿐 잠이 오지 않았다. 그런데 갑자기 대청에서 벼락치는 소리가 들려왔다. 제갈각이 깜짝 놀라 달려가 보니, 천장 위 대들보가 두 동강으로 부러져 있었다. 제갈각은 아연실색하여 침실로 돌아갔다. 그런데 이번에는 한바탕 음산한 바람이 불더니, 낮에 죽었던 상제와 군사들 수십 명이 한꺼번에 나타나 두 손으로 제 머리통을 받쳐 들고 목숨을 살려내라 아우성을 쳤다. 제갈각은 놀라다

못해 혼절해 쓰러졌다가 한참 만에야 겨우 깨어났다.

이튿날 아침 세수를 하려는데, 세숫물에서 피비린내가 몹시 풍겼다. 제갈각은 계집종을 꾸짖어 물을 갈아오게 했으나, 수십 차례를 갈았어도 세숫물은 여전히 피비린내를 풍겼다.

제갈각이 놀라 의아스러워하고 있으려니, 문지기 군사가 들어와 말했다.

"천자께서 칙사를 보내시어, 태부 대감을 잔치에 부르신다 하옵니다."

제갈각은 의장(儀仗)을 갖추고 수레에 올랐다. 그리고 막 부중을 나서려는데, 집에서 기르는 누렁개가 옷자락을 물고 마치 사람이 우는 것처럼 끙끙 짖어댔다. 제갈각은 역정이 나서 호통을 쳤다.

"개마저 나를 희롱하는 거냐? 얘들아, 이놈의 짐승을 쫓아내라!"

개를 쫓아버리고 다시 몇 걸음을 나가는데, 이번에는 땅바닥에서 한 가닥 흰 기운이 솟구쳐 나오더니, 마치 흰 비단폭을 허공으로 펼쳐 올리듯 하늘로 뚫고 올라갔다. 제갈각은 너무도 괴이하여 수레를 멈추었다.

다시 얼마쯤 가자니, 심복 장약이 수레 앞으로 다가와서 가만히 아뢰었다.

"주공, 오늘 궁중에서 열리는 잔치가 아무래도 수상쩍습니다. 길흉을 모르니 주공께서는 가벼이 들어가지 마십시오."

"그래 돌아가자. 나도 꺼림칙해서 안 되겠다."

제갈각은 수레를 돌리게 했다. 그런데 십여 보쯤 갔을 때 손준과 등윤이 말을 몰아 수레 앞으로 달려왔다.

"태부 어른, 어찌 그냥 돌아가십니까?"

제갈각은 궁색하게 대꾸했다.

"내 갑자기 복통이 나서 천자님을 뵈올 수 없겠소."

등윤이 안타까운 기색으로 말했다.

"태부께서 원정군을 이끌고 돌아오셨는데도 조정 대신들이 아직 회포를 풀지 못했기에 특별히 연회를 베풀어 모시고자 한 것입니다. 또 폐하께서도 그 자리를 빌려 국가 대사를 의논하신다 하오니, 태부께서는 몸이 불편하시더라도 참석하시는 것이 어떠하리까?"

"알겠소. 내 억지로나마 참석하리다."

제갈각은 마침내 수레를 돌려 손준, 등윤과 함께 궁궐로 들어가, 오주 손량을 뵙고 잔치 자리에 앉았다.

손량이 궁녀에게 명하여 술을 따라 올리자 제갈각은 혹시 그 술에 독이라도 들지 않은지 의심이 들어 사양했다.

"병든 몸이라, 술을 이기지 못하나이다."

손준이 냉큼 말했다.

"그럼, 태부 대감의 부중에서 늘 자시는 약주(藥酒)를 가져다 드시면 어떠하오리까?"

"그야 괜찮겠소이다."

제갈각이 승낙하자 손준은 제갈각의 종자를 부중으로 보내어, 가양주(家釀酒)를 가져오게 했다. 그제야 제갈각도 마음을 놓고 술을 마셨다.

술이 몇 순배 돌았을 때, 오주 손량은 일이 있다는 핑계를 대고 먼저 자리에서 일어났다. 손준은 어가를 배웅하고 나서 돌아오더니, 헐렁한 관복을 벗어버리고 짧은 속옷에 껴입은 갑옷을 드러냈다. 그러고는 날카로운 칼을 뽑아 들고 섬돌 위로 달려 올라가 크게 외쳤다.

"무사들은 어디 있느냐? 역적을 주멸하라시는 천자 폐하의 칙명이 여기 내려 있다!"

제갈각은 깜짝 놀라 저도 모르게 술잔을 내던지고 허리에 찬 칼을 뽑으려 했다. 그러나 어느 틈에 손준이 먼저 내달아 와서 그 목을 쳐 날렸다.

손준이 제갈각을 죽이는 광경을 보고, 심복 장약이 칼을 휘두르면서 덤벼들었다. 손준은 재빨리 몸을 틀어 피했으나 칼끝에 손가락을 다쳤다. 손준은 한바퀴 빙그르 돌며 단칼에 장약의 오른 팔뚝을 찍었다. 이어서 매복했던 무사들이 와르르 달려 나와 장약을 피투성이로 만들어 버렸다.

손준이 무사들에게 명령을 내렸다.

"제갈각의 부중으로 달려가서 그 일족을 수습하라. 몇몇은 장약과 제갈각의 시체를 거두어 성 밖으로 내다 버려라!"

제갈각의 시신은 거적에 둘둘 말려, 도성 남문 밖 석자강(石子崗)의 천민들이나 파묻히는 공동묘지 구덩이에 내던져졌다.

한편, 제갈각의 아내는 집안에서 갑자기 정신이 몽롱해지더니, 자신도 모르게 마음이 산란해졌다. 그런데 여종 하나가 방안으로 뛰어들어왔다. 제갈각의 아내는 이상해서 물었다.

"네 몸에서 온통 피비린내가 나니 웬일이냐?"

그러자 여종은 돌연 눈을 부릅뜨고 이를 갈면서 몸을 솟구치더니, 대들보에 머리통을 부딪치며 큰소리로 외쳤다.

"내가 바로 제갈각이다! 간적 손준에게 모살당한 제갈각이란 말이다!"

부중은 삽시간에 가족들의 통곡소리로 가득 찼다.

얼마 안 있어, 군사들이 태부의 저택을 에워싸고 제갈각의 일족 남녀노소를 남김없이 결박 지어 장터에 끌어내어 목을 베었다. 이때가 오나라 대흥(大興) 이년 시월의 일이었다.

지난날 제갈근(諸葛瑾)이 살아생전 아들 각(恪)의 총명이 중외에 지나치게 떨치는 것을 듣고 탄식한 적이 있었다.

"이놈 때문에 우리 가문이 보전을 못하겠구나!"

과연 아버지 제갈근의 예언은 적중한 셈이 되었다.

제갈각이 원정군을 이끌고 출동했을 때, 위나라 광록대부(光祿大夫) 장즙(張緝)은 사마사를 보고 이런 말을 한 적이 있었다.

"제갈각은 머지않아 죽을 것입니다."

사마사가 그 까닭을 물으니, 장즙은 이렇게 대답했다.

"그 위엄이 군주를 능가하니, 어찌 오래 살 수 있으리까."

장즙의 예언도 맞아 떨어진 셈이었다.

두 번째 북벌

한편 강유는 성도(成都)에서 제갈각의 편지를 받아보고 신중히 생각한 끝에 궁궐로 들어가 후주 유선을 만나보았다.

"오나라 태부 제갈각이 위나라를 정벌하기 위해 군사를 일으켰다고 하옵니다. 그리고 우리 촉나라와 남북으로 동시에 협공하자는 제의를 해왔으니 지금이 북벌을 하기에는 절호의 기회인 듯하옵니다. 바라옵건대 대군을 일으켜 역적 위주(魏主)를 토벌하도록 윤허하여주소서."

"첫 출정에서 실패를 보았으니, 이번에는 부디 예기를 꺾이지 말아야 할 것이오."

후주 유선은 조심스럽게 윤허를 내렸다.

"황공하옵니다. 이번 출정은 오나라와 협력해 기필코 중원을 회복하고 돌아오겠나이다."

이때가 촉한 연희 십육년 가을이었다.

장군 강유는 이십만 대군을 일으켜 위나라 정벌의 장도에 올랐다. 원정군의 좌선봉장은 요화, 우선봉장은 장익, 중군 참모는 하후패가 맡고, 장의는 운량사가 되어 정벌군의 식량 보급을 맡았다.

이십만 대군을 이끌고 양평관(陽平關)으로 나가는 도중, 강유는 하후패와 작전을 상의했다.

"지난번 옹주를 공략했으나 성공하지 못하고 돌아왔는데, 이번에 또 같은 곳으로 나아가면, 저쪽도 반드시 대비하고 있을 것이오. 하후 공은 어떻게 생각하오?"

하후패가 대답했다.

"농상의 여러 군 가운데 남안(南安) 지역이 가장 너르고 물자가 풍부합니다. 남안을 먼저 공취하면, 그곳을 발판 삼아 중원으로 진출하기가 용이할 것입니다. 지난번에 실패하고 철수하게 된 근본 원인은 강족(羌族) 응원군이 도착하지 않았기 때문입니다. 이제 다시 강족에게 사절을 보내어 그들의 병력과 농우(隴右) 지역에서 합류하기로 약속한 다음, 양군이 석영(石營)으로부터 나아가 동정(董亭)을 거치면 곧바로 남안을 공취할 수 있을 것입니다."

그 계책을 듣고, 강유는 크게 기뻐했다.

"공의 말씀이 참으로 절묘하구려!"

이리하여 강유는 극정(郤正)을 사절로 삼아 황금과 주옥, 촉나라 특산의 비단을 갖추어 강족 땅으로 떠나보냈다. 강족의 추장 미당(迷當)은 후한 예물을 받고 나자 곧바로 오만 군사를 일으켰다. 그리고 강족의 맹장으로 일컬어지는 아하소과(阿何燒戈)를 대선봉으로 임명하여 군사를 이끌고 남안을 향해 출동시켰다.

한편, 위나라 좌장군 곽회는 촉나라의 침공 소식을 받고 즉시 낙양으로 비보(飛報)를 날려 보냈다.

사마사는 제장들을 불러들여 물었다.

"누가 나가서 촉병과 싸울 수 있겠는가?"

이에 보국장군(輔國將軍) 서질(徐質)이 자청하고 나섰다.

"소장이 나가 싸우겠습니다."

사마사는 평소 서질의 용맹이 어느 누구보다 뛰어난 것을 잘 알고 있었기 때문에 내심 크게 기뻐하면서 즉시 그를 선봉장으로 삼고 아우 사마소를 대도독으로 임명했다. 사마소는 선봉장 서질을 앞세우고 농서 지역을 향해 진군했다.

사마소 군은 동정에 이르러 뜻하지 않게 강유 군과 마주쳤다. 양군은 그 자리에서 각각 전투태세를 갖추고 대치했다. 위나라 선봉장 서질이 개산대부(開山大斧)를 들고 말을 휘몰아 나오자 촉군 진영에서는 요화가 맞아 싸우러 나섰으나 불과 서너 합 만에 칼을 질질 끌면서 패해 쫓겨났다. 뒤미처 장익이 창을 휘두르며 나섰지만 그 역시 몇 합을 버티지 못하고 패전해 돌아왔다. 두 적장을 패퇴시킨 서질은 그대로 병사들을 휘몰아 촉군을 엄습해 들어갔다. 촉군은 대패하여 삼십여 리나 쫓겨갔다. 그제야 사마소는 추격군을 거두어 본진으로 돌아가 영채를 세웠다.

강유는 다시 하후패와 상의했다.

"서질이란 놈의 용맹이 저토록 사나우니 잡을 계책이 없겠소?"

하후패는 잠시 궁리한 끝에 대답했다.

"내일 싸움에서 거짓으로 패해 그놈을 매복 지점까지 끌어들인 다음 치셔야 합니다."

그러나 강유의 생각은 달랐다.

"사마소로 말하자면 병법의 대가인 중달의 아들인데, 매복지계를 모를 리 있겠소? 지형이 그늘에 가려진 곳을 보기만 해도 필시 추격을 멈추고 따라붙지 않으려 할 거요. 내 생각으로는 위군이 여러 차례 우리 군량 수송로를 끊어놓는 데 재미를 붙이고 있으니 이번에는 우리 쪽에서 유인계(誘引計)를 쓰기로 합시다. 그럼 서질을 잡아 죽일 수 있을 거요."

이리하여 강유는 요화를 불러 뭐라고 분부를 내리더니, 다시 장익을 불러 또 다른 지시를 내렸다. 두 장수가 명령을 받고 떠나자 강유는 군사들을 시켜 길바닥에 철질려(鐵蒺藜)를 깔아놓고, 영채 둘레에는 녹각(鹿角) 장애물을 설치하여, 위군에게 지구전을 할 것처럼 보였다.

서질이 날마다 군사를 이끌고 나와 도전했으나, 촉군 측에서는 전혀 응전하지 않았다.

며칠 후 초탐마(哨探馬)가 돌아와 사마소에게 보고했다.

"촉병은 철롱산(鐵籠山) 뒷길에서 목우(木牛), 유마(流馬)를 이용하여 식량과 말먹이를 운반하고 있습니다. 그 수량으로 보건대 아마 촉군은 지구전을 펴면서 강병(羌兵)이 호응할 때까지 기다릴 모양입니다."

사마소는 곧 서질을 불렀다.

"과거에 우리가 촉군을 이겼던 것은 그들의 군량 수송로를 끊어놓았기 때문이오. 이제 촉군이 철롱산 뒤에서 또 군량을 운반하고 있다니, 그대는 오늘밤에 오천 기를 이끌고 나가서 그들의 양도(糧道)를 차단해 버리시오. 그럼 촉군은 저절로 퇴각할 거요."

그날 밤 초경(初更), 서질은 기병 오천을 거느리고 철롱산으로 나갔다. 과연 탐마의 보고대로, 촉군 이백여 명이 식량과 말먹이 자루를 가득 실은 목우, 유마 일백여 마리를 몰아가고 있었다. 위군이 일제히 함성을 지르자 서질이 앞장서 달려나가 앞길을 가로막았다.

촉군은 대경실색하여 군량을 모조리 내버리고 달아나기 시작했다. 서질은 병력을 절반씩 나누어 일대는 군량을 자군 진영으로 운반해 가게 하고, 자신은 나머지 군사를 거느리고 촉군의 뒤를 추격했다. 그러나 십 리쯤 추격해 갔을 때, 갑자기 앞길에 수레와 장애물이 가득 쌓여 있어 길을 가로막았다. 서질은 군사들에게 명령을 내렸다.

"모두 말에서 내려 저것들을 치워라!"

말이 미처 떨어지기도 전이었다. 도로 양편 숲속에서 갑자기 불길이 솟구쳐 오르기 시작했다.

"앗, 복병이다! 말머리를 돌려라."

서질이 다급하게 말고삐를 낚아채 온 길로 되돌아가려 했으나, 뒤쪽 산길 비좁은 도로에도 어느새 장애물이 가로질러놓여 퇴로가 차단되었다. 뒤이어 불길이 확 솟구쳤다. 앞뒤 좌우에서 한꺼번에 불이 나자 서질을 비롯한 이천오백 군사들은 연기를 무릅쓰고 불길 바깥으로 뛰쳐나갔다. 위군이 화염지옥을 벗어나자 이번에는 일성 포향(砲響)이 쿵 하고 울리더니, 좌우 양편에서 복병이 와르르 쏟아져 나왔다. 왼쪽에서는 요화, 오른쪽에서는 장익이 군사들을 꾸짖어가며 한바탕 살육전을 벌이니, 위군은 대참패를 하고 말았다.

서질은 죽기로 싸워 혈혈단신 홀몸만 빠져나와 도망쳤으나, 사람도 지치고 말도 지쳐 운신하기조차 힘들었다. 그래도 죽을힘을 내어 도망치려는데, 다시 앞길에서 일지병(一支兵)이 와르르 몰려나왔다. 서질이 깜짝 놀라 앞을 바라보니, 적장은 다름이 아니라 강유였다. 아연실색한 서질은 미처 도끼자루를 고쳐 잡기도 전에 강유가 내지른 창끝에 찔려 말 아래로 굴러 떨어졌다. 서질이 거꾸러지자 촉군은 한꺼번에 달려들어 위군을 난도질해 죽였다.

서질이 군량을 운반시킨 절반의 병력도 중도에서 하후패 군의 매복에 걸려 모조리 사로잡혀 투항하고 말았다. 하후패는 위군의 군복을 빼앗아 촉군에게 갈아입히고 그 마필에 태운 다음, 위군 깃발을 들려 지름길을 따라 위군 영채로 달려갔다.

영문(營門)을 지키고 있던 위군 병사들은 자군이 돌아온 줄 알고 문을 활짝 열어 들여보냈다. 중군 본영을 들이친 하후패의 군사들은 아수라 같이 날뛰며 일대 살육전을 벌여 영채 안을 쑥대밭으로 만들어놓았다.

느닷없는 야습에 사마소는 깜짝 놀라 허겁지겁 말을 타고 달아나기 시작했다. 그러나 앞쪽에서 요화가 이끄는 촉병이 쇄도해 오는지라 사마소는 감히 앞으로 나가지 못하고 급히 뒷걸음질쳐 물러났다. 이때 왼쪽 측방에서도 강유의 본군이 지름길로 쏟아져 나왔다. 사면팔방 탈출로가 막히자 사마소는 하는 수 없이 군사들을 이끌고 철롱산으로 올라갔다.

철롱산에는 원래 외길 하나만 나 있고, 사면이 모두 험준한 절벽으로 이루어진 터라 좀처럼 기어오르기 어려웠다. 또 산꼭대기에는 샘이 하나 있는데, 그 수량(水量)은 겨우 일백 명이 마실 분량이었다. 이 무렵, 사마소를 따라 산 위에 오른 병력은 무려 육천 명, 강유 군에게 출입구를 끊겼으니 산상의 인마는 모두 기갈에 시달리지 않을 수 없었다.

사마소는 하늘을 우러러 탄식했다.

"아아, 내가 여기서 죽는구나!"

곁에 있던 주부(主簿) 왕도(王韜)가 말했다.

"옛날 한나라 경공(耿恭)이 흉노족에게 포위되어 곤경에 빠졌을 때, 말라붙은 우물 앞에서 축원을 올려 물을 얻었다는 고사가 있습니다. 장군께서도 그 방법을 좇아 샘물에 빌어보지 않으시렵니까?"

사마소는 그 말대로 샘물 앞에 무릎 꿇고 두 번 절하여 축원을 올렸다.

"하늘이여, 불초 사마소가 폐하의 조칙을 받들고 촉병을 물리치러 왔사오니, 만약 제가 죽어 마땅하다면 이 샘물을 말라붙게 하시고, 저의 천수(天壽)가 다하지 않았거든 감천(甘泉)을 뿜어내어 뭇 생령을 살려주소서!"

축원이 끝나자 샘물이 용솟음쳐 나와 아무리 퍼내도 마르지 않았다. 이리하여 위군 일만여 인마는 죽지 않고 살아날 수 있었다.

한편, 강유는 철롱산을 철통같이 에워싸고 제장들을 향해 장담했다.

"지난날, 제갈 승상께서 상방곡(上方谷)에서 사마의를 포위해 놓고도 잡지 못하셔서 내 몹시 한스러웠소. 그러나 이제 그 아들 사마소는 영락 없이 내 손에 붙잡히게 될 테니 두고 보시오."

하지만 모사(謀事)는 재인(在人)이요, 인명(人命)은 재천(在天)이라 했 듯, 강유의 호언장담은 맞아떨어지지 않았다.

옹주 자사 곽회는 대도독 사마소가 철롱산에서 포위당했다는 소식을 듣고 그 즉시 구원병을 일으켜 달려가려 했다. 이때 부장 진태가 나서며 말했다.

"강유는 지금 강병(羌兵)과 합류하여 먼저 남안군(南安郡)을 공취하려 하고 있습니다. 강병도 이미 도착했으니 장군께서 군사를 철수시켜 구원 하러 가서는 안 됩니다. 그랬다가는 강병이 그 틈을 타서 우리 배후를 습격할 것입니다. 그러하오니 우선 사항계(詐降計)로 강족을 와해시키고, 그들이 완전히 철수하거든 그때 가서 철롱산의 위기를 구하서도 늦지 않 습니다."

곽회는 그 말에 따라 우선 진태에게 오천 군사를 주어 강족 추장이 주 둔한 영채로 보냈다. 진태는 무장을 풀고 단신으로 추장의 장막에 들어가 울면서 하소연했다.

"곽회가 자존망대(自尊妄大)하여 늘 소장 진태를 죽일 마음을 품고 있 기에 이제 강왕(羌王) 전하께 투항하고자 왔나이다."

강족 추장 미당은 그 말에 쉽사리 넘어갔다.

"잘 오셨소. 지금 우리는 촉병과 함께 위군을 협공하려 하고 있소. 무 슨 좋은 계책이 없겠소?'

"남안군을 공취하시려면, 우선 옹주 자사 곽회의 방어선을 무너뜨려야 합니다. 곽회 군의 허실은 소장이 모두 잘 알고 있사오니, 그저 오늘밤에 일군을 거느리고 위군의 영채를 덮치기만 해도 성공할 수 있을 것입니다. 우리 군사가 당도하면 위군 진영에서 내응할 세력을 이미 준비시켜두었습니다."

미당은 크게 기뻐하며, 그 즉시 아하소과에게 명하여 진태와 함께 위군 영채를 야습하게 했다. 아하소과는 진태가 이끌고 온 투항병은 뒤로 돌리고 진태와 함께 강병을 거느리고 앞장서 나아갔다. 그날 밤 이경(二更) 무렵, 야습군이 곽회의 영채에 다다라 보니, 영문(營門)이 활짝 열려 있었다. 진태가 필마단기(匹馬單騎)로 먼저 돌입하자 아하소과도 안심하고 말을 휘몰아 기세등등하게 뛰어 들어갔다. 그러나 아뿔싸! 영채 안에 들어서기 무섭게 아하소과는 말 탄 그대로 한꺼번에 함정으로 떨어지고 말았다. 뒤미처 진태의 가짜 투항병이 배후를 들이치고, 곽회의 매복병이 왼쪽으로부터 쏟아져 나왔다. 삽시간에 포위당한 강병들은 일대 혼란을 일으켜 서로 밟고 밟혀 사상자가 무수하게 났다. 겨우 목숨을 건진 강족 병사들은 모조리 항복하고, 함갱(陷坑)에 빠진 아하소과는 스스로 목을 찔러 자살하고 말았다.

곽회와 진태는 승세를 휘몰아 곧바로 강족 추장의 목영을 기습했다. 위군이 쳐들어오자 깜짝 놀란 추장 미당은 장막 바깥으로 뛰쳐나와 마상에 올랐으나 이내 위군 병사들에게 사로잡히고 말았다. 강족 추장이 끌려오자 곽회는 황망히 말에서 뛰어내려 손수 그 결박을 풀어주고 좋은 말로 위무했다.

"우리 조정은 오늘날까지 그대를 의리 있고 충성스러운 사람으로 알고 있는데, 어째서 촉나라를 도우시오?'

미당은 부끄러운 나머지 그 자리에 엎드려 죄를 청했다.

"죽을죄를 지었으니 제발 용서해 주소서."

곽회는 다시 미당을 설득했다.

"그대의 죄를 용서받으려면 이제부터 우리 군의 선봉이 되어 철롱산의 포위를 풀고 촉군을 물리쳐주시오. 그러면 내가 천자께 아뢰어 큰 포상을 내리도록 하겠소."

"장군의 말씀대로 따르오리다."

이리하여 미당은 강병을 거느리고 곽회 군의 선봉이 되고, 위군 본대는 그 뒤를 따라 일제히 철롱산을 향해 달려갔다. 그때가 야반 삼경(三更), 미당은 전령을 먼저 강유 군의 영채로 보내, 강병이 도착한다는 소식을 전했다.

강유는 크게 기뻐하여 미당 군을 맞아들였다. 그러나 이 무렵, 곽회 군의 장병이 대다수 강병 대열에 섞여 촉군 영채 앞에 바짝 접근해 있었다. 강유는 미당 군을 영채 밖 공터에 주둔시켰다. 미당이 일백여 기만 거느리고 중군 본영에 도착하자 강유는 하후패와 함께 영접을 나왔다.

"남안 공격 건은 어떻게 하고 대왕께서 몸소 왕림하셨소?"

"그 일은……."

미당이 말문을 열기도 전에 곽회가 먼저 공격 명령을 내렸다.

"공격하라!"

위군은 강병의 배후에서 일제히 함성을 지르며 촉군 영채로 돌입했다. 촉군 진영은 삽시간에 일대 혼란이 일었다. 촉나라 군사들은 영문도 모른 채 위군에게 맞아 죽거나, 사면팔방으로 뿔뿔이 흩어져 달아나기 시작했다.

주장인 강유도 대경실색하여 황급히 마상에 올라 도망쳤다. 강유의 수중에 병기는 없고, 오직 허리에 찬 활과 전통(箭筒)만이 유일한 무기였다. 그것도 허겁지겁 달아나다 보니, 화살은 모두 땅에 떨어지고 빈 전통만 남았을 뿐이었다. 강유는 산중을 바라고 정신없이 치달았다.

"강유는 어디로 도망치느냐!"

등 뒤에서 곽회가 추격병을 이끌고 따라붙으며 고함을 쳤다. 그는 강유의 수중에 촌철(寸鐵) 하나 없는 걸 보고서, 창끝을 곧게 겨눈 채 말을 휘몰아 미친 듯이 뒤쫓아왔다.

곽회가 거의 따라잡았을 때였다. 강유는 몸을 돌리면서 빈 활시위를 연달아 십여 차례 울렸다. 곽회는 처음 몇 차례 몸뚱이를 비틀어 피하는 동작을 취했으나 아무리 보아도 화살이 날아오는 기색이 없었다. 그제야 강유에게 화살마저 없다는 걸 알아챘다. 곽회는 장창을 안장걸이에 끼워 넣고 활을 꺼내 시위에 화살을 먹이기 무섭게 한 대 쏘았다. 화살이 날아오는 소리가 들리자, 강유는 급히 몸을 틀어 피하면서 손을 불쑥 내밀어 그 화살을 받아냈다. 그리고 자기 활시위에 먹여 곽회가 가까이 따라올 때까지 기다렸다가 있는 힘껏 쏘아 보냈다. 활시위가 울리는 소리와 함께, 곽회는 마상에서 굴러 떨어졌다.

강유는 말머리를 돌려 곽회의 목숨을 끊으려 달려왔으나 위군 추격병이 한꺼번에 몰려드는 바람에 미처 손을 쓰지 못하고, 곽회가 쓰던 강철 창만 낚아채어 다시 도망쳐야 했다. 위군 추격대도 주장이 다쳤으므로 감히 뒤쫓지 못하고 황급히 구출하여 본영으로 돌아갔다. 본영에 돌아간 곽회는 화살을 뽑았으나 출혈이 멈추지 않아 끝내 죽고 말았다.

철롱산에 갇혀 있던 사마소도 달려 내려와 본대를 이끌고 강유를 추격했으나 잡을 가망이 없자 중도에서 포기하고 돌아갔다.

하후패 역시 뒤따라 도망쳐, 마침내 강유와 합류했다. 강유는 숱한 인마를 꺾인 채 패잔병을 수습하여 퇴각했다. 후퇴하는 도중 그는 단 한 곳에서도 숙영하지 않고 주야로 강행군하여 한중(漢中)으로 돌아갔다.

한편 사마소는 잔치를 크게 베풀어 강병의 노고를 위로한 다음, 군사를 수습하여 개선가를 부르며 귀국길에 올랐다. 옹주 지역의 수비는 후임 장수가 올 때까지 곽회의 부장이던 진태가 임시로 맡게 되었다.

강유는 비록 두 번째 정벌에서도 패전했으나 위나라의 명장 곽회를 사살하고 용장 서질을 잡아 죽이는 전과를 거두었다. 그리하여 위나라 전국을 진동시키고 촉나라의 위엄을 떨친 셈이 되었다.

정권은 사마씨에게

낙양에 개선한 사마소는 형 사마사와 더불어 조정의 대권을 한손에 장악하고 마음대로 주물렀다. 뭇 신하들도 하나같이 그들 형제의 위세 앞에 굴복하지 않을 수 없었다.

위주(魏主) 조방은 사마사를 볼 때마다 몸서리를 치고 등에 소름이 돋을 만큼 두려워했다. 어느 날, 조회를 열었는데 사마사가 패검(佩劍)을 찬 채로 전상(殿上)에 오르자, 조방은 당황한 나머지 용상에서 내려와 맞아들였다.

사마사는 그 모습을 보고 껄껄 웃었다.

"군신(君臣)간에 이런 예법이 어디 있나이까? 폐하, 마음을 편안히 지니시고 어서 용상에 오르십시오."

잠시 후, 대소 신하들이 차례로 정사를 보고했다. 사마사는 앞에 나서서 모두 자기 뜻대로 결재하고, 천자에게는 전혀 계주(啓奏)하지 않았다. 일을 마친 사마사는 고개를 쳐든 채 여봐란듯이 전각 아래로 내려가 물러나더니, 수레에 올라 궁궐 밖으로 나갔다. 사마사의 행차에는 앞뒤로 수천 명의 호위병이 중무장을 하고 따라붙었다.

위주 조방도 그제야 물러나 후전(後殿)으로 들어갔다. 좌우를 둘러보니 신하들은 모두 사마사의 행차를 따라나가고, 태상(太常) 하후현(夏侯玄)과 중서령(中書令) 이풍(李豊), 광록대부(光祿大夫) 장즙(張緝) 셋만 남았을 따름이었다. 장즙은 황후 장씨의 아버지로, 황제에게 장인이 되는 사람이었다.

조방은 근시들을 꾸짖어 물리치고 세 신하와 함께 밀실에서 속마음을 털어놓기 시작했다. 조방은 장인의 손을 부여잡으며 울었다.

"사마사가 짐을 어린아이 취급하고, 문무백관들을 초개(草芥)처럼 여기니, 위나라의 사직도 머지않아 그자에게 넘어가고 말겠구려!"

말을 마치자 조방은 목을 놓아 울었다.

이풍이 아뢰었다.

"폐하, 너무 근심 마옵소서. 신이 비록 재주는 없사오나 폐하의 밝으신 조칙(詔勅)을 받들고 사방 천하의 영걸들을 불러 모아 간적 사마씨 형제를 소탕하겠나이다."

하후현이 아뢰었다.

"신의 형 하후패가 촉나라에 투항해 간 것도, 사마씨 형제에게 모살당할까 두려워서였사옵니다. 이제 사마 간적을 토멸하고 나면, 신의 형도 반드시 귀국할 것입니다. 신이 나라의 원훈인척(元勳姻戚)으로 어찌 나라를 어지럽히는 간적을 앉아서 보고만 있겠사옵니까? 바라옵건대 폐하께서 조칙을 내려주시면 삼가 받들어 간적을 토멸하겠나이다."

그러나 위주 조방은 자신이 서지 않았다.

"공연히 일을 벌였다가 실패할까 두렵구려."

세 신하는 눈물을 흘리며 입을 모아 아뢰었다.

"신들이 목숨을 걸고 간적을 토멸하여 폐하의 성은에 보답하겠나이다."

위주 조방은 입고 있던 용봉한삼(龍鳳汗衫)을 벗더니, 손가락을 깨물어 혈서를 썼다. 그런 다음 피로 쓴 밀조(密詔)를 장즙에게 주며 당부했다.

"짐은 무황제(武皇帝:조조)께서 동승을 주살(誅殺)했을 때의 일을 잘 알고 있소. 동승이 실패한 까닭은 기밀을 엄하게 지키지 못했기 때문이었소. 경들도 그 점을 아는 만큼 삼가 신중히 일을 추진하고 절대로 외부에 누설되지 않게 하시오."

이풍이 말했다.

"폐하, 막중한 대사를 앞에 두고 어찌 불길한 말씀을 하시나이까? 신들이 동승의 무리와는 다르고, 사마사 역시 무황제와 비견할 인물이 아니온즉, 폐하께서는 의심을 거두소서."

세 사람은 천자와 하직하고 밀실에서 나왔다. 이들이 동화문(東華門)을 지나려는데, 때마침 들어오던 사마사와 정면으로 마주치고 말았다. 사마사는 여전히 패검을 차고, 종자 이삼백 명도 모두 무장을 갖추고 있었다. 세 신하는 얼른 길 가장자리로 물러나 섰다.

사마사가 물었다.

"그대들은 어찌하여 퇴조(退朝)가 늦으신가?"

이풍이 대답했다.

"성상 폐하께서 우리 세 사람을 내전으로 불러들여 책을 읽어 달라 하시기에 청을 들어 드리고 이제 나오는 길이외다."

"무슨 책을 읽어드렸소?"

"하서(夏書), 상서(商書), 주서(周書) 삼대(三代)에 관한 책이외다."

"폐하께서 그 책을 읽으시고 무슨 얘기를 물으십디까?"

"이윤(伊尹)이 상(商)나라를 어떻게 보필했으며, 또 주공(周公)이 어떻게 섭정을 했는지를 하문하였소이다."

"그래 뭐라고들 대답했소?"

"오늘날의 사마 대장군이 곧 이윤이요, 주공과 같다 대답했소이다."

"나를 이윤이나 주공에 비긴 그대들의 심보를 누가 모를 줄 아는가? 속으로는 나를 왕망이나 동탁 같은 놈으로 보겠지!"

"우리 세 사람은 모두 장군의 문하 사람인데, 어찌 그럴 리 있소이까?"

사마사는 버럭 화를 냈다.

"그대들은 모두 입으로만 아첨을 떠는 소인배들이야. 방금 천자와 밀실에서 무슨 일로 울었는가?"

세 사람은 당황하여 얼른 부인했다.

"울다니요? 우린 눈물을 흘린 적이 정말 없소이다."

사마사가 호통을 쳐 꾸짖었다.

"너희들의 눈에 아직도 눈물 자국이 선연하고, 눈동자가 시뻘겋게 충혈되어 있음에도 끝내 잡아뗄 작정인가!"

하후현은 비로소 일이 발각났다는 것을 깨달았다. 이미 사태가 그른 마당이니 더 이상 꾸며뗄 것도 없었다. 그는 목청을 돋우어 사마사에게 큰소리로 욕설을 퍼부었다.

"신하의 위엄으로 군주를 찍어 누르는 놈, 대위 찬탈을 도모하는 역적 놈, 바로 네놈 때문에 분해서 울었다!"

그 말을 들은 사마사는 노발대발하며 즉시 무사들에게 호통을 쳐 하후현을 잡아 꿇리게 했다. 하후현은 팔뚝을 걷어붙이고 사마사를 치려다가 무사들에게 붙잡히고 말았다. 이풍과 장즙도 함께 붙잡혀 꿇어앉혀졌다.

"이놈들의 몸을 샅샅이 뒤져라!"

이윽고 장즙의 품속에서 용봉한삼이 나왔다. 비단적삼에는 아직 피도

군지 않은 혈서가 씌어 있었다. 사마사는 그것을 읽어 내려갔다. 천자의 필적으로 쓴 밀조였다.

사마씨 형제가 대권을 함께 쥐고 장차 찬역(纂逆)을 도모하려 하니, 앞으로 내릴 조서(詔書)는 모두 짐의 뜻으로 쓰인 것이 아니리라. 중외의 모든 장병들은 일심 합력하여, 충성과 대의로 역신을 토멸하고 사직을 붙들어 일으키라. 공을 이루는 날, 그대들에게 작위(爵位)와 포상(褒賞)을 무겁게 내리겠노라.

읽기를 마친 사마사는 발연 대로했다.
"이제 봤더니 네놈들이 우리 형제를 모함하여 해치려 했구나. 너희가 이럴진대 내 어찌 용서하랴! 여봐라, 이놈들을 장터로 끌어내 허리를 베어 죽여라! 또 이놈들의 삼족을 모두 극형에 처하라."
하후현, 이풍, 장즙 세 사람은 형장으로 끌려가면서도 사마사에게 욕설과 저주를 그치지 않았다. 형장에 다다랐을 때, 이들의 이빨은 몽둥이질에 모조리 부러져 하나도 남아 있지 않았다. 그래도 알아듣지 못할 모호한 소리로 저주를 퍼붓던 그들은 끝내 죽음을 당했다.
한편, 사마사는 그 길로 후궁으로 들어갔다. 위주 조방은 때마침 장 황후와 마주 앉아 밀조를 내린 일을 상의하고 있었다.
장 황후가 아뢰었다.
"내궁(內宮)은 이목이 빈다(繁多)하니 누설되기 쉽사옵니다. 만약 일이 발각되면 필경 신첩에게도 누가 미칠 것입니다."
그 말이 끝나기도 전에 사마사가 불쑥 나타났다. 황후는 기절초풍하여 그 자리에서 벌떡 일어났다.
사마사는 칼자루를 쓰다듬으면서 조방에게 힐문했다.
"신의 아비는 폐하를 군주로 세울 때 그 공로가 옛날 주공(周公)에 못지 않았고, 신 사마사도 폐하를 섬기는 데 그 보필하는 정성이 옛날 이윤(伊尹)과 다르지 않았습니다. 그럼에도 폐하는 이제 은혜를 원수로 갚으시고, 공덕을 허물로 여기시어, 몇몇 소인배 신하들과 더불어 신 형제를 모해하려 하시다니 무슨 마음에서 그러셨나이까?"

조방은 두 눈을 감고 대꾸했다.

"짐은 그럴 마음이 없었소."

사마사는 소매 춤에서 비단적삼을 꺼내 던지며 외쳤다.

"이것은 누가 쓴 것입니까?"

조방은 혼비백산하여 넋이 하늘 구만 리 밖으로 날아가버렸다. 그는 몸서리를 치면서 와들와들 떨었다.

"저것은 짐이 남한테 협박을 받아 쓴 것이오. 내 어찌 대장군 형제를 모해할 생각을 품었겠소?"

"군주가 망녕되이 대신을 역모로 무고하다니, 그것은 무슨 죄에 해당하는지 아시오?"

조방은 사마사 앞에 무릎을 꿇었다.

"짐의 죄를 알겠으니, 대장군은 부디 용서해 주시오!"

"폐하, 일어나시오. 국법이 있으니, 죽이지는 않으리다."

그리고 사마사는 황후 장씨를 손가락질했다.

"이 여인은 장즙의 딸이니 마땅히 처치해야겠소."

"아니 되오, 대장군! 제발 용서해 주시오."

천자가 대성통곡하며 애걸했으나 사마사는 들은 척도 하지 않고 측근 장수들에게 호통을 쳤다.

"저 계집을 끌어내라!"

황후 장씨는 동화문으로 끌려나가 흰 비단폭에 목을 졸려 죽었다. 하늘의 도리는 무심한 것이 아니었다. 그 옛날, 복 황후(伏皇后)는 조조의 말

한마디에 통곡하며 맨발로 쫓겨나 죽음을 당했다. 이제 그 자손이 사마씨의 손에 똑같은 꼴을 당했으니, 악업(惡業)이 삼대(三代)까지 미쳐 보복을 당한다는 말이 여지없이 들어맞은 셈이었다.

이튿날 사마사는 조정에 문무백관을 모두 소집했다.

"이제 주상(主上)께서 황음무도하여 더러운 창기우희(娼妓優姬)들을 가까이하고, 간악한 소인배의 참소를 듣고 어진 신하들의 언로(言路)를 막았으니, 그 죄는 한(漢)나라 말엽보다 더욱 심하여, 천하를 주재할 수 없는 지경에 이르렀소. 이제 나는 이윤(伊尹), 곽광(霍光)의 전례를 본받아, 따로 새 군주를 세워 사직을 보전하고 천하를 안정시키고자 하는데, 경들의 생각은 어떠시오?"

모든 대신들이 입을 모아 외쳤다.

"대장군께서 이윤, 곽광을 본받으시니, 이는 곧 '하늘의 명에 응하고, 인심에 순한다(應天順人)'고 하리이다. 어느 누가 감히 명을 어기오리까?"

사마사는 마침내 중신들을 거느리고 영녕궁(永寧宮)으로 들어가 태후에게 결정된 일을 아뢰었다.

태후가 물었다.

"그렇다면 대장군은 누구를 임금으로 세우시려오?"

사마사가 대답했다.

"신이 보옵건대 팽성왕(彭城王) 조거(曹據)는 총명인효(聰明仁孝)하니 천하의 주인이 될 만합니다."

태후는 다른 의견을 내놓았다.

"팽성왕은 이 늙은이의 숙부요. 이제 그분을 군주로 세운다면, 내 어찌 감당하겠소? 고귀향공(高貴鄕公) 조모(曹髦)는 바로 문황제(文皇帝:조비)의 손자요, 성품이 온화하고 공손하며 자신을 억제하고 남에게 양보하는 마음이 두터우니, 대위(大位)에 세울 만할 것이외다. 경은 대신들과 의논해 좋은 계책을 따르도록 하시오."

이때, 중신 가운데 한 사람이 나서서 찬동했다.

"태후의 말씀이 옳으십니다. 곧 그분을 모셔다 세웁시다."

뭇 사람들이 돌아보니 바로 사마사의 숙부뻘 되는 사마부(司馬孚)였다.

사마사는 두말없이 원성(元城)으로 사자를 보내어 고귀향공 조모를 불러들이게 하는 한편, 태후를 시켜 폐위의 절차를 밟게 했다. 태후는 태극전(太極殿)에 올라 조방을 섬돌 아래 꿇려놓고 꾸짖었다.

"너는 황음무도하여 천하를 이어받아 다스릴 만한 능력이 없으니, 마땅히 옥새를 내놓으라. 이제 너를 제왕(齊王)의 작위로 폄하노니, 오늘 중으로 떠날 것이며, 소명(召命)이 없는 이상 다시 입조(入朝)하는 것을 허락하지 않겠노라."

조방은 눈물을 흘리며 태후에게 국보(國寶)를 바치고 수레에 올라 떠나갔다. 전송하는 사람이라고는 충성심을 지닌 신하 몇몇뿐이었다. 옛날, 조조가 승상으로 있으면서 한나라 황실의 과부와 고아를 업신여겼는데, 사십여 년이 지난 후 자신의 자손 되는 과부 고아가 그와 똑같은 수모를 당할 줄은 꿈에도 생각지 못했을 것이다.

고귀향공 조모가 낙양에 올라오는 날, 사마사는 태후의 명을 받드는 형식을 빌려 문무백관과 함께 남액문(南掖門) 밖에 난가(鑾駕)를 준비해놓고 기다렸다. 이윽고 조모는 백관들의 영접을 받으며 태극전에 올라, 위나라의 새로운 천자로 즉위식을 올렸다.

조모는 천하에 대사령을 내리고 대장군 사마사에게 황월(黃鉞)을 휴대하는 영예를 주었으며, 패검을 차고 전각에 오를 수 있는 특권을 정식으로 인정해 주었다. 운명은 돌고 도는 것이라더니, 이런 특전은 사십여 년전에 조조가 승상이 되어 한나라 천자를 윽박질러서 받은 것이나 다를 바없었다.

새 군주 조모가 등극한 지 일 년도 못 되어, 위나라에는 또다시 풍파가 일기 시작했다. 그것은 촉한이나 오의 침공이 아니라 사마씨 형제가 위주 조방을 폐위시키고 새로운 군주를 세운 정변 때문에 야기된 반발이었다.

이듬해 춘정월, 중원 남부에 잠입했던 첩자가 낙양성에 급보를 날려 보내왔다. 진동장군(鎭東將軍) 관구검, 양주(揚州) 자사(刺史) 문흠(文欽)이 천자를 마음대로 폐위시킨 사마씨 형제의 죄를 토벌한다는 명분을 내세우고, 군사를 일으켜 북방으로 진격해 온다는 소식이었다.

오나라와의 접경지대를 방어하는 장수가 반란을 일으켰다는 소식을 듣자 천하 대권을 좌우하던 사마사도 대경실색하여 몸 둘 바를 모르고 허둥거렸다.

양주 도독 진동장군의 직함을 띠고 회남(淮南) 일대의 군마를 거느린 관구검은 자(字)가 중문(仲聞), 하남(河南) 문희현(聞喜縣) 출신의 용장이었다. 그는 사마씨 형제가 대권을 마음대로 휘둘러 군주마저 폐위시켰다는 소식을 듣고 매우 분노했다.

그의 맏아들 관구전(毌丘甸)도 이렇게 울분을 토로했다.

"아버님은 국록을 자시면서도, 사마씨 형제가 권세를 독차지하고 군주를 마음대로 폐위시켜 나라가 누란의 위기에 처했는데, 편안히 앉아서 우리 안일만 지키셔서야 되겠습니까?"

관구검은 고개를 끄덕였다.

"알겠다. 네 말이 옳구나!"

이리하여 관구검은 마침내 양주 자사 문흠을 초청하여 의논했다.

문흠은 본래 사마의에게 병권을 빼앗기고 죽음을 당한 조상(曹爽) 문하의 빈객으로 있던 인재였다. 그렇기 때문에 사마씨 일족에 대한 원한이 누구보다 깊었다. 문흠은 관구검의 초청을 받고 즉시 달려왔다.

관구검은 후당 밀실에 조촐한 술자리를 마련해 놓고 문흠을 맞아들였다. 술이 몇 순배 돌고 나서, 관구검은 갑자기 눈물을 흘리기 시작했다. 문흠이 까닭을 묻자 관구검은 마침내 속마음을 털어놓았다.

"사마사가 정권을 독단하고 군주마저 폐위시켰다는 소식은 문공도 들어 아실 거요. 하늘과 땅이 뒤집혔는데, 이 어찌 가슴 아픈 일이 아니겠소."

문흠이 선뜻 대꾸했다.

"도독께서는 회남 지역 군사권을 장악하고 계신 만큼 만약 대의로 역적 토벌에 나서신다면, 이 문흠도 목숨을 걸고 도와드리기로 하겠소이다. 내게는 앙(鴦)이란 아들이 있는데, 만부부당(萬夫不當)의 용맹을 지니고 있거니와 평소부터 사마씨 형제를 죽여 복수하려는 마음을 품고 있으니, 이번 거사에 선봉장으로 삼을 만할 것입니다."

관구검은 크게 기뻐하며 즉석에서 문흠과 술잔을 나누어 거사의 성공을 다짐했다.

그 다음날 두 사람은 태후의 밀조(密詔)를 받았노라 선전하여, 양주 회남 지역의 대소 관원과 주둔 장병들을 모두 수춘성(壽春城)으로 집결시켰다. 그리고 서쪽 교외에 제단을 쌓고 백마를 잡아 삽혈맹(插血盟)의 의식을 치르고, 대역무도한 사마사의 죄상을 물어 토벌할 것임을 선포했다. 장병들은 모두 기꺼이 동참할 것을 맹세했다.

이리하여 관구검은 육만 군사를 일으켜 항성(項城)에 주둔시키고, 문흠은 유격병 이만 명을 이끌고 밖에서 이동하며 호응할 태세를 갖추었다. 관구검은 다시 각 군에 격문을 돌려, 모두 군사를 일으켜 협조할 것을 요청했다.

그 무렵, 대장군 사마사는 공교롭게도 눈에 커다란 혹이 생겨 때 없이 아프고 가려워 견딜 수 없으므로, 의원을 불러다가 혹을 째고 약을 붙인 채 여러 날 동안 요양을 하고 있었다. 이런 판국에 회남에서 반란이 일어났다는 급보를 받게 되자 곧 태위 왕숙(王肅)을 부중으로 소환하여 대책을 상의했다.

왕숙이 이렇게 진언했다.

"옛날 관운장이 천하에 위엄을 떨칠 당시, 오의 손권은 여몽을 시켜 형주 땅을 기습 공취한 다음, 형주군 장병들의 가족들을 후히 대우해 주었습니다. 그런 조치로 인해 관운장의 군세(軍勢)를 와해시킬 수 있었던 것입니다. 이제 회남군 장병들의 가족도 모두 중원에 있으니, 대장군께서는 조속히 그들을 후히 대접하고 무마하는 한편, 토벌군을 출동시켜 반란군의 퇴로를 끊어놓도록 하십시오. 그러면 저들 세력은 흙더미 무너지듯 스스로 붕괴될 것입니다."

사마사는 고개를 끄덕였다.

"공의 말씀이 지당하오만 내가 요즈음 눈의 혹을 수술해서 움직일 수 없는 형편이오. 내가 직접 나서지 않으면 토벌군을 출동시키더라도 장병들의 사기가 떨어질 텐데 이를 어찌하면 좋겠소?"

이때, 곁에 있던 중서시랑(中書侍郎) 종회(鍾會)가 의견을 올렸다.

"회남 출신의 군사들은 강병(强兵)이라, 그 예봉(銳鋒)을 아무나 감당할 수 없습니다. 다른 장수에게 토벌군을 맡겨 보내신다면 여러모로 불리할 것이며, 조금이라도 차질이 생겼다가는 대사를 망칠 우려가 있사옵니다."

사마사는 그 말을 듣고 자리를 박차고 일어났다.

"좋다. 내가 직접 나서지 않으면 그 도적놈들을 격파하지 못할 게다!"

이리하여 사마사는 아우 사마소를 낙양에 남겨두어 조정의 일을 총섭(總攝)하게 한 다음, 자신은 병든 몸을 가마에 싣고 토벌군을 일으켜 회남

지역으로 출동했다.

문앙의 용맹

사마사는 진동장군(鎭東將軍) 제갈탄(諸葛誕)으로 하여금 예주(豫州) 방면의 모든 군사를 총지휘하여 안풍진(安豊津)으로부터 곧장 수춘(壽春)을 공략하게 하고, 다시 정동장군(征東將軍) 호준(胡遵)으로 하여금 청주(靑州) 방면의 군사를 모두 이끌고 초송(譙宋) 지역으로 나아가 관구검 군의 퇴로를 차단하게 했다. 그러는 한편, 예주 자사 감군(監軍) 왕기(王基)로 하여금 전군(前軍)을 거느리고 우선 진남(鎭南) 일대를 공취하게 했다. 그런 다음 사마사 자신은 주력군을 양양에 주둔시키고 문무관들을 막하에 모아들여 다음 대책을 상의했다.

광록훈(光祿勳) 정포(鄭襃)가 먼저 아뢰었다.

"관구검은 꾀가 많으나 결단력이 모자라고, 문흠은 용기는 갖추었으나 지혜롭지 못한 인물입니다. 이제 그들이 대군을 일으켜 생각지 못한 곳으로 나온다면 섣불리 맞아 싸우기 어렵습니다. 회남, 강남 장병들은 모두 용감하고 바야흐로 예기가 왕성합니다. 그러하오니 관군은 우선 참호를 깊이 파고 보루를 높이 쌓아, 지구전으로 저들의 예기부터 꺾어놓는 것이 좋을 듯합니다. 이는 한나라 때 명장 주아부(周亞夫)가 즐겨 쓰던 전법입니다."

그러나 감군 왕기는 지구전에 반대했다.

"아니 되오. 하남에서 반란이 일어났다고는 하나 군민(軍民)들이 모두 반란을 일으키고 싶어서 한 일은 아니오. 모두들 관구검의 세력에 협박을 받고 부득이 따랐을 따름이오. 만약 토벌군이 신속히 들이닥치면, 저들은 내분을 일으키고 스스로 와해될 것이외다."

사마사는 왕기의 의견을 받아들였다. 이리하여 주력군을 은수(濦水) 상류까지 진출시켜 은교(濦橋)에 본영을 세웠다.

왕기가 다시 아뢰었다.

"남돈(南頓)은 대군이 주둔하기에 아주 적합한 곳이니, 일군을 주야로 강행군시켜 한시바삐 점령하도록 하십시오. 지체했다가는 관구검이 먼저 그곳을 점령하게 될 것입니다."

"좋소. 그대가 전부병(前部兵)을 이끌고 가서 그곳을 점령하시오."

왕기는 그 즉시 출동하여, 남돈에 영채를 세웠다.

한편, 항성의 관구검은 사마사가 직접 토벌군을 이끌고 내려왔다는 소식을 듣고, 제장들을 소집하여 대책을 상의했다.

선봉장 갈옹(葛雍)이 의견을 냈다.

"남돈 지역은 산악을 의지하고 물을 곁에 두고 있으므로, 군사를 주둔시키기에 적합한 곳입니다. 만약 토벌군이 그곳을 먼저 점령하는 날에는 쉽사리 몰아내기 어려우니 속히 차지하십시오."

관구검은 그 말을 옳게 여겨, 즉시 군사를 거느리고 남돈으로 진격했다. 그러나 도중에 유성마(流星馬)가 달려오더니, 남돈에는 이미 적의 인마가 포진했다고 보고했다. 관구검은 그 말을 믿지 않고 몸소 선봉으로 나가서 살펴보았다. 과연 남돈에는 적의 깃발이 펄럭이고 온 벌판에 영채가 질서정연하게 세워져 있었다. 관구검은 하릴없이 군사를 되돌려 본영으로 돌아왔다. 적에게 요충지를 먼저 빼앗기고, 다음 수가 좀처럼 떠오르지 않아 고민하고 있는데, 설상가상으로 이번에는 초탐마(哨探馬)가 엄청난 급보를 전해 왔다.

"오나라의 손준(孫峻)이 군사를 이끌고 장강을 건너 수춘성을 습격해 오고 있습니다."

관구검은 대경실색하고 말았다.

"아뿔싸, 수춘성을 빼앗기면 우리가 돌아갈 곳이 없게 되겠구나!"

관구검은 그날 중으로 영채를 뽑아 황급히 항성으로 퇴각했다.

사마사는 관구검 군이 물러가는 것을 보고, 문무관들을 불러 상의했다.

상서(尚書) 부하(傅嘏)가 아뢰었다.

"이제 관구검이 싸우지도 않고 후퇴한 것은 필경 오나라 군이 수춘성을 엄습할까 우려되어 항성으로 돌아가 병력을 나누어 지킬 생각에서일 것입니다. 장군께서 일군으로 낙가성(樂嘉城)을 공격하는 한편, 일군으로 항성을, 또 일군으로 수춘성을 동시에 공략하게 하신다면 회남의 반란군은 반드시 물러날 것입니다."

사마사는 속으로 계산을 해보더니 다시 물었다.

"항성과 수춘성은 본대(本隊)로 칠 수 있겠는데, 낙가성 공략에는 어느 군사를 쓰면 좋겠소?"

"연주 자사 등애(鄧艾)는 지혜와 계략이 많은 장수이니, 그로 하여금 군사를 이끌고 낙가성을 공략하게 하고, 다시 중병(重兵)으로 뒤를 받쳐주면 적을 공파하기에 어렵지 않을 것입니다."

사마사는 그 말대로 등애에게 연주 방면군을 이끌고 낙가성을 공략하라는 명령을 내린 다음, 사마사 자신도 정예병을 거느리고 출동하여 그곳에서 등애 군과 합류하러 떠났다.

한편 항성에서, 관구검은 낙가성이 기습을 받을까 우려되어 초탐을 계속 띄워 보냈다. 그리고 문흠을 초빙하여 대책을 의논했다.

"아무래도 낙가성이 걱정되는데 어떻게 하면 좋겠소?"

문흠이 자신 있게 대답했다.

"걱정 마십시오, 도독. 내 아들 문앙에게 오천 군사만 주면 낙가성쯤은 어렵지 않게 보전할 수 있으리다."

관구검은 크게 기뻐하며, 즉시 문흠 부자에게 오천 군사를 주어 낙가성으로 떠나보냈다. 문흠이 낙가성에 거의 다다를 무렵, 선두로 나가던 부대에서 전령이 달려왔다.

"낙가성 서쪽 벌판에 온통 위군(魏軍)이 포진하고 있습니다. 병력 수는 약 일만 명쯤 되는데 어렴풋이 '사(師)' 자 깃발이 펄럭이는 것을 보건대, 필경 사마사가 직접 온 듯합니다. 지금 한창 영채를 세우고 있으나 아직 완벽하게 갖추지는 못했습니다."

이때 문앙이 아버지 곁에 있다가 그 말을 듣고 제안했다.

"아버님, 저들의 영채가 완성되기 전에 군사를 둘로 나누어 좌우에서 들이치면 어떻겠습니까?"

문흠이 물었다.

"언제 공격하면 좋겠느냐?"

"오늘 저녁 해가 떨어진 직후, 아버님은 이천오백 명을 이끌고 성곽 남쪽으로부터 돌진해 나가시고, 저는 나머지 병력을 이끌고 성곽 북쪽으로부터 쳐들어가되, 삼경(三更) 무렵 위군 영채에서 병력을 합쳐 좌우로 협공하는 것이 좋겠습니다."

문흠은 아들의 말대로 해가 질 때까지 기다렸다가 군사를 둘로 나누어 남북 양면으로 출동했다. 문앙은 방년 십팔 세, 키가 팔 척이요, 체구도

나이에 걸맞지 않게 우람하고 다부지게 생긴 청년이었다. 그는 전신 갑옷 차림으로 허리에는 강편(鋼鞭) 채찍 한 자루를 늘어뜨리고 장창을 손에 잡은 채 마상에 오르더니, 멀리 위군 영채를 바라보며 이천오백 군사를 휘몰아 떠나갔다.

이날 밤, 사마사 군은 낙가성 근처에 이르러 영채를 세우느라 하루 해를 다 보내고도 밤이 이슥할 때까지 일을 마치지 못했다. 등애 군은 이때껏 도착하지 않은 상태였다.

사마사는 눈의 혹을 짼 상처가 도져, 아픔을 참지 못하고 장막 안에 누워 신음하고 있었다. 장막 주위에는 무장 갑사 수백 명이 둘러쳐서 호위를 하고 있었는데, 삼경 무렵이 되자 불현듯 영채 안에서 함성이 크게 일더니, 인마가 어지럽게 날뛰는 소리가 들려왔다. 사마사는 황급히 시종을 불러 물었다.

"이게 웬 소란이냐?"

시종이 나가서 알아보고 달려와 고했다.

"큰일 났습니다! 웬 군사들이 영채 북방에 나타나 외곽 진을 뚫고 돌진해 오는데, 선두 장수의 용맹을 당해 낼 도리가 없다 합니다."

사마사는 대경실색하여 저도 모르게 벌떡 일어나다가 너무 급히 힘을 주는 바람에 눈의 상처가 터지면서 혹과 눈알이 한꺼번에 빠져나오고 말았다. 무슨 수로 그 아픔을 참아낼 수 있을까마는 혹여 군심이 흔들릴까 두려워, 사마사는 피범벅이 된 얼굴을 두 손으로 가리고 이빨이 으스러지도록 아픔을 참았다.

실상 위군 영채를 습격한 것은 문앙 군 일대(一隊)뿐이었다. 아버지보다 한발 앞서 도착한 문앙은 이천오백 기병을 휘몰아 한꺼번에 적진을 돌파해 좌충우돌하며 닥치는 대로 적병을 유린했다. 문앙이 가는 곳마다 위군 장병들은 감히 막아설 엄두를 내지 못하고 정신없이 도망쳤다. 어쩌다

가 앞길을 막아서는 날이면 창끝에 찔리거나, 강철 채찍에 얻어맞아 머리
가 터져 거꾸러졌다.

문앙은 아버지의 부대가 빨리 와서 외응(外應)해 주기만을 목이 빠지게
기다렸다. 그런데 어인 일인지 문흠의 군사는 끝내 나타나지 않았다. 문
앙은 사마사의 본영을 노리고 몇 차례 돌격해 들어갔으나, 궁노수(宮奴
手)들의 일제사격에 막혀 번번이 쫓겨났다. 한밤중의 살육전은 동녘이 훤
히 밝아올 때까지 계속되었다.

날이 밝아올 무렵, 홀연 북쪽 하늘에서 북소리, 뿔나팔소리가 들려
왔다.

문앙은 종자를 돌아보면서 고개를 갸우뚱했다.

"아버님은 남쪽에서 호응하시기로 하지 않았는가? 그런데 북방에서
함성이 울리니 이게 무슨 영문인지 모르겠구나."

문앙이 말을 몰아 달려가보니, 낯선 군사 한 떼가 돌개바람을 일으키
며 기세 사납게 쳐들어오는데, 선두 장수는 바로 등애였다.

등애는 큰칼을 번쩍 치켜들고 말을 휘몰아 달려오면서 고함쳤다.

'반적은 달아나지 말라!'

문앙이 장창 끝을 겨누고 마주 달려나가 싸우기 시작했다. 그러나 두
장수는 오십여 합을 겨루고도 승부를 내지 못했다. 한창 어우러져 싸우고
있는 판에, 위군 본대가 한꺼번에 쏟아져 나와 앞뒤로 협공을 퍼붓기 시
작했다. 문앙의 부하 장병들은 제각기 목숨을 구해 뿔뿔이 흩어져 달아났
다.

문앙이 필마단기로 좌충우돌한 끝에 위군의 포위망을 뚫고 빠져나와
남쪽을 향해 치달았다.

"저놈을 놓치지 마라!"

위군의 비장(神將), 편장(偏將), 아장(牙將), 부장(部將) 일백여 명이 살기

등등하게 문앙의 뒤를 바짝 쫓아오면서 고함을 질렀다. 쫓고 쫓기는 추격 전이 낙가성 조교(弔橋) 근처에 이르렀을 때였다. 문앙은 갑자기 말머리를 휙 돌리더니 대갈일성을 터뜨리며 곧바로 추격해 온 위군 장수들의 대열에 뛰어들었다. 강철 채찍이 허공에서 무서운 바람소리를 내며 떨어졌다가 다시 휘말려 올라가는 동안, 위군 장수들은 추풍낙엽으로 마상에서 곤두박질쳐 떨어졌다. 그 걷잡을 수 없이 무시무시한 기세에 위군 장수들은 저도 모르게 머리통을 감싸 쥐고 제각기 뒷걸음질쳐 물러났다. 추격대의 발목을 묶어놓은 문앙은 그제야 천천히 말을 몰아 그 자리를 떠났다.

위군 장수들은 놀란 가슴을 쓸어내리며 다시 한자리에 모였다.

"우리가 얼떨결에 당했지만 두 번 다시 이런 꼴을 당할 수야 있겠나? 우리도 죽기 살기로 뒤쫓아가세!"

"옳은 말이오. 제 놈 혼자서 우리를 물리칠 기력은 없을 것이오."

이리하여 위군 장수 일백 명은 기세를 떨쳐 재추격에 나섰다. 적장들이 다시 뒤쫓아오는 것을 본 문앙은 버럭 성을 내며 소리쳤다.

"쥐새끼 같은 놈들이 목숨이 아까운 줄도 모르느냐!"

강철 채찍을 꼬나 잡은 문앙이 또 한 차례 위군 장수들의 대열에 뛰어들더니 단숨에 네댓 명을 때려 죽였다. 추격대는 또 한 번 쫓겨나야 했다.

문앙은 다시 말고삐를 놓아 천천히 떠났다. 위군 장수들은 끈질기게 추격을 시도했으나 그때마다 번번이 문앙 한 사람에게 쫓겨 물러나더니 마침내는 추격을 단념하기에 이르렀다. 그 장쾌함이란 왕년에 조자룡이 당양 장판파에서 필마단기로 조조의 백만 대군을 무인지경으로 휩쓸던 광경이나 다를 바 없었다.

한편, 문흠은 아들과의 약속대로 남쪽 길을 돌아나갔으나 산길이 워낙 험해 어둠 속에서 길을 잃고 말았다. 문흠은 골짜기 속을 헤매다가 반나절을 보낸 후에야 겨우 제 길을 찾아 나왔다. 그러나 때는 이미 늦어, 목

적지에 도달했을 무렵에는 동녘이 훤히 밝은 새벽녘이었다. 아들 문앙의 부대는 어디로 갔는지 보이지 않고, 승리에 도취한 위군의 환호소리만 들려왔다. 문흠은 싸울 생각을 포기하고 그대로 물러났다. 뒤미처 문흠의 부대를 발견한 위군이 기세등등하게 대추격을 해왔다. 문흠은 군사들을 이끌고 수춘성을 향해 달아났다. 그러나 문흠이 수춘성에 이르렀을 때는 제갈탄의 군사가 이미 성을 점령한 뒤였다. 문흠은 다시 항성으로 돌아가려 했으나 호중, 왕기, 등애 군이 세 방면에서 포위하는 터라 마침내 오나라 손준에게 투항하고 말았다.

항성의 관구검은 수춘성이 실함당하고 문흠마저 패하여 달아난 데다 호준과 왕기, 등애의 삼로군에게 성을 포위당하자 전 병력을 모조리 이끌고 출성하여 결전을 시도했다.

관구검은 등애의 도전을 받고 갈옹을 출전시켰다. 그러나 갈옹은 불과 일 합의 교봉(交鋒)도 받지 못했다. 갈옹을 단칼에 베어 죽인 등애는 군사를 휘몰아 관구검의 본진으로 쇄도했다. 관구검은 죽기로 싸웠으나 이미 대세는 기울어 있었다. 강회병(江淮兵)이 대혼란을 일으키자 호준, 왕기가 군사를 이끌고 사면팔방으로 협공을 퍼부어 관구검 군을 궤멸시켰다.

관구검은 십여 기만 거느린 채 포위망을 돌파하여 단숨에 신현성(愼縣城)까지 달아났다. 현령 송백(宋白)은 성문을 활짝 열어주고 잔치를 베풀어 관구검을 접대했다. 관구검이 술에 만취하자 송백은 그의 목을 베어 위군에게 바쳤다. 이리하여 회남의 반란은 평정되었다.

사마사는 병상에 누운 채 일어나지 못했다. 그는 제갈탄을 불러들여 정동대장군(征東大將軍)의 인수를 내리고 반란의 근거지였던 양주(揚州) 방면군을 통제하게 한 다음, 허창으로 돌아갔다. 사마사는 비록 개선을 했으나 상처의 고통이 멎지 않고 밤에 잠들기만 하면 자기 손에 죽은 귀신들이 나타나는 바람에 병이 더욱 위중해졌다. 사마사는 자기 목숨이 얼마 남지 않은 것을 깨닫고, 낙양으로 급사를 보내어 아우 사마소를 불러왔다.

"내 권세는 이제 어깨에 지고 있기에 너무 벅차구나. 오늘 이후 네가 모든 것을 이어받되, 큰일은 절대로 남에게 맡기지 말아라. 섣불리 대권을 남의 손에 넘겼다가는 우리 사마씨가 멸족지화(滅族之禍)를 자초하게 될 것이다."

말을 마친 사마사는 고통을 참지 못하여 대갈일성을 터뜨리더니, 남은 한쪽 눈마저 빠져나오면서 죽었다. 이때가 정원(正元) 이년 이월이었다.

위주 조모는 사마사가 죽었다는 소식을 듣고, 허창에 칙사를 보내 문상하면서 사마소에게 어명을 내렸다.

"오나라의 침공이 있을지 모르니 군사를 거느리고 허창에 그대로 주둔하여 방비하라."

어명을 받은 사마소는 마음의 결단을 내리지 못했다. 그것을 본 종회가 말했다.

"대장군이 돌아가신 지금 인심을 알 수 없는데, 장군께서 허창에 그대로 머무르셨다가 만일 조정에 변고라도 생기면 어쩌시렵니까?"

사마소는 마침내 군사를 이끌고 다시 낙양으로 돌아갔다.

위주 조모는 사마소를 떼어놓으려는 계략이 빗나가자 황급히 그에게 사마사의 작위를 이어받게 하여 무마시켰다. 이리하여 위나라 대권은 또다시 대장군(大將軍) 녹상서사(錄尙書事)가 된 사마소의 수중에 들어가고 말았다.

촉한의 첩자가 재빨리 이 소식을 성도에 알렸다. 강유는 후주 유선을 뵙고 아뢰었다.

"이제 위나라에서 사마사는 죽고, 그 아우 사마소가 막중한 권력을 잡은 지 얼마 되지 않았으니 섣불리 낙양을 떠나지 못할 것입니다. 신은 이 기회를 틈타 위나라를 정벌하여 중원 천하를 회복하고자 하나이다."

후주의 윤허를 받아낸 강유는 곧바로 한중으로 돌아가 인마를 정돈했다. 그러나 정서대장군(征西大將軍) 장익(張翼)은 세 번째 출정을 반대했다.

"촉한 땅은 면적도 좁고 물산도 부족하여 원정군을 일으키기에 마땅치 못합니다. 차라리 험준한 지형에 의거하여 단단히 지키면서 군민을 애휼하는 것이 나라를 보전하는 길인가 합니다."

"아니오. 지난날 승상께서 남양 융중을 나오시기 전부터 이 천하는 삼분되기로 정해져 있었소. 그러나 승상께서는 중원 땅을 도모하고자 기산에 여섯 차례나 출정하셨고, 불행히 도중에 세상을 떠나셔서 공업(功業)을 이루지 못하셨소. 이제 내가 승상의 유명(遺命)을 받든 이상, 비록 죽는 한이 있더라도 그분의 뜻에 따라 진충보국(盡忠報國)해야 마땅하오. 지금 위나라에는 허점이 생겼소. 이 기회에 정벌하지 않는다면 또 어느 때를 기다려야 한단 말이오?"

하후패가 동조하고 나섰다.

"장군의 말씀이 옳습니다. 경기병 부대로 우선 부한(枹罕)에 진출하시고, 조수(洮水) 서부지역과 남안(南安)을 점령하면, 그밖의 여러 군은 손쉽게 평정할 수 있을 것입니다."

장익도 그 말에는 찬성했다.

"우리 정벌군이 매번 성공을 거두지 못하고 돌아온 까닭은, 군의 출동이 매우 늦었기 때문입니다. 병법에도 '적의 대비가 없는 곳을 공격하고, 적의 의표를 찔러 진출하라'고 하였은즉, 이제 신속히 군사를 진격시켜 위나라 측이 미처 방비할 여지가 없게 만든다면 반드시 완승을 거둘 수 있을 것입니다."

이리하여 강유는 일백만 명의 제삼차 원정군을 거느리고 부한 지역을 목표로 진발했다. 선봉대가 조수 서안에 이르자 국경을 지키고 있던 위나라 수비장이 급히 옹주 자사 왕경(王經)과 부장군 진태에게 이 사실을 알렸다. 왕경은 우선 보기병(步騎兵) 칠만을 거느리고 맞아 싸우러 나섰다.

등애와 강유의 대결

옹주병과 대치한 강유는 장익을 불러 몇 마디 지령을 내리고 나서, 다시 하후패에게도 달리 명령을 내렸다. 강유는 두 장수를 어디론가 떠나보낸 후 직접 대군을 이끌고 나아가 조수를 등진 형태로 전열을 가다듬었다. 그것은 바로 배수진이었다.

옹주 자사 왕경이 아장(牙將) 몇 명을 데리고 전열 앞으로 나오더니, 강유를 호통쳐 꾸짖었다.

"위와 촉한, 오나라는 이미 정족지세(鼎足之勢)를 이루었거늘, 네가 여러 차례 침범하는 까닭이 무엇이냐?"

강유가 응수했다.

"사마사란 놈이 까닭도 없이 제 주인을 폐하였으니, 이웃나라의 정리로 보아서도 문죄함이 마땅하거늘, 하물며 불공대천지 원수의 적국인데 어찌 그냥 내버려두겠느냐?"

왕경은 부하 장수 장명(張明), 화영(花永), 유달(劉達), 주방(朱芳)을 돌아보고 명령을 내렸다.

"촉병이 배수진을 쳤으니 모두 수장(水葬)시켜 마땅하다. 그러나 강유는 효용(驍勇)이 절륜한 장수라 너희 넷이서 한꺼번에 나가 싸워야 대적할 수 있을 것이다. 싸우다 저들이 물러날 기색을 보이거든 곧바로 뒤쫓아 숨 돌릴 틈도 주지 말고 급히 엄살하라."

네 장수가 좌우로 나뉘어 한꺼번에 뛰어나가더니, 강유를 에워싸고 기세 사납게 몰아쳤다. 강유는 잠시 싸우다가 당해 내기 어려운 듯 말머리를 돌려 본영으로 패해 달아났다. 그것을 본 왕경은 전군(全軍)의 인마를 일제히 휘몰아 강유 군의 뒤를 추격해 나갔다.

강유는 군사들을 이끌고 조수 서쪽 기슭을 향해 달아났다. 물가에 거의 다다를 무렵, 강유는 장병들을 둘러보고 큰소리로 외쳤다.

"사세가 급박하다. 제장들은 힘써 싸우지 않겠는가!"

이에 격동된 제장들이 강유와 함께 일제히 되돌아서더니 혼신의 기력을 다하여 위군을 역습했다. 왕경 군이 크게 패하여 퇴각할 무렵, 장익과 하후패의 군사들이 위군의 배후에 나타나 좌우 양면으로 쇄도하더니 철통같이 에워쌌다.

강유는 무위(武威)를 떨치면서 위군 진영 한복판으로 뛰어들더니, 좌충우돌하여 대오를 뒤흔들었다. 삽시간에 일대 혼란을 일으킨 왕경 군은 서로 짓밟고 밟혀 거의 절반 수가 다치고 죽었으며, 조수 강물에 몰려 익사한 사가 이루 헤아리기 어려웠다. 게다가 촉병의 칭검에 목이 떨어진 숫자만도 일만 명이 넘어 벌판에 널린 그 시체가 몇 리에 걸쳐 첩첩으로 쌓일 지경이었다.

왕경은 악전고투 끝에 패잔병 일백여 기만 겨우 이끌고 혈로(血路)를 타개하고 적도성(狄道城)으로 달아나, 성문을 굳게 걸어 닫고 지키기만 할 뿐 두 번 다시 나와 싸우려 하지 않았다.

첫 싸움에서 대승리를 거둔 강유는 장병들에게 포상을 마친 다음, 곧바로 진군하여 적도성을 공격하려 했다.

신중한 장익이 강유에게 간언을 올렸다.

"장군은 이미 칠만의 적을 격파하고 위엄을 크게 떨쳤습니다. 그러하오니 이쯤 해서 멈추고 전공을 보전하도록 하십시오. 이제 만약 진격을 계속하다가 여의치 못한 사태에 부닥치면 화사첨족(畫蛇添足)이 되기 십상입니다."

강유는 도리질을 했다.

"아니오. 쇠는 달궈졌을 때 두드려야 하는 법이오. 오늘 조수 일전에서 위나라 측은 간담이 뚝 떨어졌을 터이니, 적도성 하나쯤을 공취하기는 손바닥에 침을 뱉는 것처럼 쉬운 일이오. 그대는 우리 군사들의 사기를 떨어뜨리는 언사는 그만하시오."

장익이 두세 차례 충고했으나 강유는 듣지 않고 군사를 질타하여 적도성으로 진격했다.

한편, 옹주 정서장군 진태가 왕경의 참패를 보복하려고 군사를 일으키는 중인데, 뜻밖에 연주 자사 등애가 응원군을 이끌고 달려왔다. 진태는 생각지도 않았던 응원군을 보고 반갑게 물었다.

"아니, 어찌 알고 이렇게 달려오셨습니까?"

등애가 웃으며 대답했다.

"대장군의 특명을 받들어 장군을 도와 적을 격파하러 왔소."

"등 장군께 무슨 좋은 계책이 있습니까?"

"강유가 조수 일전에서 대승을 거두고 군사를 휴식시키면서 강족(羌族) 세력을 다시 끌어들여 관롱(關隴) 일대로 나아가 사군(四郡)에 격문이라도 뿌렸더라면 우리에게 엄청난 재앙이 닥쳤을 것이오. 그러나 강유가 이 방법을 택하지 않고 적도성이나 공략하다니, 실로 어리석은 짓이 아닐

수 없소. 적도성으로 말하자면 성곽이 견고하여 급공을 퍼부어도 좀처럼 무너뜨리기 어려운 성이오. 결국 강유는 병력만 소모할 뿐 아무것도 얻지 못할 것이오. 이제 나는 항령(項嶺)에 군사를 주둔시킨 것처럼 속이고 은밀히 진군하여 기습전으로 촉병을 격파할 작정이오."

진태는 탄복해 마지않았다.

"실로 절묘한 계략이오!"

이리하여 등애와 진태는 우선 군사 오십 명씩으로 이십 개 부대를 편성하고 이들에게 중무장 대신 깃발과 북, 뿔나팔, 봉화(烽火) 재료 따위를 휴대시켜 낮에는 잠복하고 밤에만 강행군을 시켜 적도성 동남방으로 나아가 산등성이와 골짜기에 매복시켰다. 본대가 적도성에 도착하는 것을 보면 일제히 북을 울리고 나팔을 불며 호응하되, 밤에는 횃불을 올리고 화포를 쏘아 적을 놀라게 만들라는 임무를 주었다.

모든 준비를 마치자 등애와 진태는 각각 이만 군사를 거느리고 잇따라 출동했다.

한편, 강유는 적도성을 에워싸고 사면팔방으로 공격을 퍼부었으나, 며칠이 지나도록 성을 함락시킬 수 없어 심사가 울적해졌다. 성곽이 너무 높고 두터워, 아무리 맹공을 퍼부어도 요지부동이라 손을 쓸 방도가 없었다.

이날 저녁 무렵 유성마(流星馬)가 연달아 세 차례나 달려와 강유에게 급보를 올렸다.

"두 방면으로 적군이 오는데 주장의 기치를 보니, 한쪽은 정서장군 진태라 씌어 있고, 또 한쪽은 연주 자사 등애라 씌어 있습니다."

강유는 크게 놀라, 곧 하후패를 불러 상의했다.

"적이 어쩌면 이토록이나 빨리 올 수가 있소?"

하후패가 말했다.

"제가 장군께 말씀드린 적이 있습니다. 등애란 인물은 어려서부터 병법에 밝을 뿐 아니라 지형을 활용하는 데도 능숙합니다. 이제 그자가 군사를 이끌고 달려왔다면 강적을 만난 셈입니다."

"적병이 먼 길을 강행군해 왔으니 저들에게 발붙일 틈을 주지 말고 즉각 쳐부숴버립시다."

강유는 장익을 남겨 계속 성을 공격하도록 하고, 하후패는 진태 군을 맡고, 자신은 등애 군을 맞아 싸우러 나섰다. 그런데 오 리쯤 나아갔을 때였다. 동남방에서 느닷없이 일성 포향(砲響)이 울리더니, 뒤이어 북소리, 나팔소리가 천지를 진동하고 불빛이 하늘을 찌르도록 솟구쳤다. 강유가 말을 몰아 달려나가보니, 주변 산등성이와 골짜기마다 위군 깃발이 가득했다.

강유는 대경실색했다.

"아뿔싸, 등애란 놈의 매복지계(埋伏之計)에 걸렸구나!"

강유는 급히 하후패와 장익에게 전령을 보내, 적도성 공략을 포기하고 재빨리 후퇴하라는 명령을 내렸다.

이리하여, 촉병은 또다시 한중으로 철수했다. 강유는 스스로 철수군의 뒤를 맡아 추격을 끊었다. 배후에서 북소리, 나팔소리는 그칠 줄 모르게 따라붙어 강유의 등줄기를 오싹하게 만들었다. 강유는 검각(劍閣)에 들어서고 나서야 적의 횃불과 북소리, 깃발이 모두 허장성세로 깔아놓은 것이라는 사실을 알아차렸다. 강유는 군사를 수습하여 종제(鍾堤)로 물러나 주둔했다.

후주 유선은 강유가 조서 방면에서 대전공을 세웠다는 명목으로, 그에게 대장군(大將軍)의 직위를 내렸다. 강유는 부끄러움 속에서 대장군의 인수를 받고 다시 위나라를 정벌할 준비에 몰두했다.

한편, 위군은 적도성 밖에 주둔했다. 옹주 자사 왕경은 진태와 등애를 성안으로 맞아들여 촉군의 포위를 풀어준 데 사례하고 큰 잔치를 베풀어 접대하는 한편, 삼군 장병들에게도 골고루 후한 포상을 내렸다.

진태는 등애의 공로를 낙양에 보고했다. 위주 조모는 등애를 안서장군(安西將軍)으로 봉하고 동강교위(東羌校尉)에 임명하여 진태와 함께 옹주, 양주(涼州) 일대에 주둔하여 촉병의 침공을 막게 했다.

진태는 등애를 위해 축하연을 베풀어주면서 말했다.

"강유가 한밤중에 강행군으로 도주한 것을 보면, 이제 기진맥진하여 다시는 섣불리 쳐들어오지 못할 것이외다."

그러자 등애는 웃으며 대답했다.

"내 예측으로는 촉병이 또 공격해 올 것이오."

"그토록 놀라 도망친 자가 또 쳐들어온다는 말이오?"

"강유에게는 재침공할 만한 다섯 가지 여건이 있소이다."

"다섯 가지 여건이라니요?"

"촉병이 비록 물러갔다고는 하나 결국 승세를 타고 있었던 데 비해, 우리 군은 시종 패배하고 열세에 몰려 있었소. 이것이 첫 번째 조건이오. 촉병은 모두 제갈공명이 훈련시킨 정예병이라 지휘하기가 아주 쉬운 데 비해, 우리 군은 시도 때도 없이 교체되고 훈련 또한 익숙하지 못하오. 이것이 두 번째 조건이오. 촉병은 주로 선박을 이용하여 신속히 이동하는데, 우리 군은 모두 육지로 이동하여 그 수고로움과 편안함에 큰 차이가 있소. 이것이 강유에게 있어 유리한 세 번째 조건이오. 적도, 농서, 남안, 기산은 우리가 모두 지켜야 할 땅이오. 촉군이 동쪽을 칠 듯이 하다가 실제로는 서쪽을 치는 성동격서(聲東擊西) 전법을 쓰든, 남쪽을 공격하는 척하면서 그 반대쪽을 공격하든, 우리는 반드시 병력을 분산시켜 어느 곳이나 다 막을 태세를 취할 수밖에 없소. 이때 촉군이 병력을 집중시켜 한군데로 쳐나온다면, 우리는 사분의 일로 약화된 힘으로 그들을 막아야 하오. 이것이 네 번째 조건이오. 만약 촉병이 남안과 농서 지역으로 나올 경우, 강족(羌族)의 식량을 얻어먹을 수 있고, 기산으로 나올 경우에는 그곳의 풍족한 보리를 베어 군량으로 삼을 수가 있소. 이것이 강유에게 유리한 다섯 번째 조건이오."

그 말을 들은 진태는 탄복해 마지않았다.

"등 공의 적황(敵況) 분석은 참으로 귀신같소이다. 이렇다면 촉병을 두려워할 것이 어디 있겠소."

진태와 등애는 의기투합하여, 마침내 망년지교(忘年之交)를 맺었다. 이 날부터 등애는 옹주, 양주 방면군을 훈련시키는 한편, 각처 애구(隘口)마다 빠짐없이 영채를 세워, 불의의 침공에 대비하게 했다.

강유는 종제 주둔처에서 큰 잔치를 베풀어놓고 제장들을 소집하여, 위나라 정벌 계책을 상의했다.

영사(令史) 번건(樊建)이 반대 의견을 피력했다.

"대장군께서 누차 출동하시고도 전승을 거둔 적이 없었습니다. 그러나 이제 조수 일전에서 처음으로 위군을 굴복시켜 위엄을 떨치셨습니다. 이만하면 족한데 어찌 또 출병하려 하십니까? 만약 불리한 일이라도 생기면 앞서 세운 공로도 한낱 물거품이 됩니다."

강유는 불쾌한 기색으로 꾸짖었다.

"그대들은 위나라 영토가 넓고 인구가 많아 급히 공취할 수 없다는 것만 아는가? 내게는 위나라에 승리할 만한 다섯 가지 조건이 있다."

"그것이 무엇이오이까?"

"첫째, 위군은 조수 일전에서 패하여 예기를 꺾인 반면, 우리 군은 비록 후퇴하기는 했어도 장병을 한 사람도 잃지 않았다. 둘째, 우리는 병력을 배에 태워 이동하기 때문에 수고롭지 않은 반면, 저들은 육로로 이동하여 싸우기도 전에 먼저 지친다. 셋째, 우리 군은 다년간 실전과 훈련으로 단련된 정예병인데 비해, 저들은 모두 오합지중(烏合之衆)이라 싸움에 절도가 없고 무기력하다. 넷째, 우리가 기산으로 진출하면 가을걷이를 약탈하여 군량으로 삼을 수가 있다. 다섯째, 저들은 각처를 수비하느라 병력이 분산될 것이다. 우리가 한 목표로 병력을 집중시켜 공격하면 적들은 무슨 수로 구원할 수 있겠는가? 이 다섯 가지가 승리의 조건이다. 이제 위나라를 정벌하지 않고 어느 때를 더 기다려야 한단 말이냐?"

하후패가 신중히 말했다.

"등애는 비록 나이가 어리나 기모(機謀)가 출중하고 멀리 내다볼 줄 아는 안목을 갖추었습니다. 근자에 안서장군(安西將軍)으로 봉해졌으니, 필시 각처에 대비를 단단히 해두었을 터인즉, 아마 옛날과는 상황이 많이 다를 것입니다."

강유는 그 말을 듣고 버럭 역정을 냈다.

"하후 공, 내가 무엇 때문에 그놈을 두려워해야 하오! 적을 추어올리고 아군의 예기를 꺾다니 이래서야 될 일이오? 나는 이미 결심을 굳혔으니 더 이상 말을 마시오. 반드시 농서 지역부터 차지할 테니 모두들 두고 보시오!"

이렇게 되니 제장들은 감히 입을 열지 못했다.

강유는 친히 선두부대를 이끌고 출동했다. 제장들은 각자 군사들을 거느리고 그 뒤를 따랐다. 이리하여 촉군은 종제를 떠나 기산을 향해 진격해 나아갔다. 이것이 강유 군의 네 번째 출정이었다. 그러나 강유의 출정은 처음부터 난관에 봉착했다. 기산에 거의 다다랐을 때 초탐마가 달려와 뜻하지 않은 보고를 올렸다.

"기산에 위군이 먼저 와서 영채를 아홉 개나 세워놓았습니다."

"아니, 그럴 리가 있는가?"

강유는 믿을 수가 없어 측근 몇 기(騎)만 거느리고 근처 높은 산 위로 올라가 바라보았다. 과연 기산에는 아홉 개의 영채가 뱀처럼 길게 포진하여 머리와 꼬리가 서로 지원할 수 있도록 엄밀한 진형을 갖추어놓고 있었다.

강유는 기가 막혀, 측근 장수들을 돌아보고 말했다.

"하후패의 말이 거짓이 아니었구려. 저 절묘한 진형은 제갈 승상만이 세울 수 있는 것인데, 등애의 솜씨도 그에 못지않구려."

강유는 본영으로 돌아와 제장들을 소집했다.

"위군 측이 저토록 대비를 하고 있는 이상, 우리가 이곳으로 올 것을 미리 알고 있었음이 분명하오. 그렇다면 등애도 필시 여기 있을 것이오. 지금부터 그대들은 내 지휘기(指揮旗)를 허장성세로 꽂아놓고 이 계곡 어구에 목책과 영채를 세워놓도록 하시오. 그리고 날마다 일백여 명으로 편성된 정찰 기병대를 출동시키되, 한번 나갔다 돌아오면 즉시 군복과 갑옷을 바꿔 입힌 다음 깃발도 청(靑), 황(黃), 적(赤), 백(白), 흑(黑)의 오방기(五方旗)를 차례로 바꾸어 들려서 출동시키도록 하오. 그 동안에 나는 본부 주력군을 이끌고 은밀히 동정(董亭)으로 나아가 곧장 남안을 기습 점령하겠소."

이리하여 기산 어구 영채에는 부장 포소(包素)를 남겨 지키게 하고, 강유는 전군 병력을 모조리 이끌고 남안을 향해 진발했다.

한편, 등애는 촉군이 기산으로 진출해 오자 즉시 진태와 함께 영채를 세우고 맞서 싸울 태세를 갖추었다. 그러나 촉군은 날마다 정찰 기병대만 출동시켜 정찰만 하다가 돌아갈 뿐, 도전해 올 기색을 전혀 비치지 않았다.

이상하게 여긴 등애는 산 위로 올라가 적진을 살펴보고 나더니, 황급히 본영으로 돌아와 진태를 불렀다.

"강유는 여기에 없소. 필시 동정을 탈취하고 남안을 습격하러 떠난 게 분명하오. 정찰대는 겨우 일백여 기로 군복과 갑옷만 갈아입고, 깃발만 바꿔 들고는 들락날락할 따름이오. 마필도 교대시키지 않아 모두 헐떡거리는 것을 보건대 그 수비장의 무능함을 알 만하오."

"그렇다면 어떻게 해야 하오?"

"진 장군은 일군을 거느리고 나가 저 영채를 짓밟아버린 다음, 동정으로 통하는 길부터 기습 차단하여 강유 군의 퇴로를 끊어놓으시오. 나는 일군을 거느리고 출동하여 남안을 구하러 가되, 도중에 있는 무성산(武城山)을 점령하겠소. 그 고지를 선점하면 강유는 필시 상규를 빼앗으러 갈 거요. 상규에는 단곡(段谷)이란 골짜기가 있는데, 지형이 협착하고 산세가 험준하여 매복하기에 아주 적합한 곳이오. 저들이 무성산을 통과할 때, 나는 단곡 좌우에 군사를 나누어 매복시켰다가 엄습하겠소. 강유는 반드시 거기서 대참패를 당할 거요."

진태는 혀를 내둘렀다.

"허어, 등 공은 참말 귀신이나 다름없구려! 내가 이 농서 땅을 이삼십 년이나 지키고 있었지만 그토록 지리를 세심하게 살펴본 적은 없었소이다. 자, 어서 떠나시오. 나도 이곳 영채를 깨뜨리고 뒤따를 테니까."

등애는 밤을 도와 강행군을 하여 무성산 아래에 도착했다. 영채를 다 세웠을 때만 하더라도 촉군이 오는 기미는 보이지 않았다. 등애는 즉시 아들 등충(鄧忠)과 장전교위(帳前校尉) 사찬(師纂)에게 군사 오천 명씩을 주고, 즉시 단곡으로 가서 통로 좌우에 매복하라는 명령을 내렸다. 두 장수가 계략을 받고 떠나자 등애는 본대의 깃발을 눕히고 소리를 죽인 채 강유 군이 오기만을 조용히 기다렸다.

한편, 강유는 동정을 거쳐 남안으로 가는 도중 무성산 앞에 이르렀다.

하후패가 강유에게 지형을 설명했다.

"저 산이 남안에 가까운 무성산입니다. 저 산을 먼저 점령해 놓으면 남안을 탈취할 거점이 될 것입니다. 그러나 등애는 워낙 꾀가 많아 미리 방비해 놓았을지 모릅니다."

강유가 뜨악하게 여기고 있는 판에 갑자기 산 위에서 일성 포향(砲響)이 터지더니, 함성과 북소리가 울리는 가운데 오색 깃발이 숲처럼 늘어섰다. 보나마나 모두 위군의 기치였다. 중앙에는 큼지막하게 '등애(鄧艾)'라고 쓰인 황색 기폭이 펄럭이고 있었다. 촉군 장병들이 놀라 술렁거리는 동안에 산 위 몇 군데에서 정예병들이 한꺼번에 쏟아져 내려오는데 그 기세를 도저히 감당해 낼 도리가 없었다.

선두를 맡았던 전군(前軍)이 삽시간에 무너졌다. 강유는 황급히 중군 본대를 이끌고 구원하러 달려갔으나, 위군은 벌써 산 위로 물러간 뒤였다. 강유는 곧바로 무성산 아래까지 달려가 등애에게 도전했다. 그러나 산상의 위군은 쳐내려올 기척을 보이지 않았다. 강유는 군사들을 시켜 갖은 욕설을 퍼부었다. 그리고 해질녘이 되어 군을 물리려 하자, 산 위에서 또다시 북소리, 나팔소리가 요란하게 울렸다. 하지만 위군이 내려오는 모습은 보이지 않았다.

강유는 군사를 휘몰아 산 위로 공격을 시도했다. 그러나 산상에서 통나무와 바윗돌이 우박처럼 쏟아져 내려, 촉병은 도무지 올라갈 수 없었다. 강유는 삼경(三更)이 되도록 버티다가 제풀로 지쳐 군사를 철수하려 했다. 이때 산상에서 또다시 북소리와 나팔소리가 진동했다. 강유는 군사들을 옮겨 산 밑에 바짝 붙여서 방어진을 치게 했다. 군사들이 통나무와 바윗돌을 운반해 목책과 보루를 쌓고 있을 때, 산 위에서는 또 북소리와 나팔소리가 울렸다. 촉병들은 으레 그러려니 하고 작업을 계속했다. 그러나 이번에는 진짜 위군이 폭포처럼 쏟아져 내려와 촉군 진지를 엄습했다.

촉군은 어둠 속에서 대혼란을 일으켜, 서로 짓밟고 밟혀가며 허둥지둥 도망쳐 원진지로 물러 나오고 말았다.

이튿날, 강유는 전 병력을 무성산 아래로 집결시켰다. 군량과 말먹이를 운반하던 수레와 기계 장비를 옮겨 산 밑에 장벽처럼 둘러 세워, 산상의 적을 포위한 채 오랜 시일 지구전으로 버틸 태세를 갖추었다. 그날 밤 이경(二更) 무렵, 등애는 군사 오백 명에게 횃불을 들리어 두 갈래 길로 내려 보내, 촉군의 수레와 기계 장비에 불을 지르게 했다. 양군은 밤새도록 혼전을 벌였다. 촉병은 위군을 물리쳤으나 그 대신 영채를 완성시키지 못했다.

강유는 군사를 이끌고 다시 원래 진지로 물러 나와 하후패에게 말했다.

"남안을 얻기는 이미 틀린 모양이니, 차라리 상규부터 공취하는 것이 좋을 듯싶소. 상규는 남안의 식량을 쌓아놓은 곳이니, 만약 그곳을 점령하면 남안도 자연 위태롭게 될 거요."

이리하여 강유는 하후패의 부대를 무성산에 주둔시켜놓고, 정예병과 맹장들을 모조리 이끌고 곧바로 상규를 향해 출발했다. 밤새도록 행군하여 날이 밝을 무렵, 강유는 앞쪽의 산세가 험준하고 길도 구불구불 굽이져 있는 곳을 발견하고 향도관(嚮導官)에게 물었다.

"이곳 지명이 무엇인가?"

"단곡이라 합니다."

향도관의 대답을 듣자 강유는 대경실색했다.

"단곡이라니, 불길한 이름이로구나! 단(段) 자는 단(斷) 자와 음이 같은데, 만약 이 계곡 통로를 누군가 끊어놓았으면 어쩔꼬?"

바야흐로 강유가 진퇴의 결단을 내리지 못하고 망설이는 판인데, 선두 부대의 전령이 달려와 말했다.

"산 뒤에서 먼지 구름이 뽀얗게 이는 것이, 필경 복병이 있는 듯합니다."

"아뿔싸, 후퇴하라!'

강유의 퇴각 명령이 막 떨어지는 찰나, 도로 양측에 매복해 있던 사찬과 등충의 복병이 한꺼번에 쏟아져 나왔다. 강유 군은 싸우면서 오던 길로 물러났다. 그러나 또다시 퇴로 앞쪽에서 함성이 크게 들리더니, 등애가 거느린 추격병이 쇄도해 왔다. 이리하여 촉병은 삼면에서 협공을 받아 대패하고 말았다. 그나마 무성산에 남겨두었던 하후패 군이 달려와 위군을 물리친 덕분에 겨우 구출될 수 있었다.

강유는 다시 기산으로 돌아가려 했다. 그러나 하후패의 보고를 듣고 그것도 단념해야 했다.

"기간에 남겨둔 영채는 벌써 진태 군에게 격파되었고, 수비장 포소도 전사했답니다. 나머지 군사들은 모두 한중으로 퇴각했다고 합니다."

강유는 섣불리 동정 방면으로 퇴각할 엄두를 내지 못하고 급히 외따른 산길로 접어들어 조심스럽게 후퇴했다. 등애 군이 급추격하자 강유는 모든 장병들을 앞서 떠나보내고 자신이 뒤를 맡아 위군의 추격을 물리쳤다.

강유가 후미를 끊으면서 퇴각하는데, 갑자기 산중에서 일군이 뛰쳐나와 앞길을 가로막았다. 깜짝 놀라 살펴보니, 바로 위나라 정서장군(征西將軍) 진태의 군사들이었다. 위군 장병들은 함성을 지르며 앞뒤로 달려나와 강유를 에워쌌다. 강유는 인마가 모두 지친 상태에서 좌충우돌하며 포위망을 뚫고 나가려 했으나 역시 역불급(力不及)이었다. 때마침 앞서 떠났던 탕구장군(盪寇將軍) 장의(張嶷)가 그 소식을 듣고, 기병 수백 명을 이끌고 달려와 위군의 중포위망에 뛰어들었다. 강유는 혼전을 틈타 포위망을 겨우 빠져나왔으나 장의는 위군이 난사한 화살에 맞아 죽고 말았다.

한중으로 돌아간 후, 촉군 전몰 장병들의 가족은 모두 강유를 원망했다. 강유는 패전의 책임을 지고 스스로 대장군의 인수를 내놓고 후장군(後將軍)으로 강등했다. 이는 제갈공명이 가정(街亭)에서의 실패를 책임지고 스스로 승상의 직위를 내놓았던 전례를 본받은 것이었다.

제갈탄의 실패

촉한의 네 번째 침공을 물리친 감로(甘露) 원년, 대장군 사마소는 천자의 윤허도 받지 않고 스스로 천하병마대도독(天下兵馬大都督)의 지위에 올랐다. 그리고 어디를 가나 철갑효장(鐵甲驍將) 삼천 명이 앞뒤로 호위하고, 모든 국사를 상부(相府)에서 도맡아 결재하면서 조정에 일체 알리지도 않는 횡포를 부렸다.

이때부터 사마소의 심중에는 찬역(篡逆)의 뜻이 움트기 시작했다.

사마소에게는 유능한 모사(謀士)가 하나 있었다. 오래 전에 건위장군(建威將軍) 예주(豫州) 자사를 지낸 가규(賈逵)의 아들로, 지금 사마소의 부중에서 장사(長史) 직을 맡고 있는 가충(賈充)이 바로 그였다.

어느 날, 가충은 사마소에게 이런 말을 했다.

"주공께서 지금 대권을 잡고 계시오나 천하 인심이 모두 승복한다고 볼 수는 없습니다. 그러하오니 암암리에 탐색을 해보고 나서 천천히 대사를 도모하심이 옳을까 하나이다."

사마소가 고개를 끄덕였다.

"나도 그럴 생각이었네. 그대가 내 대신 출정군을 위로한다는 핑계를 대고 동쪽 지역을 순행하면서, 현지 장군들의 속마음을 떠보도록 하게. 제일 먼저 회남에 있는 제갈탄부터 만나보게."

가충은 명령을 받고 즉시 회남으로 내려갔다.

진동대장군 제갈탄은 낭야 남양(南陽) 출신으로 원래 제갈공명의 친척 아우뻘 되는 사람인데, 줄곧 위나라를 섬겨 온 무장이었다. 그런 까닭에 제갈공명이 촉한의 승상으로 있는 동안에는 조정에서 무겁게 쓰이지 않았다. 그러나 제갈공명의 사후에는 중직(重職)을 두루 거쳐 고평후(高平侯)의 작위를 받고 양회(兩淮) 방면의 군사를 총지휘하게 되었던 것이다.

가충이 사마소를 대리하여 변방군을 위로한다는 명목으로 회남에 도착하자 제갈탄은 환영연을 베풀어 융숭하게 대접했다.

잔치 술이 얼큰하게 올랐을 때, 가충은 짐짓 취한 목소리로 은근히 제갈탄의 속을 떠보았다.

"요즘 낙양 선비들이 천자 폐하가 나약하여 군주의 재목감이 못 된다고 쑥덕공론을 퍼뜨리는 모양인데 장군은 그 소문을 들어보셨소이까?"

"못 들어봤소."

"그럼, 사마 대장군은 삼대에 걸쳐 나라를 보필하여 그 공덕이 하늘에 사무쳤으니, 위나라의 대통(大統)을 선양받아야 한다는 소문도 나도는데, 이를 어떻게 생각하시는지요?"

제갈탄은 크게 노하여 호통을 쳤다.

"네가 대대로 위나라의 국록을 먹은 놈이거늘, 어찌 감히 반역적인 말을 지껄이는 거냐!"

가충은 얼른 사과했다.

"저는 남의 말을 전해 드렸을 뿐 다른 뜻은 없었소이다."

"황실에 어려움이 생기면 우리 같은 신하는 죽음으로 국은(國恩)에 보답해야 하는 법이오."

제갈탄의 꾸지람을 들으면서 가충은 묵묵히 말이 없었다.

다음날, 총총히 제갈탄과 작별한 가충은 곧바로 사마소에게 돌아가 그일을 아뢰었다. 사마소는 노발대발하며 호통을 쳤다.

"쥐새끼 같은 놈이 감히 내게 이럴 수 있는가?"

"제갈탄은 회남 지역에서 민심을 깊이 얻고 있사오니, 오래 내버려두면 후환이 크겠습니다. 하루 빨리 제거하십시오."

며칠 후 사마소는 밀서 한 통을 양주(揚州) 자사 악림(樂琳)에게 띄워 보내는 한편, 제갈탄에게도 사공(司公)으로 영전시킬 테니, 급거 상경하라는 거짓 칙사를 내려 보냈다.

제갈탄은 칙명을 읽어보고, 이내 가충이 고변(告變)하여 사마소가 자신을 낙양으로 유인하여 모살할 생각임을 눈치챘다. 그는 칙사를 잡아 꿇어앉혀놓고 엄하게 문초했다. 사마소의 사자는 고문에 못 이겨 자백했다.

"이 일은 양주 자사 악림도 알고 있소."

"그 사람이 어찌 안단 말이냐?"

제갈탄이 호통을 쳐 묻자 사자는 사마소가 악림에게 밀서를 보낸 사실을 털어놓았다. 제갈탄은 크게 노하여 즉석에서 사자의 목을 베어버린 다음, 친위병 일천 명을 거느리고 양주성으로 달려갔다. 그러나 성문은 모두 닫혀 있고, 조교(弔橋)도 높직이 올려진 뒤였다.

제갈탄의 부하 십여 명이 해자(垓子)를 뛰어넘어 성벽을 타고 올라가 문지기 군사들을 쳐죽이고 성문을 활짝 열었다. 기병대를 이끌고 입성한 제갈탄은 곳곳에 불을 지르며 악림의 부중으로 쳐들어갔다.

"네 아비 악진(樂進)은 지난날 위나라에 충성을 다 바치고 큰 은덕을 입

었거늘, 그 자식 된 네 놈은 어찌하여 역적 사마소에게 붙는단 말인가!'

제갈탄은 악림을 한바탕 꾸짖고 나서 그 목을 베어 죽였다. 그리고 양회(兩淮)의 둔전병 십여만 가호에 총동원령을 내리고 양주 소속 투항병 사만여 명을 집결시키는 한편, 식량과 마초를 확보하여 낙양으로 진격할 준비를 갖추었다. 그러나 그것만으로는 병력이 부족하므로, 그는 아들 제갈정을 오나라에 인질로 보내고 지원병을 요청했다.

이 무렵, 오나라에는 승상 손준이 병으로 죽고 그 사촌아우 손림이 정사를 보필하고 있었다. 손림은 성격이 강포하여, 대사마 등윤과 장군 여거(呂據), 왕돈(王惇)을 죽이고 대권을 장악하고 있었다. 당시 오주 손량은 총명한 군주였으나 포악한 권신의 발호에는 속수무책이었다.

손림은 제갈탄에게서 후한 뇌물과 인질을 받게 되자, 즉시 대장 전역과 전단(全端)을 주장으로 삼고, 우전(于詮)을 후군장으로, 그리고 주이(朱異)와 당자(唐資)를 선봉장, 문흠(文欽)을 향도관으로 삼아, 도합 칠만 군사를 일으켜 세 방면으로 진발하게 했다.

한편, 사마소는 제갈탄이 역적 토벌의 명분을 내걸고 군사를 일으켰다는 소식을 듣고 대로하여 직접 토벌하러 가려 했다.

그것을 보고 가충이 간언을 올렸다.

"주공께선 부형(父兄)의 기업(基業)을 이어받았으나, 은덕이 아직 사해에 미치지 못하였은즉, 이제 천자를 내버려두고 가셨다가 하루아침에 변란이 일어나면 후회막급일 것입니다. 그리하오니, 친정(親征)한다는 명분을 내세우고 태후와 천자를 함께 모시고 내려가도록 하십시오."

사마소의 주청(奏請)이 올라가자 태후와 위주 조모는 두려운 나머지 그 요구에 따르기로 했다. 이리하여 사마소는 낙양 허도의 군사 이십육만 명을 모조리 일으키고, 정남대장군(征南大將軍) 왕기(王基)를 정선봉(正先鋒)으로, 안동장군(安東將軍) 진건(陳騫)을 부선봉으로, 감군 석포(石苞)를 좌군장으로, 연주 자사 주태(周太)를 우군장으로 삼아, 천자의 어가를 보호하면서 회남을 향해 호호탕탕 진격해 내려갔다.

사마소의 친정군(親征軍)은 제갈탄을 도우러 온 오나라 군과 처음으로 마주쳤다. 오군 진영에서 선봉장 주이가 앞으로 나섰다. 위군 측에서는 왕기가 나가 맞아 싸워 불과 삼 합 만에 주이를 패퇴시켰다. 이번에는 당자가 출전했으나 그 역시 대패하여 쫓겨갔다. 승세를 잡은 왕기는 전군을 휘몰아 엄살했다. 오군은 오십 리나 패퇴하여 군세를 가다듬고 영채를 세우는 한편, 수춘성에 있는 제갈탄에게 패전 소식을 알렸다. 이에 제갈탄은 본부 정예병을 이끌고 달려가 문흠과 그의 두 아들 문앙(文鴦), 문호(文虎)와 합류했다.

사마소는 제갈탄이 오나라 군과 합세하여 결전을 시도하러 온다는 소식을 듣고, 산기장사(散騎長史) 배수(裴秀), 황문시랑 종회를 불러들여 적을 격파할 계책을 상의했다.

그 자리에서 종회는 이렇게 진언했다.

"오나라 군이 제갈탄을 돕는 것은 실리를 얻기 위해서입니다. 그러므로 사소한 이익을 주어 유인하면 반드시 격파할 수 있을 것입니다."

사마소는 그 말을 따르기로 했다. 이리하여 석포의 좌군, 주태의 우군을 석두성(石頭城)에 매복시켜놓고 왕기, 진건의 정예병을 후미에 배치한 다음, 편장(偏將) 성졸(成倅)로 하여금 군사 수만 명을 거느리고 나아가 적을 유인하게 했다. 그러고는 다시 진준(陳俊)에게 명하여 소와 마필, 나귀, 노새가 끄는 수레에 상품(賞品)으로 준비해 두었던 재물을 가득 싣고 나갔다가 적이 습격해 오면 모조리 내버리고 달아나게 했다.

그날, 제갈탄은 오나라 주이 군을 좌측방에, 문흠 군을 우측방에 포진시켜 결전 태세를 갖추었다. 그런데 위군 진영을 바라보니 인마의 대오가 어수선하게 흔들리므로, 제갈탄은 전군을 휘몰아 일제히 진격했다. 위군 진영 외곽에 서성거리던 성졸이 수레와 재물을 모두 내버리고 달아나자 제갈탄의 군사와 오나라 군사들은 벌판에 가득 널린 소와 마필, 수레와 재물을 보고 싸울 마음은 간데없이 사면팔방으로 흩어졌다. 이때 일성 포향이 터지더니, 좌측방으로부터 석포 군이, 우측방으로부터 주태군이 한꺼번에 달려 나왔다.

제갈탄은 대경실색하여 황급히 퇴각하려 했으나 이어서 왕기, 진건의 정예병이 엄습해 오는 바람에 대패하고 말았다. 뒤따라 사마소가 본부 주력을 이끌고 추격해 오자 제갈탄은 패잔병을 거두어 수춘성으로 들어가 성문을 닫아걸고 굳게 지키기만 했다.

사마소는 천자의 어가를 항성(項城)으로 보내 머물게 한 다음, 수춘성을 사면팔방으로 포위해 놓고 전력을 다 기울여 맹렬한 공격을 퍼부었다. 그러나 이 무렵, 오군이 안풍(安豐)으로 물러나 주둔하면서 배후를 기습할 우려가 있으므로 마음이 놓이지 않았다.

종회는 사마소에게 계책을 올렸다.

"지금 제갈탄이 비록 패했다고는 하나 수춘성에는 식량이 아직 많이 남아 있고, 오나라 군마저 안풍에 주둔하여 의각지세(犄角之勢)를 이루고 있습니다. 또 우리 군은 사면으로 철통같이 에워싸고 공격을 퍼붓고 있는 실정입니다. 저들은 지구전을 쓰겠다면 굳게 지킬 터이나, 다급해지면 결사적으로 싸우러 나올 것입니다. 만약 저들이 결사전을 시도할 때 우리가 이를 맞아 싸우는 동안에 오군이 기세를 올려 협공하는 날이면, 상황은 우리 측에 매우 불리하게 될 것입니다. 그러하오니 주공께서는 삼면 공격만 하시고 남문을 터놓아 적이 달아날 길을 열어주시면, 제갈탄의 장병들은 살아날 길이 열렸다 생각하고 모두 탈주할 것입니다. 적이 성을 비우고 달아날 때를 잡아 추격하신다면 완승을 거둘 수 있습니다."

"오군이 배후를 습격하면 어찌겠는가?"

"오군은 멀리서 왔으므로 군량 보급이 제대로 이어지지 못하고 있는 형편입니다. 제가 경기병을 이끌고 그 배후로 돌아 교란하기만 해도, 저들은 퇴로가 끊기는 줄 알고 스스로 붕괴되어 물러갈 것입니다."

사마소는 종회의 어깨를 쓰다듬으며 탄복했다.

"그대는 과연 내 장자방(張子房:장량)일세!"

그리고 남문을 공격 중이던 왕기에게 철수령을 내렸다.

한편, 손림은 독전차 안풍에 와 있다가 선봉장 주이를 꾸짖었다.

"수춘성 하나도 구하지 못하면서 어떻게 중원을 삼킬 수 있겠느냐? 더이상 패전했다가는 내 반드시 목을 베어버릴 테다!"

주이는 본영으로 돌아가 손림의 뜻을 전했다. 제장들이 위군을 격퇴할 계책을 상의하는 자리에서 후군장 우전이 나서며 말했다.

"지금 수춘성 남문 포위가 열려 있으니 소장이 일군을 거느리고 입성하여 제갈탄을 지원하겠습니다. 장군이 위군에게 도전하여 접전이 벌어지는 동안, 우리가 성에서 달려 나와 협공하면 사마소 군을 격파할 수 있을 것입니다."

"좋은 계책이오. 그러나 일군만 가지고는 약하지 않겠소."

그러자 전역, 전단, 문흠도 함께 입성하겠다고 나섰다. 이래서 우전과 세 장수는 일만 군사를 이끌고 남문을 통해 수춘성으로 들어갔다. 포위군 장병들은 주장의 명령이 없으므로, 오군을 가로막지 않고 입성하게 내버려둔 채 본영에 이를 보고했다.

사마소는 오군이 안팎으로 협공하려는 계략인 줄 알아차리고는 즉시 왕기, 진건 두 장수를 불러들였다.

"그대들은 오천 군사를 이끌고 나가 오군 선봉장 주이 군이 성 밖으로 나올 길을 끊어놓고, 접전이 벌어지거든 그 배후를 습격하라."

이윽고 우전 군이 도발함에 따라 쌍방간에 접전이 벌어졌다. 뒤이어

주이가 농성군을 이끌고 달려 나오자 사마소의 명령을 받은 왕기, 진건의 부대가 배후로부터 함성을 지르며 엄습해 왔다. 오군은 또 한 차례 대패하고 말았다.

다음날, 주이는 손림에게 불려갔다. 손림은 크게 노하여 주이를 꾸짖었다.

"싸울 때마다 번번이 패하니, 너 같은 놈을 어디다 쓰겠느냐!"

주이는 무사에게 끌려나가 목이 떨어졌다.

손림은 주이와 함께 왔던 주장 전단의 아들 전위(全褘)까지 책망했다.

"만약 위군을 물리치지 못하면 너희 부자도 두 번 다시 나를 보러 올 생각을 말아라!"

손림은 다시 건업성(建業城)으로 돌아갔다.

그 소식을 듣고, 종회가 사마소에게 계책을 올렸다.

"이제 손림이 돌아갔으니, 제갈탄은 외부의 구원병을 얻지 못할 것입니다. 수춘성을 다시 포위하십시오."

사마소는 그 말대로 장병들을 독려하여 재차 수춘성을 철통같이 에워싸고 맹렬한 공격을 퍼붓기 시작했다. 전위는 구원병을 이끌고 수춘성으로 들어가려다가 위군의 기세가 엄청난 것을 보고 주저했다. 그렇다고 뒤로 물러났다가는 손림에게 처형될 것이 뻔한 터라 마침내 결단을 내려 사마소 군에게 투항하고 말았다.

사마소는 즉석에서 전위를 편장군(偏將軍)으로 봉했다. 전위는 그 은덕에 감동하여, 편지 한 통을 써서 아버지 전단과 숙부 전역이 농성하고 있는 수춘성 안으로 쏘아 보냈다. 내용인즉, 손림이 패전의 책임을 물어 주이를 죽이고 제장들도 용서치 않겠다고 했다는 전갈과, 자신은 오갈 데가 없어 위군에게 항복했으니, 부친과 숙부도 잘 생각하여 처신하라는 것이었다.

전단은 아들의 편지를 읽고 곰곰이 생각한 끝에, 마침내 아우 전역과 함께 수천 군사를 거느리고 성문을 나와 사마소 군에 투항했다. 오군마저 이탈하자 수춘성에 외롭게 갇힌 제갈탄은 울적한 심사로 번민했다. 이때, 모사 장반(蔣斑), 초이(蕉彝)가 찾아왔다.

"성안에 병력은 많은데 식량이 모자라 오래 지킬 수 없겠습니다. 차라리 전군을 이끌고 성 밖으로 나가 사마소 군과 목숨을 걸고 결판을 내는 것이 낫겠습니다."

그 말을 듣자 제갈탄은 크게 노했다.

"주장인 나는 지키려 하는데 네 놈들은 싸울 생각만 하다니, 혹시 딴마음을 품고 있는 게 아니냐! 두 번 다시 그런 말을 하는 놈은 용서치 않고 참형에 처하겠다."

두 사람은 밖으로 쫓겨 나와 하늘을 우러러 길이 탄식했다.

"제갈탄이 망조(亡兆)가 들었구나. 우리 둘이라도 일찌감치 위군에 투항하여 죽음이나 면합시다."

그날 밤 이경(二更) 무렵, 장반과 초이 두 모사는 성벽을 넘어가 위군에 투항하고 말았다. 사마소는 이들을 무겁게 등용했다.

이렇게 되니 성안의 장병들은 싸울 마음은 있어도 감히 싸우자는 말을 먼저 꺼내지 못했다.

위군은 성벽 둘레에 토성을 쌓아, 회수(淮水)의 흐름을 막아놓았다. 그것을 본 제갈탄은, 장마철이 와서 범람한 강물이 토성을 무너뜨리기만을 학수고대했다. 벌판에 야영한 사마소 군이 홍수로 대혼란을 일으켰을 때, 군사를 휘몰아나가 치면 격퇴시킬 수도 있을 것이라 생각한 것이다. 그러나 가을이 지나 겨울철에 접어들었어도 장마비는 내리지 않았다. 따라서 강물도 범람하지 않았다.

농성군의 식량은 거의 바닥이 나서, 병사들이 굶주림에 시달리게 되었다. 그 무렵, 문흠은 두 아들과 함께 소성(小城)을 굳게 지키고 있었는데, 부하 군사들이 차츰 기아에 쓰러지는 것을 보고 제갈탄에게 가서 건의했다.

"식량과 말먹이가 바닥나 군사들이 굶주림에 시달리고 있습니다. 이래서는 싸울 기력도 소진될 터인즉, 북방에서 동원된 군사들을 모두 성밖으로 내보내 식량이나 절약하는 것이 좋겠습니다."

그 말을 들은 제갈탄은 버럭 성을 냈다.

"북방군은 내 부하들인데 그들을 다 내쫓으라니, 혹시 네가 나를 해치려고 음모를 꾸미는 수작이 아닌가! 여봐라, 이놈을 당장 끌어내다 목을 쳐라!"

함께 갔던 문앙과 문호는 아버지가 무참하게 죽음을 당하는 것을 보자 제각기 단도를 뽑아 들고 제갈탄의 호위 무사 수십 명을 찔러 죽인 다음, 몸을 날려 성벽 위로 올라서기가 무섭게 뛰어내렸다. 그리고 참호를 헤엄쳐 건너 위군 진영에 투항했다.

사마소는 지난날 관구검의 반란 당시 문앙이 낙가성에서 자기 형 사마사의 본영을 야습하고, 필마단기(匹馬單騎)로 숱한 위군 장수들을 죽인 일에 절치부심(切齒腐心)하고 있던 참이라 그 보복으로 문앙을 죽이려 했다. 그러나 종회가 그것을 만류했다.

"죄는 모두 그 아비 문흠에게 있사옵니다. 이제 문흠이 죽음을 당하고, 아들 둘이 모두 세궁역진(勢窮力盡)하여 우리에게 항복해 왔습니다. 이제 우리가 항장(降將)을 죽인다면 농성군의 결의만 더욱 굳어지게 될 것입니다."

사마소는 그 말을 옳게 여기고, 즉시 문앙과 문호 형제를 장막에 불러들여 좋은 말로 위무하면서 준마와 비단옷을 내려주고 편장군(偏將軍) 관내후(關內侯)에 봉했다.

문앙 형제는 뜻밖의 후대를 받고 감격하여, 곧바로 마상에 올라 수춘성 외곽을 돌아가면서 큰소리로 외쳤다.

"우리 형제는 이미 사마 대장군에게 항복하여 죄를 용서받고 높은 벼슬까지 받았다. 우리가 이런데 너희들은 아직도 항복하지 않을 텐가?"

농성군 장병들은 그 말을 듣고 수군댔다.

"문앙은 사마씨 가문의 원수임에도 중용되었는데, 우리야 더 말할 나위가 어디 있겠는가?"

이리하여 군사들은 모두 항복할 마음을 굳히기 시작했다.

제갈탄은 크게 노하여, 날마다 친히 성내를 순시하면서 탈주병을 잡아 죽여 동요하는 군심을 억눌렀다.

종회는 농성군의 심리가 이반된 것을 알고, 사마소를 찾아갔다.

"때가 왔습니다. 이 기회에 전면 공격을 하십시오."

사마소는 크게 기뻐하며 즉시 삼군에 명령을 내렸다. 위군은 사면팔방으로 육박하여 일제 공격을 퍼부었다. 북문 수문장 증선(曾宣)이 먼저 성문을 활짝 열어 위군을 받아들였다.

제갈탄은 공격군이 입성한 것을 알고 크게 당황하여, 휘하 친위병 수백 기만 거느린 채 샛길로 빠져나갔다. 그러나 조교(弔橋)를 건너던 중, 위군 대장 호준과 정면으로 맞닥뜨렸다.

제갈탄은 손도 제대로 써보지 못한 채 호준의 칼 아래 죽음을 당하고, 그 수하 친위병들도 모조리 사로잡히고 말았다.

오나라 장수 우전 역시 서문으로 탈출하다가 위군의 정선봉 왕기와 마주쳤다. 우전은 사세가 그른 것을 깨닫고, 투구를 벗어 던진 채 왕기를 향해 마주 달려들면서 크게 외쳤다.

"남아대장부가 싸움터에서 한평생을 끝낼 수 있다니, 이 얼마나 행복한 일이냐!"

우전은 결사적으로 삼십여 합을 싸운 끝에, 인마(人馬)가 모두 지쳐 난군에 휩쓸려 죽고 말았다. 수춘성에 입성한 사마소는 제갈탄의 일가족 남녀노소를 모조리 효수(梟首)하여 삼족을 멸문시켰다. 무사들이 제갈탄의 친위병 수백 명을 결박 지어 끌어오자 사마소는 포로들에게 물었다.

"항복하겠느냐, 않겠느냐?"

그러자 포로들은 이구동성으로 외쳤다.

"제갈 장군을 따라 죽을 뿐, 역적 놈에게는 절대로 항복하지 않으리라!"

"이런 괘씸한 놈들! 여봐라, 저놈들을 모조리 끌어내다 죽여버려라."

사마소는 포로들이 성 밖으로 끌려나가자 문루(門樓) 위에서 굽어보며 한 사람씩 물었다.

"누구든지 항복하는 놈은 죽음을 면하게 해주겠다."

그러나 마지막 한 사람을 죽일 때까지도 이들의 입에서 투항하겠다는 말은 끝내 들을 수 없었다. 사마소는 그 충절(忠節)에 탄복하여, 관곽을 갖추어 매장하도록 분부를 내렸다.

오나라 군도 절반 넘는 숫자가 위군 측에 항복했다. 산기장사(散騎長史) 배수(裴秀)가 사마소에게 건의했다.

"오군 투항병을 모조리 땅에 파묻어 죽이십시오. 이들은 동남 강회(江淮) 지역 출신들이라 살려두었다가는 오와 내응해 무슨 일을 저지를지 모릅니다."

이에 종회가 반대했다.

"안 됩니다. 병법에 적을 온전히 두고 굴복시키는 것이 최상책이라 했으니, 원흉만 죽이면 그것으로 끝을 내야 합니다. 또 산사람을 생매장하는 짓은 불인(不仁)이니, 모두 강남땅으로 돌려보내 우리의 관대함을 보여주는 것이 옳습니다."

사마소는 종회의 말을 옳게 여겨, 오군 포로들을 모조리 석방시켜 본국으로 돌려보냈다. 오군 선봉장이던 당자는 손림의 처벌이 두려워 귀국하지 못하고 마침내 위군에 투항하고 말았다.

회남 일대가 평정되자 사마소는 수비군을 삼하(三河) 지역에 고루 배치시키고, 낙양으로 개선할 준비를 갖추었다.

이때, 서쪽 변방으로부터 갑자기 급보가 한 장 날아들었다.

"촉한의 강유가 또다시 군사를 일으켜 장성(長城)을 공격 점령하고, 식량 보급로를 차단할 기미가 있습니다."

사마소는 대경실색하여, 그 즉시 문무관을 모아 촉병을 물리칠 대책을 상의했다.

다섯 번째 기병

촉한 연희(延熙) 이십년, 강유는 한중에서 사천(四川) 출신의 장수 두 명을 가려 뽑아 날마다 군사 훈련을 시키고 있었다. 새로 발탁된 이들 두 장수는 장서(蔣舒)와 부첨(傅僉)으로, 하나같이 자못 담략을 갖추고 용맹스런 무장이라 강유에게 깊은 사랑을 받았다.

어느 날, 강유는 회남의 제갈탄이 오나라 손림의 지원을 받아 사마소 토벌군을 일으켰다는 소식을 전해 들었다. 뒤이어 사마소도 태후와 위주 조모를 데리고 친정(親征)을 한다는 소식이 들려왔다.

강유는 이번에야말로 내사를 이룰 수 있는 질호의 기회라 여겨 크게 기뻐하면서, 후주 유선에게 또다시 중원 정벌군을 일으키겠다는 표문을 올렸다.

중산대부(中散大夫) 초주(譙周)는 한중에서 표문이 올라왔다는 소식을 듣고 탄식해 마지않았다.

"근래에 천자는 주색에 빠지고 간신 황호(黃皓)의 말만 믿어 국사를 다스리지 않고 환락만을 도모하고 있는데, 강 백약(姜伯約)이 또 정벌군을 일으키려 한다니, 이래서는 나라가 안팎으로 위기에 빠지겠구나!'

초주는 즉시 강유에게 '수국론(讐國論)' 한 편을 써서 보냈다.

옛날 약소국이 강대국을 꺾었던 사례가 있었은즉, 그 까닭은 강대국에 외우내환(外憂內患)이 없어 늘 교만했기 때문이라 합니다. 그러므로 주 문왕(周文王)이 강대한 상(商)나라를 멸망시킬 수 있었으며, 월(越)나라 구천(勾踐) 또한 강대한 오나라를 제압할 수 있었던 것입니다. 또, 진(秦)나라는 제후국을 정벌하느라 백성들을 가혹하게 부역에 시달리게 했으므로, 한 고조(漢高祖)에게 멸망당했던 것입니다. 무릇 전쟁이란 때를 가려 일으키고 천시(天時), 지리(地理), 인화(人和)에 맞추어 수행해야 합니다. 이제는 백성을 아끼고 때를 살필 때이니, 무력만 믿고 전쟁을 일으키면 멸망의 화란에 봉착할 터인즉, 그때에 가서는 아무리 지혜로운 자가 있더라도 만회할 길이 없을 것입니다.

강유는 초주의 글월을 읽고 크게 노하여 바닥에 내던졌다.

"이것은 썩어빠진 선비들의 공론에 불과하다!'

그러고는 마침내 사천(四川) 방면의 군사를 일으켜 다시 중원 정벌에 나섰다. 강유는 장군 부첨(傅僉)에게 물었다.

"그대 생각으로는 어느 방면으로 진출하는 것이 좋겠는가?'

부첨이 대답했다.

"위군의 식량과 말먹이는 모두 장성(長城)에 있습니다. 이제 낙곡(駱谷)을 거쳐 심령(沈嶺) 고개를 넘은 다음, 곧바로 장성에 진출하여 우선 적의 양초(糧草)부터 불태워 없애고, 다시 진천(秦川)을 공취하면, 중원땅을 차지할 날이 머지않을 것입니다."

장성은 위나라의 요충지인 만큼, 수비하는 장수도 사마소의 친척 형이 되는 사마망(司馬望)이었다. 또 그곳에는 군량과 마초가 풍부하며 병력수도 적지 않았다. 사마망은 촉군이 침공해 온다는 보고를 받고, 즉시 왕진(王眞), 이붕(李鵬) 두 장수와 더불어 장성 밖 이십 리 되는 곳에 방어진을 쳤다.

이튿날 촉군이 다다르자 사마망은 두 장수를 거느리고 출전했다. 촉군 진영에서도 강유가 직접 나왔다.

"듣거라! 지금 사마소가 제 주인을 겁박하여 진중에 가둬놓고 출정했다 하니 이는 이각, 곽사가 한 짓이나 다를 바 없다. 나는 천자의 명을 받들어 그 죄를 물으러 왔으니, 너희들은 속히 항복하라. 항거하거나 주저할 때는 너의 삼족을 주멸하리라!"

사마망이 고함쳐 대꾸했다.

"상국(上國)을 여러 차례 침범하다니, 무례하기 짝이 없는 놈이로다. 빨리 물러가지 않으면 네 놈들의 갑옷 한 조각도 남겨 돌려보내지 않으리라!"

말이 끝나기 무섭게, 등 뒤에서 왕진이 창을 휘두르며 달려나갔다. 촉군 진영에서도 부첨이 마주 달려나갔다.

십여 합쯤 싸우다가 부첨이 일부러 허점을 드러내자, 왕진은 곧바로 창을 찔러왔다. 그러나 부첨은 선뜻 몸을 비틀면서 단숨에 왕진을 낚아채 사로잡아가지고 본진으로 돌아왔다.

그 광경을 본 이붕이 대로하여 큰 칼을 휘두르며 구출하러 달려나갔다. 부첨은 짐짓 속도를 늦추어 이붕이 다가올 때까지 기다렸다가 사로잡은 왕진의 몸뚱이를 땅바닥에 힘껏 내던지고 남몰래 사릉철간(四楞鐵鐧)을 꺼내 잡더니, 이붕의 칼날이 덮쳐 내리는 순간에 후딱 몸을 돌려 그 면상을 냅다 후려쳤다. 이붕은 눈알이 빠져나오면서 말 아래로 떨어져 죽었다. 왕진 역시 촉군 병사들이 마구 내지르는 창에 찔려 죽고 말았다.

강유는 승세를 몰아 위군 진영으로 돌격했다. 사마망은 대경실색하여 영채를 버리고 황급히 성안으로 도망쳐 들어가, 성문을 굳게 닫고 두 번 다시 나와 싸우지 않았다.

강유는 제장들에게 명령을 내렸다.

"오늘밤은 군사들을 푹 쉬게 하라. 예기를 길러서 내일 중으로 반드시 입성토록 하자."

이튿날 새벽이 되자 촉군은 앞 다투어 나아가 일제히 성벽 아래에 이르렀다. 그러고는 불화살과 투석기(投石機)로 바윗돌을 쏘아 성안으로 날려 보냈다. 성중의 가옥은 대부분 초가집이라 불화살이 떨어지면서 큰 화재를 일으켰다. 농성군은 변변히 싸워보지도 못한 채 대혼란의 와중에 휩쓸렸다.

강유는 다시 마른 장작더미를 성문 앞에 가득 치쌓아놓고 불을 지르게 했다. 뜨거운 화염과 연기가 충천하자 성은 불지옥으로 화해 함락 직전에 이르렀다. 성안에서 울부짖는 위군 장병들의 아우성이 성 밖 촉군의 귀에까지 들려왔다.

촉군이 한창 공격을 퍼붓고 있으려니 갑자기 배후에서 함성이 크게 울려 왔다. 강유가 말머리를 돌려 바라보니, 위군의 깃발이 어지러이 춤추고 있었다. 적들은 북을 울리며 호호탕탕한 기세로 몰려왔다.

강유는 황급히 공격군 후미부대를 돌려세워 요격할 준비태세를 갖추게 한 다음, 자신도 지휘 깃발 아래 멈춰 선 채 위군이 접근할 때까지 기다렸다.

위군 선봉장은 나이가 고작 스물 안팎의 청년이었으나 창을 휘두르며 달려드는 기세가 사납고 고함소리조차 우렁차기 짝이 없었다.

"강유야, 이 등(鄧) 장군을 알아보겠느냐!"

강유는 그 청년 장수가 필시 등애(鄧艾)라 생각하고, 장창을 꼬나 잡기 무섭게 마주 달려나갔다. 두 장수는 정신을 떨쳐가며 기세 차게 삼사십 합을 겨루었으나 승부를 가리지 못했다. 청년 장수의 창법이 워낙 거세고 흐트러짐이 없어 빈틈이 보이지 않았기 때문이다. 강유는 힘으로 싸우기보다는 계략으로 굴복시키리라 생각하고, 즉시 말머리를 돌려 왼쪽 산길을 바라고 달아나기 시작했다.

청년 장수도 말고삐를 놓아 급박하게 추격해 왔다. 강유는 장창은 안장걸이에 걸어놓고 슬그머니 조궁(雕弓)을 꺼내 시위에 화살을 먹이기 무섭게 뒤를 겨누어 한 대 쏘아 갈겼다. 그러나 청년 장수는 눈썰미가 워낙 빨라 활시위 소리가 들리자 몸을 앞으로 숙여 말갈기 터럭에 얼굴을 파묻었다. 화살은 그 등줄기를 스칠 듯하며 허공으로 날아가버렸다.

강유가 다시 뒤를 흘끗 돌아보았을 때, 청년 장수는 이미 창끝을 내찌를 거리까지 따라붙어 있었다. 강유는 재빨리 허리를 비틀어 그 창끝을 겨드랑이 사이로 지나치게 한 다음 팔꿈치로 힘껏 창대를 껴안았다. 청년 장수는 무기를 빼앗기게 되자 창자루를 놓은 채 말머리를 돌려 본진으로 도망치기 시작했다.

강유는 말을 달려 그 뒤를 추격하면서, 속으로 좋은 기회를 놓친 것을 안타깝게 여겼다. 강유가 위군의 영문 앞까지 따라붙었을 때, 진영 안에서 또 다른 장수가 큰 칼을 휘두르며 달려 나오더니 버럭 호통을 질렀다.

"필부 강유야, 내 아들을 다치게 하지 마라. 등애가 여기 있다!"

그 말을 들은 강유는 깜짝 놀랐다. 방금까지 겨뤘던 청년 장수가 바로 등애의 아들 등충이었음을 그제야 깨달았던 것이다. 강유는 속으로 찬탄을 금치 못하면서 곧바로 등애와 일전을 벌이려 했다. 그러나 타고 있는 마필이 지친 것을 알고, 창끝으로 등애를 가리키며 외쳤다.

"내 오늘 그대 부자를 알게 되어 다행일세. 그 기념으로 오늘은 이쯤

군사를 거두고, 내일 다시 결전을 벌이는 것이 어떤가?'

등애도 싸움터가 이롭지 못한 것을 아는 터라 역시 말고삐를 낚아채어 멈추고 응수했다.

"그대 생각이 그렇다니, 각자 군사를 거두기로 하세. 비겁하게 암습하면 대장부가 못 될 것이네!'

이리하여 쌍방은 일제히 군사를 거두었다. 등애는 위수(渭水) 강변에 영채를 세우고, 강유는 좌우 산의 능선 두 군데를 가로타는 형세로 영채를 세웠다.

등애는 촉군의 영채가 지형의 이점을 교묘하게 살려 배치된 것을 보고, 성안에 농성 중인 사마망에게 편지를 써서 보냈다.

우리는 적이 아무리 도전해 오더라도 싸우지 말고 각자 진지를 굳게 지키기만 해야 할 것이오. 관중(關中)에서 응원군이 올 때쯤이면 촉군의 식량과 말먹이도 바닥나게 될 터인즉, 그때 가서 삼면으로 협공하면 필승을 거둘 수 있을 것이오. 이제 내 맏아들 등충을 보낼 터이니, 함께 장성을 지키도록 하십시오.

등애는 아들에게 일군을 맡겨 장성으로 보내는 한편, 사마소에게 급사를 딸려 보내 지원을 요청했다.

한편, 강유는 위군 영채로 사자를 보내 내일 결전을 벌이자는 도전장을 전했다.

등애는 짐짓 강유의 도전에 응하는 척했지만 다음날 오경(五更) 촉군이 전투태세로 포진하여 기다리는데도, 깃발을 모두 눕힌 채 북소리조차 내지 않았다. 마치 영채가 텅 빈 것처럼 보일 정도였다.

촉군은 해질녘까지 기다렸다가 하릴없이 철수했다. 이튿날 강유는 재차 도전장을 보내면서 약속을 어긴 것을 질책했다. 등애는 촉군 사자에게

술과 음식을 주어 대접하면서 변명했다.

"내가 몸이 좀 불편하여 약속을 지키지 못했네. 내일은 반드시 나가 싸우겠노라고 가서 전하게."

다음날, 강유가 또 군사를 이끌고 출전했으나, 등애는 여전히 장병들을 단속한 채 전혀 응전하지 않았다.

이렇듯 대여섯 차례 똑같은 상황이 거듭되자 부첨이 강유에게 말했다.

"등애가 무슨 계략을 꾸미고 있음이 분명하니 장군께서도 대비를 하셔야겠습니다."

강유가 대답했다.

"등애는 지금 관중 방면군이 올 때를 기다렸다가 삼면으로 우리를 협공할 속셈일세. 이제 나는 오나라에 사절을 보내 손림의 지원군을 얻어 등애의 배후를 쳐야겠네."

이리하여 강유가 오나라에 사절을 떠나보낼 준비를 갖추고 있는데, 홀연 초탐마(哨探馬)가 달려와 뜻밖의 소식을 전했다.

"사마소 군이 수춘성을 함락시키고 제갈탄을 잡아 죽였습니다. 또 응원차 갔던 오나라 군도 모두 사마소에게 투항했습니다. 사마소는 낙양으로 돌아가던 도중 길을 바꾸어 장성을 구출하러 오고 있다 합니다."

그 소식을 들은 강유는 아연실색하고 말았다.

"이번 정벌도 그림에 떡이 되었구나! 아무래도 철수하는 것이 좋겠다."

강유는 위군의 응원병이 도달하기 전에 철수하기로 결심했다. 그래서 병기 장비를 실은 치중대(輜重隊)와 보병부대를 한 발 앞서 떠나보내고, 자신은 기병대를 거느리고 후미를 끊으면서 천천히 물러나기 시작했다.

첩자에게서 그 소식을 전해 들은 등애는 껄껄 웃었다.

"강유란 놈은 정녕 눈치는 빠르도다. 우리 대장군의 응원병이 오는 줄 알고 자진해 퇴각하는구나!"

부장 한 사람이 물었다.

"촉군을 추격해야 하지 않겠습니까?"

"뒤쫓지 말아라. 추격했다가는 반드시 강유의 계략에 빠질 것이다."

등애는 제장들의 의혹을 풀어주기 위해, 정찰기병으로 하여금 촉군이 퇴각한 뒤를 살펴보게 했다. 과연 낙곡(駱谷) 협착한 통로에 풀 더미와 마른 장작이 치쌓여, 추격대를 불태울 준비가 되어 있다는 보고가 들어왔다. 그 보고를 들은 제장들이 모두 등애의 귀신같은 예측에 탄복한 것은 말할 나위도 없었다.

한편, 오나라 대장군 손림은 제갈탄에게 보냈던 응원군 주장 전단, 전역, 당자가 모두 위나라에 투항했다는 소식을 듣고 크게 노하여, 그 장수들의 일가족을 모조리 참수형에 처해 버렸다. 당시 오주(吳主) 손량은 나이가 겨우 십칠 세였으나, 총명하고 사리 분별도 잘하는 청년이었다. 그는 손림이 지나치게 살육을 하는 것을 보고, 마음속으로 몹시 분개했다. 하지만 손림 일당이 대권을 장악하고 있는 터라 속수무책이었다. 그 무렵, 손림은 아우 손거(孫據)를 위원장군(威遠將軍)에 봉하여 황궁 숙위를 책임진 창룡금위대(蒼龍禁衛隊)를 통솔하게 하는 한편, 무위장군(武衛將軍) 손은(孫恩)과 편장군(偏將軍) 손간(孫幹), 장수교위(長水校尉) 손개(孫闓)를 각각 도성 수비대를 지휘하는 장수로 임명하여, 중앙의 병권을 완전히 통제하고 있는 형편이었다.

어느 날, 오주 손량이 우울한 심사로 앉았는데, 황문시랑(黃門侍郎) 전기(全紀)가 찾아왔다. 전기는 국구(國舅)로서, 바로 황후 전씨의 오빠였다.

손량은 처남을 보자 울면서 말했다.

"손림이 정권을 독단하고 함부로 인명을 학살하니, 짐을 업신여겨도 너무하는 듯싶소. 이제 그자를 제거하지 않았다가는 필경 후환이 크게 날

듯싶소."

전기가 말했다.

"폐하께서 신을 쓰시겠다면 만 번 죽더라도 사양치 않으오리다."

그 말을 들은 손량은 힘이 솟았다.

"경은 지금 나가서 금위대(禁衛隊)에 출동할 준비를 시켜두시오. 짐이 먼저 유승(劉丞) 장군에게 각 성문을 장악하라 일러두었으니, 경도 유 장 군과 더불어 손림 일당을 처치하도록 하시오. 짐이 손수 손림이란 놈을 죽이기로 결심했소."

"유승 장군에게 밀명을 내리셨단 말씀입니까?"

"그렇소. 하지만 이 일은 절대로 경의 어머니에게 알려선 안 되오. 경 의 어머니는 바로 손림의 누이가 아니겠소? 만약 누설되는 날에는 짐의 운명이 끝장나게 될 것이오."

"폐하, 안심하소서. 조칙(詔勅)을 써서 내려주시면, 신이 그 문서로 근 위병을 동원하여 기필코 손림 일당을 잡아 어전에 꿇리겠나이다."

손량은 그 말대로 밀지(密旨)를 한 통 써서 전기에게 주었다.

전기는 밀조를 품고 집으로 돌아가서 아버지 전상(全尙)에게 넌지시 귀 띔을 해주었다. 전상은 너무 기쁜 나머지 그 사실을 아내에게 털어놓고 말았다.

"두고 보오. 사흘 안에 손림 일당을 잡아 죽일 테니까."

"나땅히 죽여야지요."

전상의 아내는 건성으로 대답한 다음, 그 즉시 동생 손림의 부중으로 사람을 보내 그 사실을 밀고해 버렸다.

누이의 밀서를 받아 본 손림은 크게 노하여, 그날 밤중으로 아우 넷을 다 불러들인 다음 정예병을 가려 뽑아 거느리고 전기와 유승의 집을 습격 하여 일가족을 모조리 사로잡았다.

다음날 아침 일찍이, 오주 손량은 궁궐 문밖에서 북소리, 징소리가 요란하게 울리는 바람에 잠에서 깼었다. 뒤미처 내시가 황급히 들어오며 말했다.

"손림이 군사를 이끌고 쳐들어와 내원(內園)을 포위했나이다."

손량은 사태가 어떻게 되었는지 깨닫고 노발대발하여, 곁에 모시고 자던 황후 전씨를 손가락질하며 욕설을 퍼부었다.

"네 오빠와 부모가 큰일을 그르쳤구나!'

그리고 나서 손량은 패검을 뽑아 잡고 뛰쳐나가려 했다. 황후 전씨와 시중들이 손량의 옷자락을 붙잡고 통곡하며 만류했다.

한편, 손림은 전기, 전상 부자와 유승을 죽인 다음, 문무 대신들을 소집하여 이렇게 선포했다.

"주상은 오래 병을 앓고 황음무도한 혼군(昏君)이라 종묘제사(宗廟祭祀)를 받들 자질이 없소. 그러므로 이제 손량을 폐위할 터인즉, 그대 문무관들도 모두 내 뜻에 따르시오. 만약 불복하는 자가 있다면 모반죄로 다스리겠소!'

백관들은 공포에 질려 이구동성으로 응답했다.

"장군의 분부대로 따르오리다."

그러나 상서 환의(桓懿)만큼은 반열에서 뛰쳐나와 손림을 가리키며 호통을 쳐 꾸짖었다.

"금상 폐하는 총명하신 군주이시다! 그런데 네 놈이 어찌 감히 그런 반역적인 언사를 농한단 말이냐? 나는 죽어도 역적의 말에 따르지 못하겠다."

손림은 대로하여 친히 칼을 뽑아 환의를 베어 죽였다. 그리고 문무관들을 거느리고 내원으로 달려 들어가 오주 손량을 손가락질하며 호통쳤다.

"이 무도한 혼군아, 내 당장 죽여 하늘에 사죄해야 마땅하나 선제(先帝)의 낯을 보아 너를 회계왕(會稽王)으로 폐출시키노니, 당장 옥새를 내다 바쳐라! 내가 덕망 있는 군주를 골라 세우겠다."

말을 마치자 손림은 중서랑 이숭(李崇)에게 호통쳐 황제의 인수를 빼앗았다. 손량은 대성통곡하며 궁궐 밖으로 쫓겨났다.

손림은 종정(宗正) 손해(孫楷)를 호림(虎林) 땅으로 보내 낭야왕(瑯琊王) 손휴(孫休)를 모셔다가 천자의 자리에 옹립했다. 그리고 즉위식을 마치자 전국에 대사령을 내리고, 스스로 승상(丞相) 겸 형주목(荊州牧)에 오르는 한편, 형의 아들 손호(孫皓)를 오정후(烏亭侯)에 봉해 손림의 일문 다섯 후작(侯爵)으로 모두 궁궐과 도성의 금위군을 완전히 장악하게 만들었다.

새로 등극한 오주 손휴는 혹시 손림이 정변을 일으키지나 않을까 두려운 나머지, 겉으로는 은총을 내리면서도 속으로는 착실히 경계하면서 대책을 세우기 시작했다. 손림의 교만방자한 태도는 날이 갈수록 극심해졌다.

영안(永安) 원년 십이월, 손림은 천자의 생신 축하술을 갖추어 궁궐에 들여보냈다. 그러나 손휴는 혹여 야료가 있을까 두려워 그 술을 받지 않았다.

모처럼의 생색을 거절당하자 손림은 화를 벌컥 내고 그 술을 도로 가져다가 좌장군 장포(張布)와 함께 나누어 마셨다. 술이 얼큰하게 오르자 손림은 장포에게 이런 말을 했다.

"내 당초 회계왕(손량)을 내쫓았을 때만 하더라도, 모든 사람들이 날더러 군주의 자리에 오르라 권유했네. 그럼에도 내가 금상 폐하를 옹립한 것은, 그가 어질고 덕망이 있었기 때문일세. 한데, 오늘 내 축수(祝壽)를 거절하는 것을 보아하니, 우리 일문을 너무 업신여기는 짓이 아닌가? 두고 보게. 내 조만간에 보여줄 것이 있으니까!'

다음날, 장포는 은밀히 궁궐에 들어가 손휴에게 그 일을 말했다. 손휴는 크게 두려워 밤낮없이 불안에 떨었다.

며칠 안 있어, 손림은 중서랑(中書郎) 맹종(孟宗)을 시켜 중영(中營) 소속 정예병 일만 오천 명을 무창(武昌)으로 옮겨놓고, 다시 무고(武庫)에 비축된 병기들을 모조리 꺼내다 군사들을 무장시켰다.

장군 위막(魏邈)과 무위사(武衛士) 시삭(施朔)은 손휴에게 은밀히 이 사실을 고했다.

"손림이 정예병을 도성 바깥으로 이동시키고 또 무고 안의 병기를 모두 끌어내는 것을 보건대, 조만간 정변을 일으킬 듯하옵니다."

손휴는 대경실색하여 급히 장포를 불러 상의했다. 장포는 미리 생각하고 있던 바를 손휴에게 말했다.

"정봉(丁奉)은 지략이 뛰어난 백전노장이요, 큰일을 감당할 결단력을 갖추었사오니, 그와 더불어 의논해 보시면 어떠하겠사옵니까?"

손휴는 곧 정봉을 궐내에 불러들여 속마음을 털어놓고 계책을 물었다.

정봉은 즉석에서 응낙했다.

"폐하, 근심하지 마소서. 노신에게 국적을 처치할 계략이 있나이다."

"무슨 좋은 계책이 있단 말이오?"

손휴가 불안스레 다시 묻자 정봉은 한마디로 대답했다.

"폐하께서는 납일(臘日)에 군신대회를 연다는 명목으로 내일 손림을 그 자리에 불러들이기만 하소서. 그밖의 일은 신이 다 안배하여놓으리다."

손휴는 그 말이 믿음직스러워 더 묻지 않고 기뻐했다.

정봉은 퇴궐하는 즉시 위막과 시삭을 불러 궁성 밖에서 취할 일을 지시하고 장포에게는 궁궐 안에서 호응하도록 안배했다.

이날 밤, 광풍이 크게 몰아치더니 돌과 모래가 흩날리고, 해묵은 고목

들이 뿌리째 뽑히는 변괴가 일어났다. 날이 새자 궁궐에서 칙사가 나와 손림에게 입궐하여 군신대회 잔치에 참석하라는 명령을 전했다.

손림이 입궁할 차비를 차리는데, 그 아내가 소매를 붙잡고 만류했다.

"어젯밤에 광풍이 몰아친 것을 보니, 흉조가 분명합니다. 오늘 연회에 참석하지 마소서."

손림은 아내의 손을 뿌리쳤다.

"우리 형제 다섯이 모두 금위군을 쥐고 흔드는데, 어떤 놈이 감히 내 곁에 다가오기나 하겠소? 만약 도성 분위기에 수상쩍은 기미가 보이거든 부중에서 신호불을 쏘아 내게 알려주시오."

당부를 마친 손림은 수레에 올라 궁궐로 들어갔다.

오주 손휴는 황급히 내려와 손림을 맞아들여, 함께 상석으로 올라갔다. 술이 몇 순배 돌았을 무렵, 갑자기 연회장 바깥에서 웅성대는 소리가 들리더니 이내 놀란 외침이 들려왔다.

"궁궐 밖에 화재가 났다!"

손림이 깜짝 놀라 자리를 박차고 일어나려는데 손휴가 제지했다.

"승상, 무슨 일인데 허둥대시오? 바깥에 금위병이 에워싸고 있는데, 두려울 것이 어디 있겠소?"

손휴의 말이 미처 끝나기도 전에 좌장군 장포가 칼을 뽑아 든 채 무사 삼십 명을 거느리고 전상으로 뛰어오르더니 목청을 돋우어 고함쳤다.

"반적 손림을 잡으라는 칙명이 여기 있노라!"

손림은 기겁을 하고 놀라 달아나려 했으나, 몇 걸음 떼지도 못하고 무사들에게 잡혀 결박 지어지고 말았다.

무릎을 꿇은 손림은 손휴에게 머리 조아려 애걸했다.

"제발 용서해 주소서! 저희 형제들이 권력을 다 내어놓고 교주(交州) 시골 땅으로 은퇴하겠사오니 목숨만은 살려주소서."

손휴가 꾸짖었다.

"네 손에 죽은 여거(呂據), 등윤(騰胤), 왕돈(王惇)이 지하에서 기다리고 있는데, 시골 땅보다 그리로 가는 것이 어떠하냐?"

그리고 무사들에게 호통을 쳤다.

"이 역적 놈을 끌어내다 목을 쳐라!"

장포는 손림을 끌어내려 전각 동쪽 모퉁이에서 목을 베어 죽였다. 종자와 측근 호위병들이 많았으나, 군주의 위엄에 눌려 하나같이 움직이지 못했다. 장포는 이렇게 선언했다.

"죄는 손림 한 사람에게 있을 뿐, 나머지는 불문에 부치리라."

그제야 손림의 부하들도 모두 마음을 놓았다.

이 무렵, 정봉은 위막, 시삭과 함께 손림의 다섯 형제들을 모조리 체포하여 손휴 앞으로 끌고 들어왔다. 손휴는 이들을 모두 장터에 끌어내다 참수형에 처하고, 그 삼족과 일당 수백 명을 잡아 멸문하라는 명을 내렸다. 그러는 한편 앞서 죽은 손준(孫峻)의 무덤까지 파헤쳐 시체를 끌어내어 육시형(戮屍刑)에 처해, 그의 손에 억울하게 죽은 제갈각, 등윤, 여거, 왕돈을 위한 복수를 했다.

허망한 철군

역신을 주멸하고 나라가 평정되자 오주 손휴는 공신 정봉에게 큰상을 내린 다음 설후(薛珝)를 촉한의 성도에 보내어 후주 유선에게 이 사실을 알렸다.

설후가 촉나라에서 돌아와 복명하니, 손휴는 촉한의 근황을 물었다.

설후가 대답했다.

"이 몇 년 동안, 촉나라 조정에는 중상시(中常侍) 황호(黃晧)가 세도를 부리고, 공경 대신들도 모두 황호의 권세에 아첨하고 있으며, 저희 군주에게 직언을 올리는 신하가 없사옵니다. 오가는 도중 바라보는 곳마다 모든 백성이 부황(浮黃)에 들떠 굶주린 기색이 완연하니, 촉나라는 머지않아 위태로운 지경에 빠질 것이 분명하옵니다."

그 말을 듣고, 손휴는 탄식을 금치 못했다.

"제갈공명이 살아 있었던들 촉나라가 어찌 그 지경에 이르렀으랴! 허나 우리 형세로는 촉과 연합해야 위나라의 침공을 막을 수 있으니 어찌하라."

이리하여 손휴는 또다시 성도에 사신을 보냈다. 국서의 내용인즉, 위나라 사마소가 여의치 않아 찬역(簒逆)을 도모하고 나면, 흉흉해진 국내 여론을 다른 데로 돌리기 위해서라도 반드시 오·촉 양국에 무력시위를 보이려 할 터인즉, 피차 준비태세를 갖추고 대비하는 것이 마땅하다는 것이었다.

강유는 그 소식을 듣고 흔연히 후주 유선에게 표를 올려 재출병할 뜻을 밝혔다. 이때가 촉한 경요(景耀) 원년 겨울이었다.

후주의 윤허가 내리자 대장군 강유는 요화, 장익을 선봉으로 삼고, 왕함(王含), 장빈(蔣斌)을 좌군장으로, 장서, 부첨을 우군장으로 삼고, 호제(胡濟)를 후군장으로 그리고 강유 자신은 하후패와 더불어 중군을 총지휘하여 도합 이십만 대군을 일으켰다.

강유는 하후패에게 어느 곳을 먼저 공취해야 할 것인지 물었다. 하후패는 이렇게 진언했다.

"역시 기산이 용무지지(用武之地)로서, 진격하기에 알맞은 곳입니다. 그렇기 때문에 제갈 승상도 다른 방면으로 나가지 않으시고 여섯 차례나 기산으로 진출하지 않으셨습니까?"

마침내 강유는 그 말에 따라 삼군을 거느리고 기산 방면을 향해 진발하더니, 기곡(祁谷) 어구에 영채를 세웠다.

이 무렵, 등애도 기산 수비군 영채에서 농우(隴右) 소속군을 정비 점검하던 중, 유성마(流星馬)의 급보를 받게 되었다.

"촉병이 지금 기산 계곡에 침입하여 영채를 세 군데나 설치해 놓았습니다."

등애는 급히 산머리로 올라가 촉군 진영을 살펴보았다. 그러고는 얼굴에 화사한 웃음을 띤 채 본영으로 돌아왔다.

"역시 내 예측에서 벗어나지 않았구나!"

등애는 촉군이 오기에 앞서 기산 일대의 지형과 토질을 살펴본 다음, 침공군이 영채를 세울 만한 곳에 기산 수비진지로부터 그곳까지 땅굴을 파놓았다. 촉군이 쳐들어왔을 때 불시에 야간 기습을 할 계략을 세워놓았던 것이다.

이 무렵, 강유는 계곡 어구에 진영을 설치해 놓았는데, 등애가 땅굴을 파고들어간 끝이 좌익의 영채, 바로 왕함과 장빈이 본영을 설치한 중심지였다. 등애는 맏아들 등충과 사찬에게 각각 일만여 군사를 주어 좌우 양측방으로부터 돌격해 들어가도록 지시했다. 그러고 나서 부장 정륜(鄭倫)에게 굴자군(掘子軍:공병대의 일종) 오백 명을 주어, 그날 밤 이경(二更)을 기해 땅굴을 통해 곧바로 촉군 좌익 영채 내로 뚫고 나가 습격하라는 지시를 내려두었다.

한편 좌군장 왕함과 장빈은 밤이 되도록 영채의 방어시설을 완전히 배치하지 못한 상태에서 위군의 야습을 받게 될까 우려되어, 장병들 모두에게 무장을 풀지 말고 숙영하라는 명령을 내려두었다. 한밤중 이경 무렵, 과연 좌익군 본영 배후에서 일대 혼란이 일어나자 두 장수는 급히 병기를 찾아들고 마상에 올랐다. 이들이 영문 앞에 이르러 보니, 위군 청년 장수 등충과 사찬이 군사를 이끌고 좌우에서 들이닥치는데, 어디로 들어왔는지 영내 안쪽에서도 적군이 침투하여 내소동을 벌이고 있었다. 안팎으로 협공을 당하게 된 왕함과 장빈은 죽기를 각오하고 싸웠으나 도저히 적을 격퇴할 수 없어 마침내 영채를 버리고 달아났다.

강유는 중군 본영에 있다가 좌익 영채 쪽에서 아우성이 크게 나는 것을 듣고, 적이 안팎으로 습격해 왔음을 알아챘다. 그는 황급히 마상에 올라 중군 장병들을 집결시켰다.

"누구든지 함부로 움직이는 자는 참형에 처한다. 적병이 목책 가까이 접근해 오거든 오로지 궁노(弓弩)로 일제사격만 퍼부어라."

강유는 이어서 우익군 영채에도 같은 엄명을 내려, 경거망동하지 않도록 군사를 단속했다. 과연 위군의 야습이 들이닥쳤다. 등애의 본대와 등충, 사찬의 부대가 연속 십여 차례의 돌격을 시도했으나, 번번이 촉군 궁노수들의 일제사격을 받고 쫓겨났다. 야간공격은 날이 밝을 때까지 계속되었다. 그래도 촉군 영채에 돌입한 위군은 하나도 없었다.

등애는 군사를 거두어 본영으로 돌아가면서 탄식해 마지않았다.

"과연 강유는 제갈공명의 병법을 깊이 체득했구나! 야간기습을 받으면서도 놀라지 않고, 안팎으로 변란이 일어났는데도 털끝만한 동요도 없으니 참으로 뛰어난 장재(將才)로다."

다음날, 왕함과 장빈이 패잔병을 수습해 강유 앞에 나아가 꿇어 엎드려 죄를 청했다. 강유는 이렇게 말할 따름이었다.

"그대들의 죄가 아니다. 바로 내가 지형을 살피지 못한 불찰이었다."

강유는 이들 두 장수에게 명령을 내려, 영채를 다시 세우고 부상자를 치료하는 한편, 피아 전사자들의 시체를 땅굴에 함께 파묻어주게 했다. 그리고 적진에 도전장을 보내, 등애에게 다음날 정식으로 대결하자고 했다. 등애 역시 그 요구를 혼연히 받아들였다.

이튿날 양군은 기산 앞 벌판에 포진했다. 강유는 제갈무후(諸葛武候)의 팔진도법(八陣圖法)에 따라 천지(天地), 풍운(風雲), 조사(鳥蛇), 용호(龍虎)의 형세로 포진했다. 진형을 이루자 등애가 말을 달려 앞으로 나오더니, 강유 군이 팔진으로 편성된 것을 보고 자군도 같은 팔진도법을 형성했다.

이윽고 강유가 장창을 휘두르며 말을 휘몰아 달려 나왔다.

"그대가 내 팔진도법을 흉내 낸 모양인데, 어디 그 진법을 변화시킬 줄은 아는가?"

강유가 소리쳐 묻자 등애가 껄껄 웃음을 터뜨렸다.

"팔진법을 자네 혼자서만 펼칠 줄 안다고 생각하는 모양이로군. 내가 진을 펼쳤는데, 변화를 모른대서야 말이 되겠는가?"

등애는 즉시 말머리를 돌려 진영 안으로 들어가더니, 집법관(執法官)에게 명령을 내렸다.

"좌우 초요기(招搖旗)를 휘둘러라!"

깃발을 바람에 펄럭이며 좌우로 흔드니, 여덟 개의 진형이 곧바로 팔팔은 육십사, 예순여섯 개의 문호(門戶)로 변화했다. 등애가 다시 전열 앞으로 나와 강유를 향해 소리쳤다.

"자, 내 진법 변화가 어떠한가?"

강유도 지체 없이 응수했다.

"괜찮기는 하다만 네 그 진형으로 우리 진형과 서로 포위해 볼 생각은 없는가?"

"못할 것도 없지!"

등애가 맞받았다.

양군은 제각기 행군대열을 갖추고 진격하기 시작했다. 등애는 중군에 자리 잡은 채, 좌우 양익으로 하여금 돌격을 시도했다. 기세 사납게 움직이는 가운데서도, 진형과 대오는 전혀 흔들리지 않고 병사들끼리 엇갈리는 법도 없었다.

위군 진영에서 좌군 양익이 포위망을 형성하고 밀려오자, 강유는 깃발을 흔들었다. 촉군 진형이 홀연 '장사권지진(長蛇捲地陣)'으로 변하더니, 등애의 중군으로 쳐들어가 핵심에 가두어놓고 포위한 다음, 사면에서 함성을 크게 질렀다. 등애는 그 진법이 무엇인지 모르는 터라 속으로 깜짝 놀랐다. 장병들이 당황하여 어찌할 바를 모르고 있는데, 촉군의 올가미는 점점 좁혀 들어왔다. 등애는 제장들을 거느리고 포위망에 맞부딪쳐 보았으나 좀처럼 돌파할 수가 없었다. 귓결에 들리는 소리라곤 촉군 장병들의 함성뿐이었다.

"등애는 속히 항복하라!"

등애는 하늘을 우러러 장탄식을 토했다.

"아아, 내가 재주를 뽐내다가 강유란 놈의 꾀에 빠졌구나!"

이때, 서북편 모퉁이에서 일표군(一彪軍)이 홀연 나타나더니, 돌개바람을 일으키며 쇄도해 왔다. 등애가 바라보니 위군 부대라 그 기세를 놓치지 않고 재차 돌격을 시도하여 촉군의 포위망을 뚫고 나갈 수 있었다. 등애를 구출한 응원군은 다름 아닌 사마망의 농성군이었다. 그러나 등애가 구출되는 동안 기산에 포진했던 위군 영채 아홉 군데를 모조리 촉군에게 빼앗기고 말았다.

등애는 패잔병을 이끌고 위수(渭水) 남안으로 물러나 다시 영채를 세웠다. 그리고 사마망에게 궁금했던 바를 물었다.

"사마 공은 그 진법을 어떻게 알고 날 구출하신 거요?"

사마망이 대답했다.

"내 젊었을 적에 형남(荊南) 땅을 유랑하던 중, 최주평(崔州平)과 석광원(石廣元) 같은 재사들과 우정을 맺었는데, 그때 이 진법을 배우고 서로 토론한 일이 있었소이다. 오늘 강유가 변화시킨 것은 바로 '장사권지진'이었는데, 만약 다른 방향에서 들이쳤다면 깨뜨리지 못했을 거요. 나는 그 진형의 머리가 서북방으로 향해 있기에, 그쪽을 건드린 거요. 머리가 위태로워지면, 그 진형은 스스로 붕괴되기 때문이오."

등애는 진심으로 사례했다.

"나도 비록 진법을 적지 않게 익혔으나 실상 그 변화를 알지 못했소. 사마 공께서 기왕 그 진법을 알고 계시다니, 내일 그 진법으로 다시 기산 영채를 빼앗아봄이 어떻겠소?"

그러나 사마망은 자신 없게 대답했다.

"내 실력으로 강유란 놈을 속여 넘길 수 있을지 모르겠구려."

"내일 사마 공께서는 전열 앞에 나서서 그자와 진법 대결을 벌이고만 계십시오. 그 동안에 나는 일군을 거느리고 은밀히 기산의 배후로 돌아 나가리다. 양군이 혼전을 벌이면, 그 틈에 빼앗겼던 우리 영채를 탈환할 수 있으리다."

이리하여 등애는 전령을 시켜 강유에게 내일 다시 한번 진법을 겨루자는 도전장을 보낸 다음, 정륜을 선봉장으로 삼고 자신이 직접 일군을 거느리고 기산 배후로 출동했다.

강유는 위군 전령에게 도전장을 받겠노라는 답신을 주어 떠나보낸 후, 즉시 제장들을 불러들였다.

"무후(武候)께서 내게 전수한 이 진법은 주천수(周天數)에 따라 그 변화가 삼백육십다섯 종류나 되오. 그럼에도 등애가 진법으로 나와 겨루겠다니, 그야말로 대장간 문턱에서 도끼 자랑하는 격이 아니고 무엇이겠소? 하지만 그가 이렇게 도전하는 데는, 필시 간계가 들었을 것이오. 그대들은 등애의 속셈이 무엇인지 알겠소?"

선봉장 요화가 냉큼 대답했다.

"이는 필시 우리를 진법 대결로 속여 발목을 잡아놓고, 일군을 기산 배후로 우회 신출시켜 우리의 배후를 습격하려는 세략이 틀림없습니다."

강유는 빙그레 웃었다.

"내 생각과 꼭 맞소!"

그리고 즉석에서 장익과 요화에게 군사 일만 명을 주어, 기산 뒤로 돌아가서 매복하라는 지시를 내렸다.

다음날, 강유는 아홉 영채의 군사들을 모조리 이끌고 기산 앞 벌판으로 나아가 포진했다. 사마망도 위수 남안에 주둔시켰던 군사를 거느리고 기산 앞 벌판으로 나왔다.

"적장 강유는 이리 나와서 겨뤄보자!"

사마망이 도전하니 강유가 전열 앞으로 말을 달려 나왔다.

"패군지장이 나하고 진법을 겨뤄보겠다고? 어디 그럼 그대가 먼저 진형을 펼쳐 보이게."

사마망은 깃발을 흔들어 팔괘진(八卦陣)을 쳤다. 강유는 그것을 바라보며 껄껄 웃었다.

"그것은 내가 어제 쳤던 팔진법이 아닌가? 남의 것을 도둑질하다니 별로 신통치 못한 재주로군."

사마망이 대꾸를 했다.

"너 역시 남의 진법을 훔쳐 배운 게 아니고 뭐냐?"

"그렇다면 이 진법의 변화가 몇 종류나 있는지 아는가?"

"하하하! 그것쯤이야 누군들 모르겠는가? 그 진형에는 구구 팔십일, 여든한 가지 변화가 있을 것이다."

강유도 따라 웃었다.

"그럼 어디 그대의 진형을 변화시켜보일 수 있겠나?"

사마망은 곧바로 진형 안에 들어가 몇 차례 변환을 해보이더니, 다시 나와서 물었다.

"내 진법의 변화를 알기나 하는가?"

강유가 응수했다.

"내 진법은 일주천(一周天) 삼백육십다섯 가지로 변하는 것이다. 너 따위 우물 안의 개구리가 어찌 그 오묘한 변화를 알겠느냐?"

사마망이 촉군 진형을 바라보니, 전혀 듣도 보도 못한 것이었다. 그렇다면 강유가 말한 일주천의 변화를 자신은 배운 적이 없다는 얘기였다.

그래도 사마망은 부하 장병들 앞에서 창피를 당할까봐 억지로 항변했다.

"흥, 일주천의 변화라고? 난 믿지 못하겠으니, 어디 변화시켜보거라."

강유가 느긋이 요구했다.

"등애더러 나오라고 해라. 그자가 보는 앞에서 펼쳐 보일 테다."

사마망은 황급히 대꾸했다.

"등 장군은 전술에만 능통할 뿐 진법 따위에는 흥미가 없는 분이다."

그 말을 듣자 강유는 목청을 돋우어 웃음을 터뜨렸다.

"물론 등애의 꾀가 비상하다는 것은 알고 있다. 등애가 진법 대결을 핑계삼아 우리 군사를 이곳에 묶어두고, 기산 뒤로 돌아가 우리 배후를 엄습하겠다는 계획이렷다?"

깜짝 놀란 사마망은 황급히 군사를 휘몰아 촉군과 혼전을 벌이려 했다. 그러나 강유가 채찍으로 한번 가리키자 좌우 양익군이 쏟아져 나와 위군을 에워싸더니 무서운 기세로 몰아붙이기 시작했다. 위군은 포위망에서 탈출하느라 병기를 내던지고 갑옷마저 벗어부친 채, 저마다 살길을 찾아 뿔뿔이 흩어져 달아났다.

한편, 등애는 선봉장 정륜의 발걸음을 재촉해 가며 기산 뒤로 재빨리 돌아나갔다. 정륜의 선봉대가 이제 막 산모퉁이를 감돌아나갔을 때였다. 느닷없이 일성 포향이 울리더니 북소리, 나팔소리가 천지를 진동하는 가운데 전면 숲속으로부터 촉군 복병이 새까맣게 쏟아져 나왔다. 선두는 촉군 대장 요화였다. 두 장수는 말 한마디 나눌 틈도 없이 말머리를 엇갈려 격돌했다. 그러나 정륜은 요화의 적수가 못 되었다. 정륜은 요화의 단칼에 두 토막이 나서 말 아래로 굴러 떨어졌다.

등애가 아연실색하여 황급히 군사를 거두어 퇴각하려는데, 이번에는 장익의 일군이 배후로부터 엄습해 왔다. 앞뒤에서 협공을 당한 위군은 손도 제대로 써보지 못한 채 참패를 당하고 말았다. 등애는 목숨을 걸고 악전고투를 한 끝에 간신히 포위망을 빠져나왔으나 몸에 화살이 넉 대나 꽂혀 있었다. 등애는 그런 줄도 모르고 정신없이 위수 강변 남안까지 도망쳐갔다. 등애가 가까스로 패잔병을 수습하여 영채를 세우는데, 사마망까지 패잔병을 이끌고 간신히 도망쳐 왔다.

두 사람은 더 싸울 기력을 잃고 퇴각할 방법을 상의했다. 사마망은 곰곰이 궁리한 끝에, 묘안을 하나 내놓았다.

"근자에 촉주(蜀主) 유선이 환관 황호를 총애하고 밤낮으로 주색에 빠져 있다는데, 반간계(反間計)를 써서 강유를 성도로 소환시키면 어떻겠소? 강유만 없다면, 이 위기를 모면할 수 있을 거외다."

등애는 곧바로 장하(帳下)의 모사들을 불러들였다.

"누가 촉나라에 들어가서 황호와 내통할 수 있겠는가?"

그러자 말끝이 떨어지기도 전에 한 사람이 나섰다.

"제가 가보겠습니다."

등애가 바라보니 양양 출신의 모사 당균(黨均)이었다. 등애는 크게 기뻐하며 당균에게 금은보화를 듬뿍 주어 성도로 떠나보냈다.

며칠 후, 성도에 잠입한 당균은 연줄을 놓아 마침내 황호를 만날 수 있었다. 금은보화에 매수당한 중상시 황호는 첩자 당균이 시키는 대로 도성과 조정 안팎에 유언비어를 퍼뜨렸다.

"강유가 천자를 원망하고, 머지않아 위나라에 투항하려 하고 있다."

조정의 대신들은 깜짝 놀라 소문을 뒷조사했으나, 온 백성의 공론이 한결같은지라 황급히 강유에 대한 탄핵 상소를 올렸다. 중상시 황호도 후주 유선을 꾀어, 마침내 강유에 대한 소환령을 받아낼 수 있었다. 칙명을 받든 사자는 밤낮을 가리지 않고 기산 전선으로 치달렸다.

한편, 강유는 후방에서 이런 변고가 일어난 줄도 모른 채 날마다 위군에게 도전하고 있었다. 그러나 등애는 방어진만 굳게 지킬 뿐 전혀 응전하지 않았다. 적이 나오지 않으니 강유로서도 어쩔 도리가 없었다. 이래서 마음속으로 의아스런 생각에 잠겨 있는데, 성도에서 달려온 칙사가 조속히 입조(入朝)하라는 후주의 긴급 소환령을 전했다.

강유는 무슨 까닭인지도 모른 채 하는 수 없이 군사를 되돌려 철수할 준비를 갖추기 시작했다.

촉군이 철수를 개시하자 등애는 강유가 계략에 빠졌음을 깨닫고 즉시 위수 남안에 주둔시켜두었던 전군(全軍)을 총동원시켜 촉군의 뒤를 바짝 따라 붙으며 급박하게 엄살(掩殺)하기 시작했다.

강유가 철수 명령을 내렸을 때, 선봉대장 요화는 펄쩍 뛰고 반대했다.

"이대로 군사를 돌리다니 안 됩니다. 병법에도 '장수가 나라 밖에 원정을 나가면 군주의 명령이라도 받들지 못하는 경우가 있다'고 했습니다. 이제 비록 어명이 내리기는 했으나 다 이긴 싸움인데 이제 와서 군사를 되돌릴 수는 없습니다."

그러나 같은 선봉인 장익은 조심스럽게 철수의 견해를 올렸다.

"우리는 대장군의 뜻에 따라 해마다 군사를 일으켜 왔습니다. 이제 모든 장병들이 원망하는 마음을 품고 있으니 이만큼이라도 승리한 때에 철수하는 것이 낫겠습니다. 그러면 군심(軍心)도 안정되어, 다음 시기에 원정군을 일으킬 때 모두 혼연히 병기를 잡고 나설 것입니다."

"좋다! 철수하자."

마침내 강유는 각 군을 법식에 따라 본국으로 철수시켰다. 후미에서 등애의 추격을 저지할 장수로는 요화, 장익이 지명되었다.

등애가 추격병을 이끌고 따라붙고 보니, 촉군의 기치가 질서 정연하고 인마도 침착하게 서서히 물러나고 있었다. 등애는 그 광경을 바라보고 찬탄해 마지않았다.

"과연 강유는 제갈무후의 법도를 깊이 체득하고 있구나!"

이리하여 등애 군은 더 이상 추격하지 못하고, 군사를 거두어 기산 영채로 되돌아갔다.

위나라에 드리운 낙조

한편 강유는 성도로 돌아가 곧바로 후주를 뵙고 소환령을 내린 까닭을 물었다.

후주 유선이 대답했다.

"경이 변방에서 오래도록 개선하지 않기에 짐은 군사들의 노고를 염려하여 철수하라는 조명(詔命)을 내렸을 뿐, 전혀 다른 뜻은 없었소."

황제의 말을 들은 강유는 기가 막혔다.

"신은 이미 기산을 얻었습니다. 이제 마지막 공로를 거두려는 판국이었는데, 중도에서 다 포기하고 돌아오게 되었으니, 실로 뜻밖의 치사가 아닐 수 없나이다. 이는 필시 적장 등애의 반간계에 걸린 것이 분명합니다."

후주 유선은 묵묵히 아무 말도 못했다.

강유가 다시 말했다.

"신은 맹세코 역적 위나라를 토벌하여 국은(國恩)에 보답하겠나이다.

페하께서는 부디 소인배의 말에 귀를 기울여 신이 하는 일에 의심을 품는 일이 없도록 하소서."

유선은 한참동안 대꾸가 없더니, 이렇게 변명했다.

"짐은 절대로 경을 의심하지 않겠소. 경은 한중으로 돌아가 위나라에 변이 생기면 다시 출정하도록 하오."

강유는 탄식하며 물러나와 한중 땅으로 돌아갔다.

한편, 성도를 빠져나온 당균이 기산으로 돌아가 등애에게 결과를 보고했다. 등애는 사마망을 돌아보며 흡족한 미소를 지었다.

"군신(君臣)간에 화목하지 못하니 촉나라는 머지않아 내분이 일어나게 될 것이오."

그리고 당균을 낙양으로 보내어 사마소에게 알렸다. 사마소는 크게 기뻐하며 이때부터 촉나라를 도모할 마음을 굳히기 시작했다. 그가 중호군(中護軍) 가충에게 물었다.

"내가 촉한을 정벌하고 싶은데, 어떻게 생각하는가?"

가충이 대답했다.

"아직은 때가 아닙니다. 천자가 주공(主公)에게 의심을 품고 있는데, 섣불리 원정을 나가신다면 국내에서 필연코 변란이 일어날 것입니다."

"내가 없으면 천자가 정변을 일으킨단 말인가?"

"지난 해 영릉(寧陵) 우물에서 황룡(黃龍)이 두 차례나 나타났다 합니다. 군신들이 천자께 상서로운 조짐이라 하례(賀禮)의 표문을 올렸더니, 천자는 이렇게 한탄했다 합니다. '상서롭기는 무엇이 상서롭다는 것이냐? 용이란 천자를 상징하는 짐승인데, 하늘에 오르지도 못하고 벌판에서 춤추지도 못한 채 우물 속에 웅크려 있으니, 그것은 유폐당한 죄수의 신세가 아니고 무엇이랴? 그런 다음 '잠룡시(潛龍詩)' 한 편을 썼다 하옵니다."

"잠룡시라니, 그게 어떤 내용이던가?"

가충은 즉석에서 천자가 썼다는 시구를 읊기 시작했다.

傷哉龍受因 不能躍深淵

上不飛天漢 下不見在田

蟠居於井底 鰍鱔舞其前

藏牙伏爪甲 嗟我亦同然

슬프도다, 곤경에 빠진 용이여

깊은 연못을 뛰쳐나오지 못하다니!

하늘가에 날아오르지도 않고

아래로는 벌판에 보이지 않는도다.

우물 바닥에 똬리 틀고 도사려 앉았으니,

미꾸라지 떼가 그 앞에서 춤을 추는구나.

발톱을 감추고 엎드려 있는 용이여

어쩌면 내 신세와 그리도 같을꼬?

시구를 다 듣고 나자 사마소는 노발대발했다.

"이자가 조방(曹房)을 본뜨려 하는구나! 일찌감치 일을 도모하지 않았다가는 저쪽에서 나를 해치우고 말 것이 틀림없다."

가충이 머리를 조아리며 말했다.

"제가 주공을 위해 조만간에 일을 도모하겠사옵니다."

이때가 위나라 감로(甘露) 오년 사월이었다.

다음날, 사마소가 패검을 휴대한 채 전상에 오르니, 위주 조모는 얼른 일어나서 맞아들였다.

이윽고 군신들이 입을 모아 말했다.

"사마 대장군은 공덕이 산악처럼 혁혁하오니, 진공(晉公)으로 책봉하시고 구석(九錫)의 영예를 가하소서."

위주 조모는 고개를 숙인 채 답하지 않았다. 그러자 사마소가 버럭 호통을 질렀다.

"우리 사마씨 부자 형제 세 사람이 위나라에 큰 공적을 세웠는데, 이제 진공의 작위쯤 내려서 안 될 것이 무엇입니까?"

조모가 대꾸했다.

"어느 뉘가 감히 대장군의 말씀을 따르지 않겠소?"

사마소는 다시 천자에게 힐문을 던졌다.

"잠룡시를 읽어보았더니, 폐하께서는 우리를 미꾸라지 떼로 여기셨는데, 이런 예법이 어디 있나이까?"

조모는 얼른 답변을 하지 못했다.

사마소가 코웃음을 치며 전각 아래로 내려서니 문무백관들은 모두들 몸서리를 쳤다.

위주 조모는 조회를 마치고 후궁으로 들어가, 시중 왕침(王沈)과 상서 왕경(王經), 산기상시(散騎常侍) 왕업(王業)을 내전으로 불러들였다.

세 신하가 들어오니, 조모는 눈물을 흘리면서 속마음을 털어놓았다.

"사마소가 찬역할 마음을 품고 있다는 것은 세상 천하 사람들이 모두 아는 바요. 짐은 이대로 앉아서 폐위의 수모를 당할 수 없소. 이제 경들은 짐을 도와 사마소를 토벌해 주시오."

왕경이 아뢰었다.

"아니 되옵니다. 옛날 노소(魯昭) 공은 계손씨(季孫氏)의 횡포를 참지 못하고 군사를 일으켰다가 오히려 나라를 잃고 망명한 끝에 죽었습니다. 오늘날 대권은 모두 사마씨에게 돌아간 지 이미 오래이옵니다. 내외의 공경대부(公卿大夫)들 중에 순역(順逆)의 이치를 돌보지 않고 간적에게 아부하는 이가 한둘이 아니오며, 폐하의 숙위군(宿衛軍)은 병력도 적고 나약해서 아무 짝에도 쓸모가 없나이다. 설령 폐하의 어명이 떨어진다 하더라도 숙위군 병사들 중에서 따를 사람이 없나이다. 폐하께서 한때의 분을 참지 못하신다면 그 재앙이 막심할 것이오니, 천천히 기회를 보아 일을 도모하소서."

"인내에도 한계가 있는 법이오. 짐더러 언제까지 참으라는 말이오? 짐은 이미 결심을 내린 이상 죽음도 두렵지 않소."

왕침과 왕업은 왕경에게 귀띔을 했다.

"일이 급하게 되었소. 우리가 만약 천자를 따랐다가는 멸문지화를 자초하게 될 것인즉, 차라리 사마 공에게 달려가서 자수하여 죽음을 모면하는 것이 낫겠소."

왕경이 크게 노하여 두 사람을 꾸짖었다.

"임금이 근심하면 그 신하가 욕을 당하고, 임금이 욕을 당하면 그 신하는 죽음밖에 다른 길이 없는 법이오. 우리가 어찌 감히 두 마음을 품겠소!'

왕침과 왕업은 왕경이 따르지 않자, 자기네들끼리만 사마소에게 달려가 고변(告變)하고 말았다.

얼마쯤 있으려니 위주 조모가 내전으로 나왔다. 그 뒤에 호위장(護衛將) 초백(焦伯)이 전중숙위병(殿中宿衛兵)과 청두(蒼頭) 하인 심백여 명을 거느리고 북을 울리며 따라나섰다. 조모는 칼을 짚고 승여(乘轝)에 오르더니, 측근을 꾸짖어가며 곧장 남궐(南闕)로 치달았다. 왕경은 가마 앞에 엎드려 대성통곡을 하면서 간했다.

"폐하, 수백 명을 이끌고 사마소를 치려하시다니, 이는 범의 아가리에 양 떼를 몰아넣는 격이나 다를 바 없사옵니다. 헛된 죽음만 있을 뿐, 대세에는 아무런 도움이 되지 않사옵니다."

"경은 죽기가 두려운가?"

"신이 목숨을 아끼려는 것이 아니오라, 폐하께서 안 될 일을 하고 계신 것이 안타까울 따름입니다."

"내 군령은 이미 떨어졌다. 경은 가로막지 말라!"

조모는 오합지중을 휘몰아 용문(龍門)을 향해 쳐나갔다.

얼마 안 있어, 대장군 사마소가 출동시킨 군사들이 쳐들어왔다. 모사 가충이 전투복 차림으로 마상에 높이 올라타고, 왼쪽에는 장군 성졸(成倅)이, 오른쪽에는 성제(成濟)가 철갑 금위병 수천 명을 거느리고 함성을 지르며 용문으로 들이닥쳤다.

위주 조모는 칼을 짚고 버티어 선 채, 대갈일성 호통을 쳤다.

"내가 바로 천자다! 네 놈들이 궁정(宮庭)에 돌입한 기세를 보아하니 군주를 시해(弑害)할 작정이로구나!"

금위병들은 조모의 위세에 눌려 움쭉달싹도 하지 못했다. 그것을 본 가충이 소리쳐 성제를 불렀다.

"사마 공이 그대를 어디에 쓰려고 길렀는가? 지금이 바야흐로 그 보답을 할 때로다!"

성제는 자루가 짧은 단극(短戟)을 꼬나 쥐고 물었다.

"죽일까요, 산 채로 잡아 꿇릴까요?"

가충이 대답했다.

"사마 공의 분부가 여기 있다. 어서 죽여라."

성제는 단극을 휘두르며 기세 좋게 승여 앞으로 곧장 달려나갔다.

조모가 호통을 쳐 성제를 꾸짖었다.

"필부 놈이 감히 어가를 범하다니, 무례하구나!"

말끝이 떨어지기도 전에, 성제가 내찌른 창끝은 조모의 앞가슴을 꿰뚫어 수레 밖으로 밀어내고 있었다. 두 번째 창끝은 등줄기에서 가슴 앞을 꿰뚫었다. 조모는 수레 곁에 엎어진 채 죽었다.

호위장 초백이 창을 겨누고 달려왔으나, 그 역시 성제의 단극에 찔려 죽었다. 숙위병과 창두 삼백여 명은 혼비백산해 사면팔방으로 뿔뿔이 흩어져 달아났다. 왕경이 허겁지겁 뒤따라 왔으나, 천자는 이미 죽음을 당한 뒤였다. 왕경은 가충을 손가락질하며 욕설을 퍼부었다.

"이 역적 놈, 감히 군주를 시해하다니!"

가충은 크게 노하여, 좌우 측근을 돌아보며 외쳤다.

"저놈을 잡아 결박을 지어라!"

얼마 후, 보고를 받은 사마소가 달려왔다. 사마소는 조모의 시체를 보고 짐짓 놀라는 척하더니, 가마 기둥에 머리를 부딪처가며 통곡하기 시작했다. 그 동안, 가충은 전령들을 풀어 문무대신들에게 조모의 죽음을 알렸다.

태부 사마부(司馬孚)는 조모의 시체를 보자 그 머리를 자기 무릎에 베어놓고 통곡했다.

"폐하, 시해를 당하신 것은 모두 신의 죄로소이다!"

전각에 대소 백관들이 다 모이자 사마소는 상서복야(尚書僕射) 진태(陳泰)에게 사후 수습책을 물었다.

"오늘 이 일을 어떻게 처리하면 좋겠는가?"

진태는 한마디로 잘라 밀했다.

"가충의 목을 베십시오. 그것만으로도 천하 민심에 사죄하기에 부족합니다."

"그건 안 되겠소. 그 다음 방법을 생각해 보시오."

"차선책이란 없사오나 천자를 직접 시해한 자는 용서해서는 안 됩니다."

이윽고 사마소가 결단을 내렸다.

"성제의 죄는 대역부도(大逆不道)에 해당하는 즉, 능지처참의 형에 처하고, 그 삼족을 멸문시키라!"

성제는 펄펄 뛰면서 사마소를 향해 악담을 퍼부었다.

"이게 어찌 내 죄냐? 네 놈이 가충을 시켜 한 짓이 아니냐!"

사마소는 급히 성제의 혓바닥을 잘라버리게 했다. 성제는 형장으로 끌려나가 목숨이 끊어질 때까지 사마소에게 저주를 퍼부었다. 그 아우 성줄 역시 장터에서 참수형을 받았다. 그 일로 성씨 일문은 삼족을 멸하게 되었다.

위주 조모의 장례식이 끝난 뒤, 모사 가충과 그 일당은 사마소에게 수선(受禪)의 형식을 빌려 대위(大位)에 오를 것을 권했다. 그러나 사마소는 이를 받아들이려 하지 않았다.

"옛날 문왕(文王)이 천하의 삼분의 이를 차지하고도 은(殷)나라를 계속 섬김으로써, 성인에게 지극한 덕을 갖추었노라고 칭송을 받았네. 위(魏)의 무제(武帝:조조)가 한나라 제위(帝位)를 선양 받지 않았던 것처럼, 나 또한 위나라의 대통을 전해 받고 싶지 않소."

가충 등은 그 말을 듣고, 사마소가 아들 사마염(司馬炎)에 뜻이 있음을 깨닫고 다시 권유하지 않았다.

그해 유월, 사마소는 상도향공(常道鄕公) 조황(曹璜)을 황제로 옹립했다. 조황은 그 이름을 조환(曹奐)이라 개명했는데, 이는 무제(武帝) 조조의 손자 연왕(燕王) 조우(曹宇)의 아들이었다.

즉위식을 마치자, 새로운 위주 조환은 사마소를 승상(丞相) 진공(晉公)으로 책봉하고 돈 십만 전과 비단 일만 필을 하사했다.

낙양에 있던 촉한의 첩자가 이 일을 급히 성도에 알렸다. 강유는 사마소가 제 군주를 시해했다는 소식을 듣고 크게 기뻐했다.

"이번에야말로, 위나라를 정벌할 명분이 생겼구나."

강유는 즉시 오나라에 사신을 보내어, 촉군과 함께 사마소의 시군지죄(弑君之罪)를 묻기로 약속하는 한편, 후주 유선에게 출정의 표문을 올렸다. 십오만 군사를 동원한 촉군은 일곱 번째 정벌 도상에 올랐다. 강유는 수레 수천 대를 별도로 만들어 뒤따르게 했는데, 모두 널판 덮개를 씌워 그 속에 무엇이 들었는지 아는 사람이 없었다.

강유는 요화와 장익을 좌우 선봉으로 삼아, 요화 군은 자오곡(子午谷)으로 진출하게 하고, 장익 군은 낙곡(駱谷)으로 떠나보낸 다음, 강유 자신은 사곡(斜谷) 방면으로 향했다. 이들 세 방면 군은 모두 기산 앞에서 합류하기로 약속을 정해 놓고 일제히 진격했다.

그 무렵, 등애는 기산 영채에서 인마를 훈련시키다가, 촉군이 세 갈래로 쳐들어온다는 소식을 듣고 제장들을 불러들여 그 대책을 상의했다.

참군(參軍) 왕환(王瓘)이 먼저 의견을 내놓았다.

"저한테 계책이 하나 있는데 말씀을 올리기 어려워 이렇게 글을 쓰오니 장군께서는 읽어주시기 바랍니다."

등애는 글월을 받아 읽고 나서, 웃으며 말했다.

"이 계책이 절묘하기는 하나 강유를 속이지는 못할 걸세."

그래도 왕환이 고집을 피웠다.

"제 목숨을 걸고 한번 나가보겠습니다."

"그대의 뜻이 굳으니, 반드시 성공하고 돌아오리라 믿네."

등애는 정예군 오천 명을 가려 뽑아 왕환에게 내주었다.

왕환이 촉군을 마주 치려고 밤을 지새워 사곡으로 달려나갔더니, 때마침 강유 군의 전초 기병대와 맞닥뜨렸다. 왕환은 적병을 향해 소리쳤다.

"나는 위군 진영에서 도망쳐 나온 투항병이오. 주장에게 얼른 가서 내 뜻을 전해 주시오."

초탐마(哨探馬)가 부리나케 달려가서 보고를 올리니, 강유는 우두머리 장수만 영내에 들어오게 하고 나머지 군사들은 그 자리에서 움직이지 못하도록 엄명을 내렸다. 왕환은 단신으로 촉군 영내에 들어가 무릎을 꿇고 눈물을 흘려가며 강유에게 하소연을 했다.

"소장은 위나라 상서 왕경(王經)의 조카 왕환이로소이다. 근자에 사마소가 임금을 시해하고 제 숙부 일문을 멸족시켰기로, 소장은 그 원한이 뼈에 사무쳐 있나이다. 이제 천행으로 장군께서 군사를 일으켜 사마소의 죄상을 묻고자 하신다기에, 소장도 부하 군사 오천 명을 이끌고 투항하러 왔사옵니다. 소장을 어느 사지(死地)에 넣으시든, 간적을 소탕하고 숙부의 원수를 갚는 데 부려주시기만 한다면 그보다 더 큰 은혜는 없겠나이다."

강유는 크게 기뻐하면서 말했다.

"그대가 진정으로 투항해 왔다면 내 어찌 성심으로 받아들이지 않겠는가? 지금 우리 군에 제일 걱정되는 것은 바로 식량 보급일세. 그 식량과 말먹이를 현재 천구(川口)에 쌓아두었으니, 그대는 준비해 둔 치중차(輜重車) 수천 대로 군량을 이곳 기산까지 운반해 오게. 우리 군사는 오늘 중으로 기산에 주둔한 위군 영채를 빼앗으러 갈 것일세."

왕환은 그 말을 듣고 속으로 기뻐 어쩔 줄을 몰랐다. 강유가 이처럼 손쉽게 계략에 빠질 줄은 몰랐던 것이다.

"분부 받들겠나이다."

왕환이 흔쾌하게 응낙하자 강유가 한마디 덧붙였다.

"군량을 옮겨오는 데 오천 명씩 필요하지는 않을 것일세. 그대는 삼천 명만 데려가고, 나머지 이천 명을 여기 남겨두었다가 기산 공략전에 길잡이로 썼으면 하는데 어떻겠나?"

왕환은 강유에게 의심을 살까 두려워, 하는 수 없이 삼천 명의 군사만 이끌고 떠났다. 강유는 즉시 부첨에게 나머지 투항병 이천 명을 거느리고 대기하라는 명령을 내렸다.

얼마 안 있어 하후패가 허겁지겁 들어와 말했다.

"도독께서는 어찌 왕환의 거짓말을 믿으십니까? 제가 위나라에 있을 당시, 자세한 내막을 모르기는 하오나 왕환이 상서 왕경의 조카라는 말은 들어본 적이 없습니다. 아무래도 무슨 야료가 있는 모양이니 장군께서는 두루 살피도록 하십시오."

강유는 껄껄 웃었다.

"내가 왕환의 속임수쯤을 모를 듯싶소? 내 이미 눈치 채고 일부러 군사를 분산시키게 한 것이었소. 저쪽에서 간계를 부리면 나도 계략을 써서 대응할 수밖에 없지 않소. 이것이 장계취계(將計就計)라는 거요."

"어떻게 아셨습니까?"

"사마소는 조조보다 더 큰 간웅(奸雄)이오. 왕경을 죽이고 그 일족까지 몰살했다면, 어찌 그 조카 되는 녀석을 변방의 요충지에 남겨두어 막중한 군사를 떠맡길 리 있겠소. 이리하여 나는 왕환의 속임수를 한눈에 간파해 냈던 거요."

말을 마치자 강유는 사곡으로 나가려던 계획을 취소하고, 통로 곳곳에 은밀히 매복대를 감추어 왕환의 첩자가 드나들 만한 길을 차단해 놓았다.

과연 며칠 안 있어 왕환이 등애에게 보낸 첩자가 매복대에 걸려들었다. 밀서를 뜯어보니, 팔월 스무날에 샛길로 군량 수송대를 이끌고 촉군 본영으로 돌아갈 터이니, 등애 군도 때맞춰 담산(墰山) 계곡으로 은밀히 군사를 출동시켰다가 안팎으로 호응하자는 내용이었다.

강유는 첩자를 죽여 입을 봉한 다음, 밀서에 적힌 약속 날짜를 닷새 앞으로 당겨 팔월 보름으로 고쳐 쓰고, 등애에게 직접 군사를 이끌고 담산 계곡으로 나와 호응해 달라는 내용으로 바꾸었다. 그리고 똑똑한 군사 한 명을 위군으로 위장시켜 등애의 진중에 밀서를 전달하도록 하는 한편, 남아 있던 군량을 수레에서 모두 끌어내린 다음, 풀더미와 마른 장작 따위의 인화물질을 가득 싣고 군량처럼 푸른 천을 덮어 씌웠다. 그리고 부첨에게 밀명을 내려, 거짓 투항한 위군 이천 명과 함께 군량 수송대 깃발을 꽂은 수레를 이끌고 떠나게 했다.

안배가 끝나자 강유는 장서(蔣舒) 군으로 하여금 사곡 어귀로 진출하게 하고, 자오곡과 낙곡으로부터 진출해 온 요화, 장익 군에게는 기산의 위군 영채를 불시에 기습 점령하라는 명령을 내렸다. 그런 다음 자기 자신도 하후패와 각각 일군씩을 거느리고 산골짜기에 매복하여 등애 군이 나타나기만을 기다렸다.

구사일생

　한편, 등애는 왕환의 밀서를 받아보고 크게 기뻐하더니, 팔월 보름이 되기를 기다렸다가 손수 오만 정예병을 이끌고 담산 계곡으로 들어왔다. 정찰병을 산마루에 올려 보내 살펴보니, 군량을 실은 치중대가 꼬리를 물고 연달아 산골짜기 후미진 샛길로 내려오고 있다는 보고가 들어왔다. 등애가 마상에서 바라보니 과연 모두 위나라 군사들이라, 틀림없는 왕환의 부하들로 생각할 수밖에 없었다. 그것을 본 좌우 측근이 말했다.

　"날도 이미 저물었습니다. 왕환이 계곡을 벗어나는 것과 때맞춰 호응할 수 있도록 속히 가야 하지 않습니까?"

　그러자 등애가 고개를 갸우뚱했다.

　"앞쪽 산세가 그늘에 가리어진 것이 수상쩍다. 만약 복병이라도 있는 날이면 급히 후퇴하기 어려우니 그냥 여기서 기다리기로 하자."

　등애의 말이 끝나자마자, 갑자기 초탐마 두 명이 말을 치달려 와서 급보를 전했다.

"왕 장군의 수송대가 막 경계를 벗어났는데, 배후에서 추격병이 급박하게 뒤쫓고 있사옵니다. 속히 구원해 주십시오!"

등애는 깜짝 놀랐다. 혹시 계략이 뒤늦게 탄로 나서 쫓기고 있다면 보통 큰일이 아니었다. 이리하여 등애는 현지에서 기다리려던 생각을 포기하고 급히 군사를 재촉하여 전진해 나갔다.

때는 어둠이 깔리고 밝은 달이 그림처럼 두둥실 뜬 초경(初更) 무렵이었다. 뒷산에서 함성과 병기 부딪치는 소리가 요란하게 메아리쳤다. 등애는 왕환 군이 산 뒤쪽에서 격전을 벌이는 줄 알고 최고 속력을 내어 미친 듯이 달려갔다. 등성이를 넘어 뒷산 가까이 다다랐을 때였다. 홀연 숲 속으로부터 일표(一彪) 군마가 돌진해 나오는데, 그 선봉은 촉군 장수 부첨이었다.

"필부 등애야, 너는 이미 우리 주장의 계략에 빠졌다. 일찌감치 말에서 내려 죽음을 받지 않고 뭘 꾸물대는 거냐?"

등애가 그만 대경실색하여 황급히 말머리를 돌려 달아나는데, 앞뒤를 가로막은 군량 치중대에서 불길이 확 솟구쳤다. 그것을 신호로 좌우 양쪽 산중턱에서 촉군이 벌 떼처럼 쏟아져 나오더니, 기세등등하게 들이닥쳐 위군의 행군 대열을 토막토막 끊어놓고 마구잡이로 살육하기 시작했다. 넋이 빠진 등애는 어찌할 바를 모르고 허둥댔다. 그저 귀에 들리는 것이라곤 산등성이와 산 아래에서 촉병들이 고함치는 소리뿐이었다.

"등애를 잡아라! 등애를 죽이거나 생포한 자에게는 천금으로 포상하고 만호후(萬戶侯)에 봉하겠다!"

등애는 혼비백산해 갑옷과 투구마저 벗어던지고 타고 있던 마필까지 내버린 채 보병 대열에 뒤섞여 산꼭대기로 허둥지둥 기어 올라갔다. 그는 숨 한 번 돌리지 못하고 까마득한 고갯마루를 타고 넘어 도망쳤다.

강유와 하후패는 마상에서 목을 늘이고 누가 등애를 잡아오는지 학수고대했다. 그러나 등애가 혈혈단신 맨발로 달아났으리라고는 꿈에도 생각지 못했다.

이윽고 등애를 놓쳐버린 강유는 승리에 들뜬 군사들을 거두어들인 다음 왕환이 수송해 올 군량을 받으러 다시 출발했다.

한편 왕환은 등애와 약속한 대로 팔월 스무날이 되기 전에 앞서 군량 치중대를 거느리고 떠나 촉군의 본영으로 가는 도중에 있었다. 그런데 심복 한 명이 달려오더니 엄청난 비보를 전했다.

"일이 누설되었습니다. 등 장군은 보름날 담산에 도착했다가 강유의 복병에 걸려 대참패를 당하시고, 등 장군도 생명이 어찌 되셨는지 모른다합니다."

왕환은 그만 아연실색하여 급히 초탐마를 풀어 사방으로 정찰시켰다. 얼마 후 여러 곳에서 보고가 들어오는데, 듣느니 기막힌 소식뿐이었다.

"동북 서남과 정면에서 촉군이 세 갈래로 포위하여 조여들고 있습니다."

어디 그뿐이랴, 뒤미처 배후에서 또다시 먼지구름이 크게 일더니, 촉군의 함성이 들려왔다. 이제 사면팔방으로 에워싸였으니, 도망칠 길이 없었다.

왕환이 좌우 측근에게 호통을 쳤다.

"군량 수레에 불을 질러라! 깡그리 불태워 없애버려라."

불길은 삽시간에 옮겨 붙었다. 뜨거운 화염이 허공으로 솟구치는 가운데, 왕환은 부하 장병들에게 목이 터져라 고함을 쳤다.

"사세가 급하다! 모두들 죽기로 싸우자!"

왕환은 군사를 모두 이끌고 서남쪽을 향해 돌진해 나갔다. 그 뒤에는 강유 군이 세 갈래로 나뉘어 추격했다. 당초 강유의 예상으로는, 왕환이 결사적인 각오로 촉군에 거짓 투항하여 고육지계(苦肉之計)를 쓴 만큼, 마땅히 포위망을 뚫고 위나라로 도망쳐가리라 생각했다. 그러나 왕환은 엉뚱하게도 그 반대 방향인 한중(漢中) 땅을 향해 달아나고 있었다. 더구나 그는 병력이 적으므로, 추격대가 따라붙을까 두려운 나머지 닥치는 곳마다 촉군의 유일한 통로인 잔도(棧道)를 불태워 끊어놓고, 관문(關門) 애구(隘口)를 습격하여 모조리 파괴하면서 달아나고 있었다.

강유는 근거지 한중 땅을 잃어버릴까 걱정되어 등애를 잡아 죽이려던 생각을 포기하고, 추격대를 밤낮없이 휘몰아 샛길로 왕환을 뒤쫓은 끝에 마침내 따라잡을 수 있었다. 왕환은 사면으로 촉군의 공격을 받고 흑룡강(黑龍江)으로 몰리자 부하들에게 투항할 것을 당부한 다음 스스로 강물에 몸을 던져 죽었다. 나머지 군사들은 촉군에 붙잡혔으나 워낙 분노한 강유의 명령 한 마디에 모조리 생매장을 당하고 말았다.

강유는 비록 등애를 맞아 대승리를 거두기는 했으나 숱한 군량과 말먹이를 잃어버린 데다 잔도마저 파괴된 터라 더 이상 진격할 마음이 없어 한중으로 군사를 되돌리고 말았다.

등애는 패잔병을 수습하여 이끌고 기산 영채로 도망쳐 들어간 후, 조정에 표문을 올려 패전의 죄로 파면을 자청했다. 사마소는 그 동안 등애가 여러 차례 공로를 세운 점을 생각하여 차마 강등시키지 못하고, 다시 복직을 시키면서 후한 포상으로 그의 노고를 위로해 주었다. 등애는 하사품을 전몰장병들의 가족에게 남김없이 나누어주었다.

사마소는 촉병이 다시 침공할 것을 우려하여 증원군 오만 명을 보내주고, 등애에게 수어(守禦) 책임을 완전히 맡겼다.

촉한 경요 시월, 대장군 강유는 병력을 총동원하여 파괴된 잔도를 주야로 복구시키는 한편, 군사와 병기, 장비를 정돈하면서 다시 한중(漢中) 수로(水路)에 대규모의 선단(船團)을 이동시켜놓았다.

출정 준비를 마친 강유는 후주 유선에게 표문을 올렸다.

신이 여러 차례 출정하고서 큰 공을 이룩하지 못했사오나 위군의 사기를 좌절
시키고 적장의 간담을 크게 떨어뜨려놓았사옵니다. 이제 군사를 양성한 지도
오래인즉, 이대로 싸우지 않고 내버려두면 군심이 나태해져서 우환거리가 될
것입니다. 이제 장병들도 죽기로 싸울 마음을 지녔으니, 바야흐로 정벌전에
쓸 만하옵니다. 신이 성공을 거두지 못하고 돌아올 때는 목숨을 바쳐 사죄하
겠나이다.

후주 유선은 표문을 읽고 결단을 내리지 못한 채 망설였다.

초주가 반열에서 나와 아뢰었다.

"신이 밤중에 천문을 보건대, 서쪽 방향 장성(將星)의 빛깔이 어둡고 밝
지 않았사옵니다. 그런데 이제 대장군이 또다시 출정군을 일으키려 하다
니, 이번 원정은 매우 이롭지 못한 길이 되겠습니다. 폐하께서는 조칙을
내려 대장군의 원정을 막도록 하소서."

후주 유선이 말했다.

"이번 원정의 첫 싸움이 어떻게 될지 두고 봅시다. 만약 첫 싸움에서
실패하면, 짐은 즉시 중지하도록 칙명을 내리겠소."

초주는 재삼 반대의 뜻을 올렸으나, 역시 받아들여지지 않았다. 초주
는 집으로 돌아가면서 내내 단식을 금치 못했다. 그리고 다음 날부터 신
병을 칭탁하고 조정에 나가지 않았다.

한편, 강유는 군사를 일으킬 때가 임박하자 요화에게 물었다.

"내 이번 출정에서는 맹세코 중원을 회복할 것이오. 그대는 어느 곳부
터 공취하면 좋다고 생각하오?"

요화는 강유의 물음에 대답하는 대신, 다른 견해를 내놓았다.

"해를 거듭하여 정벌군을 일으키니, 군민(軍民)이 모두 평안치 못합니다. 게다가 위나라에는 등애처럼 지모(智謀)가 뛰어난 인물이 있습니다. 등애는 어수룩하게 보아서는 안 될 인물입니다. 대장군께서 이번 원정을 강행하시겠다니 만류할 길은 없습니다만, 소장은 따라 모시지 못하겠습니다."

그 말을 듣고 강유는 벌컥 성을 냈다.

"옛날 제갈 승상께서 기산에 여섯 차례나 출동하신 것도 모두 나라를 위해서였고, 이제 내가 여덟 번째로 위나라에 정벌군을 출동시키는 것도 내 한 사람의 사사로운 이익을 도모하기 위해서가 아님을 그대는 몰라준단 말인가? 이제 나는 조양(洮陽)부터 공취하기로 결심했으니, 내 뜻에 거역하는 자는 반드시 목을 베리라!"

이리하여 강유는 출정에 반대한 요화를 한중(漢中)에 남겨 지키게 하고, 자신은 제장들과 함께 삼십만 대군을 일으켜 곧바로 조양을 향해 진발했다.

촉군이 출동하자 천구(川口)에 잠입했던 첩자가 급히 기산 영채로 이 사실을 알렸다. 때마침 등애는 사마망과 더불어 군사를 토론하고 있다가 이 소식을 듣고, 즉시 정찰대를 내보내 촉군의 움직임을 탐지해 오도록 했다. 초탐마의 보고가 들어왔다.

"촉군은 병력을 나누지 않고 모두 조양 방면으로 진격해 오고 있습니다."

사마망이 등애에게 물었다.

"강유는 지략이 뛰어난 장수입니다. 혹시 조양을 공격하는 척하면서 실상은 기산을 노리는 의도가 아닐까요?"

등애는 고개를 내저었다.

"강유는 이번만큼은 반드시 조양으로 나올 것이외다."

"그걸 어찌 아시오?"

"오늘날까지 강유는 우리가 군량을 쌓아놓은 곳으로만 나왔소. 지금 조양은 식량이 한 톨도 없는 곳이오. 그렇기 때문에 강유는 내가 기산만을 지키고 조양을 내버려두었으리라 예측하고, 일부러 그곳을 공취하러 나온 것이외다. 그 성만 점령하면 식량과 말먹이를 옮겨다가 그곳에 쌓아놓고, 강족(羌族)과 결탁해서 장기간 지구전을 펼칠 수 있을 테니까 말이오."

"그렇다면 우리는 어떻게 해야 좋겠소?"

"이 기산 영채의 병력을 모두 철수시켜 두 길로 조양을 구하러 가야 할 것이오. 조양에서 이십오 리 떨어진 곳에 후하(侯河)라는 자그만 성이 하나 있는데, 그 성채가 바로 조양의 목구멍에 해당하는 곳이오. 이제 사마공은 일군을 거느리고 가서서 조양에 매복시킨 다음, 깃발을 눕히고 북을 울리지 말고 사대문을 활짝 열어놓으시오. 나는 일군을 거느리고 후하성에 매복해 있다가 이리이리 하겠소. 그럼 우리는 반드시 대승을 거둘 수 있을 거요."

약속이 정해지자 두 사람은 편장(偏將) 사찬으로 하여금 기산 영채를 지키게 한 다음, 제각기 군사를 거느리고 예정된 목표로 떠나갔다.

강유는 이런 줄도 모른 채 선봉장 하후패를 한 발 앞서 떠나보내 조양을 공취하게 했다. 하후패가 전군(前軍)을 이끌고 조양에 다가가 보니, 성루에는 깃발 한 폭 걸려 있지 않고, 사대문이 활짝 열려 있었다. 하후패는 부쩍 의심이 들어 섣불리 입성하지 못하고 제장들을 돌아다보았다.

"혹시 놈들의 속임수는 아닐까?"

장수들이 사면을 둘러보고 나서 대답했다.

"보아하니 성안이 텅 빈 모양입니다. 저길 보십시오. 백성들이 허겁지겁 성문을 나와 도망치고 있지 않습니까?"

그래도 하후패는 믿을 수가 없어, 친히 말을 몰아 성 남쪽으로 접근해 보았다. 과연 남녀노소 백성들이 개미 떼처럼 쏟아져 나와 모두 북쪽을 바라고 달아나고 있었다.

하후패는 크게 기뻐했다.

"하하, 정말 빈 성이로구나!"

이리하여 하후패는 앞장서서 성안으로 달려 들어갔다. 제장들도 그 뒤를 따라 군사들을 이끌고 벌 떼처럼 몰려 들어갔다. 촉군 선두가 옹성(甕城)에 다다랐을 때였다. 난데없는 일성 포향이 울리더니, 성벽 위에서 북소리, 나팔소리가 일제히 울리면서 깃발이 숲처럼 곧추서더니 방금 지나쳐 왔던 조교(弔橋)가 걷혀 올라가기 시작했다.

"앗, 계략에 빠졌구나!"

하후패는 대경실색하여 황급히 물러나려 했으나, 성벽 위에서 우박처럼 화살이 한꺼번에 쏟아져 내려왔다. 가련하게도 하후패는 선두 입성군 오백 명과 더불어 옹성 아래 쓰러져 죽고 말았다.

뒤미처 사마망이 내성(內城)으로부터 군사를 휘몰아 달려 나왔다. 촉군은 대참패를 당하고 겨우 목숨을 건져 뿔뿔이 달아났다.

하후패 군을 뒤따라오던 강유는 급히 경기병대를 보내, 패주하는 군사들을 엄호하고 사마망의 추격대를 물리쳤다. 사마망 군이 성안으로 쫓겨 들어가자, 강유는 성곽에 바짝 붙여 영채를 세우고 물샐 틈 없이 포위망을 쳤다.

그런데 이날 밤 이경(二更) 무렵, 후하성에 매복해 있던 등애가 야음을 틈타 일군을 출동시켜 촉군 영채를 습격했다. 어둠 속에 혼곤히 잠든 촉군 영채는 일대 혼란을 일으켰다. 강유가 아무리 제지하려 해도 장병들의 혼란은 그치지 않았다. 이때, 성내에서 북소리, 나팔소리가 천지를 뒤흔들더니 성문이 활짝 열리면서 사마망의 군사가 함성을 지르며 쏟아져 나왔다. 앞뒤로 협공을 받은 촉군은 변변히 싸워보지도 못하고 대패를 당하고 말았다.

주장인 강유 역시 혼란의 와중에 휩쓸린 채, 좌충우돌하면서 죽기로 싸운 끝에 가까스로 포위망을 탈출할 수 있었다. 강유는 패잔병을 수습하여 조양성 밖 이십 리 뒤로 물러나 다시 영채를 세우고 병력을 정돈했다.

두 차례나 패주하고 나자 촉군 진영은 군심이 동요하기 시작했다. 그것을 본 강유는 제장들을 불러 모아놓고 군심을 안정시킬 겸해서 엄포를 놓았다.

"승패란 원래 병가지상사(兵家之常事) 아닌가? 오늘 비록 장병들을 잃었으나 그리 걱정할 정도는 아닐세. 이번 원정이 성공하느냐, 실패로 끝나느냐는 바로 이 조양성에서 결판날 것이니, 그대들은 시종 변심하지 말고 내 명령에 따르라. 후퇴하자는 말을 입 밖에 내는 자는 즉석에서 목을 베어버릴 테니 모두들 그리 알라."

장익이 의견을 내놓았다.

"등애와 사마망의 병력이 모두 이곳으로 집결해 있다면 기산 쪽은 텅비어 있을 것입니다. 장군께서 계속 조양성의 사마망과 후하성의 등애 군을 공격하여 그 발목을 이곳에 묶어두시면, 소장이 일군을 거느리고 달려가 기산 영채를 빼앗겠습니다. 기산의 아홉 영채를 탈취하면 곧바로 전군을 휘몰아 장안까지 진격힐 수 있습니다."

강유는 그 계책을 받아들였다. 이리하여 장익은 슬그머니 후군 병력을 뽑아 기산을 치러 떠나갔다.

이날, 강유는 친히 군사들을 거느리고 후하성으로 나아가 등애에게 도전했다. 등애 역시 군사를 이끌고 맞아 싸우러 나왔다. 양군이 둥그렇게 원형진(圓形陣)을 치고 맞선 가운데, 강유와 등애가 단독으로 싸우기 시작했다. 그러나 접전한 지 수십여 합이 지나도록 쌍방은 승부를 내지 못하고, 제각기 군사를 거두어 영채로 돌아왔다.

다음날, 강유가 또다시 도전했다. 등애는 장병들을 단속해 놓고 응전하지 않았다. 강유는 입심 좋은 병사들을 전열 앞에 내세워 온갖 욕설을 퍼붓게 했다. 등애는 문득 수상쩍은 느낌이 들었다.

"촉군이 한바탕 대패를 당하고서도 물러날 기미를 보이기는커녕 날마다 도전해 오는 것을 보면 필시 군사를 나누어 기산 영채를 습격하려는 계략이 분명하다. 그곳 수비장 사찬은 병력도 적고 지략도 모자라니, 반드시 촉군에게 패할 것이다. 아무래도 내가 직접 구원하러 가야겠다."

이리하여 등애는 아들 등충을 불러 당부했다.

"이곳을 신중히 지키고 있거라. 저들이 아무리 도발해 오더라도 일체 응하지 말고 굳게 지켜야 한다. 나는 오늘밤 기산을 구하러 떠나겠다."

그날 밤 이경 무렵, 강유가 제장들과 더불어 작전계획을 의논하고 있는데, 갑자기 영채 밖에서 함성이 진동하면서 북소리, 나팔소리가 요란하게 울렸다. 급보를 받아보니, 등애가 정예병 삼천을 이끌고 야습해 왔다는 것이었다. 장수들이 뛰쳐나가려 하자 강유는 이를 제지했다.

"함부로 나서지 말라!"

얼마쯤 있으려니, 영채 밖의 소란이 잠잠해졌다.

등충이 촉군의 정찰대를 경동시켜 혼란에 빠뜨리는 동안, 등애는 그 틈에 정예병을 이끌고 기산 쪽으로 달려갔던 것이다. 아버지가 무사히 떠나자 등충도 군사를 거두어 후하성으로 돌아가버렸다.

강유는 곰곰이 생각에 잠기더니 제장들을 소집했다.

"등애가 야습하는 것처럼 꾸미고 그대로 군사를 휘몰아 기산 영채를 구원하러 떠난 모양이다. 부첨, 그대는 이곳 진영을 단단히 지키고 있거라. 절대로 적을 업신여겨 출동하면 안 된다."

당부를 마친 강유는 그 즉시 삼천 정예병을 가려 뽑아 이끌고 장익 군을 지원하러 떠나갔다.

한편, 그 무렵 장익은 바야흐로 기산 영채에 맹렬한 공격을 퍼부어 함락 직전까지 몰아가고 있었다. 수비장 사찬은 워낙 병력이 적은 터라, 더 이상 버티지 못할 상황에 이르렀다. 바로 이때, 등애 군이 갑자기 촉군의 배후에 나타나 기습적으로 돌격해 왔다. 정면 공격에만 몰두해 있던 촉병은 대패를 당하고 전열이 붕괴되었다.

장익은 뒷산 하나를 사이에 두고 등애 군에게 퇴로를 끊긴 채 한창 다급하게 몰리던 판국인데, 느닷없이 함성이 크게 들리더니 북소리, 나팔소리가 뒤따라 울려 왔다. 정신을 가다듬고 바라보니, 배후를 차단했던 위군이 눈발 날리듯 흩어져 물러나고 있었다. 장익이 측근을 돌아보며 외쳤다.

"대장군께서 지원하러 오셨다!"

그리고 기세를 떨친 장병들을 휘몰아 등애 군에게 협공을 퍼붓기 시작했다. 등애는 일진(一陣)을 꺾이고 급히 후퇴하여 기산 영채로 들어가더니, 두 번 다시 나오지 않았다.

강유는 사면으로 철통같이 포위망을 구축하여 등애를 단단히 가두어 놓고 밤낮없이 맹렬한 공격을 퍼부었다. 이번만큼은 하늘이 두 쪽 나는 한이 있더라도 등애를 놓치지 않을 작정이었다.

보국안신의 묘책

얘기를 두 갈래로 나누기로 한다.

그 무렵, 성도에서 후주 휴선은 중상시 황호의 말만 곧이듣고 또 주색에 빠져 나라의 정사를 일체 돌보지 않았다. 당시 원로대신 유염(劉琰)의 아내 호씨(胡氏)는 절세의 미녀요, 또 황후의 총애를 받고 있었다. 그런데 한번은 호씨가 궁중에 들어가 머문 채 한 달이 지나도록 집에 돌아오지 않았다. 유염은 아내가 후주와 사통(私通)한 것이 아닌가 의심한 끝에 막하 군사 오백 명을 궁궐 문 앞에 늘어세우고 아내 호씨를 끌어내어 집으로 데려다가 혹독한 매질을 퍼부었다.

후주는 그 소문을 전해 듣고 크게 노하여, 유염을 기군망상(欺君罔上) 죄로 다스려 참수형에 처하고 말았다. 그러나 관료들은 후주를 황음무도한 임금으로 여기고, 처자식을 일체 궁궐에 드나들지 못하게 단속했다. 이때부터 어진 선비는 차츰 물러나고, 소인배들이 조정에 들끓기 시작했다.

우장군 염우(閻宇)는 손톱만한 공로도 세운 것이 없으면서도 황호에게 아첨을 떨어 높은 벼슬을 받은 소인배였다. 그는 강유가 촉나라 전군을 거느리고 기산에서 활약하는 것을 시기한 나머지, 황호를 설득하여 후주에게 상소를 올리게 했다.

강유는 누차 원정을 나갔어도 아무런 공을 세우지 못하였은즉, 우장군 염우로 하여금 그 직분을 대신 맡게 하소서.

후주 유선은 이 말을 받아들여, 칙명으로 강유에게 소환령을 내렸다. 강유는 한창 기산 포위 공략에 열중하던 중, 성도에서 칙사가 연거푸 세 차례나 달려와 어명을 전하자 할 수 없이 공격을 중단하고 전군에 철수령을 내렸다. 결단을 내리던 날 밤, 강유는 조양과 후하성에 대치하고 있는 부첨의 군사부터 철수시키고, 그 다음에 자신도 장익과 함께 천천히 군사를 물려 후퇴하기 시작했다.

등애는 영채 안에서 밤새도록 촉군의 북소리와 나팔소리를 듣고 무슨 영문인지 모른 채 떨기만 하다가 새벽을 맞았다. 급히 초탐마를 내보내 촉군의 동정을 살피니, 촉병은 밤새 모조리 철수하고 빈 영채만 남았다는 보고가 들어왔다. 그러나 등애는 강유의 계략에 넘어갈까 두려워, 섣불리 추격대를 출동시킬 엄두가 나지 않았다. 이리하여 강유는 군사를 한 명도 잃지 않고 무사히 본국으로 물러날 수가 있었다.

한중으로 돌아온 강유는 인마를 휴식시켜놓고 칙사를 따라 성도에 들어가 후주를 알현하려 했다. 그러나 후주 유선은 열흘이 지나도록 조정에 나오지 않았다. 강유는 속으로 의혹을 품은 채 퇴궐하던 도중 우연히 비서랑(祕書郎) 극정(郤正)을 만났다.

"천자께서 이 강유에게 정벌군을 철수하라는 칙명을 내렸기에 돌아왔

는데, 공은 그 까닭을 알고 계시오?'

극정이 빙그레 웃으며 되물었다.

"대장군은 아직도 모르시오? 환관 황호가 염우에게 공로 세울 자리를 만들어주고 싶어 천자께 상주해 장군을 소환하게 했던 것이외다. 듣자하니 위나라 등애는 용병술에 능통하다던데, 이번 처사로 등애는 잠자리에 누워서 변방을 지킬 수 있게 되었소이다."

그 말을 듣자 강유는 노발대발했다.

"내 그놈의 환관을 죽여 없애고야 말리라!"

극정이 얼른 만류했다.

"대장군은 제갈무후께서 남기신 대사를 이어받은 몸이 아닙니까? 그런 막중한 유업을 지닌 분이 어찌 함부로 일을 저지르려 하십니까? 만약 천자께서 용납하지 않으시는 날엔 오히려 대장군이 더러운 누명을 쓰게 되십니다."

강유도 그 사실을 아는 만큼 솔직히 사과했다.

"선생의 말씀이 지당하오. 내가 분에 못 이겨 일을 그르칠 뻔했구려."

이튿날 후주가 황호와 단둘이 후원에서 술잔치를 벌이고 있는데, 강유가 종자 몇을 거느리고 들어온다는 기별이 왔다. 황호는 급히 연못 건너편 가산(假山) 뒤로 돌아가 몸을 피했다.

강유는 정자 앞으로 다가가 후주를 보고 눈물을 흘리며 아뢰었다.

"신이 등애를 기산에 가두어놓고 이제 곧 잡아 죽일 날이 머지않았는데, 폐하께서 세 차례씩이나 칙명을 내려 소환하셨고, 또 알현하고자 입궐해도 뵐 수 없으니, 그 성의(聖意)가 어디 있사온지 모르겠나이다."

후주는 묵묵부답이었다. 강유가 다시 아뢰었다.

"환관 황호는 간교하게도 권세를 독단하니, 바로 한나라 영제(靈帝) 때의 십상시(十常侍)나 다를 바 없는 자이옵니다. 바라옵건대, 폐하께서는 가까이 십상시를 거울삼으시고, 멀리는 진(秦)나라 때 간신 조고(趙高)를 거울삼으시어 조속히 환관 황호를 죽여 없애시면 조정이 스스로 맑아질 것이며, 중원도 이내 수복할 수 있을 것이옵니다."

후주가 껄껄 웃었다.

"황호로 말하자면 짐의 시중이나 드는 말단 관리인데 무슨 우환이 되겠소? 설령 권세를 잡았다 하더라도 아무 일도 저지르지 못할 위인이 아니오? 지난 날 동윤(董允)이 이를 갈며 황호를 미워하기에 짐이 몹시 꾸짖었는데, 이제는 경마저 쓸데없는 데 마음을 쓰고 있구려."

강유가 머리를 조아리며 말했다.

"폐하, 지금 즉시 황호를 처단하지 않으시면 그 재앙이 머지않을 것이옵니다!"

"짐은 사람을 죽이는 것을 싫어하오. 경은 어째서 일개 환관조차도 용납지 않소?"

후주는 근시에게 명하여 가산 뒤에 숨어 있던 황호를 불러내게 한 다음, 강유에게 사죄하라는 명을 내렸다.

황호는 강유의 발치 앞에 엎드려 통곡했다.

"소인은 아침저녁으로 성상 폐하를 모셔 왔을 뿐, 나라의 정사에는 전혀 간섭한 적이 없사오니, 장군께서는 남의 말에 속아 소인을 죽이지 마시옵소서. 보잘것없는 이 한 목숨은 오로지 장군의 손에 달렸으니, 부디 가련히 여겨 용서해 주십시오."

말을 마치자 황호는 돌바닥에 이마를 짓찧어가며 눈물을 흘렸다.

강유는 차마 더 이상 따지지 못하고 서둘러 후주 앞을 물러나왔다. 그리고 앙앙불락(怏怏不樂)한 기색으로 극정을 찾아가 방금 벌어졌던 일을 사실대로 일러주었다. 그 얘기를 듣자 극정은 깜짝 놀라며 탄식했다.

"머지않아 장군께 큰 화(禍)가 닥칠 것입니다. 만약 장군의 신상이 위태롭게 되면 이 나라도 뒤따라 멸망하리다."

강유는 극정의 손목을 붙잡고 통사정을 했다.

"선생, 부디 이 강유에게 보국안신(保國安身)의 계책을 일러주시오."

극정은 잠시 생각하더니, 이렇게 귀띔해 주었다.

"농서 땅에 답중(畓中)이란 곳이 있소. 그 땅은 아주 너르기도 하려니와 토질도 비옥하오. 장군은 제갈무후께서 둔전병(屯田兵)을 하시던 전례를 본받아 천자께 아뢰고 그리로 가시면 어떻겠소? 군사들에게 보리농사를 짓게 하면 군량도 충실해질 테고, 위나라 측에 속한 농우 일대를 기습 점령할 수도 있거니와 위나라 측으로 하여금 한중(漢中) 땅을 엿보지 못하게 할 수도 있소. 장군이 지방에 나가 계시되 병권을 계속 쥐고 있으면 아무도 목숨을 노리지 못할 것이니 이야말로 살신지화(殺身之禍)도 피하고 나라를 지킬 수도 있는 방법이 아니겠소?"

강유는 크게 깨닫고 극정에게 겸손히 사례를 올렸다.

"선생의 말씀은 실로 금옥(金玉)과 같습니다."

이튿날 강유는 후주에게 표문을 올렸다. 지난날 제갈 승상이 한 예를 본받아 답중에서 둔전하겠으니 윤허를 내려 달라는 내용이었다. 후주는 골칫거리가 지방으로 나간다는 말에 흔쾌히 승낙했다.

강유는 한중으로 돌아가 제장들을 모두 불러들였다.

"우리가 누차 정벌을 나가서도 번번이 실패한 까닭은 모두 군량이 부족했기 때문이오. 이제 나는 군사 팔만 명을 데리고 답중에 들어가 보리농사를 지으며 둔전할 작정이오. 그대들은 다시 출정 명령이 내릴 때까지 이 한중 지역을 지키면서, 오랜 전역(戰役)에 지친 군사들을 휴식시키고 군량을 비축해 두시오. 위군은 머나먼 천리 밖에서 험산 준령을 넘어가며 군량을 운반해 들이느라 지칠 대로 지쳐 있소. 군사들이 굶주리고 지치면 반드시 돌아갈 생각만 하게 될 터이니, 그때에 허점을 틈타 습격하면 필승을 거둘 수 있을 거요."

이리하여 강유는 호제에게 한수성(漢壽城)의 수비를 맡기고, 왕함으로 하여금 낙성(樂城)을, 장빈으로 하여금 한성(漢城)을, 장서와 부첨으로 하여금 관애(關隘)를 각각 지키도록 안배했다. 수비군이 각처로 떠나자 강유는 팔만 군사를 이끌고 답중으로 들어가 보리농사를 지으면서 장구지계(長久之計)를 세우기 시작했다.

한편, 등애는 숙적 강유가 답중에서 둔전하고 있다는 소식을 듣고, 첩자를 잠입시켜 그 일대의 상황을 도면으로 그려오게 했다. 첩자가 바치는 도면을 보니, 강유는 답중으로 통하는 도로상에 사십여 군데나 영채를 세우고, 물샐 틈 없이 연결을 맺은 형세가 손자병법에 이른바 상산(常山)의 뱀처럼 끊기는 구석이 보이지 않았다.

깜짝 놀란 등애는 곧바로 그 도면을 사마소에게 올려 보냈다.

사마소는 도면을 보고 크게 노했다.

"강유란 놈이 벌써 여러 차례 중원을 침범하더니, 이제는 장구지책을 세우는구나. 이것을 뿌리째 뽑아 없애지 않았다가는 내 심복지환(心腹之患)이 되고 말겠다!'

모사 가충이 말했다.

"강유는 제갈공명의 병법을 깊이 전수받았으므로 급격히 물리치기 어려울 터인즉, 수고롭게 많은 군사를 동원할 것이 아니라 지혜 있고 용맹스런 자객을 가려 뽑아 암살하는 것이 어떠하겠습니까?'

그러자 종사중랑(從事中郞) 순욱(荀勖)이 반대했다.

"아니 되오. 지금 촉주 유선이 주색에 빠져 간신 황호의 말만 들어주니, 조정의 대신들 모두는 제 한 몸의 화란(禍亂)을 피할 생각뿐이라 하오. 강유가 답중에서 둔전을 하는 까닭도 바로 화를 피해 보려는 궁여지책에서 그러는 것이오. 이런 판국에 유능한 대장을 시켜 토벌하면 이기지 못할 리 없는데, 궁색하게 자객을 보낼 필요가 어디 있소?"

사마소는 껄껄 웃음을 터뜨렸다.

"그 말이 가장 마음에 드는구려. 이제 촉나라를 정벌하기로 결심했는데, 누구를 대장으로 삼으면 좋겠는가?"

순욱이 다시 아뢰었다.

"등애는 당세의 장재(將材)입니다. 여기에 종회를 부장으로 삼으시면 대사를 이룩할 수 있겠습니다."

"내 뜻에 꼭 맞는 말이로다!"

사마소는 크게 기뻐하여 즉시 종회를 불러들였다.

"내가 그대를 대장으로 삼아 오나라를 정벌하고자 하는데 어떤가?"

종회가 대답했다.

"주공의 뜻을 헤아려보건대 오나라를 정벌하시려는 것이 아니라, 실은 촉을 치려하시는 게 아닙니까?"

"그대는 내 속마음까지 꿰뚫어보는구나. 그렇다면 촉을 정벌하려는데 무슨 계책을 써야 마땅하겠는가?"

"주공께서 촉을 정벌하시겠다면 그 작전지도는 이미 여기에 갖추어놓았사오니 한번 보소서."

사마소가 지도를 받아들고 살펴보니, 촉나라로 가는 통로가 자세히 그려져 있을 뿐만 아니라 행군 도중 숙영할 곳, 군량을 쌓아 둘 곳, 어디로 진출하고 불리할 때는 어디로 물러나야 할 것인지 모든 길과 지점이 법도에 맞게 표시되어 있었다.

사마소는 무릎을 탁 쳤다.

"실로 훌륭한 장수로다! 공이 등애의 군사와 협력하여 촉나라를 공취하면 어떻겠는가?"

"촉천(蜀川) 땅은 면적도 너르고 길도 많아, 어느 한 길로만 나가서는 안 되옵니다. 소장은 등애와 군사를 나누어 딴 길로 진격할까 합니다."

이리하여 사마소는 종회를 진서장군(鎭西將軍) 가절월(假節鉞) 관중도독(關中都督)으로 삼아 청주, 연주, 서주, 예주, 형주, 양주 등의 인마를 총동원하여 거느리게 하고, 등애에게는 정서장군(征西將軍) 관외(關外) 농상도독(隴上都督)의 직함을 주어 현지군을 통솔하게 하되, 종회와 기일을 약속하여 촉한을 정벌하라는 명령을 내려 보냈다.

다음날, 사마소가 조정에서 문무대신들과 정벌 계획을 의논하고 있는데, 전장군(前將軍) 등돈(鄧敦)이 반대 의견을 올렸다.

"강유가 누차 중원을 침범하여 우리 군사를 적지 않게 꺾었으니, 지금은 오로지 수비만 하더라도 지키기 어려운 판국인데, 어떻게 산천도 험한 적지에 군사를 들여보내려 하십니까? 이것은 호랑이의 수염을 건드려 화란을 자초하는 길입니다."

사마소가 버럭 화를 냈다.

"내가 의로운 군사를 일으켜 무도한 촉주(蜀主)를 정벌하려는데, 네 어찌 감히 내 뜻을 거역하느냐! 여봐라, 이놈을 당장 끌어내다 목을 쳐라!"

잠시 후, 무사들이 등돈의 머리를 계하(階下)에 바치자 백관들은 모두 아연실색하여 입을 다물고 말았다.

사마소가 다시 선포했다.

"내가 동쪽으로 제갈탄의 반란을 토벌한 이래 육 년의 세월을 쉬는 동안 군사를 조련하고 병기와 갑옷, 투구도 이미 완비된 터라 벌써 오래 전부터 오와 촉을 정벌할 마음이 있었소. 이제 서쪽으로 촉부터 평정한 다음, 강물의 흐름을 타고 수륙(水陸) 양면으로 오를 병탄할 것이오. 내가 알기로 촉나라 병력 수는 성도 수비군이 팔구만, 변경 수비군이 사오만을 넘지 못하고 있소. 강유가 답중에서 둔전하는 병력도 불과 육칠만이오.

나는 이제 등애에게 관외 농상의 병력 십여만을 출동시켜 강유로 하여금 동쪽을 돌아보지 못하도록 답중에 묶어놓게 조치해 두었소. 그리고 종회로 하여금 관중의 정예병 이삼십만을 이끌고 곧바로 낙곡(駱谷)에 진출하여, 세 방면으로 한중을 기습하게 하였소. 이제 촉주 유선이 혼암무도(昏暗無道)한 데다 변방의 수비조차 무너지고 있으니, 촉은 안팎으로 흔들려 반드시 멸망할 것이오."

못 신하들은 사마소의 계책에 모두 탄복했다.

마침내 진서장군 종회는 촉나라 정벌군을 일으켰다. 그러나 혹시 기밀이 누설될까 두려워 짐짓 오나라를 친다는 명목을 내세우고 청주, 연주, 예주, 형주, 양주 다섯 지역에 군령을 내려 거대한 전함을 만들게 하는 한편 당자를 등주(登州), 내주(萊州) 일대에 보내어 해안 방어를 감독하게 했다.

사마소는 그 의도를 모르고 종회를 소환하여 물었다.

"그대는 육로로 진격할 텐데, 배는 많이 만들어서 어디다 쓰려는가?"

종회가 대답했다.

"촉한은 우리가 대거 침공하는 줄 알면 필시 오나라에 구원을 요청할 것입니다. 그래서 일부러 오를 치는 것처럼 허장성세(虛張聲勢)를 꾸며놓아, 오로 하여금 섣불리 경거망동하지 못하게 하는 것입니다. 앞으로 일 년 안에 촉을 깨뜨리고 났을 때는 선단(船團)도 완전히 갖추어졌을 터인즉, 그때에 뱃길로 흐름을 따라서 오를 정벌하면 무슨 어려움이 있겠습니까?"

사마소가 크게 기뻐한 것은 말할 나위도 없었다.

위나라 경원(景元) 사년 추칠월 초사흗날, 종회의 원정군이 출발하자 사마소는 도성 밖 십 리까지 전송을 나갔다. 환송객이 돌아오는 길에 서조연(西曹掾) 소제(邵悌)가 은밀히 말했다.

"이번에 주공께서 종회를 깊이 믿으시고 십만이나 되는 군사를 맡기셨는데 제 어리석은 소견으로는 그자의 뜻이 너무 크고 높으오니, 대권을 홀로 장악하게 해서는 안 될 듯싶사옵니다."

사마소가 빙그레 웃었다.

"내 어찌 그 점을 모르겠는가?"

"주공께서 아신다면 다른 사람을 동행시켜 그 직권을 나누어 쓰게 하심이 마땅하지 않으오리까?"

사마소는 한참 동안 대꾸를 않더니 조용히 귀띔해 주었다.

"조정 신하들의 여론은 촉을 정벌해선 안 된다고 했네. 그것은 모두들 내심 겁을 먹었다는 증거일세. 싸우기도 전에 겁부터 집어 먹으면 반드시 패하고 마는 법 아닌가? 그런데 종회는 정벌 계획을 세울 때부터 전혀 겁을 먹지 않았네. 겁이 없으면 반드시 촉을 공파할 수 있네. 촉을 깨뜨리고 나면 촉의 백성들은 모두 간담이 떨어질 걸세. 병법에도 '패군지장은 용기를 말하지 않고, 망국의 신하들은 살아남기를 도모하지 않는다'고 했네. 이제 종회가 다른 마음을 품는다 하더라도, 촉나라 백성들이 나라를 멸망시킨 그를 어찌 도와주려 하겠는가? 더구나 위군 장병들은 승리 후에 한시 바삐 귀국할 생각을 하고 있을 터인즉, 종회가 엉뚱한 마음을 품었더라도 반드시 불복할 것일세. 그러니 내가 염려할 것이 뭐 있겠나? 하지만 이것은 그대와 나 둘만의 비밀이니 절대로 누설하면 안 되네!"

한편, 종회는 촉나라 접경에 도달하여 영채를 세운 다음, 감군 위환, 호군 호열(胡烈), 대장 전속(田續), 방회(龐會), 전장(田章), 원정(爰彰), 구건(丘健), 하후함(夏侯咸), 왕가(王賈), 황보개(皇甫闓), 구안(句安)을 비롯하여 팔십여 명이나 되는 장수들을 모두 소집하여 첫 군령을 내렸다.

"여러 장수들 가운데 한 사람이 선봉을 맡아 산길을 개척하고 강물에 다리를 놓으며 전군을 인도해야 할 터인데, 누가 감히 맡을 수 있겠는가?"

그러자 한 장수가 선뜻 응답하고 나섰다. 종회가 바라보니, 옛날 범처럼 용맹스럽던 호장(虎將) 허저의 아들 허의(許儀)였다. 나머지 장수들도 입을 모아 말했다.

"허의가 아니면 선봉을 맡길 사람이 없습니다."

종회도 서슴지 않고 허의를 지명했다.

"그대는 범 같은 체구에 원숭이의 팔다리를 지녔으니, 부자가 모두 용맹으로 이름을 떨치리라. 이제 동료 장수들도 그대를 천거하니, 선봉장의 인수를 받들어 기병 오천과 보병 일천 명을 거느리고 출동하라. 세 갈래로 나누어 한중을 바라보고 진출하되, 그대는 중로군을 맡아 사곡으로 나가고, 좌군은 낙곡으로, 우군은 자오곡으로 나아가면서 험준한 산악에 길을 개척하고, 구렁을 메우며, 다리가 무너졌으면 수리하고, 암석이 막혔거든 모두 깨뜨려 본대의 행군에 막힘이 없도록 하라. 만약 본대의 행군을 지체시켰다가는 반드시 군법에 따라 처벌하겠다."

허의가 선봉대를 이끌고 떠나자 종회도 뒤따라 십만여 군사를 거느리고 밤을 도와 출발했다.

기울어지는 대들보

한편 등애는 농서에서 촉나라를 정벌하라는 명령을 받고, 곧바로 사마망을 출동시켜 강족(羌族)이 나올 길을 끊어놓는 한편, 옹주 자사 제갈서(諸葛緖), 천수군(天水郡) 태수 왕기(王欣), 농서 태수 견홍(甄弘), 금성(金城) 태수 양흔(楊欣)으로 하여금 각 소속군을 본영으로 집결시켜 명령을 기다리게 했다.

각 지방의 인마가 구름 떼처럼 모여들던 날 밤, 등애는 이상한 꿈을 꾸었다. 높은 산마루에 올라 한중 땅을 바라보려니 갑자기 발밑에서 샘물이 용솟음쳐 나오는데 그 기세가 너무나 엄청났다. 깜짝 놀라 잠에서 깨어나 보니, 온몸에 샘물 같은 땀이 줄줄 흘러내렸다. 등애는 꼬박 앉은 채로 밤을 지새우고, 날이 밝자 호위 소완(邵綏)을 불러들였다. 소완은 평소 주역(周易)에 정통한지라 등애는 그 꿈을 풀어달라고 했다.

소완은 이렇게 해몽을 했다.

"주역에 이르기를 산 위에 물이 있는 것을 '건(蹇)'이라 하니, 건괘(蹇

卦)는 곧 서남방이 이롭고 동북방이 불리하다는 뜻입니다. 공자님도 말씀하시기를 건괘는 서남방으로 가면 공을 세울 수 있으나, 동북으로 가면길이 막혀 세궁역진(勢窮力盡)하게 된다 하셨습니다. 그러하오니, 장군께서는 이번 정벌길에 필연코 촉나라를 이길 수 있사오나, 안타깝게도 건체(蹇滯)에 막혀 돌아오실 수 없겠습니다."

등애는 그 말을 듣고 수심에 잠겼다. 이런 판국에 종회가 보낸 격문이 도착했다. 내용인즉 양측에서 동시에 기병(起兵)하여, 일제히 한중으로 공격해 들어가자는 것이었다.

등애는 즉시 제장들을 소집하여 출동 명령을 내렸다.

"옹주 자사 제갈서는 일만 오천 군사를 거느리고 출동하여, 우선 강유의 퇴로를 차단하라. 천수군 태수 왕기는 역시 일만 오천 군사를 이끌고 좌측으로부터 답중을 공격하며, 농서 태수 견홍은 일만 오천 군사를 거느리고 우측으로부터 답중을 공격할 것이며, 금성 태수 양흔은 일만 오천 군사로 감송(甘松)에 매복했다가 강유의 배후를 습격하라. 나는 삼만 군사를 거느리고 이동하면서 접응할 것이다."

등애와 종회의 운명을 예언한 사람은 소완 하나뿐이 아니었다. 종회가 으리으리한 정예 강병을 이끌고 출병하던 날, 만조백관들은 모두 성 밖까지 나가 부러운 눈초리로 전송했다. 그런데 상국참군(相國參軍) 유실(劉實)만이 웃음 띤 채 아무 말도 하지 않았다. 태위(太尉) 왕상(王祥)은 유실이 냉소를 머금은 모습을 보고 그 손을 붙잡고 물었다.

"어떻소, 종회와 등애 같은 장수들이 출동했으니, 촉을 평정할 것은 틀림없겠지요?"

그러자 유실은 이렇게 대답했다.

"촉나라를 공파할 것은 틀림이 없습니다만 두 장수 모두 돌아오지는 못할 듯싶습니다."

"어째서 개선장군이 못 돌아온다는 거요?"

왕상이 다시 물었으나 유실은 웃기만 할 뿐 대답하지 않았다.

한편, 위나라 대군이 출동한 소식은 첩자를 통해서 답중에 있는 강유에게도 알려졌다. 강유는 그날 중으로 후주 유선에게 표문을 올렸다.

좌거기장군(左車騎將軍) 장익을 보내 양평관(陽平關)을 수호하게 하시고, 우거기장군(右車騎將軍) 요화를 보내어 음평교(陰平橋)를 지키도록 속히 윤허를 내려주소서. 그 두 곳은 가장 요긴한 거점이니, 그곳을 잃고 나면 한중마저 보전할 수 없게 되나이다. 그리고 오나라에 급사를 보내 구원을 요청해 주소서. 그 동안에 신은 답중의 병력을 총동원하여 적을 막으려 하나이다.

이때가 염흥(炎興) 원년 즉, 경요(景耀) 오년이었다. 후주 유선은 날마다 환관 황호와 더불어 궁중에서 잔치를 열고 있었다. 그날 강유의 표문이 올라오자 유선은 황호를 불러들여 물었다.

"지금 위나라가 종회, 등애 두 장수에게 대군을 맡겨 양면으로 침공해 온다는데, 이를 어쩌면 좋겠는가?"

황호가 대답했다.

"이는 대장군 강유가 공명을 세울 욕심에서 일부러 올린 글월이오니, 폐하께서는 염려하지 마소서. 설혹 위군이 쳐들어온다 하더라도 신에게 그 길흉을 알아내어 물리칠 방도가 있나이다."

"무슨 방법이오?"

"도성 안에 무당이 하나 있는데, 신통력이 대단하다 하옵니다. 그 무당을 불러들여 점을 쳐보심이 옳을까 하나이다."

유선은 그 말대로 따랐다. 이윽고 후전(後殿)에 향화(香花), 지촉(紙燭), 제물(祭物)이 골고루 갖춰지자 황호는 무당을 수레에 태워 모셔다가 용상(龍床)에 앉히고, 천자 유선은 그 아래 무릎 꿇고 분향하며 축원을 올렸다.

무당은 머리를 풀어헤친 채 맨발로 전상(殿上)에서 수십 차례나 펄쩍펄쩍 뛰더니 탁자 변두리를 빙글빙글 돌기 시작했다.

황호가 냉큼 유선에게 속삭였다.

"신령이 강림하고 있사오니, 폐하께서는 좌우 측근을 모두 물리시고, 홀로 기도를 드리소서."

유선은 근시(近侍)들을 모조리 내쫓은 다음, 무당에게 재배를 올리며 축원했다. 그러자 무당이 버럭 고함을 질러댔다.

"내가 바로 서천(西川)의 토지신이오! 폐하는 태평성대를 즐기고 계신데, 무엇을 또 물으려 하는가? 몇 년 있으면 위나라 강토가 폐하에게 돌아오리니 아무 근심 마시오."

말을 마치자 무당은 그 자리에 쓰러져 정신을 잃었다.

유선은 크게 기뻐, 무당에게 큰 상과 벼슬을 내렸다. 이날부터 유선은 무당의 말을 굳게 믿고, 강유가 올린 표문을 묵살해 버린 채, 날마다 궁중 연회를 열어 먹고 마시고 즐겼다.

강유는 여러 차례 급한 표문을 올렸으나 모조리 황호의 손에 감추어져 마침내는 대사를 그르치게 되고 말았다.

한편, 종회의 대군은 허의가 개척한 통로를 따라 거침없이 한중으로 접근하고 있었다. 전군 선봉 허의는 공을 세울 욕심으로, 한발 앞질러 남정관(南定關)에 다다랐다. 허의는 부장에게 호언장담을 했다.

"저 관문만 지나면 곧바로 한중이다. 수비대 병력이 많지 않으니, 저들을 단숨에 무찔러버리고 관문을 점령하라!"

부장들이 일제히 응답하고 힘차게 관문을 향해 돌격했다.

남정관 수비장은 촉군에서도 지략이 뛰어난 인물인 노손(盧遜)이었다. 그는 위군이 들이닥칠 것을 미리 알고 관문 앞 목교(木橋) 좌우에 군사를 매복시켰는데, 복병들이 휴대한 병기는 바로 제갈공명이 고안한 십시연환노(十矢連環弩)였다.

허의 군이 관문을 빼앗으려 들이닥친 순간, 딱따기 치는 소리가 한바탕 울리더니 화살과 바윗돌이 우박처럼 쏟아졌다. 허의는 급히 군사를 물리려 했으나 삽시간에 기병 수십 명이 거꾸러지고 남은 군사들은 머리를 감싸 쥔 채 사면팔방으로 달아나고 말았다.

허의는 본영으로 돌아가 종회에게 패전의 죄를 자청했다. 종회는 그 소식을 듣고 중무장한 친위기병(親衛騎兵) 일백여 기를 이끌고 남정관으로 쇄도했다. 다다르고 보니, 과연 쇠뇌가 일제 사격을 퍼붓는데, 도무지 걷잡을 방법이 없었다. 종회가 말머리를 돌려 달아나자 노손은 군사 오백 명을 거느리고 바짝 뒤쫓기 시작했다. 정신없이 달아나던 종회는 목교를 건너던 중, 흙더미가 무너져 내리면서 구덩이에 말발굽을 빠뜨리고 말았다. 종회는 하마터면 안장에서 팅겨나갈 뻔했다. 말이 거꾸러진 채 옴짝 달싹도 못하자 종회는 말을 내버리고 허둥지둥 맨 걸음으로 달아나기 시작했다.

종회가 다리 중턱에 이르렀을 때, 기세등등하게 달려온 수문장 노손이 창끝을 겨누고 단숨에 찌르려 들었다. 그러나 위군 장수 순개(荀愷)가 재빨리 몸을 돌리면서 활을 쏘아 노손을 말 아래로 떨어뜨렸다.

이 틈에 종회는 정신을 가다듬고 다시 마상에 오른 다음, 군사를 휘몰아 관문을 빼앗으려 돌진했다. 촉군 궁노수들은 관문 앞에 우군이 있으므로 감히 활을 쏘지 못한 채 망설이다가 종회의 돌격대에 휩쓸려 모조리 흩어지고 말았다. 이래서 종회는 남정관을 점령할 수 있었다.

관문을 들어선 종회는 순개를 호군(護軍)으로 승진시키고 안장을 갖춘 전마 한 필을 상품으로 내렸다. 그리고 허의를 불러들여 크게 꾸짖었다.

"네가 선봉이 되었으면 진군로를 개척하는 것이 마땅하거늘, 어찌하여 다리 하나도 변변히 고치지 못해 나를 죽일 뻔했느냐? 순개가 아니었던 들 나는 이미 적의 창에 찔려 죽었을 것이다. 너는 군령을 위반했으니 의 당 군법대로 처형하겠노라!"

말을 마치자 종회는 무사들에게 호통을 쳐 허의를 끌어내 목을 베게 했다. 동료 장수들이 허저의 공로를 생각하여 죽음만은 면케 해달라고 애 원했으나 종회는 한마디로 거절했다.

"군법을 밝히지 않고서, 무엇으로 수십만 군사를 다스리겠는가!"

이리하여 용장 허저의 아들은 목을 베이고, 그 머리가 진문(陣門)에 효 시되니, 장병들은 모두 아연실색하여 군기가 엄숙히 바로잡혔다.

한편, 낙성(樂城)과 한성(漢城)을 각각 지키고 있던 촉장 왕함, 장빈은 위군의 엄청난 공세에 위압되어, 감히 맞아 싸울 엄두를 내지 못한 채 성 문을 단단히 걸어 닫고 굳게 지키기만 했다.

촉군의 방어태세를 본 종회는 장수들에게 엄명을 내렸다.

"전쟁이란 신속성을 으뜸으로 삼는다. 성을 하나씩 공격하려다가는 때 를 놓치기 쉬우니, 잠시도 머물지 말고 통과하라!"

이리하여 종회는 전군장(前軍將) 이보(李輔)로 하여금 낙성을 포위하게 하고, 호군 순개로 하여금 한성을 각각 포위하여, 촉군의 배후 공격을 차 단시켜놓은 다음, 자신은 대군을 직접 이끌고 양평관(陽平關)을 공략하러 떠났다.

위군이 몰려들자 양평관의 수비장 부첨은 부장 장서(蔣舒)와 함께 방어 책을 상의했다.

장서가 신중히 고수책을 건의했다.

"적의 병력 수가 너무 많아 감당할 수 없으니, 응전하는 대신에 성을 굳게 지키는 것이 나을 듯싶습니다."

부첨은 반대했다.

"안 되오. 적군은 장거리를 행군해 왔으므로 필경 지쳐 있을 것이오. 병력 수가 많다고는 하나 두려워할 정도는 아니오. 우리가 적을 맞아 싸우지 않고 들어앉아 있기만 하면 낙성과 한성은 끝장이 나게 되오."

장서는 입을 다물고 대꾸하지 않았다.

이때, 위군 대부대가 외곽 관문 앞에까지 들이닥쳤다는 보고가 들어왔다. 부첨과 장서는 황망히 문루(門樓)에 뛰어올랐다.

종회는 채찍 끝으로 두 장수를 가리키면서 크게 외쳤다.

"십만 대군이 밀려왔는데, 속히 항복하지 않고 무얼 꾸물거리는 거냐! 순순히 관문을 열고 나와서 투항한다면, 너희들이 지니고 있는 벼슬과 계급에 따라 무겁게 써줄 것이거니와, 미련을 버리지 못하고 항복을 거절하는 날에는 옥석구분(玉石俱焚)이 될 줄 알아라."

부첨이 크게 노하여 장서에게 명령을 내렸다.

"그대는 여기서 관문을 단단히 지키고 있으라. 내 삼천 기를 이끌고 나가서 저놈들을 모조리 휩쓸어버리겠다!"

촉군이 관문을 열고 쏟아져 나오자 종회는 즉시 말머리를 돌려 내뛰었다. 위군 장병들도 일제히 퇴각을 시작했다. 그것을 본 부첨은 승세를 몰아 추격에 나섰다. 얼마쯤 따라붙으려니, 위군이 다시 합쳐지면서 부첨의 추격대를 에워싸기 시작했다. 부첨은 유인책에 넘어간 것을 깨닫고 황급히 군사를 되돌려 관문으로 달려갔다.

"어서 문을 열어라!"

그러나 관문은 꿈쩍도 않고 그 대신 성루(城樓) 위에는 위나라 깃발이 꽂혀 있었다.

부첨은 깜짝 놀라 소리쳤다.

"장서는 어디 있느냐?"

이윽고 장서가 모습을 나타냈다.

"나는 벌써 위군에 항복했소."

그 말에 부첨은 목이 터져라 장서를 꾸짖었다.

"이 배은망덕한 역적 놈아! 네가 무슨 낯으로 감히 하늘을 우러러보겠느냐!"

사세가 그른 것을 깨닫자 부첨은 말고삐를 휙 낚아채 다시 위군 진영으로 돌격을 감행했다. 위군이 사면팔방에서 포위해 들었다. 부첨은 중앙에 갇힌 채 좌충우돌하며 죽기 살기로 싸웠으나 도저히 포위망을 돌파할 수 없었다. 삼천 기병도 십중팔구 죽거나 다쳐, 더 이상은 싸울 기력을 잃었다. 부첨은 하늘을 우러러 탄식했다.

"내가 살아서 촉한의 신하였으니, 죽어서도 촉한의 귀신이 되리라!"

그러고는 다시 말에 채찍질을 가하여 위군 전열에 뛰어들었다. 삽시간에 부첨의 몸뚱이는 창에 찔리고 칼날에 베여, 갑옷과 투구마저 피투성이가 되었다. 마침내 타고 있던 말이 거꾸러지자 부첨은 스스로 목을 찔러 죽고 말았다.

양평관을 점령한 종회는 창고에 군량과 말먹이, 병기 장비가 산더미처럼 쌓인 것을 보고 뛸 듯이 기뻐했다.

이날 밤, 양평성에서 숙영하고 있던 위군은 갑자기 서남쪽 하늘가에서 함성이 울리는 것을 들었다. 종회 역시 깜짝 놀라 장막을 들추고 뛰쳐나왔다. 나와서 보니, 밤하늘은 고요하기만 할 뿐 수상쩍은 기미라고는 보이지 않았다. 그러나 종회를 비롯한 위군 장병들은 뭐라고 형언 못할 불안감에 휩싸여 밤새도록 잠을 이루지 못했다.

다음날 밤 이경 무렵, 서남쪽 하늘가에서 또다시 함성이 울렸다. 종회는 놀랍고 의아스러워, 동이 트자마자 초탐마를 서남쪽으로 달려 보냈다.

이윽고 정찰대가 돌아왔다.

"아무것도 없습니다. 십여 리나 멀리 정찰을 해보았지만 사람이라고는 그림자도 보이지 않습니다."

그래도 종회는 의혹이 풀리지 않아 중무장한 기병 수백 명을 거느리고 직접 서남방 일대를 순찰하러 나섰다. 얼마쯤 가려니, 눈앞에 산이 하나 우뚝 솟았는데, 그 산을 중심으로 사면팔방에서 섬뜩한 살기(殺氣)가 솟구쳐 나오고, 잿빛 구름장이 산봉우리를 뒤덮어 으스스한 분위기를 자아내고 있었다.

종회는 말을 멈추고 향도관(嚮導官)에게 물었다.

"저게 무슨 산인가?"

향도관이 대답했다.

"저 산이 바로 정군산(定軍山)이올시다. 옛날 하후연이 제갈공명의 계략에 걸려 전몰한 곳이기도 합니다."

그 말을 듣고 종회는 서글픈 눈길로 감회 깊게 정군산을 바라보았다. 그러나 어쩐지 마음이 내키지 않아 군사를 돌려 본영으로 향했다. 종회 일행이 산비탈을 막 지나쳤을 때였다. 갑자기 회오리바람이 크게 일더니 등 뒤에서 수천 명의 기병대가 뛰쳐나와 함성 한마디 지르는 법 없이 곧바로 돌진해 왔다. 종회와 그 부하들은 혼절할 정도로 놀라 고삐를 있는 대로 다 풀어주고, 죽기 살기로 내뛰어 달아났다. 너무 급하게 달리는 바람에 낙마(落馬)하는 장병들이 부지기수였다.

종회는 단숨에 양평관까지 치달렸다. 가까스로 정신을 차리고 부하들을 점검해 보니, 신기하게도 잃어버린 병력은 하나도 없었다. 그저 말에서 떨어져 얼굴을 다치거나 투구를 잃은 것이 손실의 전부였다. 종회는 하도 이상하여 뒤처졌다 돌아온 병사들에게 물었다.

"그대들은 무엇을 보았느냐? 촉군이 아니던가?"

"아니올시다. 그저 시커먼 구름장이 뭉게뭉게 일어나는 속에서 말 탄 군사들이 쏟아져 나왔는데, 몸 가까이 바짝 따라붙고서도 해치지 않았습니다. 곁을 휙 스쳐 지나갈 때 보니, 하나같이 돌개바람으로 변해 먹구름장 속으로 사라지고 보이지 않았습니다."

종회는 투항해 온 장수 장서를 불러 물었다.

"혹시 정군산에 신령을 모신 사당이 없는가?"

장서가 대답했다.

"사당은 없고, 제갈무후의 무덤이 거기 있습니다."

종회는 깜짝 놀랐다.

"아차! 그렇다면 아까 본 것이 바로 제갈무후께서 현성(顯聖)을 하신 것이로구나. 내 친히 그분의 무덤에 가서 제사를 올려야겠다."

이튿날, 종회는 제물을 성대하게 갖추고 정군산으로 떠났다. 산 밑에 다다르니, 또다시 회오리바람이 크게 일기 시작했다. 종회는 손수 제갈공명의 무덤 앞에 꿇어 엎드려 재배를 올렸다. 그러자 광풍이 뚝 끊기고 먹구름장도 사방으로 흩어지더니, 맑은 바람결에 가랑비가 촉촉하게 내리기 시작했다. 그리고 이내 날씨가 청명해졌다. 종회와 위군 장병들은 크게 기뻐하면서, 하나같이 무덤 앞에 절을 올려 사례하고 다시 본영으로 돌아왔다.

그날 밤, 종회가 장중(帳中)에서 탁자에 엎드린 채 잠을 자고 있는데, 홀연 일진청풍(一陣淸風)이 불어오더니 웬 사람 하나가 그 앞에 나타났다. 관옥(冠玉)처럼 말쑥한 얼굴에 붉은 입술, 시원하게 퍼진 이마에 초롱초롱한 눈망울, 머리에는 윤건(綸巾)을 쓰고, 손에는 우선(羽扇)을, 팔 척 키에 도사들이 입는 학창의를 걸치고 흰 깁신을 신은 자태가 완연한 신선이었다.

종회는 일어서서 그 사람을 맞아들였다.

"그대는 뉘시오?"

그 사람이 입을 열었다.

"오늘 두 번씩이나 그대에게 나타난 것은 몇 마디 할 말이 있어서로다. 한(漢)나라의 운수가 쇠하고 천명을 어길 수 없다 하나, 촉천(蜀川)의 생령들이 전란에 휩쓸려 고초를 당하니, 실로 가련하기 짝이 없는 일이로다. 너는 촉나라 지경에 들어가서라도 무고한 생령을 망령되이 살육하지 말라."

말을 마치자 그 사람은 소매를 떨치고 돌아섰다.

"잠깐만 기다리시오!"

종회가 붙잡으려 했으나 그는 이미 사라지고 보이지 않았다. 종회는 안타깝게 손을 허우적거리다가 탁자를 안고 엎어졌다. 깜짝 놀라 깨어보니, 한바탕 꿈이었다. 종회는 꿈속에 나타났던 인물이 제갈공명임을 깨닫고 놀라움을 금할 수 없었다.

다음날, 종회는 영채 앞에 커다란 백기(白旗) 한 폭을 내세웠다. 기폭에는 '보국안민(保國安民)' 이라는 네 글자가 씌어 있었다. 아침이 되자 종회는 대소 장령(將領)들을 모두 불러들여 엄명을 내렸다.

"잘 듣거라. 앞으로 어느 곳을 가든지 장병들 가운데 함부로 인명을 해치는 자는 목숨으로 배상해야 한다."

이 소문은 삽시간에 두루 퍼졌다. 그로부터 종회 군이 가는 곳마다 한중(漢中) 백성들은 모두 자진하여 성을 나와 위군을 맞아들였다. 종회는 백성들을 일일이 위무하고, 장병들도 백성의 재물을 털끝만큼도 범하지 않았다.

마지막 보루

한편, 답중에 있던 강유는 위나라 침공군이 국경을 넘어섰다는 급보를 듣고 즉시 요화, 장익, 동궐(董厥)에게 군사를 출동시켜 호응하라는 명령서를 띄우는 한편, 답중의 둔전 병력을 모조리 소집하여 전투태세를 갖추고 위군이 내습하기를 기다렸다.

이윽고 위군이 들이닥치자 강유는 군사를 이끌고 나아가 대치했다. 위군 선봉장은 바로 천수군 태수 왕기였다.

왕기는 촉군의 포진을 바라보고 앞으로 나서더니 큰소리로 외쳤다.

"강유야, 어서 속히 항복하지 않고 뭘 망설이느냐? 우리 백만대군, 상장(上將) 일천 명이 스무 갈래로 진공하여, 이미 성도(成都)에 다다른 지 오래다. 대세가 기울었는데 아직도 항거하려 하다니, 네가 천명(天命)을 모르는 모양이로구나."

강유는 노기등등하여, 대꾸 한 마디 없이 창 자루를 꼬나 잡고 말을 휘몰아 곧바로 왕기를 찔러 나갔다. 왕기도 사양치 않고 맞아 싸웠으나, 불과 세 합을 견디지 못하고 대패하여 달아나기 시작했다. 강유는 장병들을 꾸짖어가며 급박하게 추격했다. 한 이십 리쯤 쫓았을까, 갑자기 북소리, 징소리가 한꺼번에 어우러져 들리더니, 일지군마(一支軍馬)가 불쑥 나타나 앞길에 늘어섰다. 깃발을 바라보니 '농서 태수 견홍'이란 여섯 글자가 씌어 있었다.

강유는 껄껄 웃음을 터뜨렸다.

"요런 쥐새끼들이 내 적수라니!"

강유는 견홍 따위는 아랑곳없이 군사들을 독촉하여 단숨에 위군을 무찔러버리고 계속 추격해 나갔다. 또 십여 리쯤 나갔을까. 한데 이번에는 등애가 군사를 이끌고 쇄도해 왔다. 마침내 양군이 격돌하여 일대 혼전을 벌이기 시작했다. 강유는 기세를 떨쳐가며 등애와 맞붙었다. 그러나 십여 합을 겨루고도 쌍방의 승부가 나지 않았다.

강유가 한창 싸우고 있는 판에, 또다시 후군 쪽에서 북소리, 징소리가 어지러이 들려왔다. 강유는 급히 등애를 떨쳐버리고 퇴각하기 시작했다. 강유가 전열을 가다듬고 방어진을 굳혔을 때, 후군 전령이 달려와 급보를 전했다.

"감송(甘松)에 포진한 영채가 모조리 금성 태수 양흔의 습격을 받고 잿더미가 되었다 합니다."

강유는 크게 놀라 황급히 부장에게 허장성세(虛張聲勢)로 등애 군과 대치해 있으라고 명한 다음, 자신은 후군을 뽑아 이끌고 감송을 구원하러 밤새도록 달려갔다. 중도에서 양흔의 부대와 맞닥뜨렸으나 강유는 위군 전열을 단숨에 짓밟아버리고 사정없이 군사들을 엄살(掩殺)했다. 양흔은 감히 맞싸울 엄두도 내지 못한 채 산길로 달아나기 시작했다. 강유 역시 놓칠세라 뒤를 바짝 따라붙었다. 산중턱 벼랑 아래에 다다르자 절벽 위에서 통나무 바윗돌이 빗발치듯 쏟아져 내려 도무지 앞으로 나아갈 수가 없었다.

강유는 감송 영채를 구원하려던 생각을 포기하고 다시 본진으로 군사를 돌렸다. 촉군이 절반쯤 돌아갔을 때, 부장에게 맡겼던 본진은 이미 등애 군의 일격을 받아 무너지고, 앞길에는 위군의 주력 부대가 벌떼처럼 쇄도해 오고 있었다. 강유는 한때 포위망에 빠졌으나, 기병대와 함께 혈로를 뚫고 포위망을 빠져나와 후방에 세워둔 대채(大寨)로 돌아가는 데 성공했다. 그리고 수비진을 단단히 굳힌 채, 구원병이 오기를 기다렸다.

이때, 강유에게는 또다시 엄청난 비보가 잇따라 들어왔다.

"양평관을 종회 군에게 빼앗기고, 수비장 부첨이 전사했다 합니다. 장서는 위군에게 투항해 갔습니다."

"종회가 한중 전역을 완전히 점령했다 합니다!"

"낙성 수비장 왕함과 한성 수비장 장빈도 한중이 실함된 것을 보고 성문을 열어 위군에게 항복했으며, 호제는 적을 막아낼 수 없어 구원병을 요청하러 성도로 달아났다 합니다!"

강유는 그만 기절초풍하고 말았다. 이래서는 안 되겠다 싶어, 강유는 즉시 전군의 영채를 남김없이 거두어 이끌고 후방으로 퇴각하기 시작했다.

이날 밤, 촉군이 강천구(疆川口)에 당도했을 때, 금성 태수 양흔 군이 앞길을 가로막은 채 기다리고 있었다. 강유는 크게 노하여 말의 배를 걷어차면서 달려나갔다. 양흔은 강유와 교봉(交鋒)한 지 첫 합 만에 낭패를 당하고 허겁지겁 도망쳤다. 강유는 활을 꺼내 잡고 연달아 세 발을 쏘았으나 모두 헛발이라 제 분에 못 이겨 활대를 꺾어버리고 다시 창을 잡아 급박하게 뒤쫓았다. 그런데 운수 사납게 타고 있던 말이 앞발굽을 꺾고 넘어지는 바람에, 강유는 땅바닥으로 굴러 떨어지고 말았다. 이것을 본 양흔이 말머리를 돌리더니 한달음에 쫓아와 강유를 죽이려 했다. 강유는 벌떡 몸을 일으키면서 창으로 말머리를 찔러 쓰러뜨렸다. 그러나 배후에서 위군이 벌 떼처럼 몰려들어 양흔을 구출해 갔다.

강유가 다시 마상에 올라 양흔의 뒤를 추격하려는 참에, 부장 한 사람이 급히 외쳤다.

"뒤에 등애 군이 몰려오고 있습니다!"

강유는 앞뒤를 돌아볼 겨를도 없이 군사들을 수습하여 그 자리를 떠났다. 이제는 무엇보다 먼저 한중 땅을 탈환해야 했기 때문이었다.

한중으로 가는 길로 접어들었을 때, 초탐마 한 필이 달려왔다.

"큰일 났습니다. 옹주 자사 제갈서 군이 앞길을 끊어놓았습니다."

강유는 일단 행군을 멈추고 산비탈 험한 지형에 의지해서 영채를 세웠다. 그러고는 다시 초탐마를 내보내보니, 위군은 음평교(陰平橋)를 점령하고 주둔해 있다는 것이었다. 이제 촉군은 그야말로 진퇴양난의 위기에 놓였다. 앞으로 나아가지도, 뒤로 물러서지도 못하게 된 셈이었다. 강유의 입에서는 장탄식이 절로 새어 나왔다.

"아아, 하늘이 나를 버렸구나!"

부장 영수(甯隨)가 낙담한 주장에게 계책을 올렸다.

"제갈서 군이 비록 음평교를 장악하고 있다고는 하오나, 저들의 본거지인 옹주성에는 병력이 거의 없을 것입니다. 만약 우리가 공함곡(孔函谷)을 거쳐서 곧바로 옹주성을 공취할 듯이 보이면, 제갈서는 필경 본거지를 구하려고 교두보에서 철수할 것입니다. 그 틈에 장군께서는 군사를 이끌고 재빨리 검각(劍閣)으로 달려가 지키도록 하십시오. 검각의 요새가 건재하는 이상 한중은 수복할 수 있을 것입니다."

강유는 그 계책을 받아들이고, 즉시 행군로를 바꾸어 공함곡으로 들어가 옹주를 공략할 것처럼 보였다. 첩자의 보고를 받은 제갈서는 깜짝 놀랐다.

"옹주는 우리 군의 집결지인데, 그곳을 잃었다가는 조정의 문책을 면치 못할 것이다."

이리하여 제갈서는 음평 교두보에 소수 병력만 남겨 지키도록 한 다음, 배치했던 주력군을 모조리 거두어 이끌고 남쪽으로 옹주를 구하러 달려갔다.

공함곡을 빠져나온 강유는 삼십 리쯤 나가다가 제갈서 군이 옹주 방면으로 철수한 것을 눈치 채고 재빨리 선두와 후미를 되돌려 다시 음평교로 돌아왔다. 교두보에는 과연 위군 주력이 사라지고 변변치 않은 소수 병력만 남아 파수를 보고 있었다.

강유는 파수꾼을 들이쳐 단숨에 쫓아버리고 텅 빈 제갈서 군의 영채를 모조리 불태워 없앤 다음, 군사들을 재촉하여 다리를 건너기 시작했다.

한편, 옹주로 달려가던 제갈서는 다리 쪽에서 불길이 치솟는 것을 보고 급히 군사를 돌렸으나, 교두보에 도착했을 때는 강유 군이 통과한 지 반나절도 더 지난 뒤였다. 이리하여 제갈서는 닭 쫓던 개 지붕 쳐다보는 격이 되고 말았다.

한편, 강유가 군사를 이끌고 한창 교두보를 지나고 있을 때, 건너편에서 일군(一軍)이 달려왔다. 뜻밖에도 그것은 좌장군 장익과 우장군 요화가 이끄는 부대였다. 강유는 너무나 신기하여 반갑게 물었다.

"아니, 두 장군이 어떻게 알고 이리로 오셨소?"

장익이 먼저 대답했다.

"천자께서 간신 황호가 천거한 무당의 말만 믿고, 증원군을 출동시키지 않으셨습니다. 저희는 한중이 위태롭다는 소식을 듣고 조정에 알릴 틈도 없이 군사를 일으켰습니다. 그러나 도중에 양평관이 종회 군에게 함락당했다는 비보를 받았습니다. 그래서 어쩔 바를 모르고 당황하던 참이었

는데, 장군이 곤경에 처하셨다는 급보가 들어오기에 응원차 이리로 달려
온 것입니다."

이리하여 강유 군은 장익, 요화 군과 합류했다.

정돈이 끝나자 요화가 말했다.

"지금 우리 군은 사면으로 적을 맞아 식량 보급로가 막혔습니다. 그러
하니 여기서 버틸 것이 아니라 일단 검각으로 후퇴하였다가 반격할 기회
를 노리는 것이 어떻겠습니까?"

강유는 결단을 내리지 못하고 망설였다. 이때 종회와 등애가 군사를
십 개 방면으로 나누어 진격해 온다는 소식이 들어왔다. 강유는 두 장수
와 병력을 나누어 맞아 치려 했다. 그러나 요화는 이를 만류했다.

"백수(白水) 땅은 지형이 비좁고 통로가 여러 군데로 나 있어서 싸울 만
한 장소가 못 됩니다. 차라리 잠정적으로 퇴각하여 검각의 요충지를 확보
해 두는 것이 옳습니다. 검각을 잃는 날이면 아군은 절체절명의 위기에
빠지고 맙니다."

마침내 강유도 그 계책을 따랐다. 이리하여 촉군은 검각으로 후퇴했다.

촉군이 관문에 거의 이르렀을 때, 북소리와 나팔소리가 급작스레 울리
더니 군사들의 함성이 크게 들려왔다. 행군로 앞으로 깃발이 숲처럼 늘어
서더니 한 떼의 군사들이 관문 어구를 가로막아 섰다.

자라 보고 놀란 가슴 솥뚜껑 보고도 놀라는 격으로, 강유는 급보를 받
기 무섭게 횡망히 선두로 달려 나왔다. 그러나 이내 가슴을 쓸어내렸다.
우군이었던 것이다.

촉한의 보국장군(輔國將軍) 동궐(董厥)은 위나라 침공군이 국경을 넘
어왔다는 소식을 듣고, 휘하 이만 군사를 검각에 배치하는 한편 날마다
초탐마를 출동시켜 경계하던 중, 이날 어렴풋이 흙먼지가 자욱하게 피
어오르는 것을 보고 위나라 군으로 오인하여 급히 군사를 이끌고 나와

관문 밖에서 전투태세를 갖추고 있었다. 그런데 가까이서 보니 적병이 아니라 뜻밖에도 강유와 장익, 요화의 군대라 크게 기뻐하며 이들을 맞아들였다.

문안 인사를 마친 동궐은 눈물을 흘리며 강유에게 도성에서 천자와 황호가 벌이고 있는 기막힌 작태를 낱낱이 털어놓았다.

"대장군, 후방에서 이 꼴이니 우리가 어찌 적을 물리칠 수 있겠소이까?"

강유는 동궐을 위로했다.

"공은 너무 근심 마오. 이 강유가 살아 있는 한, 위나라가 촉한을 집어삼키도록 용납하지 않으리다. 당분간 검각을 지키면서 천천히 적을 물리칠 계획을 생각해 봅시다."

"이 관문은 지켜낸다 하더라도 천자가 계신 성도는 방어력이 전혀 없습니다. 만일 적이 뜻밖의 길로 침투해 성도를 기습하면 대세는 기울고 맙니다."

"걱정할 것 없소. 성도 주변은 산천 지세가 험준하니, 아무도 쉽사리 공략할 수 없을 거요."

바야흐로 촉군 장수들이 의논을 하고 있는데, 음평 교두보를 잃어버린 옹주 자사 제갈서가 추격대를 이끌고 검각 관문 앞으로 들이닥쳤다. 울적한 심사에 빠져 있던 강유는 분풀이할 상대라도 만난 듯, 즉시 오천 기병을 거느리고 쳐들어가더니 곧바로 위군 진영으로 뛰어들었다. 급추격 끝에 한숨 돌리려던 제갈서는 강유 군이 선불 맞은 호랑이처럼 날뛰며 좌충우돌하는 바람에 미처 전열을 정돈할 겨를도 없이 풍비박산 나고 말았다.

제갈서는 대패당하고 수십 리나 후퇴하고서야 가까스로 영채를 세울 수 있었다. 병력을 점검해 보니 사상자 수가 이루 헤아릴 수 없었다. 제갈서는 자신의 경거망동을 탓했으나 이미 때는 늦었다. 촉군은 병기 장비와 마필을 숱하게 노획하여 관문으로 돌아갔다.

이윽고 종회가 거느린 본대도 검각으로부터 이십오 리 되는 곳에 당도하여 영채를 세웠다. 제갈서는 스스로 종회를 찾아가 패전의 죄를 자복했다.

종회는 크게 노하여 패군지장을 마구 꾸짖었다.

"내가 그대더러 뭐랬더냐? 음평 교두보를 지켜 강유의 퇴로를 끊으라고 하지 않았느냐! 그런데도 지켜야 할 교두보를 잃고 또 내 명령도 없이 함부로 추격했다가 이런 참패를 당하다니, 그 죄를 무엇으로 갚겠는가!'

제갈서가 변명했다.

"강유는 꾀가 많은 놈이라 옹주를 공략할 것처럼 속이기에, 저도 본거지를 잃을까 걱정되어 그곳을 구원하려고 떠났습니다. 그 틈에 강유가 되돌아와 교두보를 건너 탈출한 것입니다. 뒤늦게 그 간계를 깨달은 저는 실패를 만회할 생각으로 여기까지 추격했다가 뜻밖의 패전을 당하고 말았습니다."

종회는 들을수록 화가 북받쳐 견딜 수가 없었다.

"패군지장이 구차한 변명을 늘어놓는구나! 여봐라, 이자를 끌어내어 목을 베어라!'

감군 위한이 큰일이다 싶어 급히 만류하고 나섰다.

"제갈서가 비록 죄를 지었다고는 하나 정시정군 등애의 휘하에 소속된 사람인즉, 장군께서 죽이셨다가는 두 분 사이에 화목이 깨어질까 걱정스럽습니다."

그 말을 듣고 종회는 코웃음을 쳤다.

"나는 폐하의 친임관(親任官)이요, 진공(晉公)의 명령을 받들어 촉나라를 정벌하러 온 사람이다. 제갈서는 둘째 치고 등애라도 죄를 지었을 때는, 내 마땅히 참형에 처할 것이다."

말은 그랬으나 제장들이 극력 만류하는 바람에 종회는 제갈서를 참형에 처하지 못하고 함거(檻車)에 실어 낙양으로 압송시켰다. 죄인이 낙양에 도착하면 사마소가 재량껏 처분하리라 생각한 것이다. 그리고 제갈서의 휘하 병력은 등애에게 보내지 않고 모조리 자신의 밑에 두었다.

그 소식이 전해지자 등애는 크게 노했다.

"이런 괘씸한 놈을 봤나! 제 놈과 나는 품계(品階)가 같거늘 어찌 나를 이토록 멸시한단 말인가. 나로 말하자면 이 변방에서 오랜 풍상(風霜)을 다 겪어가며 강토를 지킨 몸이요, 제깐 놈은 도성에서 진공에게 아첨이나 떨던 자가 아니냐? 그런 놈이 내 앞에서 자존망대(自尊妄大)하는구나!"

아들 등충이 걱정스레 말했다.

"아버님, 부디 노염을 거두십시오. 옛말에도 사소한 분노를 참지 못하면 대사를 망친다고 하지 않았습니까. 이제 아버님이 그자와 반목하시면 나라의 큰일을 그르치게 됩니다. 잠시 역정을 누르시고 그자가 하는 모양을 더 지켜보도록 하소서."

"무슨 말인지 나도 알아듣겠다."

등애는 아들의 말에 수긍하면서도, 가슴속에는 여전히 분노의 불씨가 남아 있었다. 그래서 종회를 직접 만나볼 요량으로 친위병 십여 기만 거느리고 그를 찾아갔다.

종회는 등애가 찾아왔다는 말을 전해 듣고 측근에게 물었다.

"군사를 얼마나 거느리고 왔더냐?"

"겨우 십여 기만 거느리고 왔습니다."

종회는 장막 안팎에 중무장한 군사 수백 명을 늘어세운 다음, 등애를 들여보내라 일렀다. 등애는 시비를 따지러 왔으나 주위의 군용(軍容)이

질서정연하고 자못 엄숙한 것을 보고 마음속으로 은근히 켕겼다. 그래서 방문한 용건을 딴 데로 돌리고 말았다.

"장군께서 한중을 얻으셨다니, 우리 조정으로서는 큰 행운이외다. 이제 속히 검각을 공취할 계책을 정해야겠습니다."

그러자 종회가 물었다.

"장군의 고견은 어떠신지요?"

"나야 아무런 재주도 없는 사람인데 무슨 계책을 짜내겠소?"

"사양치 마시고 가르쳐주시지요."

등애가 무능하다는 핑계로 재삼 사양했으나 종회는 끈덕지게 물었다. 나중에는 등애도 할 수 없이 자신의 생각을 털어놓았다.

"어리석은 의견이오만 내가 보건대 일군을 거느리고 음평 샛길로 해서 한중 덕양정(德陽亭)까지 곧바로 나아가, 성도를 기습 공략하는 것이 좋을 듯싶소이다. 그렇게 되면 강유는 군대를 철수시켜 심장부를 구하러 달려갈 터인즉, 장군께서 그 허점을 틈타 공격하여 검각을 점령하면 완승을 거둘 수 있을 것이외다."

그 계책을 듣고, 종회는 크게 기뻐했다.

"허어, 장군의 신기묘산(神機妙算)을 누가 따르겠소? 그러시다면 장군께서 음평 샛길로 나가주시지요. 나는 이곳에서 장군의 승첩(勝捷)이 오기만을 학수고대하고 있겠소이다."

두 사람은 몇 잔 술을 나누었다.

등애가 떠나자 종회는 본영으로 돌아와 제장들에게 말했다.

"등애가 유능한 장수라더니만 내가 보기에는 하찮은 범부(凡夫)에 지나지 않았네."

"어찌하여 그렇게 보셨습니까?"

"음평 샛길은 까마득히 높은 험산준령(險山峻嶺)인데, 무장한 군사를 이끌고 어떻게 넘어가겠는가? 게다가 촉군 병사 일백 명이 요해처를 지키고 앞뒷길을 끊어버리면, 등애 군은 산중을 헤매다가 모조리 굶어 죽고야 말 걸세. 두고 보게. 내가 정공법으로 쳐나가면 촉군을 깨뜨리는 것이야 손바닥 뒤집는 것이나 다를 바 없을 테니까."

다음날부터 종회는 운제(雲梯)와 포가(砲架)를 설치해 놓고 검각 관문을 맹렬히 치기 시작했다.

한편, 등애는 본진으로 돌아오는 길에 측근을 보고 물었다.

"곁에서 보니 종회가 나를 대하는 기색이 어떻더냐?"

측근이 대답했다.

"장군의 말씀을 썩 좋게 여기지 않는 듯하더이다. 그저 억지로 맞장구를 쳤을 따름입니다."

등애는 빙그레 웃었다.

"저쪽에서 내가 성도를 공취하지 못할 것으로 본다면 나는 무슨 수를 써서라도 기어코 점령해 보일 것이다."

등애가 돌아오자 등충과 사찬을 비롯한 장령들이 반겨 맞으면서 물었다.

"진서장군을 만나시고 무슨 말씀을 나누셨습니까?"

"나는 진심으로 얘기했는데, 저쪽은 나를 돼먹지 않은 무부(武夫)로 여기고 자기보다 한 수 아래로 깔보았다. 종회가 한중을 차지해 어깨가 으쓱한 모양이다만, 우리가 강유 군의 발목을 답중에서 묶어두지 않았던들 제 놈이 무슨 재주로 공로를 세울 수 있었겠느냐? 이제 내가 성도를 쳐서 점령하면 그까짓 한중 점령 따위로 내 공로를 능가하지는 못할 것이다."

그날 밤, 등애는 전군을 모조리 거느리고 음평 샛길을 향해 진군했다. 그리고 종회가 대치 중인 검각으로부터 칠백 리 떨어진 곳에 영채를 세웠다. 등애의 동정을 살피던 첩자가 냉큼 종회에게 가서 이 사실을 알렸다.

"등애가 정말로 성도를 공략하러 떠났습니다."

종회는 그저 웃기만 했다.

"미련한 것들! 그냥 내버려두어라."

출기불의

등애는 자신의 계책을 적은 밀서 한 통을 낙양으로 보내 사마소에게 알리는 한편, 제장들을 막하에 불러 모아놓고 다짐을 두었다.

"이제 내가 적의 허점을 틈타 성도를 공취하여, 그대들과 더불어 불세출의 공로를 세우고자 한다. 그대들은 나를 믿고 따르겠는가?"

제장들이 이구동성으로 응답했다.

"만 번 죽더라도 군령에 따르겠나이다."

등애는 우선 맏아들 등충에게 오천 명의 정예병을 주되, 갑옷과 투구, 무거운 병장기를 풀어놓게 하고 각자 도끼와 곡괭이 따위의 굴착도구(掘鑿道具)를 휴대시켰다. 이는 위태롭고 험준한 곳에 봉착했을 때 통로를 개척하고 줄사다리, 비교(飛橋)를 걸쳐놓아 행군에 어려움이 없게 하기 위해서였다.

그 다음으로, 전군(全軍)에서 삼만 명을 가려 뽑아 마른 식량과 밧줄을 휴대시켜 이끌고 등충의 선봉대에 뒤따라 출동했다.

본영을 떠나 일백여 리쯤 간 등애는 삼천 명의 군사를 뽑아 그곳에 영채를 세워 주둔시킨 다음, 일백여 리를 더 나아가서 또다시 삼천 명을 뽑아 영채를 세우게 했다.

때는 겨울철에 접어든 시월이었다. 음평으로부터 진군하여 깎아지른 벼랑, 아찔한 산등성이 골짜기로 들어서기까지 걸린 날짜는 무려 이십여 일이었다. 등애 군은 칠백여 리를 완전히 무인지경(無人之境)으로 나아갔다. 그 동안 연도(沿道)마다 영채를 세우고 병력을 남겨놓았기 때문에, 이제 남은 병력은 불과 이천 명뿐이었다.

등애 군은 이루 말할 수 없는 고초를 겪으면서 전진했다. 그래도 낙오하는 군사는 아무도 없었다. 이윽고 마천령(摩天嶺) 고개 아래 당도하자 까마득한 고개 마루턱이 하늘로 치솟아 도저히 말을 타고 올라갈 수 없었다.

등애가 끝까지 걸어서 영마루에 올라가보니 길을 개척하던 선봉장 등충과 군사들이 손을 놓은 채 한 덩어리로 어우러져 통곡을 하고 있었다.

"아니, 길을 뚫지 않고 어째서 울기만 하느냐?"

등애가 묻자 등충이 대답했다.

"이 고개 서쪽 등성이는 깎아지른 절벽이라 도저히 길을 만들 수 없습니다. 애써 뚫고 온 길이 모두 헛수고가 된 것을 생각하니 다리에 맥이 풀리고 울음만 나올 뿐입니다."

등애가 등충에게 말했다.

"우리는 이곳까지 무려 칠백여 리를 행군해 왔다. 이곳만 통과하면 바로 강유(江油) 땅이 나오는데 어찌 되돌아간단 말이냐?"

그리고 모든 군사들에게 새삼 다짐을 두었다.

"속담에 호랑이 굴에 들어가야 호랑이 새끼를 얻을 수 있다고 하지 않았는가. 내가 너희들과 여기까지 온 것은 기필코 성공하여 부귀를 함께 누리기 위해서다. 나와 끝까지 운명을 같이하지 않겠는가?"

군사들이 입을 모아 응답했다.

"장군의 명령에 따르겠습니다!"

등애는 우선 병기를 절벽 아래로 던져버리게 한 다음, 자신부터 보따리에서 담요를 꺼내 온몸에 둘둘 감아 묶더니, 장병들을 향해 크게 외쳤다.

"내 뒤를 따르라!"

그리고 절벽 아래로 몸을 굴려 내려갔다. 그 대담한 용기는 장병들을 감동시키고도 남았다. 장병 가운데 담요를 지닌 사람은 몸을 감싸고 등애처럼 몸을 굴려 내려갔다. 담요가 없는 사람은 밧줄을 허리에 단단히 묶고 나뭇가지를 하나씩 붙잡으면서 생선꾸러미 엮듯 줄줄이 벼랑을 내려갔다. 이리하여 등애 부자와 이천 군사들은 마천령 고개를 넘을 수 있었다.

서쪽 등성이 아래 도착한 등애 군은 병기 장비를 찾아 정돈하면서 한동안 휴식을 취한 다음, 다시 행군을 시작했다. 얼마쯤 가려니 산길이 뚫렸는데, 길 옆에 비석 하나가 우뚝 세워져 있었다. 비석 앞면에 쓰인 문장은 등애 군 장병들을 깜짝 놀라게 만들었다.

二火初興 有人越此

二士爭衡 不久自死

丞相 諸葛武侯 題

횃불 둘이 갓 피어오를 때, 이곳을 넘어오는 사람이 있으리라.

두 선비가 힘겨루기를 하나 머지않아 스스로 죽게 되리로다.

승상 제갈무후

등애는 놀랍고도 두려워 황망히 비석 앞에 무릎 꿇고 재배를 올렸다.

"무후(武侯)께서는 참으로 신인(神人)이로소이다. 등애가 당신을 일찍 만나 스승으로 섬기지 못한 것이 안타까울 따름이외다!"

등애의 기습군은 행군을 계속했다. 가는 도중 이들은 거대한 숙영지를 발견했다. 그러나 군사는 없고 텅 빈 영채였다. 등애가 의아스런 기색으로 향도관에게 물었다.

"이 영채는 누가 세운 것인가?"

향도관은 이렇게 대답했다.

"소문을 듣건대 제갈무후께서 생존해 계실 당시 이곳 험애(險隘)에 영채를 세우고 이천 병력을 주둔시켜 지키고 있었다고 합니다. 그런데 무후께서 세상을 떠나자 촉주 유선의 명으로 폐지시켰다는 것입니다."

그 말을 듣고, 등애는 제장들을 돌아보면서 찬탄해 마지않았다.

"아아, 이 영채가 그대로 살아 있었던들 우리는 꼼짝 못하고 예서 떼죽음을 당할 뻔했구나!"

그리고 나서 다시 엄명을 내렸다.

"모두들 알겠느냐? 이제 우리에게는 돌아갈 길이 없다. 눈앞에 식량이 풍부한 강유성(江油城)이 있다. 우리에게는 오직 전진만이 살길이다. 뒤로 물러서면 죽음뿐이다. 우리는 힘을 다해 성을 쳐서 빼앗아야 산다!"

제장들이 입을 모아 응답했다.

"죽기로 싸우겠나이다."

등애는 이천 군사를 거느리고 보행으로 밤낮없이 강행군해 나아갔다.

한편, 강유성의 수비장 마막(馬邈)은 동천(東川) 지역이 위군에게 실함되었다는 소식을 듣고 자신도 방어태세를 취했다. 그러나 대로상에만 방어를 집중시키고 측후방은 경계하지 않았다. 게다가 정면 일선에는 대장군 강유가 촉군의 주력을 검각 관문에 배치시켜 지키고 있었으므로, 후방 멀리 떨어진 강유성은 절대 안전하리라 생각하고 있었다.

이날도 마막은 군사 조련을 마친 후, 여느 때처럼 집으로 돌아가 부인 이씨(李氏)와 함께 화롯불을 끼고 술타령을 벌이기 시작했다.

아내 이씨가 근심스럽게 물었다.

"변방의 군정(軍情)이 사뭇 급박한 모양인데, 장군께선 어째서 전혀 걱정하는 기색이 없으십니까?"

마막이 대꾸했다.

"흥, 도성에서는 천자가 내시 황호의 말에만 귀를 기울이고, 밤낮 없이 주색에 빠져 정신을 못 차리니, 우리 따위가 걱정한다고 뭐가 되겠는가? 두고 보게, 이 촉나라에는 큰 재앙이 머지않았네."

"그래서 어쩌시겠다는 말씀인가요?"

"위나라 군이 들이닥치면 나는 곧바로 투항할 생각이네. 그런데 내가 걱정할 일이 뭐 있겠나?"

그 말을 듣자 이씨는 벌떡 일어나더니 남편의 얼굴에 침을 뱉었다.

"네가 국록(國祿)을 헛되이 축내고 살았구나! 나라를 지키는 장수가 된 몸으로 환란이 닥치기도 전에 불충불의(不忠不義)한 마음을 먼저 품고 있다니, 너 같은 놈의 낯짝을 내 어찌 보고 앉았으랴!"

마막은 부끄러워 얼굴도 들지 못한 채 벙어리가 되고 말았다. 이때, 하인이 황망히 달려 들어와 마막에게 외쳐 알렸다.

"큰일 났습니다! 위나라 군사 이천 명이 어디로 해서 나타났는지 한꺼번에 성 뒷문으로 쏟아져 들어오고 있습니다."

"아니, 뭐라구? 그게 정말이냐?"

"정말입니다. 깃발에 '위장 등애(魏將 鄧艾)' 란 글자가 씌어 있는 것을 제 눈으로 똑똑히 보았사옵니다."

마막은 아연실색하여, 황급히 동헌(東軒)으로 뛰어갔다. 그리고 위군

대장 등애 앞에 엎드려 항복하고 말았다.

"소장 마막이 상국에 귀순하려는 마음을 품은 지 벌써 오래였사옵니다. 이제 성안의 백성과 군사들을 불러다가 장군께 항복의 예식을 올리고자 하오니 윤허를 내리소서."

등애는 마막의 항복을 받아들였다. 그리고 강유성의 소속 병력을 모조리 자군에 편입시킨 다음, 마막을 향도관(嚮導官)으로 삼았다. 등애가 강유성의 군민을 위무하고 있을 때, 마막의 부인 이씨가 집에서 스스로 목을 매어 죽었다는 소식이 들어왔다.

등애는 이상해서 마막을 불러 물었다. 마막은 아내가 하던 얘기를 사실대로 고했다. 등애는 현숙한 이씨의 충절에 감동을 받고 예를 갖추어 후히 장사지내고, 친히 그 영전에 나아가 제사를 올렸다.

강유성을 기습 점령한 등애는 곧바로 음평 샛길 연도에 남겨두었던 각 영채에 전령을 달려 보내, 대기 중인 병력 삼만 명을 모두 강유성으로 집결시켰다. 집결이 끝나자 등애는 군사를 거느리고 즉시 다음 목표인 부성(涪城)을 향해 출동했다.

출발하기 직전 부장 전속(田續)이 건의를 올렸다.

"우리 군사들은 험산 준령을 넘어오느라 매우 지쳐 있습니다. 며칠 쉬었다가 떠나도록 해주십시오."

그러자 등애는 대로했다.

"군사작전은 신속성을 으뜸으로 삼는 법인데, 네 놈이 군심(軍心)을 어지럽힐 셈이냐!"

그리고 좌우 측근에게 전속을 끌어내다 목을 베라고 호통을 쳤다. 그러나 동료 장수들이 극력 애걸하는 바람에 전속은 목숨을 부지할 수 있었다.

등애는 군사를 직접 휘몰아 단숨에 부성까지 진격했다. 방심하고 있던 성안의 군민들은, 등애 군이 하늘에서 내려온 줄 알고 두려움에 질린 나머지 모두 성문을 활짝 열고 항복해 버렸다.

이 놀라운 소식은 곧바로 성도에 전해졌다. 후주 유선은 황급히 황호를 불러들여 대책을 물었다.

중상시 황호가 후주에게 말했다.

"폐하, 그것은 헛소문이옵니다. 신령님께서 폐하에게 거짓말을 하셨을 리 있겠습니까?"

그래도 유선은 불안하여 즉시 내관을 달려 보내 무당을 입궐시키라 명했다. 그러나 무당은 이미 온데간데없이 자취를 감추고 난 뒤였다. 그 대신, 이때부터 조정에는 원근(遠近) 도처에서 급보를 알리는 표문이 빗발처럼 날아들고, 급사(急使)가 꼬리를 물고 들이닥쳤다.

그제야 후주 유선은 사태가 위급함을 깨닫고, 조정에 군신회의를 열어 대책을 상의하려 했다. 그러나 백관들의 대다수는 서로 눈치만 살필 뿐, 의견을 내는 자가 없었다.

이윽고 비서랑 극정이 어전에 나서서 아뢰었다.

"폐하, 사세가 매우 급박하나이다. 제갈무후의 아들을 불러들여 적을 물리칠 계책을 의논하심이 옳을까 하나이다."

제갈무후의 아들이란 제갈첨(諸葛瞻)을 지목한 말이었다. 제갈첨의 자(字)는 사원(思遠), 그 모친 황씨는 바로 황승언(黃承彦)의 딸이었다. 황씨는 용모가 자못 추루하게 생겼으나 천문지리에 달통한 기재(奇才)요, 육도삼략(六韜三略)을 비롯하여 제자백가의 학문을 두루 익혔을 뿐만 아니라, 둔갑병서(遁甲兵書)에 이르기까지 모르는 바가 없는 재원(才媛)이었다.

제갈공명은 남양 융중(隆中)에 있을 때 그녀의 현숙함을 전해 듣고 청혼하여 부인으로 맞아들였다. 제갈공명의 학문도 실상 그 부인의 도움을 얻은 바가 많았다. 공명이 세상을 떠나자 황씨 부인은 남편의 유언대로 그 아들 제갈첨을 가르치는 데 필생의 힘을 다 기울였다.

제갈첨은 어려서부터 총명하여 후주 유선의 사랑을 받았다. 유선은 그에게 딸을 시집보내고 부마도위(駙馬都尉)로 삼았다. 나중에는 부친의 작위 무향후(武鄕侯)를 세습하고, 경요(景耀) 사년에는 행군호위장군(行軍護衛將軍)이 되었으나, 중상시 황호가 권세를 독단하면서부터 신병을 핑계 삼아 조정에 나가지 않았던 것이다.

후주 유선은 극정의 말을 듣고 칙명 사신을 제갈첨에게 달려 보냈다. 제갈첨은 입궐할 생각이 없었으나 조정에서 연거푸 세 차례나 사신이 오자 마지못해 입조하여 후주를 뵈었다.

유선은 눈물을 흘리며 제갈첨에게 하소연을 했다.

"등애 군이 벌써 부성까지 점령했다 하니, 성도가 위태롭게 되었소. 경은 선군(先君)의 낯을 보아 과거지사를 노엽게 여기지 말고 부디 짐의 목숨을 구해 주오."

제갈첨도 어전에 꿇어 엎드린 채 눈물을 흘렸다.

"신의 부자가 선제(先帝) 폐하의 두터우신 은혜를 입었은즉, 비록 간뇌도지(肝腦塗地)하더라도 그 은덕에 보답할 길이 없나이다. 바라옵건대 폐하께서는 도성의 전 병력을 모두 일으키시어, 신과 더불어 이끌고 나가서서 죽기를 각오하고 결전하도록 하소서."

"옳은 말이오. 짐이 그렇게 하리다."

유선은 성도에 남겨두었던 칠만 군사를 동원하여 제갈첨에게 맡겼다. 제갈첨은 병력과 군마를 정돈한 다음, 제장들을 막하에 소집해 놓고 물었다.

"누가 선봉을 맡겠는가?"

말이 끝나기도 전에, 청년 장수 하나가 선뜻 나섰다.

"아버님께서 막중한 임무를 맡으셨으니 불초 소자가 선봉에 서겠나이다."

제장들이 바라보니 청년 장수는 바로 제갈첨의 아들 제갈상(諸葛尙)이었다. 나이는 비록 열아홉이나, 병서에 박통(博通)하고 무예도 뛰어난 청년이었다.

제갈첨은 아들을 대견스럽게 여겨 마침내 선봉장으로 내세우고, 그날 중으로 등애 군을 맞아 싸우러 성도를 떠났다.

한편, 위군에 항복한 마막은 등애에게 지리도본(地理圖本) 한 권을 바쳤다. 그 도본에는 부성으로부터 성도에 이르는 일백 육십 리 길의 산천 도로와 관문, 애구의 험이도(險易度)가 낱낱이 적혀 있었다. 등애는 그것을 다 읽어보고 나서 깜짝 놀랐다.

"아뿔싸, 하마터면 큰일 날 뻔했구나! 내가 만약 부성에 주저앉아 있는 동안, 촉군이 앞산을 점령하여 가로막고 있었더라면, 무슨 수로 성도까지 나갈 수 있겠는가? 더구나 여기서 날짜를 오래 끌다가 강유 군이 눈치 채고 배후를 친다면 우리는 꼼짝없이 전멸당하고 말 것이다."

등애는 급히 사찬과 아들 등충을 불러 분부를 내렸다.

"너희들은 일군을 거느리고 이 밤 안으로 면죽관(綿竹關)으로 나가 촉군을 막아라. 내 곧 뒤따라갈 터이니, 절대로 태만하거나 늦어서는 안 된다. 만약 저들에게 면죽관을 빼앗겼다가는 너희들의 목을 베어버릴 것이다."

"예, 분부대로 받들겠습니다."

사찬과 등충은 즉시 군사를 이끌고 밤새도록 치달렸다. 그러나 면죽관에 거의 다다랐을 때, 이들은 한 발 앞서 강행군으로 달려온 촉군과 마주쳤다. 양군은 곧바로 전열을 가다듬고 대치했다.

사찬과 등충이 기문(旗門) 앞에 나가보니, 촉군은 팔진(八陣) 형태를 이루고 늘어섰다. 이어서 북소리가 세 번 울리더니, 팔진 기문이 양쪽으로 갈라지면서 수십 명의 장수가 사륜거 한 대를 에워싸고 나타났다. 수레 위에는 한 사람이 단정한 자세로 앉았는데, 학장의에 윤건을 쓰고 손에는 우선(羽扇)을 쥐고 있었다. 수레 기둥에는 황색 깃발이 바람결에 펄럭이는데, 기폭에 쓰인 것은 뜻밖에도 '한승상 제갈무후(漢丞相 諸葛武侯)'의 일곱 글자였다.

"으앗! 저것은……."

사찬과 등충은 혼비백산하도록 놀란 나머지 온몸에 땀이 부쩍 돋아나와 갑옷을 흠뻑 적셨다. 두 청년 장수는 얼빠진 기색으로 얼굴만 마주 바라보았다.

"공명이 세상에 아직 살아 있었단 말인가?"

"아, 우린 이제 끝장났구나!"

"후퇴하라!"

두 장수가 막 군사를 되돌리는 순간 촉병이 한꺼번에 엄습해 왔다. 위군은 크게 패하여 정신없이 달아났다. 촉군 추격대는 이십여 리나 뒤쫓으면서 닥치는 대로 살상하다가, 때마침 달려온 등애의 후속부대와 맞닥뜨렸다.

위와 촉 양군은 접전을 피하고 각자 군사를 거두어들였다.

등애는 사찬과 등충을 막사에 불러들여 크게 꾸짖었다.

"적을 만났으면 싸워야 마땅하거늘 어찌하여 후퇴했느냐?"

등충이 변명했다.

"촉군 진영에 제갈공명이 나타났습니다. 그래서 도망쳐 온 것입니다."

그 말을 듣자 등애는 펄펄 뛰었다.

"무슨 잠꼬대 같은 소리를 하는 것이냐! 설사 공명이 다시 살아났다 하더라도 두려워할 내가 아닌데, 삼십 년 전에 죽은 사람이 어떻게 환생을 한단 말인가? 헛것을 보고 놀라 도망치다니, 패전의 죄가 얼마나 큰지 모르느냐? 여봐라, 이 두 놈을 속히 끌어내어 참수형에 처하라!'

두 청년 장수가 무사들에게 끌려나가는 것을 보고, 제장들이 허겁지겁 달려왔다. 등애는 장수들이 모두 혀가 닳도록 용서를 빌고 나서야 거우 노염을 가라앉혔다. 이 무렵, 정찰을 나갔던 초탐마가 돌아와 적정(敵情)을 말했다.

"사륜거를 타고 있던 것은 산 사람이 아니오라 옛날 사마중달을 놀라게 했던 제갈공명의 목상(木像)이라 합니다. 지금 촉군 대장은 공명의 아들 제갈첨이고, 또 그 아들 제갈상이 선봉을 맡고 있사옵니다."

등애는 보고를 듣고 나서, 사찬과 등충에게 다시 출동 명령을 내렸다.

"우리 작전이 성공하느냐 실패하느냐는, 바로 이번 한 판 싸움에 달려 있다. 너희들이 나가서 또 이기지 못할 때는 가차 없이 목을 베리라!'

두 청년 장수가 다시 일만 군사를 거느리고 출전하자 촉군 진영에서도 선봉장 제갈상이 필마단창(匹馬單槍)으로 기세 사납게 달려 나왔다. 제갈상은 불과 십여 합 만에 사찬과 등충을 보기 좋게 물리쳤다. 그것을 본 제갈첨은 좌우 양익군을 이끌고 일제히 위군 진영으로 돌격해 들어갔다. 제갈첨 부자는 위군 진영 한복판에서 좌충우돌하며 닥치는 대로 군사들을 유린하면서 무려 수십 차례나 적진을 넘나들었다.

위군은 제갈 부자의 용맹에 더 이상 견디지 못하고 드디어 대참패를 당하고 쫓겨났다. 일만 병력 가운데 사상자도 부지기수였을 뿐 아니라 사찬과 등충마저 부상을 입고 도망쳐야 했다.

제갈첨은 전군을 휘몰아 패잔부대의 뒤를 바짝 따라붙은 채 살육전을 벌이면서 이십여 리나 추격한 끝에 등애의 본영을 마주하고 영채를 세웠다.

사찬과 등충이 쫓겨 들어가자 등애는 이들이 모두 상처를 입은 것을 보고 패전의 책임을 묻지 않았다. 그리고 제장들을 소집해 놓고 탄식했다.

"촉나라에 제갈첨 같은 인재가 있을 줄이야! 과연 제 아비의 뜻을 훌륭하게 이어받았구나. 두 번 싸움에 일만여 명의 병력을 잃다니, 내 그자를 속히 처치하지 않았다가는 필시 큰 화근이 되겠구나."

감군 구본(丘本)이 물었다.

"항복 권유서를 한 장 써서 보내심이 어떻겠습니까?"

등애는 그 말대로 즉시 편지 한 통을 써서 촉군 진영으로 보냈다.

정서장군 등애는 삼가 촉한 행군호위장군 제갈사원(諸葛思遠)의 휘하에 글월을 올리나이다. 가만히 생각하옵건대, 근세에 어진 인재는 공의 존부(尊父)를 능가한 이가 없었습니다. 제갈무후께서는 일찍이 남양 모려(茅廬)에서 나오실 때부터 이미 천하를 삼분하신다는 뜻을 세우셨으며, 형주(荊州)와 익주(益州)를 평정하여 위업을 이룩하셨으니, 그분의 높으신 뜻을 따를 만한 이는 고금에 드물 것입니다. 후에 여섯 차례를 기산에 진출하시고도 뜻을 이루지 못한 까닭은, 지혜와 능력이 모자라서가 아니옵고, 바로 천수(天數)였다 생각되옵니다. 오늘날 후주(後主)는 나약한 혼군이요, 왕기(王氣) 또한 이미 종말에 가까웠은즉, 불초 등애는 천자의 명을 받들고 중병(重兵)으로 촉을 정벌하여, 이제 상토의 대부분을 섬렁했나이다. 성도의 운명 역시 그 위태로움이 조식지간(朝夕之間)에 달려 있으니, 공은 어찌하여 대의를 생각하고 천명(天命)과 인망(人望)에 순응하지 않으시나이까? 공께서 귀순하면 불초 등애가 마땅히 조정에 아뢰어 공을 낭야왕으로 책봉하고, 길이 조종(祖宗)의 덕을 빛내시도록 하오리다. 이 말씀은 결코 거짓이 아니오니, 공께서는 깊이 살피시기를 바라나이다.

촉한이 멸망하는 날

제갈첨은 등애의 편지를 읽고 나자 발연대로(勃然大怒)하여, 그 편지를 갈가리 찢어 내던지고 무사들에게 호통을 쳤다.

"이런 괘씸한 것을 봤나! 여봐라, 이 편지를 가져온 놈의 목을 당장 베어라!"

등애의 사자는 목이 떨어졌다.

제갈첨은 다시 그 머리를 함께 온 종자(從者)에게 들리어 위군 진영으로 보냈다. 등애는 종자의 입을 통해 자초지종을 전해 듣고 크게 격노하여 당장 군사를 이끌고 나가 싸우려 했다.

감군 구본이 등애에게 간언을 올렸다.

"장군, 섣불리 출전하시면 안 됩니다. 제갈첨은 결벽성(潔癖性)이 심한 듯하오니, 정면대결보다 기병(奇兵)을 쓰면 이길 수 있겠습니다."

등애는 그 충고를 따랐다. 이리하여 그는 천수군 태수 왕기의 부대와 농서 태수 견홍의 부대를 후방 멀찌감치 매복시켜놓고, 자신이 직접 군사를 휘동하여 촉군 진영 앞으로 나아가 도전했다.

때마침 제갈첨도 괘씸한 등애에게 도전하려 출동 준비를 갖추던 참이었다. 마침 그때 등애가 먼저 도발해 왔다는 보고를 받자, 노기등등하여 즉시 응전하러 나섰다. 주장이 선두에 나서니, 촉군 장병들은 기세 사납게 위군 진영으로 돌격해 나갔다. 얼마나 추격해 갔을까. 갑자기 통로 양편에서 복병이 한꺼번에 쏟아져 나왔다. 급작스런 기습에, 제갈첨 군의 대열은 삽시간에 일대 혼란을 일으키고 걷잡을 수 없이 와해되었다. 제갈첨은 가까스로 패잔병을 수습하여 거느리고 면죽관으로 퇴각했다.

등애는 장병들에게 엄명을 내려 면죽관을 철통같이 포위했다.

면죽성에 갇힌 제갈첨은 대세가 급박하게 몰린 것을 보고, 아장(牙將) 팽화(彭和)에게 편지를 써주고, 당장 오나라로 달려가 구원병을 요청하게 했다.

오나라 군주 손휴(孫休)는 제갈첨의 긴급 요청을 받고, 그날로 백관을 소집하여 의논했다.

"동맹국이 위급한 상황에 빠졌다니, 우리가 어찌 앉아서 불구경만 하고 있겠는가?"

이리하여 손휴는 노장 정봉(丁奉)을 주장으로 삼고, 정봉(丁封)과 손이(孫異)를 부장으로 삼아 오만 군사를 이끌고 촉나라를 구원하러 떠나게 했다.

구원병을 이끌고 출정하게 된 정봉은 세 갈래로 촉한을 구원한다는 계책을 정해 놓고, 부장 정봉(丁封)과 손이에게 이만 명을 주어 우선 면중(沔中)으로 진격시킨 다음, 자신은 나머지 삼만 병력을 이끌고 수춘성을 향해 진군했다.

한편, 제갈첨은 시일이 오래도록 구원병이 오지 않자 제장들을 불러 결심한 바를 알렸다.

"오래 지킨다고 해서 이로운 것이 없겠다. 나가서 목숨을 걸고 결전을 벌이기로 하자."

제갈첨은 면죽관 요새에 아들 제갈상과 상서(尙書) 장준(張遵)의 부대를 남겨 성을 지키게 한 다음, 자신은 무장을 갖추고 마상에 오르더니 성문 세 곳을 활짝 열어붙이고, 삼군의 전 병력을 휘동하여 일제히 돌진해 나갔다.

농성군이 달려 나오자 등애는 즉시 포위군을 거두어 후퇴하기 시작했다. 제갈첨은 필사의 힘을 다 쏟아내어 등애 군을 무섭게 추격했다. 한참 적을 뒤쫓으려니, 갑자기 일성 포향이 울리면서 사면팔방으로부터 복병이 쏟아져 나왔다.

제갈첨은 삽시간에 포위망의 중심에 빠지고 말았다. 그래도 제갈첨은 단념치 않고 좌충우돌하며 아귀처럼 날뛰어 적병을 수백 명이나 죽였다. 등애는 군사들에게 일제사격을 퍼붓게 했다. 제갈첨은 무차별로 퍼붓는 화살을 맞고 말 아래로 굴러 떨어졌다.

"내 힘이 다했으니 이제는 죽음으로 보국(報國)하리라!"

제갈첨은 한 소리 크게 외치더니, 칼을 뽑아 제 목을 찌르고 죽었다.

성루 위에서 아버지가 비장하게 목숨을 끊는 광경을 본 제갈상은, 이를 갈아붙이면서 무장을 갖추더니 그 길로 마상에 올랐다.

상서 장준이 그 앞을 가로막았다.

"장군, 경솔히 나가시면 아니 되오."

"비키시오. 우리 부자, 조손(祖孫)은 모두 나라의 은혜를 두터이 입어 왔소. 이제 아버님이 적의 손에 돌아가셨는데, 내가 살아서 무얼 하겠소?"

드디어 제갈상은 말채찍을 가하면서 적진으로 달려나가 힘껏 싸운 끝에 장렬히 전사했다.

등애는 제갈 부자의 충성심을 가련히 여겨, 한 무덤에 합장해 주었다. 그러고는 다시 승세를 휘몰아 면죽관에 맹렬한 공격을 퍼붓기 시작했다.

성에 남았던 상서 장준과 황숭(黃崇), 이구(李球) 세 장수는 각자 일군씩 거느리고 성 밖으로 나가더니, 등애 군의 정면을 향해 일제 돌격을 감행했다. 그러나 중과부적(衆寡不敵)은 어쩔 수 없는 일이라 세 장수 역시 장렬한 전사로 최후를 맞았다.

등애는 면죽관을 점령하고 군사들의 노고에 대해 포상한 다음, 마지막 목표인 성도를 향해 진격을 개시했다.

한편, 성도에서 좋은 소식이 오기만 기다리던 후주 유선은 제갈첨 부자가 전사하고 면죽관을 등애 군에게 빼앗겼다는 비보에 아연실색하고 말았다. 유선은 급히 문무백관을 소집하여 대책을 상의했다.

이런 판국에 근시(近侍)가 들어와 나쁜 소식을 아뢰었다.

"도성 안의 백성들이 남부여대(男負女戴)하고 제각기 달아나고 있사옵니다. 저 소리를 들어보소서. 피난민들의 통곡하는 소리가 천지를 진동하고 있나이다."

"아아, 이 노릇을 장차 어쩔꼬?"

후주 유선은 경황 중에 어쩔 바를 몰랐다.

이때, 초탐마가 달려왔다.

"위군 선봉대가 벌써 도성 아래 이르렀습니다."

조정의 군신들은 물 끓듯이 술렁대기 시작했다. 의견이 중구난방(衆口難防)으로 백출했으나 결국 도성을 버리고 몽진(蒙塵)하자는 여론이 우세했다. 문제는 피난을 어디로 가느냐였다.

"폐하, 남중(南中) 일곱 군(郡)은 지세가 험준하오니, 소수 병력으로도 넉넉히 지켜낼 수 있사옵니다. 그곳에서 남만(南蠻)의 군사를 빌려 권토

중래(捲土重來)를 도모하소서."

그러자 광록대부 초주가 반대했다.

"안 되오. 남만은 오래 전에 반란을 일으켰던 족속이라 이때껏 혜택을 받아본 적이 없었소. 그런데 이제 남만족에게 의탁했다가는 필경 큰 화를 입게 될 것이오."

다른 신하가 의견을 내놓았다.

"우리 촉나라와 동맹을 맺은 오나라에 의탁하여 위급한 상황을 모면하면 어떠하오리까?"

초주가 또 반대했다.

"자고로 천자가 다른 나라에 의탁한 사례는 없었소. 폐하, 신이 보옵건대 위나라는 오나라를 병탄할 힘이 있어도, 오나라가 위나라를 평정할 수는 없을 것입니다. 우리가 오나라 군주에게 칭신(稱臣)하는 것도 모욕이지만, 오나라가 병탄되는 날이면 또다시 위나라 군주에게 칭신해야만 하옵니다. 선제께서 세우신 촉한의 대통(大統)이 두 번씩이나 수모를 겪어서는 안 되옵니다. 그러하오니 오나라에 의탁하기보다는 차라리 위나라에 투항하는 것이 옳겠나이다. 위나라는 반드시 폐하에게 영토를 나누어 줄 터인즉, 위로는 종묘를 지킬 수 있겠고, 아래로는 백성들의 안녕을 보전할 수 있을 것입니다. 폐하께서는 이를 깊이 생각하소서."

후주 유선은 결단을 내리지 못하고, 내궁으로 들어가버렸다.

이튿날 군신회의가 또 열렸으나 의견만 분분할 뿐 아무런 대책도 결정되지 않았다. 일이 급박하게 되자 초주는 상소를 올려 후주의 결단을 촉구했다.

마침내 유선은 초주의 말을 따르기로 결심했다.

"경들은 항복할 절차를 상의하여 아뢰시오."

초주가 황공스럽게 머리를 조아렸다.

"불초 신이 출성하여 위군과 항복 조건을 협상하겠나이다."

이때, 병풍 뒤에서 한 사람이 돌아 나오더니 초주를 손가락질하며 무섭게 꾸짖었다.

"이 썩어빠진 선비 놈아! 구차스럽게 목숨이 아까워 종묘사직을 팔아먹으려는가! 세상에 천자가 항복하는 일이 어디 있단 말이냐!"

후주 유선이 돌아보니, 다섯째 아들 북지왕(北地王) 유심(劉諶)이었다. 유선에게는 원래 일곱 아들이 있었는데, 다섯째 유심만 어려서부터 총명하고 기백이 있을 뿐, 나머지 형제들은 모두 천성이 나약하고 착하기만 했다.

후주는 유심에게 물었다.

"이제 대신들의 중론이 모두 항복하는 것이 마땅하다 하는데, 너 혼자서만 혈기지용(血氣之勇)을 믿고 반대하는구나. 그렇다면 도성 안이 온통 피바다로 변해야 옳단 말이냐?"

유심이 눈물을 흘리면서 말했다.

"선제께서 생존하실 적에 초주는 국가 정사에 참여할 재목이 못 된다고 하셨습니다. 이제 초주가 망령되게 국가 대사를 논하고 반역적인 언사를 농하다니, 이는 천리(天理)에 어긋나는 짓입니다. 신이 헤아려보건대, 도성 안에는 아직도 수만 군사가 남아 있고, 또 대장군 강유의 전 병력이 검각을 굳게 지키고 있사옵니다. 이제 위군이 도성 궁궐을 범하는 줄 알면 강유가 반드시 구원하러 달려올 것입니다. 그때 안팎으로 협공하면 등애의 삼만 군사쯤은 복멸(覆滅)시킬 수 있을 것입니다. 사세가 이러할진대 폐하께서는 어찌하여 썩어빠진 선비의 난언(亂言)에 귀를 기울이시어, 선제 폐하의 기업(基業)을 가벼이 무너뜨리려 하시나이까?"

후주가 호통을 쳐 꾸짖었다.

"무례하구나! 어린놈이 천시(天時)를 어찌 안다고 떠드느냐? 물러가거

라!'

그래도 유심은 이마를 짓찧어가며 통곡했다.

"폐하, 세궁역진(勢窮力盡)하여 멸망의 화가 닥치게 되거든 우리 군신 부자 모두 성벽을 등지고 일전을 벌이다가, 종묘사직과 운명을 같이하소서! 그리할 때 선제 폐하를 뵈올 면목이 있나이다. 적에게 항복하셨다가 훗날 무슨 낯으로 선제를 뵈려 하시나이까?'

후주는 끝내 듣지 않았다. 유심은 목을 놓아 울면서 부르짖었다.

"폐하, 안 되옵니다! 선제께서 얼마나 힘들게 세우신 기업인데, 하루아침에 저버리시나이까?'

후주는 크게 노하여 근시에게 명하여 유심을 궐문 밖으로 쫓아냈다. 그리고 초주를 시켜 항복문서를 쓰게 한 다음 시중 장소(張紹), 부마도위(駙馬都尉) 등량(鄧良)과 함께 전국옥새(傳國玉璽)를 갖추어 위군에게 항복 사신으로 내보냈다.

이 무렵, 등애는 날마다 철기병(鐵騎兵) 수백 명을 출동시켜 성도 외곽을 돌면서 정찰하게 하고 있었다. 그날, 정찰대는 성벽 위에 항복의 깃발이 오르는 것을 발견하고 즉시 등애에게 보고했다.

등애가 손뼉을 쳐가며 기뻐하고 있는데, 성문이 열리더니 초주와 장소 일행이 나왔다. 이들 항복 사절은 등애의 영접을 받고, 후주의 항복문서와 전국옥새를 바쳤다. 등애는 문서와 옥새를 거두고 항복을 받아들이겠다는 답서를 써서 사신에게 주어 보냈다.

후주 유선은 등애의 답서 내용이 은근하면서도 호의가 담긴 것을 보고 크게 기뻐하여, 그 즉시 태복(太僕) 장현(蔣顯)을 검각으로 달려 보내, 강유에게 속히 항복하라는 칙명을 전했다.

다음날, 상서랑(尙書郞) 이호(李虎)는 전국의 문서 장부를 받들고 위군 진영으로 나아가 등애에게 바쳤다. 장부에는 촉한의 인구 이십팔만 가호

(家戶), 남녀 구십사만 명, 무장을 갖춘 장병 십만 이천 명, 대소관원 사만 명, 식량 사십만 곡(斛), 금은보화 삼천 근, 비단 나사(緋緞 羅紗) 각각 이십만 필의 목록이 씌어 있었으며, 그밖에 창고 비축물은 이루 다 기록하지 못했다.

항복 전날, 북지왕 유심은 노기충천(怒氣沖天)하여, 패검을 찬 채 궁궐에 들어갈 준비를 갖추었다. 그것을 본 아내 최씨가 물었다.

"대왕의 안색이 심상치 않은데 어인 일이옵니까?"

유심이 대답했다.

"위군이 아직 도성을 공격하지도 않았는데, 부황(父皇)께서는 내일 아침 백관을 모두 거느리고 항복하러 나가신다 하오. 이제 종묘사직이 멸망을 당하게 되었으니, 남에게 무릎 꿇기보다는 차라리 목숨을 끊어 지하에 계신 선제 폐하를 뵙고 하소연을 하겠소."

최씨 부인이 말했다.

"훌륭하십니다, 대왕 전하! 신첩이 먼저 죽겠사오니, 대왕께서도 뒤따라오소서."

"그대는 왜 죽으려 하오?"

"대왕은 부황에게 죽음으로 충절을 보이시는데, 신첩이 지아비를 위해 죽는 것도 같은 의리가 아니오리까? 지아비가 망하면 그 아내도 죽는 것이 마땅한 일이거늘, 굳이 물으실 필요가 어디 있나이까?"

말을 마치자 최씨 부인은 기둥에 머리를 들이받고 죽었다.

유심은 먼저 아들 셋을 죽여 그 머리를 베어 궁궐로 들어가 소열제(昭烈帝) 유비(劉備)의 사당에 꿇어 엎드리더니 통곡하며 말했다.

"불초 소신은 할아버님께서 세우신 기업이 남의 손에 넘어가는 것을 부끄럽게 여겨 차마 보지 못하겠나이다. 그래서 속념(俗念)에 매이지 않으려고 먼저 이렇게 처자식을 죽이고, 이 한 목숨마저 끊어 할아버님께

보답하오니, 혼령이 있으시거든 부디 이 손자의 마음을 헤아려주소서!'

유심은 피눈물을 흘려가며 한바탕 대성통곡을 하고 나서, 허리의 칼을 뽑아 스스로 목을 찔러 죽었다.

십이월 초하루, 등애가 거느린 위군이 도성 북문 앞에 이르자 촉한의 군주 유선은 태자와 여러 왕자, 군신(群臣) 육십여 명을 이끌고 스스로 결박지은 채 관곽(棺槨)을 떠메고 성 밖 십 리 되는 곳에 자리 잡은 등애의 본영으로 나아갔다.

등애는 친히 유선의 결박을 풀어주고 좋은 말로 위무한 다음, 자기 수레에 함께 태우고 도성 안으로 들어갔다.

성도 백성들은 모두 향불과 꽃을 들고 길거리에 나와 입성군을 맞이했다. 등애는 유선을 표기장군(驃騎將軍)으로 임명하고 그밖의 문무 관원들도 직급에 따라 벼슬을 내린 다음, 도성 전역에 방문(榜文)을 내걸어 민심을 안정시키는 한편, 관서와 창고를 모두 접수했다. 그리고 태상(太常) 장준(張峻), 익주별가(益州別駕) 장소(張紹)를 각 지방에 보내어 군민을 초안하고, 검각에도 따로 사자를 보내어 강유에게 투항 권유서를 전달했다. 그리고 도성 치안이 끝나자 곧 낙양에 승첩(勝捷)을 띄워 보냈다.

간신 황호는 참수형을 당할 뻔했으나, 금은보화로 등애의 측근을 매수하여 죽음을 모면하게 되었다.

한편, 태복 장현은 검각에 당도하여 강유를 만나고, 즉시 위군에게 투항하라는 후주 유선의 칙명을 전달했다.

강유는 아연실색하여 할말조차 잊었다. 부하 장수들도 그 소식을 듣자 분을 못 이겨 수염과 머리터럭을 곤두세운 채 고리눈을 부릅뜨고 어금니를 갈아붙였다. 어떤 장수는 칼을 뽑아 바윗돌을 내리치면서 고함을 질렀다.

"우리들은 여기서 죽기로 싸우고 있는데, 천자가 먼저 항복하는 법이 어디 있느냐!"

이윽고 촉군 진영에는 통곡소리가 진동하여, 수십 리 밖에까지 울렸다. 강유는 장병들의 마음이 아직도 촉한에 기울어져 있는 것을 보고, 좋은 말로 무마시켰다.

"제장들은 너무 걱정 마시오. 이 강유에게 한실(漢室)을 부흥할 계책이 남아 있소."

"대장군, 무슨 계책이 있단 말씀입니까?"

제장들이 묻자 강유는 이들을 바싹 다가오도록 한 다음, 바깥에 들리지 않게 귓속말로 그 계책을 일러주었다.

다음날, 검각 관문에는 항복의 깃발이 사면에 세워졌다. 위군 정찰병은 재빨리 종회의 영채로 달려가서 이 놀라운 소식을 전했다. 얼마 안 있어, 촉군 진영에서 강유가 장익, 요화, 동궐 등 주요 장령들을 이끌고 위군 진영으로 나와서 항복했다.

종회는 크게 기뻐서 황망히 측근을 보내어, 강유 일행을 장막 안에 모셔 들이게 했다.

"백약(伯約), 어이 이리도 늦게 나오셨소?"

강유는 정색을 하고 눈물을 흘리며 대답했다.

"온 나라의 전군이 내 휘하에 들었는데, 지금 항복한 것은 오히려 빠르다는 생각이외다."

종회는 그 말의 깊은 뜻에 감동하여, 강유를 상석에 앉혀놓고 존경의 예를 올렸다. 강유는 종회에게 답례를 하면서 말했다.

"소문을 듣자니 장군께서는 회남 토벌전에서 훌륭한 계책을 유감없이 쓰셨고, 또 오늘날 사마씨의 성세(盛勢)도 모두 장군의 힘으로 이루어진 것이라 하더이다. 그때부터 불초 강유는 장군을 흠모한 나머지, 이렇게 성심으로 굴복한 것입니다. 만약 등사재(鄧思載:등애)가 여기 있었던들 이 강유는 한 목숨 끊어질 때까지 싸울망정 결코 항복하지 않았을 것이외다."

종회는 그 말을 듣고 크게 기뻐하더니, 즉석에서 화살 한 대를 꺼내 부러뜨리며 맹세했다.

"백약, 우리 의형제를 맺읍시다!"

강유도 흔연히 화살을 꺾어, 결의형제의 예식을 올렸다. 이날부터 종회는 강유에게 친형제보다 더 큰 우정으로 대우해 주고, 투항한 촉군 장병들을 예전대로 거느리게 했다. 강유가 속으로 기뻐한 것은 두말할 나위도 없었다.

이독공독

그 무렵, 등애는 부장 사찬을 익주 자사로 삼고, 견홍과 왕기를 비롯한 제장들을 각 주군(州郡)에 나누어 보내, 군정으로 다스리게 하는 한편, 면죽관에 전공비를 세운 다음, 승전의 잔치를 크게 베풀어 장병들의 노고를 위로했다. 이 잔치 자리에는 촉한의 구신(舊臣)들도 빠짐없이 초빙을 받아 참석했다.

술이 얼큰하게 올랐을 무렵, 등애는 촉한의 신하들을 손가락질하며 이런 말을 늘어놓았다.

"그대들은 나를 만난 것을 행운으로 여겨야 하네. 만약 다른 장수가 먼저 왔더라면 모두들 떼죽음을 당하고 말았을 거야."

촉한의 구신들은 모두 일어나 사례를 올렸다.

이때, 칙명 사신으로 검각에 갔던 장현이 돌아와 강유가 진서장군 종회에게 항복했다고 알려주었다.

등애는 시기심이 북받쳐 올랐다. 그리고 이때부터 종회에 대한 미움이 더욱 끓어오르기 시작했다. 이리하여 등애는 촉한 전역을 자신의 수중에 장악하고 종회의 세력을 견제할 속셈에서, 낙양으로 급사를 달려 보내 사마소에게 건의를 올렸다.

신 등애가 생각하옵건대, 전쟁이란 먼저 위협과 선전으로 적의 사기를 떨어뜨려놓은 다음, 실력으로 격파하는 것이옵니다. 이제 촉한을 평정하였은즉 승세를 타서 오나라를 석권할 때가 되었나이다. 하오나 대작전을 끝낸 직후라 장병들이 모두 피로하여 곧바로 출동시킬 수 없는 실정입니다. 그런 까닭에 잠정적으로 농우 소속군 이만 명과 촉군 이만 명을 현지에 남겨두어, 휴식과 함께 소금도 굽고 선박도 만들어 장차 물길로 오나라를 침공할 준비를 갖추는 한편, 오에 사자를 보내어 이해와 사리를 따져 설득하는 것이 옳을까 하나이다. 신 등애는 그것이 정벌작전을 일으키지 않고 오를 굴복시키는 최선책이라 생각하나이다. 또한 폐주(廢主) 유선에게 더욱 후한 예우를 내려, 오나라 손휴의 마음을 흔들리게 하소서. 만약 유선을 낙양으로 압송한다면 오나라 측은 진공(晉公)의 뜻을 의심하여 향화(向化)하려는 마음을 품지 않을 것이오니, 유선을 잠시 촉에 두었다가 내년 겨울에 상경시키는 것이 좋을 듯하나이다. 소신의 생각으로는, 유선에게 부풍왕(扶風王)의 작위를 내리시고 그 아들과 측근들을 공경(公卿)으로 삼으시어 귀순자에게 내리는 은총을 돋보이게 하신다면, 오나라 측도 진공의 덕망을 사모하는 마음에서 정벌하지 않더라도 자진하여 귀순할 것입니다.

사마소는 글을 받아보고, 등애가 필시 다른 뜻을 품고 있지나 않을까 깊이 의심하게 되었다. 그래서 등애를 태위(太尉)로 봉하고 식읍(食邑) 이만 호를 내려 포상한다는 조칙과 함께 친필 서한을 한 통 써서 보냈다.
등애가 사마소의 친서를 받아보니 건의한 뜻은 잘 알겠으나 모두 천자께 아뢰어 조정 대신들이 상의하고 결정할 일인즉, 함부로 시행하지 말고 속히 개선하라는 내용이었다.

등애는 친서를 가져온 감군 위환에게 말했다.

"손자병법에 '장수가 외지에 원정을 나갔을 때는 군주의 명령을 받들지 않는 경우도 있다'고 하지 않았던가? 내 기왕에 오나라 정벌의 대명을 받든 이상 아무도 이를 막을 수 없다."

이 무렵, 조정에는 등애가 반역심을 품었다는 여론이 물 끓듯 일어나고, 사마소의 의혹도 날이 갈수록 깊어지고 있었다.

등애는 이런 상황을 까맣게 모른 채, 자기 뜻을 고집하는 편지를 낙양 사마소에게 띄워 보냈다.

신 등애는 촉한 정벌의 명을 띠고 원흉을 이미 굴복시킨 이후, 현지에서 임기응변하여 민심을 다스리고 있나이다. 이제 만약 조정의 명을 받느라 전령들이 먼 거리를 일일이 왕복하려면 세월만 늦어질 따름이옵니다. 춘추대의(春秋大義)에 이르기를 대부(大夫)가 국경 바깥으로 나가면 사직을 위해서는 독단권을 행사할 수도 있다고 하였나이다. 이제 오나라는 귀복(歸伏)하지 않았으므로, 그 형세가 언제라도 촉한의 잔당과 연결될지 모르는 상황이온즉, 상례(常例)에 얽매어 기회를 잃어서는 안 되는 줄 아나이다. 손자병법에 이르기를 '장수된 자는 승리했을 때 공명을 추구하지도 않으며, 패전했을 때 그 책임을 회피하지도 않는다'고 하였으니, 사소한 옛 법으로 밀미암아 나라에 손실을 끼쳐서는 안 되리라 생각하나이다. 우선 아뢰옵고 시행할까 하나이다.

사마소는 읽기를 마치자 크게 놀라고 당황하여 급히 모사 가충을 불러들여 그 대책을 상의했다.

"등애가 제 공로를 믿고 교만하게도 제멋대로 행사하더니, 마침내 반역심을 드러냈소. 이 일을 어쩌면 좋겠는가?"

가충이 대답했다.

"주공은 어째서 종회에게 벼슬을 내리지 않으시나이까? 같은 직권을 부여하면 종회가 반드시 등애를 제압할 것입니다."

"좋은 계략이오. 그야말로 이이제이(以夷制夷)요, 이독공독(以毒攻毒)이 절묘한 수라 할 수 있소!"

사마소는 즉시 종회를 사도(司徒)의 중직에 봉한다는 조칙과 아울러 친필로 쓴 밀서를 띄워 보내는 한편, 감군 위환에게 종회와 등애 양군을 모두 감독할 수 있는 권한을 주고, 두 장수의 동정을 은밀히 감시하여 변란이 발생했을 때는 즉시 감군의 직권으로 장병들을 모두 이끌고 방비하라는 밀명을 내렸다.

종회는 조칙을 받고 나서, 강유를 불러 상의했다.

"등애는 공로가 나보다 크고 또 태위의 직분을 얻었으나, 지금 사마 공은 등애에게 반심이 있는 것을 아시고, 날더러 그자를 제압하라는 밀명을 내리셨는데, 강 백약은 무슨 좋은 방도가 없으시오?"

강유가 대답했다.

"진공께서 의심을 품는 것은 당연한 일입니다. 등애로 말하자면 신분이 미천해서 어릴 적부터 농사꾼의 집에서 목동 노릇을 하며 자랐습니다. 이런 자가 요행으로 음평 샛길을 알아내어 큰 공로를 세웠을 뿐, 지모(智謀)가 뛰어나서 그런 것은 아니올시다. 또 만약 장군이 검각에서 이 강유와 대치하여 있지 않았던들, 등애가 무슨 재주로 그토록 엄청난 공로를 세울 수 있었겠습니까? 이제 그자가 촉주(蜀主)를 부풍왕으로 옹립하려는 것은 촉한 백성들의 환심을 사서, 스스로 이 땅의 군주가 되려는 속셈이 분명합니다. 그럴진대 등애의 반역은 말하지 않아도 꿰뚫어볼 수 있습니다."

"실로 탁견이외다. 그렇다면 좋은 계책이 없겠소?"

"좌우를 물리쳐주십시오. 이 강유가 은밀히 아뢸 말씀이 있나이다."

종회가 측근들을 모두 물리치자 강유는 소매춤에서 지도 한 장을 꺼냈다.

"이것은 옛날 제갈무후께서 남양 초려(草廬)를 나오실 때, 선제(先帝)에게 올렸던 지도입니다. 그리고 이런 말씀을 하셨습니다. '익주 땅은 기름진 들판이 천 리나 되어 백성들이 풍족하게 살고, 나라도 부강해질 수 있는 곳이라 패업을 이룩할 만합니다.' 그 결과 선제는 이 땅을 근거지로 삼아 촉한 건국의 위업을 달성했던 것입니다. 그러니, 성도를 차지한 등애가 방자한 마음을 품게 된 것도 당연하지 않겠습니까?"

강유는 지도에 그려진 산천 형세를 일일이 가리키면서 종회에게 자세히 설명해 주었다.

종회가 물었다.

"등애를 제거하려면 무슨 계책을 써야 하오?"

"진공께서 의심을 품은 기회를 틈타 조속히 표문을 올리십시오. 등애가 반역한 행적이 분명하게 드러났으니 토벌해야 마땅하다고 아뢰십시오. 그럼 진공은 장군에게 토벌령을 내릴 것입니다. 조정의 명령만 떨어진다면 일거에 등애를 잡아 죽일 수 있을 것입니다."

이리하여 종회는 낙양에 표문을 올렸다. 내용인즉 등애가 성도에서 방약무인(傍若無人)으로 전권을 독단하고, 촉나라 구신(舊臣), 명사(名士)들과 결탁하여 조만간에 반역을 도모하려 한다는 것이었다. 그리고 등애가 낙양에 보내는 표문을 중도에서 채뜨린 다음 그 필치를 본떠가지고, 오만무례한 언사로 고쳐서 보냈다. 이리하여 조정 여론이 크게 경악하고 종회의 말을 사실로 믿는 지경에 이르렀다.

사마소는 변조된 등애의 표문을 읽어보고 노발대발하여, 즉시 종회의 진영으로 사자를 달려 보내 등애를 체포하라는 명령을 내렸다. 그런 한편 가충으로 하여금 삼만 군사를 이끌고 사곡(斜谷) 방향으로 진출하게 한 다음, 사마소 자신도 위주 조환(曹奐)과 더불어 친정군을 일으켜 출동했다.

토벌군이 떠나기 전날, 서조연(西曹椽) 소제(邵悌)가 사마소에게 출정을 만류했다.

"종회가 거느린 병력 수는 등애보다 여섯 배나 많은즉, 그 군사만으로도 등애를 넉넉히 굴복시킬 수 있습니다. 그런데 주공께서 직접 나설 필요가 어디 있나이까?"

사마소가 빙그레 웃었다.

"그대는 지난 번 내게 종회가 훗날 반드시 반역할 것이라고 한 말을 잊었는가? 이번 정벌은 등애 때문이 아니라 실은 종회가 목표일세."

소제도 따라 웃었다.

"소신은 주공께서 혹여 그 일을 잊으셨나 해서 여쭈었던 것입니다. 뜻을 거기에 두신 이상, 극비에 붙이시고 절대로 누설되지 않도록 하소서."

이윽고 사마소는 대군을 거느리고 낙양성을 떠났다.

그 무렵, 사곡 방면에 진출한 모사 가충도 종회의 수상쩍은 기미를 눈치 채고 사마소에게 밀고장을 띄워 보냈다.

사마소는 시침을 뚝 떼고 가충에게 답신을 보냈다.

만약 그대를 종회나 등애 대신으로 보냈더라면, 내가 그대인들 의심하지 않을쏘냐? 장안(長安)에 도착하면 모든 사실이 판명될 것이니, 그대는 종회를 의심 말고 등애 군의 동태나 잘 살피라.

사마소의 토벌군이 출정한다는 소식이 전해지자 종회는 황급히 강유를 청해다가 등애를 잡을 계책을 물었다.

강유는 이렇게 제안했다.

"우선 감군 위환을 시켜 등애를 체포하게 하십시오. 만약 등애가 저항하여 위환을 죽이려 한다면 반역은 사실로 판명될 것이니, 그때 가서 장군이 토벌군을 일으켜 치면 등애 군의 내부에서도 호응할 터인즉 만사가 손쉽게 될 것입니다."

종회는 그 말대로, 감군 위환에게 종자 수십 명만 데리고 성도에 가서 등애 부자를 체포하라는 명을 내렸다.

위환이 명을 받들고 떠나려 하자, 심복 부하가 만류했다.

"떠나지 마십시오. 이는 종 사도(鍾司徒)가 정서장군 등애의 손을 빌려 장군을 죽이려는 모략입니다."

그러나 위환은 도리질을 했다.

"염려 마라. 내게도 생각이 있으니까."

위환은 각처에 선발대 이삼십 명을 풀어 격문을 돌렸다.

이제 조명(詔命)을 받들어 등애를 체포하고자 하노니, 그 나머지 무리들의 죄상은 불문에 부치리라. 또 미리 귀순하는 자에게는 벼슬과 상금을 내릴 것이며, 저항하는 자는 삼족을 멸하리라!

위환은 선발대를 뒤따라 죄수용 함거(檻車) 두 대를 이끌고 밤을 도와 성도를 향해 떠나갔다.

새벽닭이 홰를 칠 무렵, 등애의 부장 한 사람이 그 격문을 발견했다. 소문은 삽시간에 전군 진영을 휩쓸고, 위환이 당도했을 때는 장병들의 전부가 투항하고 말았다. 이 무렵, 등애는 침상에서 아직 일어나지 않고 있었다. 위환은 부하 수십 명을 이끌고 등애의 침실로 뛰어들었다.

"등애 부자는 꼼짝 말고 포박을 받으라! 여기 칙명이 있노라!"

날벼락을 치는 소리에 등애는 대경실색하여 침상 아래로 굴러 떨어졌다. 위환은 무사들을 꾸짖어 등애를 결박 지어서 함거에 올려 태웠다. 그 아들 등충도 영문을 모른 채 달려 나왔다가 체포되었다.

등애에게 충성을 맹세했던 장수와 관원들이 깜짝 놀라 병기를 휘두르며 등애를 구출하려 했으나 성 밖 멀리서 흙먼지가 크게 솟구치는 것을 보고 당황하여 어쩔 바를 몰랐다.

그런 직후, 초탐마가 한 발 앞서 달려왔다.

"종 사도 대감께서 토벌군을 이끌고 당도하셨습니다!"

그 말을 듣자 등애의 측근 심복들도 사면팔방으로 뿔뿔이 흩어져 달아났다.

성도에 입성한 종회는 장하(帳下)에 등애 부자를 꿇려놓고, 채찍으로 머리통을 마구 후려치면서 욕설을 퍼부었다.

"소나 치던 목동 놈이 감히 이럴 수가 있단 말이냐!"

강유도 곁에서 꾸짖었다.

"미천한 필부 놈이 요행으로 성공을 하더니, 결국 이런 날을 맞게 될 줄은 몰랐더냐?"

등애 역시 굴하지 않고 목청을 드높여 종회에게 욕설을 퍼부었다.

마침내 등애 부자는 함거에 실린 채 낙양으로 끌려가고 말았다. 종회는 등애 군의 병력을 모조리 얻어 위세를 크게 떨쳤다. 성대한 축하연이 열린 자리에서 그가 강유를 보고 말했다.

"내 오늘에야 비로소 평생의 숙원을 이루었구려!"

강유가 은유법을 써가며 조심스럽게 부추겼다.

"옛날 한신(韓信)은 괴통(蒯通)의 충고를 받아들이지 않았다가 미앙궁에서 여인의 손에 참혹한 재앙을 당했고, 월나라 대부 문종(文鍾)은 범려

(范蠡)를 따라 오호(五湖)에 은둔하지 않았다가, 스스로 칼을 물고 죽어야 했습니다. 이들 두 사람의 공명이 얼마나 혁혁합니까? 그러나 이해(利害)를 분명히 따지지 못하고 시기를 보는 안목이 짧아 그런 화를 당했던 것입니다. 이제 공께서 세우신 업적은 이미 진공을 능가하였은즉, 조용히 은퇴하여 조각배에 몸을 싣고 속세를 떠나시거나, 아미산(峨嵋山) 깊은 계곡에 들어가서서 적송자(赤松子)의 신선술을 배우심이 어떻겠습니까?"

종회가 껄껄 웃었다.

"그대의 말씀은 틀렸소. 내 나이 겨우 사십이오. 등용문(登龍門)에 오를 생각이 한창인데, 어찌 한가롭게 은퇴해야 한단 말이오?"

"만약 은퇴하실 뜻이 없다면, 조속히 양책(良策)을 도모하십시오. 이 늙은이의 잔소리가 아니더라도, 그것은 공의 지혜와 능력으로 이룰 수 있습니다."

그 말을 듣자 종회는 손뼉을 쳐가며 크게 웃었다.

"하하, 백약이 내 마음을 꿰뚫어보셨구려!"

이로부터 두 사람은 날마다 큰일을 도모할 계획을 상의하기 시작했다. 강유는 후주 유선에게 밀서를 보냈다.

폐하, 며칠만 더 참고 계시옵소서. 신 강유가 위태로운 사직을 다시 일으켜 안정을 도모할 것이오며, 일월이 다시 빛을 보게 하겠나이다. 한실의 운명은 아직도 종말을 고하지 않았나이다.

종회가 강유와 더불어 한창 반역을 꾀하고 있을 때, 홀연 사마소에게서 청천벽력 같은 편지가 한 통 날아들었다.

종 사도가 등애를 토벌하지 못할까 근심되어, 내가 대군을 거느리고 장안에

와서 주둔하고 있으니, 머지않아 만나게 될 것이오. 우선 이 글로 통보하니, 그리 아시오.

종회는 깜짝 놀랐다.

"내 병력이 등애 군보다 몇 배나 많은 줄 진공도 잘 알고, 또 나 혼자서도 등애를 요리할 수 있다는 것을 잘 알 터인데, 어째서 따로 대군을 이끌고 나왔는지 모르겠소. 혹시 나에게도 의심을 품은 것은 아닐까요?"

강유는 이렇게 말했다.

"군주에게 의심을 받으면 그 신하는 반드시 죽게 마련이오. 등애의 경우를 보지 못하셨소?"

"좋소, 내 뜻은 이미 결정되었소. 성공하면 천하를 얻을 것이고, 실패하더라도 서촉(西蜀) 땅에 물러나 지키면, 유비의 기업만큼은 잃지 않을 거요."

강유가 계책을 일러주었다.

"근래 곽 태후께서 세상을 떠나셨는데, 장군은 이 기회에 임금을 시해한 사마소의 죄를 토벌하라는 태후의 유촉(遺囑)을 받은 것처럼 꾸며 의병을 일으키십시오. 또 사마소의 죄상을 천하에 격문으로 돌려 호응을 받으면, 공의 재능으로 중원을 석권할 수 있으리다."

종회가 무릎을 쳤다.

"백약이 선봉을 맡아주시오. 성사된 후에 우리 함께 부귀를 누립시다."

"불초하오나 견마지로(犬馬之勞)를 다하오리다. 다만 제장들이 불복할까 그것이 염려스럽소이다."

"내일은 원소절(元宵節)이니, 고궁에 연등회를 크게 베푼다는 명목으로 제장들을 모두 잔치에 불러놓고 다짐을 받겠소. 만약 불복하는 자가 있으면 모조리 참수형에 처하리라."

강유는 속으로 쾌재를 불렀다.

다음날, 종회와 강유는 잔치를 크게 베풀어놓고 부하 장수들을 모두 초청했다. 술이 몇 순배 돌고 나서, 종회는 잔을 잡은 채 갑자기 대성통곡하기 시작했다. 제장들이 깜짝 놀라 물으니, 종회가 말했다.

"곽 태후께서 임종하실 무렵, 내게 이런 유촉을 남겼소이다. '사마소는 군주를 시해한 대역 죄인이오. 조만간 위나라 황실마저 찬탈할 역심을 품고 있으니, 그대가 이를 토멸하라' 하였소. 여기 그 유서가 있으니, 제장들은 각자 서명하고 우리 함께 사마소를 토벌합시다!'

제장들은 그 엄청난 말을 듣고 아연실색하여, 서로 눈치만 살필 뿐 냉큼 붓을 들려고 나서는 이가 없었다.

종회는 칼을 뽑아 들고 협박했다.

"내 명령을 어기는 자는 참형에 처하겠다!'

뭇 장수들은 공포에 질려, 하는 수 없이 종회가 시키는 대로 서명을 했다. 종회는 이들을 궁중에 가두어놓고 금위대를 풀어 단단히 지키게 했다.

강유가 다시 종회에게 귀띔을 했다.

"장수들이 불복하는 모양이니 생매장을 해버리십시오."

"좋소, 궁중 앞뜰에 구덩이를 파놓은 다음 곤장 수천 개를 늘어놓고 맹세를 시키기로 하리다. 그래도 따르지 않는 놈은 모두가 보는 앞에서 때려 죽여 구덩이에 파묻겠소."

이때 종회의 심복 장수 구건(丘建)이 곁에 있었다. 구건은 원래 호열(胡烈)의 옛 부하였다. 호열은 지금 궁중에 갇혀 있는 신세였다. 이래서 구건은 종회와 강유가 나눈 말을 은밀히 호열에게 귀띔해 주었다.

호열은 대경실색하여, 울면서 옛 부하에게 애걸했다.

"내 아들 호연(胡淵)은 지금 성 밖에서 군사를 거느리고 있네. 그러니 종회의 음모를 어찌 알겠나? 자네는 옛 정을 생각해서 우리 가문의 대가 끊기지 않도록 내 아들더러 빨리 도망치라고 귀띔을 해주게나. 그럼 혼자서 구천지하(九泉之下)에 가더라도 여한이 없겠네."

"제가 무슨 수를 써볼 테니, 너무 걱정 마십시오."

그리고 구건은 종회에게 돌아가서 고했다.

"주공, 장수들을 모두 가둬놓았는데, 먹고 마실 것이 마땅치 않습니다. 누구 한 사람을 시켜 음식물을 전하게 하는 것이 어떠하오리까?"

종회는 평소 구건의 말을 잘 들었으므로, 그에게 임무를 맡겼다.

"내가 깊이 신임하여 맡기는 일이니, 절대 외부에 누설하지 말라."

구건은 심복 한 사람을 호열에게 보내 밀서 한 장을 받아오게 한 다음, 그 편지를 남모르게 성 밖 호연의 영채로 보냈다.

아버지의 밀서를 통해 엄청난 음모를 알게 된 호연은 크게 놀라, 즉시 각 진영에 사발통문을 돌렸다. 도성 외곽을 지키고 있던 장수들은 격노하여 모두 호연의 영채로 달려와 그 대책을 상의했다.

"우리가 죽을지언정 어찌 역신을 따르겠소?"

호연이 결단을 내렸다.

"정월 십팔일을 기해 도성 안으로 들어가 이리이리 합시다."

감군 위환은 호연의 계책에 전폭적으로 찬동했다. 이리하여 중견 장수들은 제각기 인마를 정돈하는 한편, 구건을 통해 이 사실을 억류 중인 제 장들에게도 알려주었다.

다음날 아침 일찍이 종회는 강유를 부중으로 불러들었다.

"어젯밤 꿈에 커다란 뱀 수천 마리가 내 몸을 마구 물어뜯었는데, 이게 흉몽인지 길몽인지 모르겠구려."

강유가 대답했다.

"용꿈이나 뱀꿈은 모두 경사스런 길몽입니다."

종회는 그제야 기뻐하면서 꺼림칙한 생각을 떨쳐버리고 다시 말했다.

"구덩이도 파놓았고 곤장도 준비되었으니 장수들을 끌어내다 문초해 보면 어떨까요?"

강유는 고개를 갸우뚱했다.

"그 패거리들은 모두 불복하는 마음이 굳어져 있습니다. 오래 두었다간 해를 끼치기 쉬우니, 차라리 이번 기회에 몽땅 죽여 없애도록 하시지요."

"그것도 좋은 생각이오. 그럼 백약에게 수고를 끼쳐볼까요?"

"분부만 내리신다면 제가 처치해 버리겠습니다."

강유는 무사들을 이끌고 궁궐 감옥으로 달려갔다. 그러나 일을 벌이려는 참에 강유는 갑자기 고질병인 가슴앓이가 도져 땅바닥에 쓰러지고 말았다. 측근들이 강유를 부축해 일으켰으나, 그는 한참 만에야 정신이 들었다.

이때, 궁궐 밖에서 사람들이 웅성거리는 소리가 물 끓듯 하더니, 미처 영문을 알아보기도 전에 사면팔방으로부터 군사들이 함성을 지르면서 벌 떼처럼 쏟아져 들어왔다.

강유는 전각으로 쫓겨 들어갔다. 그곳에는 종회도 피난해 와 있었다. 편이 갈린 군사들은 감금당했던 장수들을 풀어주고 전각을 습격했다. 쌍방은 변변한 무기도 갖추지 못한 터라 지붕의 기왓장을 벗겨 던지면서 혼전을 벌였다.

잠시 후 궁성 밖 사면에서 불길이 확 솟구치더니, 중무장한 군사들이 감군 위환의 지휘를 받아가며 도끼로 대문을 때려 부수고 쳐들어왔다.

종회는 칼 한 자루로 서너 명을 죽였으나, 집중사격으로 퍼붓는 화살에 맞고 거꾸러졌다. 그의 부하였던 장수들이 와르르 달려들어 아직 숨이 끊기지 않은 종회의 목을 베어가지고 장대 높이 매달았다.

한편, 전각 위로 쫓겨 올라간 강유는 돌파구를 찾으려고 이리저리 헤맸으나, 공교롭게도 심장병이 또 발작을 일으켰다. 강유는 쓰러지면서 하늘을 우러러 피를 토하듯 부르짖었다.

"내 계략이 실패로 끝나다니 이것도 천명이구나!"

그리고 칼자루를 거꾸로 돌려 잡아 스스로 목을 찔러 죽었다

이때 강유의 나이는 오십구 세였다.

업보는 수레바퀴처럼

궁궐 안은 부상자와 시체로 담을 쌓을 지경이었다. 싸움이 끝나자 감군 위환은 장수들에게 철수령을 내렸다.

"각 부대는 영채로 들어가서 왕명이 내리기를 기다리라."

그래도 일부 장병들은 보복을 그치지 않았다. 자살한 강유의 배를 가르고 쓸개를 꺼내보니, 달걀만큼이나 컸다. 이들은 다시 강유의 집으로 쳐들어가서 일가족을 끌어내어 몰살해 버렸다.

종회와 강유 일당이 죽음을 당하자 등애의 부하였던 장병들은 그날 밤으로 등애 부자가 실려긴 힘기(檻車)를 겁탈하려고 뒤쫓아 달려갔다.

이 사실은 곧바로 감군 위환에게 알려졌다. 위환은 호군(護軍) 전속(田續)을 불러들였다.

"등애 부자를 체포한 사람은 바로 나인데, 이제 그들이 목숨을 건져 돌아오는 날이면 내가 죽어서 묻힐 곳도 없을 것이오. 그대는 지난 번 강유성(江油城)을 공략할 때 등애에게 죽을 뻔한 것을 동료 장수들이 극력 간언하여 겨우 목숨을 건지지 않았던가? 이제 그 앙갚음을 할 때가 되었네."

상관의 부추김을 듣고, 전속은 즉시 무장병 오백 기를 이끌고 출동했다. 이들이 면죽관에 이르러보니, 등애의 부하들이 함거를 때려 부수고 이제 막 등애 부자를 모셔 내어 성도로 돌아갈 준비를 차리고 있었다. 어둠 속에서 등애는 전속의 추격대를 자기 부하들로 오인한 나머지 싸울 태세를 갖추지 않고 방심하다가, 선두로 달려든 전속의 단칼에 목이 날아갔다. 그 아들 등충도 난군에 짓밟혀 죽음을 당하고 말았다.

강유의 죽음을 계기로, 촉군 장수들도 차례차례 비참한 최후를 맞았다. 백전노장이던 장익이 난군에 맞아 죽는가 하면, 촉한의 태자 유선(劉璿)과 관운장의 손자 한수정후(漢壽亭候) 관이(關彝) 역시 위군에게 잡혀 죽었다.

점령군이 일으킨 내분은 망국의 군민(軍民)들을 궐기시켜, 도성 안팎이 온통 전란의 소용돌이에 휩쓸렸다. 죽고 다친 사람의 숫자는 이루 헤아릴 수 없었다. 그 혼란은 열흘이 지나서 가충의 선봉대가 달려와 주둔하면서부터 차츰 평정을 되찾기 시작했다.

가충은 도성 전역에 방문을 내걸어 민심부터 안정시키고, 감군 위환을 성도에 머물게 하여 지키도록 조치한 다음, 자신은 폐주 유선을 낙양으로 압송하여 떠났다. 유선의 뒤를 따라간 구신(舊臣)은 고작 상서 번건(樊建), 시중 장소, 광록대부 초주, 비서랑 극정이 전부였다.

대장 요화와 동궐은 신병을 핑계로 따라가지 않았으나, 후에 모두 울화병으로 앓다가 죽었다.

한편, 오나라 장수 정봉(丁奉)은 수춘성을 공략하던 중, 촉한이 이미 멸망했다는 소식을 전해 듣고 즉시 철수하여 본국으로 돌아갔다.

중서승(中書丞) 화핵(華覈)이 오주 손휴를 뵙고 말했다.

"오·촉 두 나라는 입술과 이빨과 같은 사이였습니다. 속담에 입술이 없어지면 이가 시리다고 하였은즉, 신의 짐작으로는 사마소가 우리나라를 정벌할 날이 머지않은 듯하오니, 폐하께서는 국경의 방어태세를 두텁게 강화하소서."

손휴는 그 말에 따라 육손의 아들 육항(陸抗)을 진동대장군(鎭東大將軍) 영형주목(領荊州牧)으로 삼아 강구(江口) 일대를 지키게 하고, 좌장군 손이(孫異)로 하여금 남서(南徐) 각 군의 요해처를 지키게 하는 한편, 장강 유역을 따라서 수백 군데에 영채를 세우고 이를 노장 정봉이 총독하여 위나라 침공군을 막게 했다.

촉한의 건녕군(建寧郡) 태수 곽익(霍弋)은 성도가 함락당했다는 소식을 듣고, 상복 차림에 서쪽하늘을 바라보며 사흘 동안 통곡했다. 부하 장수들이 그를 찾아가서 따졌다.

"촉한 군주가 대위(大位)를 잃었는데, 어찌 항복을 서두르지 않으십니까?"

곽익은 눈물을 흘리며 대답했다.

"길이 끊겨 임금의 안위도 모르는데, 어떻게 거취를 결정할 수 있단 말인가? 만약 위나라 측이 우리 임금을 예의로 대우한다면, 나도 성을 받들어 항복하겠지만, 만약 우리 임금에게 위해를 가하거나 모욕을 준다면 나는 죽는 한이 있더라도 항복하지 않으리라. 옛 말에도 임금이 욕을 당하면 그 신하는 죽을 뿐이라고 하지 않았던가?"

제장들도 그 말을 옳게 여겨, 은밀히 낙양에 첩자를 보내 후주 유선의 안위를 살펴오게 했다.

한편, 낙양에 도착한 후주 유선은 사마소 앞에 끌려가 무릎을 꿇었다. 사마소는 유선을 손가락질해 가며 무섭게 꾸짖었다.

"그대는 황음무도하여 어진 신하를 내쫓고 실정을 했으니 마땅히 주류(誅戮)를 면치 못하리라!"

그 호통을 듣고, 유선은 안색이 흙빛으로 변한 채 어쩔 바를 몰랐다. 이에 문무 관원들이 모두 아뢰었다.

"촉주는 이미 나라를 잃었으니, 귀순을 용납하시고 너그러이 용서해 주소서."

사마소는 유선을 안락공(安樂公)에 봉하고, 저택을 내려주어 달마다 생활비를 궁색하지 않게 해주었다. 그리고 따로 비단 일만 필, 남녀 노예 일백 명을 주어 시중을 들게 했다. 그 둘째 아들 유요(劉瑤)와 호종 신하 번건, 초주, 극정도 모두 후작(侯爵)에 봉했다.

사마소는 다시 환관 황호를 불러내어, 나라를 좀먹고 백성에게 해악을 끼친 죄목으로 장터에 끌어다가 능지처참의 형벌로 죽였다.

건녕군 태수 곽익은 첩자의 보고를 통해, 임금과 신하들이 공후(公侯)에 봉해졌다는 사실을 알게 되자 마침내 부하 장병들을 이끌고 나아가서 위나라에 항복했다.

봉작(封爵)을 받은 다음날, 유선은 사마소의 부중으로 찾아가 사례를 올렸다. 사마소는 잔치를 크게 베풀어 접대했다. 술과 음식이 나오고 춤과 노래가 시작되었는데, 사마소는 짐짓 위나라의 가무(歌舞)를 연주시키고, 유선과 그 신하들의 기색을 살폈다.

촉한의 구신들은 모두 서글픈 표정으로 우울하게 앉아 있는데, 유선만큼은 얼굴에 기쁜 빛이 감돌았다. 사마소는 다시 촉나라의 가무를 연주시켜보았다. 촉한의 구신들은 그 춤과 노래를 듣고 모두 눈물을 흘렸으나, 유선은 웃음까지 띠어가며 기뻐했다.

술이 얼큰하게 오르고 나서 사마소는 모사 가충을 돌아보고 넌지시 일렀다.

"사람이 무정하다고는 하나 이 정도에 이를 줄은 몰랐네. 설령 제갈공명이 살아 있다 하더라도 이런 어리석은 임금을 보필하여 나라를 길이 보전할 수는 없었을 걸세. 그런데 강유 따위가 무슨 재간으로 나라를 온전히 지켜냈겠는가?"

그러고는 다시 유선을 돌아보고 물었다.

"저 음악을 들으니 촉나라에 돌아가고 싶은 생각이 안 나시오?"

유선이 대답했다.

"이곳에 즐거움이 다 있는데, 무엇 때문에 촉을 그리워하겠습니까?"

잠시 후, 유선이 옷을 갈아입으려고 일어나자 극정이 복도까지 뒤따라 나와서 물었다.

"폐하, 어찌하여 고국을 그리워하지 않는다고 대답하셨습니까? 만약 또 묻거든 눈물을 흘리면서 선친의 무덤이 멀리 촉에 있으므로, 서쪽 하늘을 바라보면 마음이 서글퍼진다고 대답하십시오. 그럼 진공은 폐하를 고국으로 돌려보낼 것입니다."

유선은 그 말을 단단히 기억하고 자리로 돌아가 앉았다.

술기운이 거나해졌을 때, 과연 사마소가 다시 물었다.

"촉나라가 그립지 않으시오?"

유선은 옳다구나 싶어, 극정이 귀띔한 대로 응답했다. 그러나 울음소리만 냈을 뿐 눈물이 나오지 않고, 두 눈은 아예 질끈 감고 있었다.

사마소는 그 모습을 보고 빙그레 웃었다.

"극정이 그렇게 말하라고 합디까?"

유선은 깜짝 놀라 두 눈을 번쩍 떴다.

"사실 그 말씀대로였습니다."

사마소와 측근들이 모두 웃음보를 터뜨렸다. 그러나 이때부터 사마소는 유선의 솔직한 마음을 깊이 좋아하게 되었고, 두 번 다시 의심하지 않았다.

그 무렵, 조정 대신들은 사마소가 촉한을 평정한 공로를 내세워, 위주 조환에게 왕(王)으로 책봉하라는 표문을 올렸다. 조환은 명색이 천자일 뿐 자기 주장을 내세울 실권이 전혀 없는 터라, 어쩔 수 없이 공론에 따랐다.

이리하여 진공 사마소는 진왕(晉王)으로 책봉되고, 그 아비 사마의(司馬懿)를 선왕(宣王)으로, 그 형 사마사(司馬師)를 경왕(景王)으로 추존했다.

사마소의 아내 왕씨(王氏)는 두 아들을 낳았는데, 맏아들 사마염(司馬炎)은 몸집이 헌걸차고 머리카락을 늘어뜨리면 땅에 끌릴 정도요, 두 팔도 무릎 아래까지 닿을 만큼 길었다. 게다가 총명하고 무예 솜씨와 담략(膽略)도 비범한 인물이었다. 둘째 아들 사마유(司馬攸)는 그와 반대로 천성이 온화할 뿐만 아니라 인품도 겸손하고 효성이 매우 깊어, 사마소의 총애를 독차지했다. 그러나 사마사(司馬師)가 자손이 없이 죽었으므로, 사마유는 큰댁에 양자로 입적되어 대를 이었다.

사마소는 평소에 '천하는 내 형 사마사의 것'이라고 공언해 오던 참이라 진왕에 오르게 되자 형의 양아들인 사마유를 세자로 세우려 했다. 그런데 산도(山濤), 가충(賈充), 하증(何曾), 배수(裴秀)를 비롯하여 측근 신하들이 모두 반대하고 나섰다.

"장남을 폐하고 아우를 내세우는 예는 없습니다. 법도에도 어긋날 뿐더러 훗날 상서롭지 못한 일이 일어나게 되옵니다."

"장남은 총명하고 신무(神武)하시어 범속을 초탈한 인재올시다. 태어나실 때부터 이미 남의 신하로 계실 분이 아니었습니다."

이리하여 사마소는 맏아들 사마염을 세자로 책립했다. 그 축하연이 벌어지던 날, 대신들이 또다시 아뢰었다.

"금년 초, 양무현(襄武縣)에 기인이 나타나서 '천하의 왕을 바꾸면 태평성대가 오리라' 하며 사라졌다 하옵니다. 이는 전하께 상서로운 조짐이니, 십이면류관(十二冕旒冠)을 쓰시고 천자의 깃발을 내세우심이 마땅하나이다."

사마소는 그 말을 듣고 속으로 매우 기뻐했다. 그런데 궁중에 돌아와 저녁을 먹는 자리에서, 갑자기 음식이 목에 걸리더니 중풍을 일으키고 쓰러져 말을 할 수 없게 되었다. 이튿날, 사마소의 병세는 급속도로 악화되었다.

태위 왕상(王祥)과 사도 하증이 문무 대신들을 거느리고 병실에 들어가니, 사마소는 말을 못한 채 손가락으로 사마염을 가리켜 보인 다음 그대로 숨을 거두고 말았다.

조정 대신들이 장례를 마치자 사마염은 곧 진왕의 작위를 이어받았다. 그는 당일로 하증을 진왕부의 승상에 임명하고 사마망을 사도로, 석포를 표기장군으로, 진건을 거기장군으로 삼아, 정권과 병권을 모조리 장악했다.

며칠 후, 사마염은 모사 가충과 배수를 궁중에 불러들여 물었다.

"조조가 일찍이 '천명이 내게 있으면 나도 주 문왕(文王)이 될 수 있지 않겠는가?' 라고 하였다는데, 과연 그런 말을 한 적이 있었소?"

가충이 먼저 대답했다.

"조조는 대대로 한나라의 녹을 먹었으므로, 후세 사람들에게 찬역했다는 오명을 쓸까 두려워 짐짓 그런 말을 한 것입니다. 그 말뜻은 자기 아들 조비에게 '나는 명분상 피할 터이니, 네가 천자가 되어라' 라는 의미심장한 말이었습니다."

사마염이 다시 물었다.

"내 선친과 조조를 비교해 보면 어떠한가?"

"조조는 그 공로가 화하(華夏)를 뒤덮었사오나, 백성들이 그 위엄을 두려워하여 따랐을 뿐 덕망을 사모하는 마음은 없었습니다. 그 아들 조비는 부역(賦役)을 크게 일으켜 백성들을 도탄에 빠뜨렸고, 해마다 동정서벌 (東征西伐)로 전쟁을 일으켜 단 하루도 평안한 날이 없었습니다. 우리 선왕, 경왕께서는 누차 대공을 세우시고 은덕을 두루 베푸셨으니, 천하의 인심이 쏠린 지 오래입니다. 이제 문왕께서도 서촉을 병탄하신 공로는 하늘을 뒤덮을 만하다 하겠으니, 이를 어찌 조조와 같은 위치에서 비할 바 있겠사옵니까?"

사마염이 고개를 끄덕였다.

"조비 같은 자가 한나라의 대통(大統)을 이어받았는데, 나라고 어찌 위나라의 대통을 이어받지 못하겠는가?"

그러자 가충과 배수 두 사람이 그 자리에 꿇어 엎드려 아뢰었다.

"전하, 옛날 조비가 한나라의 대통을 계승한 예를 본받아 수선대(受禪臺)를 높이 쌓으시고, 대위(大位)에 오르신다는 뜻을 천하에 포고하소서."

이튿날, 사마염은 패검을 찬 채 내궁으로 들어갔다.

위주 조환은 황망히 어탑에서 내려와 사마염을 맞아들였다.

사마염이 천자와 마주 앉아서 물었다.

"위나라의 천하는 누구의 힘으로 이룩된 것이오?"

조환이 대답했다.

"모두가 진왕 부조(父祖)의 덕분이오."

그 말을 듣고 사마염은 껄껄 웃었다.

"내가 폐하를 보건대, 학문은 도(道)를 논할 수준이 못 되고, 무예 또한 방국(邦國)을 다스릴 능력이 없소이다. 이러할진대 어찌하여 재덕을 갖춘

사람에게 군주의 자리를 양보하지 않으시오?'

조환은 아연실색하여 벌어진 입을 다물지 못했다. 그 대신 곁에 있던 황문시랑(黃門侍郞) 장절(張節)이 호통을 쳐 꾸짖었다.

"진왕의 말씀은 옳지 않소. 옛날 무조황제(武祖皇帝)께서 동정서벌하시어 오늘날 이 천하를 얻으셨으니, 금상 폐하께서 덕이 없다고 해서 죄가 되는 것은 아니오. 그런데 어찌하여 남에게 양위한단 말씀이오?'

사마염은 크게 노하여 고함을 질렀다.

"이 사직이 누구의 것이었는가? 바로 한(漢)나라의 사직이었다. 조조가 천자를 협박하여 제후들을 억누르고 스스로 위왕(魏王)에 올랐을 뿐 아니라, 마침내는 한실(漢室)을 찬탈한 것이 아니었더냐? 우리 사마씨의 조부(祖父) 삼대가 위나라를 힘써 보필하여 천하를 얻었을 뿐, 조씨(曹氏)의 능력으로 이룩된 것은 아니었다. 그 사실은 오늘날 천하 사해(四海)가 모두 아는 터인데, 내 어찌 위나라 천자의 대위를 계승하지 못한단 말인가?'

장절이 부르짖었다.

"그런 짓을 저지른다면 나라를 찬탈한 역적이 될 것이다!'

사마염도 맞고함을 쳤다.

"내가 한나라 황실을 대신하여 복수하는데 안 될 것이 무어냐!'

그리고 무사들에게 호통을 쳐서 장절을 끌어내다 위주 조환이 보는 앞에서 난장(亂杖)을 때려 죽였다. 조환은 그 자리에 넙죽 엎드려 통곡했다.

사마염이 자리를 박차고 나간 후, 조환은 가충과 배수를 붙잡고 애길했다.

"짐은 어찌하면 좋겠소?'

가충이 말했다.

"천수(天壽)가 다했으니, 폐하께서는 하늘의 뜻을 거스르지 마소서. 옛날 한 헌제(漢獻帝)가 했던 예를 본받아 수선대를 쌓고, 진왕에게 선양(禪

讓)하는 대례를 베푸소서. 그것만이 위로 천심(天心)에 부합하고, 아래로는 민정(民情)에 순응하는 길이며, 폐하께도 보신책(保身策)이 되오리다."

"알겠소. 그렇다면 그대들이 수선대를 쌓으시오."

위나라 경원(景元) 오년 십이월 갑자일, 사마소가 죽은 지 넉 달이 되던 날, 위주 조환은 전국옥새를 떠받들고 수선대에 올랐다. 사마염이 뒤따라 오르자 조환은 그 앞에 엎드려 전국옥새를 바쳤다.

대례를 올리는 동안, 가충이 장검을 짚고 우뚝 선 채 선포했다.

"한나라 건안(建安) 이십오년 되던 해, 위나라가 대위를 선양받은 지 이미 사십오 년이 지났소. 이제 위나라의 천록(天祿)은 길이 종말을 고하고, 천명이 진(晉)나라 사마씨에게 내렸은즉, 마땅히 황제의 정위(正位)에 오르시어 위나라의 대통을 이어받으소서. 폐주 조환은 진류왕(陳留王)으로 봉하노니, 금용성(金墉城)에 거처를 잡고 살 것이니라. 오늘 중으로 도성을 떠나되 칙명이 없는 한 입경을 허락하지 않겠노라."

조환은 울며 사례하고 떠나갔다.

사마소의 숙부인 태부 사마부(司馬孚)가 조환의 발치 아래 꿇어 엎드려 통곡했다.

"신은 위나라의 신하였으니 평생토록 위나라를 배반하지 않으오리다!"

사마염은 종친의 어른 되는 사마부에게 안평왕(安平王)의 작위를 내렸다. 그러나 사마부는 이를 받지 않고 은퇴하여, 다시는 세상에 나오지 않았다.

대례식이 거행되던 날, 문무백관은 수선대 아래에서 재배를 올리고 만세 삼창을 불렀다. 사마염은 위나라의 국호를 대진(大晉)으로 고치고 연호를 태시(太始) 원년으로 바꾼 다음, 천하에 대사령을 내렸다.

이리하여 위나라는 마침내 멸망하고 말았다.

한편, 오의 군주 손휴는 사마염이 위나라를 찬탈했다는 소식을 전해 듣고 이제 머지않아 오나라를 정벌할 것임을 예감했다. 손휴는 근심 걱정 끝에 병을 얻어, 자리보전을 하더니 다시는 일어나지 못했다. 병세가 위독하자 손휴는 승상 복양흥(濮陽興)을 궁중에 불러들였다. 그런 다음, 태자 손만(孫霏)을 시켜 복양흥에게 절을 올리게 했다. 손휴는 한 손으로 복양흥의 팔목을 부여잡은 채, 어린 태자를 가리키며 세상을 떠났다.

　복양흥은 침전을 나와 뭇 신하들과 태자 손만을 옹립할 문제로 상의했다. 그 자리에서 좌전군(左典軍) 만욱(萬彧)이 반대의 뜻을 밝혔다.

　"태자는 너무 어리니, 오정후(烏亭侯) 손호(孫皓)를 대위에 세우는 것이 옳소이다."

　좌장군 장포 역시 같은 생각이었다.

　"손호는 재능과 식견이 많고 결단력이 뛰어나 제왕의 직분을 감당할 수 있을 것입니다."

　승상 복양흥은 결심이 서지 않아 주 태후(朱太后)에게 들어가 아뢰었다.

　태후 주씨가 말했다.

　"내 한낱 과부의 몸으로 사직(社稷)의 일을 어찌 알겠소? 경들이 잘 감안하여 적임자를 추대하시오."

강동의 폭군

　복양홍은 마침내 손호를 군주로 옹립했다. 손호는 바로 대제(大帝) 손권의 태자였던 손화(孫和)의 아들이었다.

　이리하여, 손호는 그 해 칠월 제위에 올랐으나, 천성이 워낙 포악스럽고 주색에 빠져 중상시 잠혼(岑昏)을 총애하기 시작했다. 승상 복양홍과 좌장군 장포가 여러 차례 간언을 올리자 손호는 크게 노하여 두 신하를 참수형에 처하고, 그 삼족마저 멸문시켰다. 이로부터 조정 대신들은 입을 꾹 다물고 두 번 다시 간언을 올리지 않았다.

　손호는 육개(陸凱)를 좌승상으로, 만욱을 우승상으로 삼아 국정을 떠맡기고, 자신은 무창(武昌)에 행궁을 짓고 거처했다. 이렇게 되니, 양주(揚州) 백성들은 천자의 생활품을 공급하느라 이루 말할 수 없는 고초를 겪어야 했다. 손호의 사치스러움은 한도가 없어, 마침내 국고(國庫)가 마르고 백성들의 재물이 탕진되기에 이르렀다.

　어느 날, 손호는 방술사(方術士)로 이름난 상광(尚廣)을 불러들여 물었다.

"천하대세가 어찌 될 것인지 점을 쳐보라."

상광은 점을 쳐보더니, 이렇게 대답했다.

"폐하, 길조가 나왔습니다. 경자년(庚子年)에는 폐하께옵서 낙양에 입성하게 되오리다."

손호는 크게 기뻐하여, 중서승(中書丞) 화핵(華覈)에게 물었다.

"선제께서 경의 말을 받아들여, 장강 연안 일대에 영채를 수백 군데나 세우고 이를 노장 정봉더러 총독하게 하셨다는데, 지금도 건재한가?"

"그렇사옵니다, 폐하."

"짐이 한(漢)나라 영토를 병탄하여 촉주(蜀主)의 원수를 갚아주고자 하는데, 어느 지역을 먼저 공취하는 것이 마땅하겠는가?"

화핵은 깜짝 놀라 반대의 뜻을 밝혔다.

"지금 성도는 이미 함락되고 촉한의 사직도 무너졌습니다. 또한 사마염은 우리 오나라마저 병탄할 마음을 품고 있사옵니다. 그러하오니 폐하께서는 안으로 덕정을 베풀어 백성들의 생업을 안정시키심이 상책인 줄 아나이다. 만약 억지로 군사를 일으키신다면 이는 불장난으로 제 몸을 태우는 격이나 다름없사오니, 폐하께서는 부디 굽어 살피소서."

손호는 화를 벌컥 냈다.

"이런 괘씸한 놈을 봤나! 짐이 천재일우의 기회를 타서 숙원을 이룩하려는 판에 그런 불길한 언사를 지껄이다니, 네가 원로 구신이 아니었던들 당장 참수형에 처하여 법도를 밝혔을 것이다. 여봐라, 이 늙은 것을 궁궐 밖으로 내쳐라!"

화핵은 무사들의 손에 쫓겨나면서 탄식을 했다.

"이 금수강산이 머지않아 남의 손에 넘어가다니, 원통한 노릇이로구나!"

그리고 은퇴하여 궁벽진 산야에 파묻힌 채, 다시는 세상에 나오지 않았다.

손호는 양양을 도모할 생각으로, 진동장군(鎭東將軍) 육항(陸抗)의 군대를 강구(江口)에 주둔시켜놓고 기회를 엿보기 시작했다.

이 소식은 재빨리 낙양에도 전해졌다. 진주(晉主) 사마염은 오의 명장 육항 군이 양양 지역을 노리고 있다는 소식을 듣고, 문무관원들과 더불어 그 대비책을 상의했다.

가충이 말했다.

"신이 듣자옵건대 오나라 군주 손호는 덕정을 베풀지 못하고 포악무도한 혼군이라 하옵니다. 이제 폐하께서 도독 양호(羊祜)에게 조칙을 내리시어, 그로 하여금 군사를 이끌고 육항의 침공에 대비하게 하시되, 오나라에 변란이 일어날 때까지 기다렸다가 그 틈을 타서 공격하게 하소서. 그리하면 오를 평정하는 것은 여반장(如反掌)이라 생각되옵니다."

사마염은 즉시 양양 일대를 지키고 있는 양호에게 칙사를 달려 보냈다.

칙명이 내리자 도독 양호는 병력과 전마를 정돈하여 적을 맞아 칠 준비를 갖추었다. 이로부터 양호는 군사를 양양성에 주둔시켜 지키게 되었는데, 날이 갈수록 장병들과 현지 백성의 인심을 자못 크게 얻기 시작했다. 뿐만 아니라 오나라 쪽에서 투항했다가 본국으로 다시 돌아가려는 군민(軍民)들도 막지 않고 너그러이 보내주었다. 그리고 국경 순찰 병력도 대폭 줄여 모두 간척사업에 투입하여, 전답 팔백여 경(頃)을 개간했다. 이리하여 부임 당초에는 석 달치 군량밖에 없던 것을 그 이듬해에는 십 년치나 비축할 수 있었다.

양호는 진중에 거처하면서도 늘 가벼운 가죽옷 차림에 폭넓은 허리띠를 찰 뿐, 갑옷과 투구로 무장하는 법이 없었으며, 막사를 지키는 측근 호위병도 겨우 열 명만 배치시켰을 따름이었다.

어느 날, 부장 한 사람이 양호를 찾아와 건의를 올렸다.

"초탐마의 보고를 듣자오니 오나라 병사들은 모두 군기가 풀어져서 싸울 태세가 아니라 합니다. 이 틈을 타서 불의에 기습하면 필승을 거둘 수 있으리라 생각됩니다."

그러자 양호는 빙그레 미소를 지었다.

"너희들이 육항을 우습게 여기는 모양이로구나. 그 사람은 지혜와 모략이 뛰어난 인물이다. 지난번 그가 서릉(西陵)을 기습 점령했을 때, 얼마나 신출귀몰하게 움직였는지 아는가? 육항이 우리 수비장 보천(步闡)을 비롯하여 장령 수십 명을 죽였는데도 나는 미처 구원할 엄두도 내지 못했다. 그런 인재를 적장으로 맞았으니, 우리는 그저 단단히 수비를 굳히고 있는 것이 상책이다. 저쪽에서 상황 변화가 일어나야만 칠 수 있을 뿐, 시세도 모르고 함부로 공격했다가는 반드시 패하고 말 것이다."

장수들은 그 논리에 탄복하고, 오로지 국경선만 굳게 지켰다.

어느 날, 양호가 장수들을 거느리고 사냥을 나간 적이 있었다. 그런데 공교롭게도 오군 주장 육항이 그 사냥터에서 한창 짐승을 잡고 있었다. 그것을 본 양호는 즉시 부하 장병들에게 엄명을 내렸다.

"사냥을 하되, 우리 군사들은 절대로 국경선을 넘지 말라!"

이리하여 제장들은 진(晉)나라 영토 안에서만 사냥을 하고, 오나라와의 국경선을 전혀 침범하지 않았다.

육항도 멀찌감치 바라보며 감탄을 했다.

"양 장군의 기율이 저토록 엄숙하니 우리도 섣불리 진나라의 경계선을 범하면 안 될 것이다."

해가 저물자 두 장수는 각자 본영으로 돌아갔다.

양호는 진중에 돌아와서 그날 잡은 사냥감을 살펴보고, 오군의 화살이 먼저 꽂힌 채 경계선을 넘어왔던 짐승을 가려내어 인편으로 모조리 돌려

보냈다. 오군이 기뻐한 것은 말할 나위도 없었다.

육항은 짐승을 가져온 양호의 군사를 영내에 불러들여 물었다.

"너희 주장께서는 술을 좋아하시는가?"

병사가 대답했다.

"잘 익은 술이라면 즐겨 마십니다."

그 대답을 듣고 육항은 미소를 지었다.

"내게 해묵은 술 한 동이가 있는데, 가져다가 너희 장군께 드리도록 해라. 이 육항이 손수 빚어서 혼자만 마시던 것인데, 어제 사냥터에서 보여준 정리에 보답하고자 고마운 뜻으로 보내니, 맛을 보시라고 말씀드려라."

"도독께 돌아가서 뜻을 전해 올리겠나이다."

병사는 육항이 내어준 술동이를 지고서 돌아갔다.

측근 장수가 육항의 뜻을 모르고 물었다.

"적장에게 귀한 술을 선사하시다니, 무슨 뜻으로 그러셨습니까?"

육항은 한 마디로 대답했다.

"저쪽에서 내게 덕을 베풀었는데, 내 어찌 보답을 안 하겠는가?"

한편, 양호는 적진에 다녀온 병사의 입을 통해 육항이 술을 보낸 경위를 전해 듣고 빙그레 웃었다.

"그 사람도 내가 술을 즐기는지 잘 아는 모양이로구나."

그리고 술항아리의 마개를 뜯어내고 즉석에서 마시려 했다. 그것을 본 부장 진원(陳元)이 걱정스럽게 말했다.

"혹시 그 술에 독을 넣었는지도 모르오니, 먼저 조사하고 드시지요."

양호는 미소를 지었다.

"염려 마라. 육항은 독을 쓸 사람이 아니다."

그리고 항아리를 기울여 마시기 시작했다. 이때부터 두 적장은 틈만 있으면 서로 사람을 보내어 안부도 묻고, 은근히 교분을 나누었다.

어느 날, 육항에게서 또 문안 사절이 왔다. 양호도 육항의 안부를 물었다.

"육 장군께선 평안하시더냐?"

사자가 대답했다.

"저희 장군께선 병석에 누우셔서 며칠째 나오시지 않습니다."

양호는 근심스런 기색으로 말했다.

"병이 드셨다니 내가 아픈 것이나 다름없구나. 여기 좋은 약이 있으니 가져가서 드시게 하라."

사자가 약을 가지고 돌아가서 육항에게 바쳤다.

그것을 본 측근 장수들이 모두 육항에게 먹지 말라고 일렀다.

"양호는 우리의 적입니다. 그 약도 필시 나쁜 뜻으로 보냈을 것입니다."

육항은 고개를 내저었다.

"양호 같은 인물이 남을 독살할 사람으로 보이느냐? 그대들은 염려 말라."

육항은 즉석에서 약을 먹었다. 그리고 다음날이 되자 병이 깨끗이 나았다. 부하 장수들이 모두 축하인사를 올리는 자리에서 육항이 말했다.

"저쪽에서 오로지 덕으로 대하는데 내가 악심으로 대한다면, 저쪽은 싸우시 않고도 나를 굴복시키게 되는 법이다. 이제부터라도 그대들은 각자 경계선만 굳게 지키고 사소한 이익을 추구하지 말아야 한다."

"예, 분부대로 하오리다!"

며칠 후, 오주 손호의 칙명을 받든 사신이 왔다.

육항은 칙사를 맞아들이고 용건을 물었다.

칙사가 대답했다.

"천자께서 전유(傳諭)하시기를, 장군은 적이 먼저 공격하기 전에 속히 양양으로 진격하라 하셨소이다."

육항은 칙사를 먼저 돌려보낸 다음 손호에게 상소문을 올렸다.

그 내용은 대략 이러했다.

아직은 진나라를 정벌할 형세가 무르익지 않았사오니 때를 기다리소서. 그리고 폐하께서는 무력을 능사로 삼을 것이 아니라, 덕행을 닦으시고 형벌을 삼가시어, 우선 국내의 민심을 안정시키는 데 전념하소서.

오주 손호는 상소문을 읽고 불같이 성이 났다.

"떠도는 소문에 육항이 적장과 내통한다더니 그게 사실이었구나!"

이리하여 손호는 즉시 육항의 병권을 박탈하고 그 후임으로 좌장군 손이를 내보냈다. 뭇 신하들은 잘못된 조처임을 알면서도 감히 충언을 올리려는 자가 없었다.

승상 만욱, 장군 유평(留平), 대사농(大司農) 누현(樓玄)이 보다 못해 직언을 올렸으나 모조리 참형을 받고 죽었다. 이리하여 손호가 즉위한 십여 년 이래 임금에게 충언을 올리다가 죽은 신하만도 사십여 명이 넘었다.

한편, 양호는 맞수였던 육항이 파면당했다는 소식을 듣고, 즉시 낙양에 표문을 올려 사마염에게 정벌군을 일으키도록 요청했다.

기회와 운수는 하늘이 내리는 것이라 하오나, 그 공로와 업적은 반드시 사람의 힘으로 이루어지는 법이라 하옵니다. 지금 오나라 장강(長江) 회하(淮河)의 험준함은 촉한의 검각(劍閣)만 못하옵고, 손호의 포악스러움은 유선보다 더욱 자심하며, 오나라 백성의 곤경은 파촉(巴蜀) 백성들이 겪는 것보다 더욱 심하나이다. 이제 우리 대진(大晉)의 군사력은 과거 어느 때보다 왕성하오니, 부디 이 호기를 놓치지 말고 사해(四海)를 평정하옵소서.

양호의 표문을 받아본 사마염은 곧바로 정벌군을 일으키려 했으나, 가충, 순욱, 풍순(馮純)과 같은 모신(謀臣)들이 극력 반대하여, 일단 포기하고 말았다. 천자의 윤허가 내리지 않자 양호는 탄식을 금치 못했다.

"천하만사가 십중팔구 뜻대로 되는 것이 없구나! 이때에 오를 취하지 못하다니 실로 애석한 일이로다."

함녕(咸寧) 사년, 양호는 입조하여 사직할 뜻을 아뢰었다. 신병 치료차 낙향하려는 생각에서였다.

사마염이 서운한 마음으로 물었다.

"경은 어떤 안방지책(安邦支策)으로 과인을 가르치겠소?"

양호는 대답했다.

"손호의 폭정은 이미 극도에 이르러, 지금이라도 싸우지 않고 무너뜨릴 수 있습니다. 만약 불행히도 손호가 죽고 그 대신에 어진 군주가 즉위하는 날이면, 폐하께서는 오나라를 얻지 못하게 될 것이옵니다."

그 말을 듣고, 사마염은 크게 깨달았다.

"경이 지금이라도 군사를 이끌고 출정하면 어떻겠소?"

양호는 거절했다.

"신은 이미 늙고 병든 몸이라 그 중책을 감당하지 못하오니, 달리 지혜롭고 용맹스런 인재를 가려 뽑아 맡기소서."

그리고 양호는 사마염에게 하직인사를 올렸다.

같은 해 십일월, 양호의 병세가 위독해졌다.

사마염은 친히 그의 집으로 찾아가 문병을 했다. 군신(君臣)들은 눈물을 흘리며 마지막 대화를 나누었다.

"경의 계책을 듣지 않은 것이 후회스럽구려. 이제 누가 경의 뜻을 이어 받을 만하겠소?"

"신이 죽더라도 어리석은 충성을 어찌 감히 다하지 않으오리까? 우장 군 두예(杜預)가 그 임무를 맡길 만하오니, 폐하께서 오나라를 정벌하시 려거든 그 사람을 쓰소서."

"사직하던 날, 어째서 그 사람을 천거하지 않았소?"

"벼슬을 내놓고 물러가는 마당에 사람을 천거하면, 사사로운 정리에 이끌리는 법이옵니다. 그래서 추천하지 않았던 것입니다."

말을 마치자 양호는 숨이 끊어졌다. 사마염은 대성통곡을 하며 궁궐로 돌아가더니, 양호에게 태부거평후(太傅鉅平侯)의 작위를 추증했다.

남주(南州) 백성들은 양호가 세상을 떠났다는 소식을 전해 듣자 온 거 리에 철시(撤市)를 하고 사흘 동안 통곡하며 애도했다. 강남 국경수비대 장병들도 모두 친상을 당한 듯이 슬피 울었다.

양양성 주민들은 그가 생전에 자주 유람을 다니던 현산(峴山)에 사당과 추모비를 세우고 사시사철 때맞춰 제사를 올렸다. 행인들이 오가며 그 비 문을 읽고 눈물을 흘려 마지않았으므로, 후세 사람들은 그 비석을 '타루 비(墮淚碑)'라 부르게 되었다.

사마염은 양호의 유언에 따라 두예를 진남대장군(鎭南大將軍) 도독형 주사(都督荊州事)로 삼았다. 두예는 인품이 노숙하고 학문을 좋아했는데, 특히 좌구명(左丘明)의 춘추전(春秋傳)을 탐독하여, 자리에 앉거나 눕거 나 손에서 춘추좌전을 놓은 적이 없었다. 그래서 두예는 '좌전에 미친 사람'이란 별명이 따라붙었다. 천자의 어명이 떨어지자 두예는 양양으 로 부임하여 백성들을 위무하고 군사를 양성하여, 오나라 정벌 준비에 몰두했다.

이 무렵, 오나라에는 노장 정봉, 육항이 모두 세상을 떠나고, 군주 손호는 날마다 술잔치를 벌여 즐기느라 여념이 없었다. 손호는 주사(酒邪)도 포악스럽기 짝이 없어, 감주관(監酒官) 열 명을 늘어세워놓고 신하들에게 취하도록 술을 먹인 다음, 잔치가 끝난 후에 신하들의 술취한 실태를 낱낱이 탄핵하게 했다. 그리하여 법도를 어긴 신하는 얼굴 가죽을 벗기거나 눈알을 뽑아내는 형벌로 다스렸다. 이리하여 조정 신하뿐만 아니라 온 나라 백성들이 공포에 떨었다.

그 실상을 염탐한 익주 자사 왕준(王濬)이 사마염에게 상소문을 올려 급히 오나라를 정벌할 것을 청했다.

오주 손호는 황음흉역(荒淫兇逆)한 자이오니, 속히 정벌하소서. 이제 곧 정벌군을 일으키지 않으면 안 될 이유가 셋이 있나이다. 그 첫째는, 손호가 하루아침에 죽고 다시 현군(賢君)이 옹립되는 날이면 숙적의 기세만 드높여줄 따름이옵니다. 둘째는, 신이 함선을 만든 지 칠 년이 되어 날이 갈수록 배가 낡고 재목이 썩는 형편 때문이옵니다. 셋째는, 신의 나이가 칠십 노령이라 죽을 날이 머지않았은즉, 이때를 놓치면 실로 거사를 도모하기 어렵나이다. 바라옵건대, 폐하께서는 이 천재일우의 기회를 잃지 마소서.

사마염은 중신들의 건의에 따라 정벌을 일 년 뒤로 늦추려 했다. 그런데 며칠 후 두예의 상소문이 올라왔다.

지난 가을 이래 아군의 정벌 계획이 오나라에 노출되었사옵니다. 이제 군을 출동시키지 않을 경우 손호는 두려운 나머지 무창(武昌)으로 도읍을 옮길 것이옵니다. 손호가 강남 일대의 모든 성곽을 수리하여 백성들을 몰아놓고 청야작전(淸野作戰)으로 대응한다면, 적은 난공불락이 될 것이며, 아군은 벌판에서 식량을 획득하지 못하게 되옵니다. 그러하오니 명년 출정은 때를 놓친 것이옵니다.

이때, 사마염은 비서승상(秘書丞相) 장화(張華)와 바둑을 두고 있다가 두예의 표문을 받아보고 바둑돌을 쓸어버렸다.

"짐이 더 이상 무엇을 주저하랴!"

사마염은 그날로 조회를 열어, 오나라 정벌군을 편성했다.

"진남대장군 두예는 대도독이 되어, 십만 군사를 이끌고 강릉(江陵) 방면으로 진격하라. 진동대장군(鎭東大將軍) 낭야왕 사마주(司馬伷)는 오만 병력을 이끌고 제중 방면으로 진격하라. 정동대장군(征東大將軍) 왕혼(王渾)은 오만 병력을 이끌고 횡강(橫江) 방면으로 진격하고, 건위장군(建威將軍) 왕융(王戎)은 오만 병력을 이끌고 무창(武昌) 방면으로 진격하라. 평남장군(平南將軍) 호분(胡奮)은 오만 병력을 이끌고 하구(夏口) 방면으로 진격하라. 이상 각 군은 두예의 명령에 따라 이동하라. 용양장군(龍驤將軍) 왕준(王濬)과 광무장군(廣武將軍) 당빈(唐彬)은 수륙군 이십만 명과 전함 수만 척을 이끌고 물길로 장강 하류를 따라 동진하라. 관남장군(冠南將軍) 양제(楊濟)는 양양성으로 나아가 주둔하면서 각 방면군을 통제하라."

마침내 진나라 정벌군은 수륙 양면으로 한꺼번에 오나라로 출동하기에 이르렀다.

천하통일의 결전

진나라 대군이 침공한다는 소식은 재빨리 오나라에 전해졌다. 오주 손호는 그제야 정신이 번쩍 들어, 황급히 승상 장제(張悌)와 사도 하식(何植), 사공 등수(滕修)를 불러놓고 적을 물리칠 대책을 상의했다.

승상 장제가 말했다.

"거기장군(車騎將軍) 오연(伍延)을 도독으로 삼아 강릉 방면의 적을 막게 하시고, 표기장군(驃騎將軍) 손흠(孫歆)으로 하여금 하구를 비롯한 각 방면의 침공군을 막게 하소서. 그리고 신이 좌장군(左將軍) 심형(沈瑩), 우상군 제갈정(諸葛靚)과 너불어 십만 군사를 이끌고 우저(牛渚)로 나아가 각 방면의 수비군을 지원하겠나이다."

손호는 그 건의를 받아들였다. 여러 장수들을 떠나보낸 뒤, 손호는 걱정스런 기색으로 후궁으로 들어갔다.

충신 잠혼이 깜짝 놀라 여쭈었다.

"폐하, 어찌하여 근심을 띠고 계시나이까?"

"진나라 대군이 쳐들어왔기에 여러 방면으로 맞아 싸우도록 했으나 장강의 흐름을 타고 내려오는 왕준의 수군을 당해 내기 어려울 듯싶네. 병력도 많은 데다 선단(船團)을 고루 갖추어 그 예봉이 사뭇 날카로우니, 이를 어떻게 막아낸단 말인가?"

잠혼이 계책을 말했다.

"신의 계책을 쓰시오면, 왕준의 수군 함대쯤은 콩가루처럼 부서지고 말 것입니다."

"그래 무슨 계책인가?"

손호는 귀가 솔깃해져서 물었다.

"우리 강남은 철이 많이 나기로 유명합니다. 그러하오니 무쇠로 길이 일백 장(丈) 되는 쇠사슬을 수백 개 만들어 강기슭 요해처마다 가로로 깔아놓고, 다시 길이가 일 장 남짓한 강철 송곳 수만 개를 만들어 물 속에 장치해 놓으면, 적선이 바람을 타고 내려오다가 송곳에 뚫려 침몰하게 될 것입니다. 더구나 쇠사슬이 가로막혔는데 무슨 재주로 강을 건너겠습니까?"

손호는 그 말을 듣고 크게 기뻐하면서, 즉시 도성 안의 대장장이를 모조리 징발하여 강변에 집결시켜놓고 밤낮없이 쇠사슬과 강철 송곳을 만들게 했다. 며칠 후, 장강 요해처에는 수중 장애물이 빈틈없이 깔렸다.

한편, 진나라 도독 두예는 강릉에 진출한 다음, 아장(牙將) 주지(周旨)에게 수군 팔백 명을 주고 작은 선박으로 은밀히 장강을 건너 낙향(樂鄕)을 야습하게 했다. 기습군이 떠나기 전, 두예는 주지에게 밀명을 내렸다.

"낙향을 점령하거든, 근처 파산(巴山) 숲속 으슥한 곳에 깃발을 많이 꽂아놓고, 낮에는 호포(號砲)와 북을 울리고 밤이 되면 여러 군데에 횃불을 올려 적의 이목(耳目)을 경동시켜라. 그리고 오군이 후퇴할 때는 이리이리 하라."

이튿날, 두예가 본대를 거느리고 수륙 양면으로 일제히 진발했다. 얼마쯤 나가다 보니, 전초병이 달려와 급보를 전했다.

"적이 세 방면으로 달려오고 있습니다. 주장 오연은 육로로, 육경(陸景)은 뱃길로 그리고 선봉장 손흠 군의 선단이 앞서 오고 있습니다."

두예가 장병들을 재촉하여 계속 진군하니, 손흠의 선단은 이미 당도해 있었다. 양군이 격돌하기 직전, 두예는 곧바로 후퇴명령을 내렸다. 손흠도 군사들을 이끌고 상륙하여 뒤쫓기 시작했다.

오군 추격대가 이십 리쯤 나갔을 때였다. 느닷없이 일성 포향이 울리더니, 사면에서 진나라 군사들이 돌개바람처럼 나타나서 몰아붙였다.

손흠은 군사를 되돌려 급히 퇴각하기 시작했다. 하염없이 쫓기던 두예가 승세를 타고 엄습하자 손흠 군은 수많은 사상자를 낸 채 정신없이 달아났다. 파산에 매복해 있던 주지의 군사 팔백 명은 패잔병에 섞여 오군 본영으로 잠입했다. 그리고 밤이 되자 성벽 위에 횃불을 높이 올렸다.

손흠은 자군 진영에 횃불이 오르는 것을 보고 깜짝 놀랐다.

"아뿔싸, 적군이 강물 위로 날아온 모양이로구나!"

손흠은 허둥지둥 집결지로 달려가던 중, 숨어 있던 주지의 칼을 맞고 죽었다. 오군은 대혼란을 일으키며 뿔뿔이 흩어져 달아났다.

배 위에서 하회를 기다리던 육경 역시 강 남쪽 기슭에 불길이 치솟는데다, 파산 꼭대기에 '진남장군(鎭南將軍) 두예(杜預)'라고 쓰인 깃발이 펄럭이는 것을 발견하고 대경실색하여 뭍으로 올라 도망치다가 진나라 장수 장상(張尙)과 정면으로 마주쳐 단칼에 목숨을 잃고 말았다.

오군 주장 오연은 각 군이 모두 참패하는 것을 보고 이내 성을 포기한 채 달아나다가 복병에게 사로잡혀 목을 베이는 신세가 되었다.

이리하여 두예는 손쉽게 강릉을 점령할 수 있었다.

강릉이 무너지자 원수(沅水)와 상강(湘江) 일대에서 황주(黃州)에 이르기까지 모든 고을의 태수들은 진나라 군이 온다는 소문만 듣고도 자진하여 성문을 열고 나와서 항복했다.

두예는 점령 지역의 백성들을 위무하고 추호도 범하는 법이 없었다. 무창성(武昌城) 역시 공격을 받기 전에 항복했다. 기세를 그게 떨친 두예는 곧바로 오나라의 도성 건업(建業)을 향해 수륙 양군을 진발시켰다.

그 무렵, 용양장군 왕준이 거느린 수군은 강물의 흐름을 타고 하류로 내려가고 있었다. 왕준은 목표 근처의 항로에 쇠사슬과 강철 송곳의 장애물이 깔렸다는 보고를 듣고 껄껄 웃더니, 대나무 뗏목 수십만 개를 만들게 한 다음, 그 위에 갑옷 입힌 허수아비를 가득 세워놓고 물결 따라 흘려보냈다.

오군 장병들은 그것이 진짜 사람인 줄 알고, 싸우기는커녕 저마다 앞다투어 도망치고 말았다. 장애물 송곳은 뗏목에 걸려 모조리 쳐들리고, 쇠사슬 장벽도 뗏목에 기름을 쏟아 붓고 불을 지르자 걸리는 곳마다 녹아끊어졌다. 이리하여 잠깐 사이에 장강에는 돌파구가 두 군데나 뚫렸고, 왕준의 선단은 거침없이 강을 건너갔다.

한편, 오나라의 승상 장제는 좌장군 심형과 우장군 제갈정에게 명령을 내려 진나라 군을 맞아 싸우게 했다. 그러나 대세는 이미 기울어, 수륙 양면으로 진격해 오는 진군을 막아낼 도리가 없었다. 두 장수는 황급히 본영으로 돌아가서 장제와 상의했다.

"승상, 모든 것이 끝장났습니다. 사세가 이 지경에 이르렀는데, 달아나지 않고 앉아서 죽어야 합니까?"

장제는 뜨거운 눈물을 흘렸다.

"이 나라가 망할 것이라는 사실은 똑똑한 사람이나 어리석은 바보나 모두 다 알고 있네. 그렇다고 국난을 당해서 목숨을 던지는 사람 하나 없이 임금과 신하들이 모조리 항복해 버린다면 이 또한 치욕스런 일이 아니 겠는가?"

그 말을 듣고, 제갈정은 고개를 숙인 채 눈물만 흘리다가 떠나갔다. 군 사들도 싸울 마음을 잃고 진영을 벗어나 뿔뿔이 흩어져 달아났다. 장제와 심형은 나머지 군사들을 거느리고 적을 맞아 싸우러 나섰다. 이윽고 진군 이 포위망을 구축하고 조여들기 시작했다.

진군 선봉장 주지는 용감하게 오군 진영으로 뛰어들었다. 승상 장제는 창칼이 모두 꺾이도록 용전분투하다가 나중에는 맨주먹으로 싸운 끝에 전사했다. 심형 역시 주지의 칼날 아래 죽음을 당하고 말았다. 이리하여 오나라 최후의 방어군은 장강 연안에서 궤멸되었다.

두예군이 진격하는 곳마다 오나라 성문은 모두 활짝 열려 있었다. 이 참담한 비보는 곧바로 도성 건업에 전해져, 폭군 손호를 대경실색하게 만 들었다.

"방어선이 무너졌다 하더라도 강남의 군민(軍民)들이 싸우지도 않고 적에게 항복하다니, 이럴 수가 있소?"

조정 신하들이 응답했다.

"오늘의 이 재앙은 모두 중상시 잠혼 때문입니다. 폐하께서 그자를 극 형에 처하시면, 신들이 도성 밖으로 나아가 결사적으로 싸우겠나이다."

손호는 도리질을 했다.

"하찮은 환관 녀석이 무슨 재주로 나라를 망쳤단 말인가?"

그러자 신하들이 이구동성으로 외쳤다.

"폐하, 촉나라의 황호를 보지 못하셨습니까?"

마침내 신하들은 어명도 받지 않은 채 후궁으로 몰려 들어가더니, 환 관 잠혼을 붙잡아 갈가리 찢어 죽이고 그 살을 씹어 삼켰다.

이윽고 왕준의 함대가 오나라 도읍의 전초기지 석두성(石頭城) 기슭에 이르렀다. 진군이 북을 울리며 함성을 지르자 오군 수문장 장상(張象)은 스스로 성문을 열고 왕준 군을 받아들였다.

진군이 입성했다는 소식은 곧바로 궁중으로 전해졌다.

오주 손호가 절망한 끝에 칼을 빼어 자결하려 했다. 이때 중서령(中書令) 호충(胡沖)과 광록대부(光祿大夫) 선형(薛瑩)이 급히 만류하고 나섰다.

"폐하, 안락공(安樂公) 유선(劉禪)의 전례를 본받지 않으시렵니까?"

손호는 그 말대로, 제 몸을 결박지운 채 문무백관을 거느리고 성밖으로 나아가 왕준의 군영 앞에 투항했다.

왕준은 손수 그 결박을 풀어주고 왕의 예우로 대접했다.

이리하여 오나라 사 주(州) 팔십삼 군(郡) 삼백십삼 현(縣), 인구 오십이만 삼천 가호(家戶), 남녀노소 이백삼십만 명과, 장령(將領) 삼만 이천, 병사 이십삼만 명, 쌀과 곡식 이백팔십만 곡(斛), 대소 함선 오천여 척, 후궁(後宮) 오천여 명은 모조리 대진국(大晉國)의 소유가 되고 말았다.

왕준이 도성 주민을 위무하고 모든 관서와 부고(府庫)에 봉인을 붙인 다음날, 낭야왕 사마주가 왕융 군과 함께 입성했다. 그리고 사흘째 되던 날에는 두예가 입성하여, 대도독의 직권으로 식량 창고를 활짝 열어 난민들을 구제한 다음, 민심이 안정되는 즉시 낙양에 승첩(勝捷)을 올려 보냈다.

오나라 평정의 첩보가 당도하자 사마염은 조정 대신들과 함께 승리의 축하연을 베풀었다. 사마염은 신하들이 올리는 하례의 술잔을 받으면서 눈물을 흘렸다.

"이 승리는 모두 양 태부(羊太傅:양호)의 공로인데, 그가 살아서 직접 보지 못하는 것이 안타깝구려!"

표기장군(驃騎將軍) 손수(孫秀)는 위(魏)나라 때부터 조정을 섬겨 왔던 항신(降臣)이었다. 축하연이 끝난 후, 집으로 돌아온 손수는 남쪽 하늘을 바라보며 통곡해 마지않았다.

"아아, 우리 조상이 역적을 토벌하고 일개 교위(校尉)의 신분으로 만세 기업(基業)을 열어놓으셨는데, 오늘날에 이르러 손호는 강남을 모조리 남의 손에 넘겨주었구나. 유유히 흐르는 창천(蒼天)이여! 세상에 이런 자가 어디 또 있단 말입니까?"

왕준이 개선군을 이끌고 돌아왔다. 오의 패주 손호는 진나라 천자 사마염 앞에 무릎 꿇고 머리를 조아렸다.

사마염이 손호에게 의자를 권하면서 말했다.

"여기 앉으시오. 짐은 이 자리를 만들어두고 경을 기다린 지 오래요."

손호가 응수했다.

"신도 남녘 땅에 이런 자리를 마련해 놓고 폐하를 기다렸습니다."

그 대답을 듣고, 사마염은 통쾌하게 웃음을 터뜨렸다.

곁에 있던 가충이 손호를 보고 물었다.

"소문에 듣자하니, 남녘 땅에는 사람의 눈알을 뽑고 얼굴 가죽을 벗기는 형벌이 있다던데, 무슨 죄를 지으면 그런 형벌을 받소이까?"

손호는 두 번 생각할 것도 없이 대꾸했다.

"남의 신하된 몸으로 제 군주를 시해하거나, 간망불충(奸妄不忠)한 죄인에게 가하는 형벌이외다."

그 대답에 가충은 말문이 닫히고 부끄러움에 겨워 얼굴이 붉어졌다.

사마염은 손호에게 귀명후(歸命侯)의 작위를 내렸다. 아울러 그 자손과 신하들도 모두 열후(列侯)로 봉하고, 충절을 바친 끝에 순국한 승상 장제(張悌)의 아들 손자에게도 빠짐없이 작위를 내렸다.

이것으로 삼국은 하나로 통일되어, 모두 진나라 황제 사마염의 수중에 들어갔으니, 이를 가리켜 '천하대세란 통일된 지 오래면 분열되고, 분열된 지 오래면 다시 통일된다[天下大勢, 合久必分, 分久必合]'는 것이다.

훗날, 망국지주(亡國之主) 가운데 수명이 제일 길었던 사람은 촉한의 황제 유선이었다. 그는 진나라 태강(太康) 칠년에 세상을 떠나고, 위나라 천지 조환은 그보다 일찍인 대강 원년에 죽었다. 또한 오나라 폭군 손호는 태강 사년에 죽었다. 이들은 평생 업보에 비하여 모두 평온한 죽음을 맞았다.

후세에 이 역사적 사실을 통틀어 서술한 어느 시인의 고풍(古風) 한 편을 소개하면서, 이만 삼국지의 끝을 맺으련다.

고조(高祖) 유방(劉邦)이 삼 척 장검 높이 들고 함양(咸陽)에 들어갈 제,
붉은 해가 이글이글 부상(扶桑)에 떠올랐다.
광무제(光武帝)가 중흥의 대통을 세웠을 때는
금오(金烏)가 하늘 한가운데로 높이 날아올랐다.
슬프도다, 헌제(獻帝)가 해우(海宇)를 이어받았을 때는
붉은 해가 서쪽 함지(咸池) 곁에 떨어졌도다.
무모한 하진(何進)이 십상시의 난을 일으키니,
양주(涼州)의 동탁(董卓)이 묘당(廟堂)을 독차지했네.
왕윤(王允)은 계략을 세워 역당(逆黨)을 주멸하였으나,
이각(李傕) · 곽사(郭汜)가 창칼 들고 날뛰었네.
도적은 사방에서 개미 떼처럼 모여들고,
육합(六合)의 간웅(奸雄)들이 저마다 활개를 펼치는도다.
손견(孫堅) · 손책(孫策)은 강좌(江左)에서 일어나고,
원소(袁紹) · 원술(袁術)은 하량(河梁)에서 발호한다.
유언(劉焉) 부자는 파촉(巴蜀) 땅을 차지하고,

유표(劉表)의 군대는 형양(荊襄)에 주둔하네.

장수(張脩)·장로(張魯)는 남정(南定)의 패권을 쥐고,

마등(馬騰)·한수(韓遂)는 서량(西凉)을 지키도다.

도겸(陶謙)·장수(張繡)만 영웅호걸이라 뽐내느냐,

공손찬(公孫瓚)도 일방의 웅패(雄霸)라고 자처한다.

조조(曹操)가 승상부에 들어앉아 권력을 독점하니,

문무 영재준걸(英材俊傑)이 모여들어 부림을 당한다.

천자에게 위엄을 떨치고 제후(諸侯)들을 호령하려니,

범 같은 군사들을 모두 풀어 중토(中土)를 진압한다.

누상촌(樓桑村)의 현덕(玄德)은 본디 황손(皇孫)이라,

관우(關羽) 장비(張飛)와 의형제 맺어 황실을 부축하려네.

동서남북으로 분주(奔走)하자니 쉴 곳 없음이 한스럽고,

변변치 못한 장병(將兵)으로 군대를 편성하도다.

남양에 삼고초려(三顧草廬)하는 정이 그 얼마나 깊은지,

와룡(臥龍)은 첫 대면에 중원 천하를 삼분(三分)하네.

먼저 형주(荊州)를 취한 다음 촉천(蜀川)을 차지하니,

패업왕도(霸業王道)가 천부(天府)의 땅에 이룩된다.

오호라, 삼 년 만에 승하(昇遐)하니 이 아니 슬프랴!

백제성(百帝城)에서 탁고(托孤)하는 마음 찢어지게 아프도다.

공닝(孔明)은 여섯 차례 기산(祁山) 앞에 나아가니,

바라건대 한 쪽 손으로 하늘을 메워보려 하네.

몇 년 몇 해의 기약이 거기서 마감될 줄 뉘 알았으랴.

한밤중 꼬리별이 오장원(五丈原) 산골짜기에 떨어지도다.

강유(姜維) 홀로 제 혈기 능력 높음만을 잔뜩 믿었으나,

아홉 차례 중원 정벌이 헛수고요, 물거품이라.

종회(鍾會)·등애(鄧艾)가 군사를 나누어 진격하니,

한실(漢室)의 금수강산이 모조리 조씨(曹氏)에게 돌아간다.

조씨의 천하는 천추만대(千秋萬代) 이어갈 줄 알았더니,

겨우 사대(四代)에 이르러 사마씨(司馬氏)에게 넘겨졌다.

수선대(受禪臺) 앞뜰에서 운무(雲霧)가 지욱하게 일고,

석두성(石頭城) 밑 해자(垓子)에는 물결만 잔잔하네.

진류왕(陳留王), 귀명후(歸命侯), 안락공(安樂公)은 좋아 말라,

왕후공작(王侯公爵)이 모두 싹수 틀린 잔뿌리일세.

세상만사 분분하게 무궁무진 돌아가나,

아득한 하늘의 운수를 벗어날 길 없네.

천하삼분의 정족지세(鼎足之勢) 한바탕 꿈이려니,

후세 사람 애도하고 불평해야 모두 헛된 노릇일세.

〈끝〉

삼국지 관련 연표

서 기	후한연대	중요한 사건	비 고
146		외척 양기가 '발호장군'이란 평을 받던 질제를 독살하고 환제를 세움.	태학생 3만 명으로 증원.
159		환제가 환관들과 손을 잡고 양기 일족을 주살하고 이로써 환관이 정권을 쥐게 됨.	
165		'청류' 파의 진번이 태위가 되고 이응이 경찰책임을 맡음.	이 무렵 '청의(淸議)' 성함. 마융 죽음.
166		제1차 당고사건이 일어나 이응 등 '청류' 파 200여 명이 하옥됨.	
167		당인은 사면되었으나 종신관계 추방 명령을 받음. 환제 죽음.	
168	건녕 1	영제 즉위. 두무·진번 등 환관의 섬멸을 도모하다 살해됨.	
169		제2차 당고사건. 이응 등 100여 명이 살해되고 500~600명이 추방당함.	채옹이 태학문 밖에 삼체석경을 세움(175).
178		암탉이 수탉으로 변하는 등의 변괴가 일어남. 채옹이 망국의 징조라고 상주하다 유배당함. 매관매직이 시작됨.	
181	중평 1	영제, 음탕에 빠지고 재산 모으기에 열중.	
184		황건적의 난이 일어남. 하진이 대장군이 됨. 당인에게 대사령 내림. 황보숭·주전 등이 황건적을 토벌. 조조(30세)·손견(27세)·유비(24세)가 토벌에 참가하여 공을 세움. 양주에서 변장·한수의 난이 일어남.	
185		흑산군 일어남.	
187		장사의 구성이 난을 일으킴. 손견이 장사 태수가 되어 구성을 토벌.	진식 죽음.
188		백파군이 일어나 낙양을 위협함. 황건적이 청주·서주 등에서 다시 봉기. 영제는 자사를 주목으로 개칭하고 '서원의 8교위'를 편성.	
189		영제 죽고 소제 즉위. 외척 하진이 원소·원술 등과 환관 섬멸을 도모. 환관 장양 등 하진을 죽임. 원소·원술 등 환관 2천 여 명을 죽임. 동탁, 정권을 쥐고 소제를 폐한 뒤 헌제를 세움. 원소·원술·조조 등 잇달아 낙양에서 관동으로 탈출함.	

서 기	후한연대	중요한 사건	비 고
190	초평 1	유표, 자사가 되어 형주로 부임. 관동의 군웅들, 원소를 맹주로 삼아 동탁 격멸의 군사를 일으킴. 동탁, 장안 천도를 강행하고 낙양을 불사름. 조조, 동탁군과 싸워 패배함.	소제, 동탁에게 살해됨.
191		손견, 동탁군을 격파하고 제일 먼저 낙양에 들어감. 원소, 한복에게서 기주목의 지위를 빼앗음. 조조, 흑산군을 무찌르고 동군 태수가 됨. 순욱, 원소에게서 조조에게 투항. 공손찬, 원소를 공격하고 유비를 평원군 집정관에 임명.	
192		원소, 공손찬을 계교에서 격파. 왕윤·여포, 동탁을 죽임. 조조, 청주의 황건적 30여 만 명을 투항하게 하고 정예를 뽑아 '청주병'이라 칭함. 이각·곽사, 왕윤을 죽이고 장안을 점거. 여포, 장안을 탈출하여 관동으로 감. 손견, 유표의 장군 황조와 싸워 죽음(37세). 손책(18세), 그 뒤를 이음.	채옹, 옥사. 이 무렵 장로, 한중에서 오두미교(五斗米敎)의 독립세력을 신장.
193		조조, 서주목 도겸을 공격.	유우 죽음.
194	흥평 1	조조, 여포·진궁에게 연주를 빼앗김. 도겸, 병으로 죽고 유비, 서주목을 인계받음.	이 무렵 해마다 기근이 들어 사람을 잡아먹는 참상이 발생.
195		조조, 여포를 무찌르고 연주를 탈환. 여포, 서주의 유비에게로 감. 손책, 강동에 진출.	
196	건안 1	유비가 원술과 싸우는 동안 여포, 서주를 빼앗음. 유비, 조조에게로 감. 조조, 낙양에 귀환한 헌제를 맞이하고 대장군이 됨.	
197		원술, 수춘에서 황제를 자칭. 조조, 이를 격파함. 손책, 강동에서 독립.	
198		조조, 서주를 공략하여 여포·진궁을 죽임.	
199		원소, 공손찬을 역경에서 격파하고 하북을 제압. 원술, 수춘에서 병사. 유비, 조조에게서 도망쳐 다시 서주를 근거로 삼음.	

서 기	후한연대	중요한 사건	비 고
200		조조, 서주에서 유비를 무찌르고 관우를 사로 잡음. 유비, 원소에게로 감. 관우, 백마에서 원소의 장군 안량을 죽이고 유비에게 돌아옴. 조조, 원소군 10만을 관도에서 섬멸하고 화북 통일의 전망을 밝게 함.	정현 죽음.
201		손책, 죽고(26세) 손권이 뒤를 이음. 조조, 유비를 여남에서 무찌름. 유비, 유표에게 의지하고자 형주로 감.	
202		원소, 병을 얻어 실의 끝에 죽음.	
204		조조, 업을 공략하고 기주목이 됨.	
205		조조, 원씨(袁氏)를 평정하고 화북을 제압.	
207		조조, 오환족을 정벌. 유비, '삼고초려'로 제갈량을 찾아감. 제갈량, '천하 삼분의 계책'을 피력.	
208		유표가 죽고 아들 유종이 뒤를 이음. 조조, 승상이 되어 남정군을 일으켜 형주를 침. 유종, 싸우지 않고 형주를 넘겨줌. 유비, 당양의 장판에서 참패하고 하구로 도주. 손권·유비의 동맹군, 적벽에서 조조군을 대파. 천하 삼분의 대세가 정해짐. 제갈량, 유비의 군사가 됨.	공융, 조조에게 살해됨.
209		주유, 조인의 군대를 대파하고 남군 태수가 됨. 유비, 형주목으로서 공안에 근거함. 방통, 제갈량과 함께 유비의 군사가 됨.	이 무렵 건안의 신문화가 융성해짐.
210		주유, 병으로 죽음(36세). 노숙, 뒤를 이음.	조조, 동작대를 세움.
211		조조, 동관에서 마초·한수를 침.	유비, 촉으로 들어감.
212		손권, 건업 경영에 착수. 순욱 죽음(50세).	
213		조조, 위공이 됨. 유비, 성도에 진격. 방통, 낙성에서 죽음.	
214		마초, 유비에게 항복. 유비, 유장의 항복을 받고 익주목이 됨. 유비와 손권, 형주를 둘러싸고 대립.	
215		조조, 장로를 치고 한중을 평정. 제갈량·근 형제의 회담으로 유비와 손권, 형주를 분할.	
216		조조, 위왕이 됨.	
217		조조, 맏아들 조비를 위의 왕세자로 세움. 유비, 한중에 진격.	왕찬 죽음. 이 해 질병이 크게 유행.

서 기	후한연대	중요한 사건	비 고
219		노숙, 병으로 죽음(46세). 여몽, 뒤를 이음. 유비, 한중 평정에 나선 조조를 격퇴하고 한중왕이 됨. 관우, 조조·손권의 협공을 받고 손권에게 죽음. 조조, 손권을 형주목으로 삼음. 여몽, 병으로 죽음.	양수, 조조에게 살해됨.
220	황초 1	조조 죽음(66세). 조비, 제위에 올라 위나라 건국, 낙양에 천도. 헌제를 산양공으로 격하시킴.	구품관인법 제정.
221		유비, 황제를 칭하고 촉을 건국. 제갈량, 승상이 됨. 유비, 오나라 토벌의 군대를 일으킴. 장비, 부하에게 살해됨.	
222		손권, 위와 제휴하여 오왕에 봉해짐. 유비, 이릉에 진출하여 육손의 반격으로 대패함.	
223		오, 위에서 독립. 이로써 3국이 정립됨. 유비, 백제성에서 죽음(63세). 제갈량, 유선을 후계자로 삼음.	
224		오·촉의 동맹 이룩됨. 위, 오를 공격했으나 패배.	위, 태학을 세움.
225		제갈량, '칠종칠금'의 책략으로 남방 이민족을 평정. 위, 다시 오를 공격했으나 패배.	
226		위의 문제 조비 죽음(40세). 명제 조예 즉위. 손권, 위를 공격했으나 사마의의 반격으로 패퇴.	
227 228	태화 1	제갈량, '출사표'를 내고 한중으로 진주. 사마의, 맹달을 죽임. 제갈량, 기산에 진출했으나 가정에서 패하고 그 책임을 물어 마속을 죽임. 육손, 석정에서 위의 조휴를 대파. 제갈량, 진창을 포위했으나 항복받지 못함.	
229		손권, 황제를 칭하고 건업에 천도.	
230		위, 촉을 쳤으나 장마로 패퇴.	
231		제갈량, 다시 기산에 진출하여 사마의를 격파.	조식 죽음(232). 진수 태어남(233).
234	청룡 2	제갈량, 오장원에서 사마의와 대전 중 병으로 죽음(54세). 장완, 뒤를 이음.	
238 239	경초 2	사마의, 요동을 정벌하여 공손연을 죽임. 명제 죽음(53세). 조방 즉위. 사마의와 조상이	

서기	후한연대	중요한 사건	비 고
244		정사를 보필. 조상, 촉에 침범했으나 패배. 육손, 죽음(62세).	이 무렵 '청담'이 유행하기 시작함.
245		촉의 장완 죽음. 비위가 뒤를 이음.	
247		조상의 전횡이 심해짐. 사마의, 병을 칭하고 나오지 않음.	
249	가평 1	사마의, 쿠데타를 일으켜 조상·하안 등을 죽 이고 정권을 잡음.	왕필 죽음.
250		위, 강릉에서 오를 대파.	이 무렵 죽림칠현 의 교유가 성해짐.
251		왕릉, 반사마의의 군사를 일으켰으나 실패하 고 자살. 사마의, 병으로 죽음(73세). 사마사 뒤를 이음.	
252		손권 죽음(71세). 손량 즉위. 제갈각, 국정을 총람.	
253		손준, 제갈각을 죽이고 승상이 됨.	
254	정원 1	사마사, 조방을 폐하고 조모를 세움.	
255		관구검, 반사마사의 군대를 일으키려 실패 하고 살해됨. 사마사, 병으로 죽음(48세). 사마 소, 그 뒤를 이음.	
257		제갈탄, 반사마소의 군대를 일으키다 죽음.	
260	경원 2	사마소, 조모를 죽이고 조환을 세움.	
263		종회·등애 등, 촉을 침. 유선, 항복함으로써 촉 멸망.	원적 죽음.
264	함회 2	사마소, 진왕이 됨.	
265	태시 1	사마소, 병으로 죽음(55세). 사마염이 뒤를 잇 고 이어서 제위에 올라 진나라 건국.	
279		진, 오 토벌의 대군을 일으킴.	
280	태강 1	손호, 진에게 항복함으로써 오 멸망. 진의 천하통일 이룩됨.	

삼국지 6

1판 1쇄 1985년   2월   5일
1판 37쇄 1993년   7월 20일
2판 1쇄 1993년 10월 20일
3판 1쇄 1995년   7월   1일
4판 1쇄 1996년   5월   1일
5판 1쇄 1997년   4월 10일
6판 1쇄 2004년   6월 24일
6판 11쇄 2024년   6월 21일

옮긴이 · 정비석
펴낸이 · 주연선

(주)은행나무
04035 서울특별시 마포구 양화로11길 54
전화 · 02)3143-0651~3 ㅣ 팩스 · 02)3143-0654
신고번호 · 제 1997—000168호.(1997. 12. 12)
www.ehbook.co.kr
ehbook@ehbook.co.kr

값 9,000원
ISBN 978-89-5660-066-6 04810
     978-89-5660-067-3 (세트)